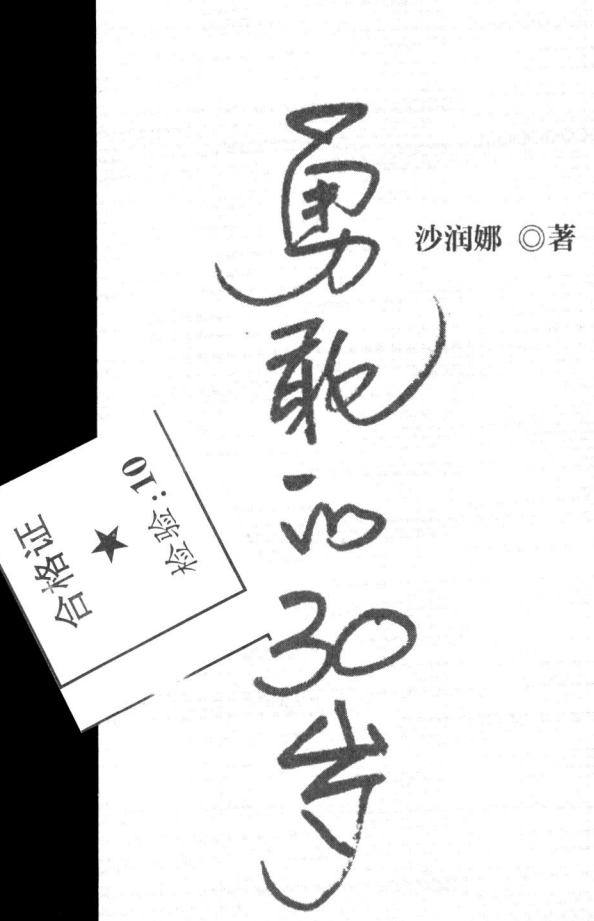

勇敢的30岁

沙润娜 ◎著

合格证
★ 正能量
苦乐指数：10

重庆出版集团
重庆出版社

图书在版编目(CIP)数据

勇敢的30岁/沙润娜著. —重庆：重庆出版社，2018.3
ISBN 978-7-229-12795-4

Ⅰ.①勇… Ⅱ.①沙… Ⅲ.①长篇小说—中国—当代
Ⅳ.①I247.5

中国版本图书馆CIP数据核字(2017)第262303号

勇敢的30岁

YONGGAN DE 30 SUI

沙润娜　著

责任编辑：陶志宏　何　晶
责任校对：刘　真
装帧设计：卢晓鸣

重庆出版集团　出版
重庆出版社

重庆市南岸区南滨路162号1幢　邮政编码：400061　http://www.cqph.com
重庆出版社艺术设计有限公司制版
重庆市国丰印务有限责任公司印刷
重庆出版集团图书发行有限公司发行
E-MAIL:fxchu@cqph.com　邮购电话：023-61520646
全国新华书店经销

开本：720mm×1000mm　1/16　印张：21.75　字数：360千
2018年3月第1版　2018年3月第1次印刷
ISBN 978-7-229-12795-4
定价：38.00元

如有印装质量问题，请向本集团图书发行有限公司调换：023-61520678

版权所有　侵权必究

第一章

1

杜子腾回到老家,绝对是下下策。

三十岁了,却做了十年的漂族,十年,足以改变一个血性汉子对生活的认知和态度。当初想过成为崔健一样的灵魂歌手,背着一把吉他走,背着一把吉他回。

十年之后,他的确背着一把吉他回来了,但却没有变成崔健。现实,骨感到让他对生活都失去了热情。

他出站,远远就看见老爸杜康站在远处等他,他皱皱眉头,还真挺不愿意面对的。

杜康看见儿子,兴高采烈地朝他跑过来,厚重眼镜片下的皮肤,皱纹又多了几条。老杜拍着他的肩膀说:"好小子!回来就行!回来是正确的选择!"

杜子腾敷衍地笑了笑,手揣进裤子口袋里,一副玩世不恭的样子。

"爸,我妈呢?!"

一提到老婆,老杜的表情就凝重了,他冷着脸,接过他手里的背包:"她?我怎么知道?人家事业那么忙,肯定是把你回来的日子忘了吧?咱们啊,就是落难父子兵,还是别指望那个女人了!"

杜子腾撇撇嘴,眼睛眺望着远处,果真,被眼尖的他一眼捕捉到了正急匆匆往这边走的范二妹,他用自己的扫码眼上下扫了老妈几眼,拽了下老杜的衣服说:"这不来了吗?我就说我妈不会这么没良心吧?不过她倒是老来俏,越活越鲜亮了。"

老杜冷哼着,推推鼻梁上的眼镜,闷着头往前走。

老杜对范二妹不热情,那可不关小杜的事儿。杜子腾笑着朝妈妈奔过去,张开双臂大喊了一句:"二妹!"

范二妹看见儿子,笑得像个汉子,那豪爽不减当年。

踩着高跟鞋,穿着一步裙,原地蹦高,差点儿崴了脚。

"儿子!快给妈妈看看!"

她一把将小杜揽进怀里,又亲又啃,弄得路人都朝这对奇葩母子投来猎奇的目光。就连杜子腾自己都觉得不好意思了,拍着妈妈的肩膀,像哄小孩儿一样说:"妈妈妈……差不多行了啊!你穿得这么洋气,回头人家以为,一老富婆包养了我……"

站在一边的老杜,觉得这简直就是有伤大雅,做了一辈子小学老师,平时孩子们大声说句话,都会遭到他的白眼儿。也许管教别人的孩子多了,就会落这个下场吧?儿子叛逆就算了,关键是老婆犯二到令人发指的程度。

老杜压着嗓子咳嗽了一下,用训斥的语气说:"都这个年纪了,像什么话?"

范二妹瞥了一眼老杜,噘着嘴凑过去:"要不也亲亲你?想得美!"

老杜吓得后退了两步,捂着脸一脸惊悚:"真是越来越不像话了!你都什么岁数了?"

"什么岁数不重要,重要的是心态。我就觉得我还青春无敌,咋地?"

"你……"

老杜捂着心脏的位置,一副要病发的样子。范二妹见状,赶紧捂住了嘴,龇牙咧嘴笑嘻嘻地过去搀住了老头子的胳膊,在自己的包里掏出了救心丸,塞了几颗到他嘴里:"行了行了,我错了,别生气啊!"

杜子腾也吓坏了,搀扶着老爸的另一只胳膊,开始唠叨:"妈,我说你也是。你们就不能让我省点儿心吗?这一见面就掐,你还备上常药了?明明关心人家吧,你还嘴硬。难怪老杜一直不能理解你……"

老杜挣扎了一下,甩开这俩人的手说:"我没事!不用你们管!"

老杜迈着坚决果断的步子朝远处走去,剩下这娘俩儿开始互相埋怨。

"你这臭小子,怎么不提醒我呢?"

"我没提醒你吗?是你自己嘴巴把不住门好吧?"

"这下坏了,老杜这次更讨厌我了。"

杜子腾搓着妈妈的肩膀,贫着,笑着,安慰着:"合着我没回来的这两年,你还没把他搞定呀?"

"搞定了不早通知你了……"

范二妹追了老杜十年,十年来,她也想过改变自己。可他俩就像钟表内部的齿轮,你咬着我,我咬着你,只会在彼此的身体上摩擦。记住的只有疼痛,却不曾想过,只有这种摩擦才是自己继续前行的动力。

老杜走得太快了,再加上刚刚心脏疼了一下,救心丸没能阻挡心绞痛的来袭。二妹和杜子腾在人群中嬉笑打闹的时候,老杜却倒在了人群中。直到好心人呼喊:有人晕倒啦! 有人认识这老人家吗……

娘儿俩才回神,朝老杜的方向奔跑而去。

2

杜子腾觉得自己就是个扫把星,回到家老爸的心绞痛就犯了,住进了医院。

医生说,老杜就是心绞痛犯了,在医院调整几天就可以出院。但是小杜还是非常自责,医生还说,老杜是他们医院的"常客",犯病好几次,都是好心人帮忙送来的,他这个儿子,他们见着倒是新鲜,要不是他这个活生生的大人,站在他们面前,他们还真不知道,老杜还是有个儿子的。

医生这一番话,像夜壶里的尿水一样,让他一点防备没有地泼了过来。他觉得自己浑身上下都散发着一股让人恶心的骚气。

二妹坐在他身边,被他数落得一无是处:"你说你,你这个媳妇儿是怎么当的? 不知道我爸心脏病吗? 你就不能多抽出点时间来陪他?"

二妹委屈,捂着鼻子啜泣:"你埋怨我啊? 我和他早就不是夫妻啦! 你忘啦?! 每次我回家,他都对我爱搭不理的,怨我吗?"

"哦,对了。忘了,你们离婚了对吧……"

"都离了十年了! 你还好意思说我? 你一走就是十年! 你考虑过我们的感受吗?"

"是我愿意走的吗? 你们离婚了! 在这个家待着还有什么意思?"

"你是我亲儿子吗? 有了事儿就会赖我? 当初是他要跟我离婚的! 不是我提出来的! 还有,你走是为了我们吗? 你为什么走你自己心里清楚!"

"不是你提出来的？总是你逼的吧？你要不那么强势,他能受不了要跟你提出离婚吗！"

"嘿？我强势……"

二妹和小杜越说越多,吵得医院里的病人怨声四起,医生跑出来,提着嗓子喊了一句:"这是心内科！病人被你们吵得犯了病,你们负责吗？以为门口小广场呢？要吵出去吵去！"

两个人顿时像霜打的茄子一样,蔫头蔫脑了。

杜子腾用胳膊肘戳了一下二妹的胳膊,撒娇似的说:"妈！二妹……我错了,你别生气。"

二妹翻着白眼儿,从包里掏出了一张银行卡,拍到了他的手里:"你走了十年了,没给过你爹钱吧？记住,这钱,是你孝敬你爹的！你爹的住院费,也是你交的！剩下的事儿,我这个前妻,就不管了！"

说罢,范二妹起身,踩着高跟鞋,超级有范儿地走了。

他看着那张银行卡,内心久久不能平静。他懊恼地捂着头,又抬起头,他怕自己的眼泪掉下来,被别人看见笑话。

他站在病房门口,朝里面探头,他看着老杜耳边花白的头发和日渐加深的皱纹,然后狠狠地给了自己一巴掌。

他骂骂咧咧地说:"杜子腾,你就是一混蛋！"

杜子腾正要再扇自己一耳光的时候,突然有只细滑的手,抓住了他刚要下手的胳膊。杜子腾怔了,转过头去,看见一张细嫩又漂亮的脸蛋儿。

眼前的姑娘,细手细脚,一头乌黑的长发顺滑水亮,皮肤雪白中透着亮红。像个瓷娃娃一样好看,穿着一身粉色的护士服,应该是这家医院的护士。

他看着她,居然入了迷,绞尽脑汁,费尽心思,他对她那么熟悉,名字挂在嘴边,但就是喊不上来。

"'肚子疼'！你不认识我啦？"

这绰号一出口,杜子腾的手,下意识地摸了摸她的头:"小屁孩儿？"

"只记得我叫小屁孩儿啊？"

"庞娜？娜娜？！"

"对啊,子腾哥!我是小屁孩儿庞娜啊!"

杜子腾看着她,傻呵呵地笑了,大概他怎么也想不到,当初那个整天跟在自己屁股后面要棒棒糖吃的鼻涕妞儿,会出落成连他见了都会脸红的大美妞儿吧?

小杜突然想起了什么:"对了,你哥呢?我回来还没通知他!"

"大庞去云南支教了,三个月。应该最近就回来了!没事儿,你回来不用找大庞,找小庞就成!"

庞娜拍着胸口,笑得如蜜糖一样甜。

"子腾哥,你这次回来,还走吗?"

小杜脸刷地一下红了,连眼神中,都流连着迷茫。

"不走啦。"

"那就好!对了,我哥开了一家酒吧!等我下班带你去呀?"

他朝病房里看了一眼:"今儿不行了!我得照顾我爸!"

小屁孩儿惊讶着,朝病房里看了一眼:"这是叔叔啊?我说这名字怎么这么熟呢!我就在这科,今儿恰巧我的夜班,你有事儿喊我就成!"

"哎……没想到,你都这么出息了……"

"出息什么呀,就是个小护士!"

……

小杜的脸红一阵白一阵的,不知道该说什么才好。庞娜一直暗恋他,她比小杜小三岁,十几岁就敢跟男孩儿表白的姑娘,绝对是不好惹的。当初小杜还和珂建在一起,她居然还冒充过自己,给珂建写过分手信。

他走了之后,伤了一大批人的心。除了父母,最对不起的就是珂建,最最对不起的,就是庞娜。

十年中间,他走了很多城市,庞娜一直不停地给他发电子邮件。他只是偶尔翻阅两眼,大都没看过,那些邮件,估计有几百封了。

这十年,庞辉像藏小猫小狗一样,将小杜藏了起来。妹妹只知道小杜的一个电子邮箱地址,其他的信息,都被庞辉屏蔽了,他就怕妹妹为了这孙子陷进去,庞辉一直以为,庞娜走出来了,这些年,庞娜一直也没闲着。只是一个都没成。他更不知道,妹妹居然给小杜写了几百封电子邮件这事儿。

庞娜乐此不疲地跟他聊着,说着自己这些年的境遇,他走了之后,她就收心好好学习了,然后考上了一所不错的大学……听得小杜耳朵上都要起茧子了。

一个穿着黑色长裙的短发女人,领着一个四五岁的小孩儿,路过长廊。杜子腾的眼睛一亮,他觉得这女的怎么这么眼熟呢。

他小跑了两步,追到长廊的尽头时,女人已经上了电梯了。

摸不着头脑的小庞,也追了过去,好奇地朝一边打量着:"谁呀?熟人?"

"哦……我以为是珂建呢,可能是我看错了。"

庞娜尴尬地笑了笑。

3

珂建领着晓春儿的手,在大街上走着,她还是那么美,只是和十年前比,退去了青涩,多了一份成熟的知性。

她手里领着的,是她的女儿晓春儿。五岁了,是个漂亮懂事的小姑娘。只是这孩子命运多舛,两岁的时候被查出有先心病,好在不太严重,可以等大一些做手术弥补。正当一家人为她的病着急的时候,珂建的丈夫李斌也因为一场车祸去世了。

路过一家蛋挞店,小馋猫闻见那香味就走不动道了。拽着妈妈的手说:"妈妈,我要吃。"

珂建笑着,捏了捏她圆嘟嘟的小脸儿:"小馋猫,妈给你买去!"

珂建领着晓春儿的手去排队买蛋挞。排到她的时候,孩子已经等得有点不耐烦了。春儿的身边吹过来一只气球,珂建去买蛋挞,晓春儿就随着这气球越跑越远,没一会儿,孩子就被淹没在了人群中。

珂建买好了蛋挞,开心地转身:"买好啦,有蓝莓味的,还有红豆的……"

她一低头,却愣住了,晓春儿已经不见了踪影。

珂建开始还以为孩子是跟她玩儿躲猫猫,原地找了好几圈儿,就是不见孩子的踪影。这下珂建慌了,她疯了一样,在人群中大呼晓春儿的名字,逢人就问,你看没看见一个四五岁的小姑娘,扎着两个小辫子……

珂建在这条街上来回找了一个小时,可就是找不到孩子的身影。她祈祷孩子最好不是被拐了,要是那样,她就直接冲进这车流里撞死自己。

晓春儿跟着气球走了一段时间,气球没追到,孩子反倒是迷路了。站在人群中大哭了起来,路人们纷纷围上来,七嘴八舌的,有好心的年轻小姑娘凑上来,耐心地问她是不是和家人走丢了,可是五岁的孩子,哪里会描述什么,只是一个劲儿地哭,哭得嗓子都哑了,只吵着找妈妈……

珂建给爸妈和公婆打了电话,老人们接到电话,全都吓慌了,很快就都赶到了事发现场。珂建的婆婆严素素哭得上气不接下气,坐在地上打转:"要是孩子有事儿,我也就不活了……"

珂建蹲在地上,一半安慰一半指责着:"妈,您别着急。这节骨眼儿上您就别跟着裹乱了!"

"我跟着裹乱?你把孩子弄丢的!"

"是我弄丢的!但是现在最重要的不是找孩子吗?你闹什么闹!我是孩子的妈妈,比你不着急!你自己闹吧!"

说着,珂建走到一边,捂着脑门儿,开始给公安局打电话报案……

夏兰拍着亲家的肩膀,细声安慰着:"姐姐,别着急。孩子不会有事儿的。当务之急,我们还是赶紧分头找吧!"

张家伦和李茜也急得在原地打转。张家伦朝街道两边比画着:"这样,你俩去那边找,我俩往北走!"

"那好,行动吧!"

几个人准备出动,珂建对着电话一通确认:"对……那就是我姑娘,两个小羊角辫。对,好的,我们马上过去……"

珂建捂着胸口,松了一口气,喊住了两对爸妈:"孩子找到了,好心人给送到鼓楼派出所了!"

几个人朝珂建望去,大家总算松了一口气。严素素差点儿瘫在地上,幸亏旁边有夏兰搀着。

……

一行人赶到派出所,晓春儿正被一个女警哄着。孩子看见家人来接自己了,伤心地哭了起来,奶奶一下将孩子揽入怀中,一边亲一边哭,又把孩子吓了一次。

珂建拍拍婆婆的肩膀劝导着："妈，行了，孩子都找到了。"

"以后看孩子可得小心点儿，这可是我们一家的全部！"

派出所的人在跟老张交代着事情的来龙去脉，老张拽着那警察的手表示感谢："小王啊，不管怎么说，今儿这事儿得谢谢人民群众和辛苦在一线的战友们！回头你找到那姑娘，一定要通知我们，我们必须得亲自跟人家道谢。"

"老领导太客气了。没事儿就带着孩子回去吧……"

"成、成……人民群众需要你们，小基层，大温暖！"

这帅警察也配合老张，给他行了个礼，铿锵有力地喊了句："保证完成任务！"

几个老人和珂建带着孩子从派出所走出来，只有老张和刚刚那小帅警察磨磨叽叽在后面磨蹭着。

老张拍着那小警察的肩膀，煞有心思地问："小刘呀，多大啦？"

"二十八啦！"

"哎哟！都这么大了？怎么还不找女朋友呢？没合适的，还是眼光太高？"

"没合适的……"

"哦……二十八，也不小啦！不是，你想找个什么样儿的啊？比你大两岁的能接受不？"

小刘被老张问得一头雾水，没想到这老领导还爱干这牵红线的活儿。只是两个男人谈论这事儿，多少让小刘觉得有些奇怪，问得他脸都红了。

珂建知道，老爸这老毛病又犯了，翻着白眼儿喊了他一声："爸，您干吗呢？大家都在等您呢！您倒好，还聊上了？！"

老张警觉地瞥了一眼亲家俩，拽着珂建的衣服袖子求饶："小姑奶奶，我服你，我怕你……走吧，回家！"

小刘挠着后脑勺，看着她嘿嘿傻笑了一下，珂建敷衍地回应笑了一下，拽着老爸快速走掉了。

刘志看着这张珂建的背影，觉得她好像是在哪家酒吧里唱摇滚的姑娘，他曾经还为了听她唱歌，每天晚上都去等她出现。不过她好像只是玩票的，很少出现。他没想到，这个女孩儿，居然是老领导的女儿？

他觉得自己好幸运，这算不算踏破铁鞋无觅处？

4

庞娜成了小杜的小尾巴,整天帮他照顾老杜,还给他带饭。在她的精心照料下,老杜很快就好了,几天之后,办理了出院手续。

出院的那天,庞娜执意要开车送他们回家。弄得小杜很不好意思,小屁孩儿的热情,远远超过了小杜的承受范围,庞娜搀着老杜的胳膊,让他小心脚下,这架势比亲闺女做得还足。老杜喜笑颜开的,虽然小杜挺不靠谱的,但是在谈朋友这件事儿上,倒是让他省心。

没想到,这刚回来,就有这么优秀的姑娘帮衬着他,老杜挺喜欢这小丫头的,聪明、伶俐、素质也高,要是能和小杜发展一下,他们家是求之不得的。只是这小子,有那个福气找这样的姑娘吗?老杜可不敢奢求!

反倒是小杜,不情不愿的,一点儿也不想接受这强势的热情。这让他觉得怪怪的,还有种特别的挫败感,如今这小屁孩儿都有份固定的工作了,他却还是一个无业游民,前途未卜。一想到这个,他就恨不能找个地缝儿钻进去。

庞娜从小就是个精豆子,当然知道杜子腾面子上会挂不住,她将老杜塞进车里,顺势把车钥匙扔进了他的怀里:"你开,我头疼。"

小杜尴尬地笑了笑,钻进了车里。

一路上,庞娜花痴一样地看着他,让他浑身不自在。他想找个话题来着,但是他怎么都觉得庞娜就是个小屁孩儿,就是找不到合适的话题。

关键时刻,还是老杜。他也觉得这气氛尴尬,索性旁敲侧击一下,帮儿子探探口风。

"小庞啊,你今年多大了?"

"二十七了。"

"有男朋友吗?"

她脸红着,腼腆地摇摇头:"没有……没合适的。"

"哦……二十七,说大不大,说小也不小了,该找了。"

她盯着小杜的眼睛看了一下,吓得他赶紧回过头专心开车。

"嗯,伯伯,你有合适的,帮我介绍呗?"

老杜哈哈一笑："我能认识什么人啊？再说，我也干不了这事。当了一辈子老师了，做事太死板。管不了你们年轻人的事。"

"伯伯，我就图个自己喜欢，物质工作什么的，我都不在乎。"

老杜似乎听出了什么，仔细打量着眼前两个年轻人的一举一动。就发现，这姑娘的眼神，一直没从小杜的身上离开过。老杜大概是明白了，这姑娘，喜欢他。

小杜开车兜兜转转，回家之后，还一直没时间转转，他发现这城市的变化真大，已经不是他离开时的样子，虽说他中途回来过两次，可每次都是匆匆忙忙，甚至不愿意在这座城市多逗留一会儿。

他看看老杜，再看看身边坐着的小屁孩儿，觉得这十年，原来一直都是他的错。要是他当初能不那么固执的话，也许二妹早就和老杜复婚了。这也是他这次回来的主要目的，就是撮合他俩重新走到一起。

十年的漂泊生活，让他成长了许多。他想明白了一个道理，那就是——不晚。

万事从这一刻开始，都不晚。

5

到家了，小庞搀扶着老杜，反倒让他觉得有点不好意思了。

"闺女，我没到那程度，自己能走。"

杜子腾朝楼上望了一眼，拿下自己的东西，将钥匙扔回了庞娜的手中。

"今儿不让你上去坐了。我这刚回家，家里肯定乱着呢。我爸不太爱收拾屋子，再说两个老爷们儿的窝儿，也不好意思让你进。"

庞娜噘着嘴，不情愿地"喔"了一声。

老杜心里替儿子着急，毕竟人家是个姑娘家，这么生硬的拒绝，总归不好。庞娜钻进车里，按了下喇叭，摇下车窗嘱咐了两句："伯伯，药记得按时吃啊。有什么不明白的地方，就给我打电话。"

"好……"

杜子腾朝着她的车轻轻地摆摆手，目送她驱车远去。

转身，碰见老杜期盼儿子回归的目光，小杜尴尬到手忙脚乱，腼腆地笑了笑，拎着东西和老杜一前一后地上了楼。

十年时间,已经让这楼印上故事,老杜佝偻着背往楼上爬,呼吸中多少带着点咳喘。

"这几年,邻居都换了好几拨了。有好多人也劝我,把这老房子卖了,贴点钱去换个新楼盘。我觉得这人啊,还是念点旧好,你这十年不在家,我一个老头换新房干吗?可现在好了,你回来了,不走了。等你工作稳定下来,我就着手换房子,好给你成个家……"

小杜就这么静静地听着,一言不发。老杜终于爬上了四楼,已经是气喘吁吁。小杜扶着他的胳膊,关切地说:"您这身体,大不如从前了。"

"人老了,不都这样。"

老杜挪开脚下的花盆,从地下拿出钥匙。一边开门一边说:"有的时候爱健忘,放这底下保险。你不爱带钥匙,也是为了防备你进不了门,这样你也方便。"

"回头我去配一把钥匙,以后别往花盆底下放了。现在的小偷精着呢,进门偷东西之前,都在门口上踅摸,钻的就是你们这些老年痴呆的空子!"

老杜回头,照着他屁股给了一巴掌:"臭小子!说谁呢!"

"嘿嘿……"

爷俩儿进门,老杜顺势将钥匙放在了门口的鞋柜上。屋子里到处散发着一股迟暮之年的味道,甚至有些地方,都散发出了霉味儿。

小杜环顾着屋子,家里的一切摆设,都和十年前一样。墙上的老相框里还镶着自己小时候的照片,还有全家福。

小杜走到那些照片前面看了又看,不禁感叹:"爸,您真够念旧的,十年了,也没重新装修一下?"

"我装那么好干吗?一个孤老头子。不过,你回来了,你想翻新,咱们就重新装修一下。你们年轻人都喜欢要感觉,我知道。"

杜子腾突然想起了什么,跑到自己的房间,坐在写字台前的凳子上,盯着上了锁的那个抽屉发呆。

十年前,他走的时候,把这钥匙扔到了楼下。当初就想着,反正自己也不会回来了,就让这些旧物,随着这老家具腐烂吧。

只是,他没想到的是,他不单单回来了,老杜还将一切都保留了。老杜站在他卧室的门口上,叹气。转身,回到自己的卧室,从抽屉里找出了一把小钥匙。

他走到他身后,将钥匙放在了他的手边:"我给你保存了十年了。"

小杜看着那钥匙,发了愣:"你在哪儿找到的?"

"楼底下捡的呀!打开看看吧,这里面,都是回忆。看完了,该烧的烧,该撕的撕。咱们爷俩儿也好面对即将开始的新生活!我下楼去买点菜,你收拾收拾吧。"

"爸,我跟您去吧!"

老杜疲惫地摆摆手,满脸的不快:"就不喜欢被菜市场的那帮老娘们儿问这问那,每次去都被问什么,你和二妹什么时候复婚呀?有没有心思找个老伴儿呀?你儿子怎么还不回来呀……烦死了!你要跟我去,还不得疯了那帮三八婆子。"

"哦……那你自己小心点儿,心脏不好就走慢点儿!"

"我知道,你赶紧收拾收拾啊!"

"知道啦!"

老杜出门,小杜犹豫了一会儿,拿着钥匙打开了抽屉。里面还如他走时一样,里面全是关于他和珂建的回忆,在那个传情还会写情书的年纪,他们互诉衷肠的唯一方式,就是写情书。

这里有珂建给他写的一百多封情书,他一封一封地拆开,看得心情荡漾,恨不能眼前的抽屉,就是哆啦A梦的时光穿越机,钻进去,就能回到以前的时光。他拆到第十封的时候,就看不下去了。

他觉得老杜说得对,这里面的东西,该烧的烧,要面对新的生活了。

5

珂建坐在电脑桌前,跟远在美国的闺蜜兜兜视频聊天,哭诉自己今天的遭遇。

只有在兜兜面前,珂建才是那个真正的张珂建,说话从不避讳。

兜兜拿一个手指头触了触屏幕:"好啦!别郁闷了!孩子找到了不是?"

"是找到了,找不到我就得去死!孩子现在就是我的全部!"

"不过你以后得注意点儿了,我看国内的新闻,发现现在国内偷孩子的可多了!"

"是呀。你丫赶紧给老娘滚回来跟我一起带孩子!我都要吃不消了!"

"放心放心,快了快了!"

严素素潜伏在她的房间门口,认真听着她和海外闺蜜的对话。每次她和兜兜视频,她都会不高兴,因为她们之间的对话太没大没小肆无忌惮了。就算是好,也不能好到啥话都往外说吧?

严素素端着茶杯,站直了腰咳嗽了一下:"小建啊,出来一下!"

珂建朝门口瞥了一眼,冲着视频吐了吐舌头:"老妖婆喊了。我得出去挨斗了!"

"赶紧去!"

珂建关了视频,懒散着朝客厅走去。

这是一场非常严肃的"批斗"大会,严素素坐在沙发上,端正了一下坐姿,咳嗽了一下。

"小建,你是怎么看孩子的?斌斌已经没了,春儿就是我们的一切啊,你以后可得小心点儿!"

珂建翻了翻白眼儿,故意装作听不见,继续跟女儿玩手里的积木。

李酉知道,严素素这话痨病又犯了,开始在珂建耳朵底下劝解:"你妈刀子嘴豆腐心,你别在意。"

珂建知道,公公在这个家里扮演的一直都是夹心饼干的角色,为了维护住自己,他也不容易。她给老人吃宽心丸:"爸爸,我知道。我怎么会生气呢,这事儿本来就是我的错。"

"你说的啊,你不生气!"

"嗯……"

严素素说完了这话,就跑回了自己的房间,抱着儿子的照片暗自神伤。这两年来,她眼泪都流干了,已经不会哭了。虽然她一直在小心翼翼地维护着这个家,她将儿子的赔偿金,都交给了珂建,让她拿着那钱去开店,就是希望她能一心一意地守着这个孩子长大。

可每次在孩子这件事上,她还是会和珂建抬杠。每次抬完了,就又后悔自己的鲁莽,就像这样,抱着儿子的照片发呆。其实她是怕她记了自己的仇,找个人嫁了,那样孩子就更可怜了。

李酉看着妻子这副样子,心里也难过。每次她这样,他就想,要是小儿子能从部队回来该多好啊!好在,等到下半年,李晨就退役了。他回来,就能转移一下老婆的注意力了吧?

珂建知道婆婆又难过了,她何尝不是。

失去丈夫和儿子的痛苦是一样的。即便珂建和他结婚的初衷,并不是爱情,可他们之间,有晓春,这孩子就是这段婚姻的烙印,见证了他们为期三年的夫妻生活,也见证了一个男人对一个女人的好。

她本意是不想拿李斌的赔偿金的,可严素素非要将这笔钱塞给她,她是女人,也是母亲。她深知,婆婆是想用这笔钱套住自己。其实即便她不这么做,她在短时间内也不想嫁人,她和她想的一样,她要守着晓春长大,见证她的成长和快乐。更何况,她身体上还有小小的缺陷,这是她欠女儿的。

珂建心里难受,简单收拾了一下,决定回娘家住几天。

她出门的时候,小声地跟公公说:"爸,我走了啊!"

"哟,又走?"

"嗯,过两天就回来。"

"那好,孩子,孩子看好了!"

"我知道啦!"

珂建拎着袋子领着孩子出了门,上了电梯,鼻子泛起了一阵酸。

7

珂建的女子会所,并不忙,几十万投进去,赚到的钱还不如她出去打工多。可这么大的摊子摆上了,就不能轻易撤退,转又不好转,撤了就意味着几十万没了。假如再给她一次机会的话,她绝对不会把钱全投在生意上。

珂建坐在桌前盘点这一个月的生意,七七八八的费用刨除,还剩下几千块钱的收入。她看着计算机上的那个数字,捂着牙花的位置干着急。

夏兰将一杯冰糖菊花茶放到她的手边:"要是不好干,就盘出去吧。妈妈还是可以给你在教育部门找个工作的。你好歹也是个师范学院的毕业生,教书育人还是没问题的吧?"

珂建回过神来,端起杯子喝了一口热茶:"哪儿那么好盘?再说,您还真指望我能按部就班啊?我从来也不是那性格,要是想当老师,大学毕业后就去了。"

夏兰会心一笑,轻声叹气:"唉,我这一辈子清心寡欲,怎么就生了你这么个叛逆的姑娘?"

"叛逆吗?还不是按部就班地接受你们的安排,见到合适的人就嫁了。"

这是夏兰心上的疤,每次她想到当初对女儿婚姻的安排就内疚。要是她知道,女儿会落这么个下场的话,她肯定不会安排她去相亲。

当初她闹腾着要去漂,她知道,她是想去找那个混小子。虽然她在女儿恋爱的事儿上不想过多参与,但她觉得一个男人就这么不吭一声地走掉了,对心爱的姑娘,连句道别的话都没有,这样的人是负不起责任的。所以,珂建大学毕业后,遇见李斌这位各方面条件都不错的男孩儿,她就托人介绍了,其实她也没想到,珂建就这么同意了,一点反抗都没有。

要不是这样,她也不会心疼成这样。

她抓着女儿的手,心疼地说:"孩子,你放心,妈妈不会让你为难的,尤其是在钱这件事儿上!"

珂建最受不了老妈这副亏欠的口吻,让她觉得自己简直就是世界上最不孝的女儿。

"您能别这样吗?我都是孩儿她妈了,还能指望你们再给我花钱?再说,我大学到结婚,已经花了很多钱了。"

"妈妈知道你耿直,反正妈妈就你一个宝贝,我们的一切,都是你和晓春的。"

"行了行了,别又开始伤感了。今儿晚上我约了一个场,您帮我带孩子啊!"

珂建开始换衣服鞋子,戴上耳钉,画起了烟熏妆。

夏兰倚在门上,看着女儿折腾,觉得她要是一直这么率真不变多好,她宁愿她一直是个"问题少女",宁愿她为了爱一个男人不撞南墙不回头。

"新约的场啊?"

"对啊!这是我放松自己的唯一方式。这几天住在那边,我都要憋死了,我必须得出去吼吼了!还能赚点儿外快不是?"

"只要你开心就行。晓春放在我这儿你放心!"

三下五除二,珂建就换好了衣服,破洞裤大T恤,头发被抓得乱七八糟,画了别人认不出来的烟熏妆。她看着镜子中的自己,看看夏兰,娘俩笑得非常灿烂。

8

老杜给小杜做了一顿非常丰盛的晚餐,老杜做饭,小杜一直忙活着收拾屋子,拿着盒尺这儿量量,那儿弄弄。

他一边量一边冲着厨房的老杜喊:"这房子装修一下,还是很酷的。要面对新生活了,就得变个样儿。你出钱,我出工。回头等我挣了钱,再把钱还给你!"

老杜翻炒着锅里的菜,乐得合不拢嘴:"成!"

他做梦都没想到会等到这一天,儿子能这样阳光朝气地跟自己谈论新生活。从他背井离乡的那一天起,老杜就没指望自己后半生还能指望上他,以前老觉得,当了一辈子老师,怎么就没能把自己的儿子教育好呢?

可这次小杜的回归,让他明白了,一个人尤其是一个男人的好与坏,只是在于他有没有勇于承担责任的心。再说,他的偏执,完全是因为他和二妹这段阴盛阳衰不了了之的婚姻。要是站在这个角度上来说,他们都欠他的。

开饭之前,小杜偷偷给二妹打了个电话。

他知道,虽然二妹是个女强人,但是这些年,她也挺难的。一直没找个老伴儿,还不是因为想和老杜复婚。

每次二妹给自己打电话,基本都在对自己解释她和老杜之间的关系。她说自己怎么努力追,他就是不肯跟自己复婚,也说自己后悔当初那么强势,对他非打即骂的。二妹直爽,从来都是有什么说什么,每次她除了解释这些,就是跟儿子道歉求情,望着他赶紧回来。

小杜不是不想回来,只是觉得自己走了这些年,也没混出个人样儿来。假如说二十岁的出走是因为家庭变故,那么流浪后的不情愿回归,只能是因为自己没混出来。要是自己成了真正的歌手,扬名天下,哪怕是没钱,他也觉得回家是一件脸上非常有面儿的事儿。

他约了二妹,希望能真正地吃一顿团圆饭,圆他这十年来的一个梦。虽然他中途回来过几次,但每次都是匆匆来匆匆去,都没和他们吃一顿团圆饭。

很快,二妹就拎着一只烤鸭如约而至。她捂着胸口忐忑不安着,十年了,老杜一次都没有让她踏进这个门,要是这次再被他撵走,那她在儿子面前还怎么做人?

老杜听见有人敲门,抹着手上的油去开门。

"谁呀?"

二妹听见是老杜的声音,心里骂着,这臭小子真不靠谱。转身要溜。老杜开门,看见一个畏畏缩缩的背影,不用猜就知道是范二妹了。

他回头看了一眼儿子,喊住了她:"来了就别走了! 进来吧!"

范二妹怔住了,惊中带喜地慢慢转身,怀疑地问:"你说我吗?"

"儿子就是想吃顿团圆饭,我能理解。你进来吧。"

说罢,老杜转身钻进屋里,又进厨房做菜了。

二妹拎着鸭子畏首畏尾地进了屋,找寻儿子的身影。

"杜子腾,你干吗呢?"

小杜正在换床单,在卧室里呼唤她:"进来啊,二妹! 我收拾屋子呢!"

范二妹环顾着这屋子,心里是和小杜刚进来时一样的感觉。但觉得这房子虽然破旧了,味儿也不怎么好闻,但依旧很温暖。想起曾经在这屋子里发生的一幕幕,她就恨不能抽自己俩嘴巴。

她倚着门框,盯着儿子看入了神。

小杜的眼神,偶然落在了她身上:"妈,你看什么呢?"

这一句妈,把二妹的心都喊化了。她走过去,抱着儿子的头说:"儿子,妈妈对不起你。要不然,你也结婚生子了不是?"

小杜挣扎了一下,觉得这气氛实在不对:"没事儿玩什么煽情啊? 你要是爱我,就赶紧把老杜追回来!"

范二妹叹气:"唉……不追了,追不动了。他不肯原谅我,我也不想整天这么追在他屁股后面了。但是儿子你放心,无论到什么时候,我也是你妈,他也是你爸。你们有事,我肯定不会看着的!"

"你看着当然不合适了!? 你不是我妈谁是? 怎么? 你还想找个后老伴儿啊?"

"找！有合适的干吗不找，老杜有小杜陪着，我有谁啊？每天回到家面对的就是一堆清锅冷灶。我容易吗我？"

"范二妹我警告你，你最好别有这种想法。我可不同意！"

"哎哟，我的小祖宗！你可得理解我！你看不出来吗？在老杜面前，我做什么样的努力，都是白费！"

"那你也不能给我找后爹！"

范二妹被他噎得说不上话来，更不敢告诉他，自己最近正在和一个老头儿谈恋爱。

这顿饭吃得真别扭，老杜一直闷不吭声，范二妹也有点儿坐不住。毕竟，这十年来，他们一家人还是头一次凑这么齐吃饭。小杜用尽浑身解数，希望能调和尴尬的气氛，还故意将话题扯到"一家人"这个主题上，一会儿给这个夹菜，一会儿给那个倒酒。但老杜，就是不笑，二妹也接不上话来。

有人在楼下大喊杜子腾，小杜扒着窗户去瞧，看见庞娜穿着一身休闲运动装，站在自己的车前，仰着头看着他。

小杜好奇地问她："有事儿啊？"

"我带你去我哥的酒吧玩儿玩儿！可以唱歌！"

一提到唱歌，小杜就按捺不住内心的狂热了。而且是哥们儿的酒吧，必须要去看看。他朝身后吃饭的爸妈瞥了一眼，灵机一动，觉得给他俩留点儿私人空间也挺好的。

他对楼下的小屁孩儿吼了一嗓子："等我五分钟！"

"好！"

转身，扒拉了几口饭，草草地结束了自己梦寐以求的这顿团圆饭。

"爸妈，我想去庞辉的酒吧转转。好几天没唱了，嗓子有点痒痒……"

老杜叹了一口气，无奈地摇摇头："去吧！"

"那我走了啊！"

小杜像只脱笼的兔子，一溜烟儿跑下了楼。

剩下这俩十年未曾一桌吃饭的前任爱人，你瞅着我别扭，我瞅着你别扭。老杜再也装不下去了，把筷子拍在了桌子上，声音都撕裂了一般："儿子也走了，你也快走吧!"

二妹一脸无辜,顺势抓了下老杜的手,瞬间被他甩开了。

"老杜,你就这么恨我吗?"

"我不恨你,就是觉得别扭。你还是快走吧,被邻居看见不太好。回头那帮三八老太太又该八卦我了。"

二妹不指望他能改变对自己的态度了,叹息一声,拎起手边的包说:"那好,我走了……你自己多注意身体啊!"

9

庞娜拉着小杜来到了大庞的"顺溜儿"酒吧。小杜看着这酒吧的名字笑了:"顺溜儿?这是个什么名儿?"

"我哥这辈子就这点儿追求,希望自己和万事都顺顺溜溜的。"

"嗯,你哥一向务实。生意不错呀?"

"还可以吧!够他作了。走,咱们进去吧,进去吼几嗓子!"

"太好了,我这几天都要憋死了。要不是怕被误认为神经病,我都想去医院的露台上唱。"

庞娜哈哈大笑,蹦跶到他的身边,顽皮地挽住了小杜的胳膊。小杜抗拒着,轻轻地抬了一下胳膊,试图把手抽离出来。她又抓紧了一些,皱着鼻子说:"肚子疼先生,不带这样的。妹妹挽着哥哥,天经地义啊!"

小杜搔搔后脑勺,傻乎乎地笑了。

她拽着他进了酒吧,逢人告诉:"这是我哥的铁瓷!叫杜哥就成……"

这一道,弄得小杜很不好意思。

酒吧里的气氛搞得蛮好的,客人不少。舞台搞得很漂亮,音响设备也很好。她拉着他找了一个安静的角落坐下,开了几瓶啤酒,闲聊着喝了起来。

"子腾哥,等会儿我给你安排啊!"

"好啊!"

台上的年轻歌手,唱完了一首《滴答》。跟顾客介绍今儿新来的歌手。

"建建是今儿刚来的女歌手,让她给我搞一下气氛好不好?来首摇滚!怎么样?"

台下的人都纷纷跟着起哄,拍手叫好!

珂建背着吉他上台了,有坏坏的男生,冲她吹起了口哨,大喊着:"美女!"

音乐响起,珂建娇小又具有爆发力的身体,随着这音乐爆发出了大大的能量,那姿势和嗓音,简直都要帅到爆。

庞娜也跟着大声叫好:"这是谁找来的歌手?这么牛?不错不错,以后可以长期合作……"

她没注意到,从这个女歌手一上台开始,杜子腾的眼神,就没从她身上挪开过。眼神里除了惊讶就是惊讶。

庞娜觉得他不对劲儿,拍了拍他的胳膊:"子腾哥,你怎么了?"

杜子腾盯着使劲儿摇摆自己的珂建说:"珂建……"

庞娜猛地回过头去,揉了揉眼睛,盯着那女歌手仔细打量:"你说,这是张珂建?妈呀,真的是她!我居然没看出来……"

杜子腾慢慢走到演出台前,盯着她看了好一会儿,珂建想调动一下气氛,冲着话筒说:"有没有会唱的帅哥?上来跟我一起唱!"

杜子腾不由分说地走上了台子,底下的人扔给他一个话筒,他就随着那音乐也唱了起来。珂建看见他,愣在那儿了。

你能想象一个朋克风打扮的摇滚女歌手突然安静下来,是一件多么奇怪的事情吗?

杜子腾盯着她的眼睛唱,一首摇滚,硬是被他唱出了悲歌的味道。

底下有人喊:"美女怎么不唱啦?"

她回过神来,又扯着嗓子唱了起来,试图用声浪盖过他的嘶吼。两个人配合得太嗨,惹得台下的观众都跟着躁动了起来……

珂建唱到气喘吁吁,使尽浑身力气,将最后一个音符弹出来,最后收官的那一下,简直酷到爆。

杜子腾攥着话筒,用一副凛冽的眼神,盯着她的眼睛。她喘着粗气,怒视着他。就像十年前,他惹到自己时,她冲他发横的样子一样。

人们都说,再次遇见自己喜欢的女孩儿时,对视十秒还不吻下去的话,那么这段感情,就没追回来的必要了。

杜子腾没有坚持到第七秒就不行了,凑到她面前,狠狠地吻了下去！台下的人都疯狂了,庞娜呆得嘴巴里的爆米花掉了一地,看珂建在他的怀里挣扎着,她像只倔强的麋鹿,扔着蹶子从他的怀里挣脱出来,然后,狠狠地给了他一巴掌。转身,跑出了酒吧。

杜子腾追她,庞娜追杜子腾。他出门,在斑斓的夜色中寻找珂建的身影,他朝自己判断的方向大喊:"珂建！你回来!"

接着寻着那路追了过去。小屁孩儿像条小尾巴一样,跟在他屁股后面跑。

珂建躲在一个小胡同的夹缝里,捂着嘴巴哭成了泪人儿。

第二章

1

杜子腾躺在床上辗转难眠,无疑是在想珂建。闭上眼睛,她在台上唱歌的一幕,混杂了十年前她唱歌的样子,一幕幕浮现在自己的脑海中。

他想着想着就笑了,没想到这么多年过去了,她一点儿也没变。她肯定没结婚,看她那打扮,不像是个家庭主妇,也许她还在等着自己的归来。杜子腾心中默默祈祷着。

他此次回来的目的,是想承担一些责任。除了对老杜和二妹应尽的义务,他还想在本地开家酒吧,再一个就是把张珂建追回来。

小杜漂了这十年,唱歌也只是勉强糊口的营生。混了这么多年酒吧,他深知这其中利润,他这次回来,一定要把这酒吧开起来,这样就可以给珂建搭起一个可以唱歌的场子,她想怎么唱就怎么唱,想怎么嗨就怎么嗨。他就是想看她在舞台上蹦蹦跳跳开开心心的样子。

他觉得自己下一步,就要为开酒吧奋斗了!

珂建去了那家烧烤摊,杜子腾走的这十年,唯一能怀念他的方式,就是来这儿找烧烤摊的老板毛豆喝上两杯。

他们相爱那年,毛豆刚摆这个摊,毛豆比他们小两岁,当时好像是因为一场口角,几个人居然成了好朋友,每次玩耍过后,肯定来他的摊子上撸串。

如今这十年都过去了,毛豆还守着这个摊子,规模比十年前壮大了许多,他租了这条街上的一个大院子,摊子被他从街边搬进了院子。他还给自己的烧烤摊起了一个牛逼的名字——"撸串儿"。

搭了满院子如同小星星一般的彩灯,还弄了一套超级牛逼的音响设备,喝嗨了的,还可以拿着话筒吼两嗓子。然后满院子的光膀子醉汉,就都跟着哼唱、吹口哨,气氛火热。

小杜走的第二天,珂建哭着鼻子去找毛豆,跟他喝酒,说小杜背叛自己,扔下自己滚犊子了。

当时给小毛豆开心得不行,珂建都不知道,她掐着腰,像个小泼妇一样护着自己男朋友的样子,简直把小毛豆迷得五迷三道。他幻想,自己要是有这么一个小泼妇女友该多好,他肯定会把她宠上天,让她天天都开心。

就这样,毛豆成了珂建无话不谈的朋友,不开心的时候,她就去找他喝两杯,毛豆喜欢人家,但是他知道,自己根本就是在做梦,他知道,这姑娘虽然闹腾,但是把爱情都放在了小杜身上,还有,她学习很好,在学校里担任各种委员。她妈妈还是教育局的工作人员,人家的爸爸是警察。而他出身贫困,爸妈都是工人,他高中毕业就"下海经商"了。干的都是打一枪换一个地儿的营生,他怎么配得上人家呢?

毛豆这些年,虽然没闲着,但却一个都看不上。毛豆经常跟她开玩笑,说男人这辈子,只让一个女人走进自己的心里就行了,太多了,闹腾。而他心里的那个女人,就是珂建。

毛豆见老朋友来了,拎着两瓶子酒一把羊肉串朝珂建的位置走去,十年了,他们早就成了无话不谈的好朋友,珂建这些年的好与不好,他都看在眼里,疼在心里。

他把脸凑到她面前,做了个鬼脸:"怎么了,小贱?"

珂建隔着桌子,踢了他一脚,托着腮帮子发呆:"叫姐!"

毛豆捂着被她踢得生疼的膝盖,贱着说:"小贱姐!"

珂建朝远处穿着白领装,踩着高跟鞋忙活着的姑娘瞥了一眼,抢过他手里的酒瓶子,对瓶吹了起来。半瓶子酒下去,她抹了抹嘴巴说:"真是混蛋!又去祸害小白领了?我说,你能不能锁定一个别老是换了?"

"能啊!你答应我,我就不换了。"

珂建白了他一眼,隔着桌子,又是一脚:"能不能别老是跟我开玩笑?"

毛豆嘿嘿一笑,竖着大拇指说:"这个?职场白领,高端范儿。特别爱我,你说一个小白领,朝九晚五的,下了班还非要来给我帮忙。这可是自愿的啊,我可没强迫人家!"

"你就是一混蛋！目测这姑娘不错，是个老实孩子，别辜负人家。"

毛豆捂着嘴，盯着那姑娘看着："眼毒啊，确实挺好的。是可以结婚的那种类型。可是我吧，我觉得我更喜欢野的。这姑娘，跟我路子不对，不是一路人！"

珂建盯着他看得他发毛，她觉得他跷着二郎腿喝酒这副玩世不恭的样子，简直太欠抽了。

"姐。别这么看着我！我怕！"

"怕就好好对人家，我说你也老大不小了，这姑娘不错，差不多就结婚吧！"

"好家伙！你比我妈管得还多了。不是，说说你吧，你什么情况啊？这么些日子不来了，我给你发微信，对我也爱搭不理的。今儿这大神，怎么有时间，大驾光临我这寒舍？我猜，你有心事？是不是又遇见糟心的事儿了？"

"就你能，你都成了我肚子里的蛔虫了。他回来了……"

毛豆听见这四个字，头发都炸起来了，拍着桌子扯着嗓子喊："你说杜子腾那孙子！"

他这一嗓子，吼得身边吃饭的人，纷纷朝他望去，远处的小白领也听见了，以为他和人吵起来了，放下手里的活儿跑到他们这桌前。

"怎么了？"

珂建见势不妙，拽着他的胳膊用一种命令的语气说："你给我坐下！你嚷什么嚷？神经病呀？"

小白领见她这么厉害，怒气冲冲地看着她，身子一斜，挡在了毛豆的身前，搡了下她的肩膀，瞪着俩大眼珠子一副要吵架的阵势："你说谁呢？你谁呀这么横？"

那一刻，毛豆恍惚了一下，仿佛看见了十年前的珂建。

珂建没说什么，哑巴着嘴，翻着白眼儿吃串。

小白领看迷糊了，这到底是什么情况？毛豆拽了一下她的衣角，尴尬地解释着："别闹，这是咱姐！姐姐！"

小白领像看见大神一样，顿时露出了崇拜的表情，咬着手指头说："哇！她就是珂建？怪不得气场这么强大呢！"

珂建怔了一下，心想，原来这姑娘弱智。

毛豆笑着拽着她坐在自己身边，刚想介绍，就被她抢了话："我叫陈好！毛豆的正牌女友！能结婚的那种！"

珂建笑着，友好地冲她伸出了手："没想到，你还挺厉害的。"

陈好有点兴奋，叽叽喳喳地说开了："当然了，我们老毛说了，最崇拜的就是你。还说，他特别喜欢你，一直追你，但是追不上……"

珂建有点招架不住了，没想到，这姑娘嘴巴这么厉害。目测她这张嘴，能把死人说活了，而且句句带刀，杀人不眨眼，骂人都不带脏字儿的。要是自己再年轻几岁，肯定会不甘示弱，但是现在，她已经被生活磨去了锐利，遇见厉害的，只能——呵呵。

"陈好，你真不错。好好对毛豆，他会娶你的。"

陈好双眼放光，十指交叉着问："真的吗？"

她喝了一口啤酒，非常认真地看着她说："真的。"

陈好拍了一下毛豆的胸口，笑嘻嘻地问："怎么一说到结婚，你就不说话了？是不是真的呀？"

毛豆有点不耐烦："话都让你说了，我还说什么呀？我说你不是用电脑的吗？怎么嘴这么能说？"

陈好拽着珂建的手说："我只对喜欢的人能说。我不喜欢的，我都懒得理他。"

珂建心想，得，今儿这话题简直没法继续了。她将酒瓶子里的啤酒喝完，撸了一口串儿，背上自己的吉他，站起来说："不陪你们了啊，我还得回家陪孩子呢！"

陈好站起来，看着她酷到不行的背影看呆了，她觉得自己刚刚那话可能过了，开口喊她："姐，你别走呀！"

毛豆手揣口袋里说："别喊了，她就这样。比你还牛掰呢，千万别觉得你赢了，那是她不跟你一般见识。"

陈好转过头，语气惊诧："啊？"

"啊什么啊？就你能耐，赶紧去干活儿！"

陈好足够爱毛豆，他一声令下，她就像只小燕子一样，欢快地跑去端盘子了，嘴里还哼着歌儿。

毛豆冲着她忙活的小身板笑了笑。

2

珂建回到家的时候,夏兰坐在客厅里,喝茶,收拾晓春儿的衣服。

微暗的灯光下,夏兰将外孙女儿衣服的每一个边边角角都搓到柔软,再叠得方方正正。

她冲着妈妈婉约一笑,她知道,她在等她。

"妈,又不听话了？我不是说了,不用等我。"

夏兰摘下眼镜,揉了揉自己的鼻梁骨:"岁数越来越大了,就没觉睡了。"

她握住女儿的脖子,用鼻尖跟她顶牛:"我的小美女,玩儿得开心吗？"

她迟疑了一下:"开、开心……"

近距离地看女儿,她发现她的眼眶是红的,烟熏妆也花了,显然是哭过了。她担心,是不是女儿在外面受了欺负？语气紧张地追问:"遇见闹场子的了？"

珂建只能顺应着点点头:"是,遇见个臭流氓,没事儿,解决了。"

"我就说吧,那种鱼龙混杂的地方少去。你应该多把时间用在读书和旅行上。"

"带着一个病孩子,去哪也不方便。再说,我婆婆那脾气,你也不是不知道。"

珂建一边换衣服,一边跟妈妈唠叨自己的不容易。这些话,弄得夏兰有点心烦意乱,每次珂建像个中年妇女一样,给自己讲大道理的时候,她就觉得自己特别可恨。

她换好了衣服,拽着夏兰的胳膊,硬将她塞进了卧室:"好好睡觉！乖！"

夏兰本来还想和她聊聊的,但看她的样子挺烦的,也就顺应了她的意思,乖乖睡觉去了。

珂建洗完澡,钻进自己的房间,看着床上熟睡的女儿,将臂弯伸成了月牙状,把晓春儿拥进了自己的怀中。此刻,只有她能给她温暖和安慰。

她打开视频,在黑夜中跟兜兜聊天儿。

兜兜揉着惺忪的眼睛,满脸的不耐烦:"小姑奶奶,你怎么这么能折腾人？我这儿睡得正香呢！"

"兜儿,他回来了。"

"谁啊?"

"杜子腾。杜子腾回来了。"

听见杜子腾这三个字,兜兜像玻璃瓶子里起了化学反应的试验品一样,嗖一下,从床上蹿了起来。

"他去找你啦?"

"没有,今儿出去玩儿,碰见了。"

"什么情况? 你俩……"

"别提了,我很乱。"

兜兜抱着大腿,盯着视频也不知道该说什么。两个女人,就这么静静地看着彼此,心中都揣着自己的事儿。

这天晚上,珂建做了一宿梦。浑浑噩噩,浑身像散了架一样。大早晨起来,就被笑呵呵拎着豆浆油条回家的老爸叫醒了。

他站在女儿和外孙女的床边,笑容中透着一丝蹊跷,轻声地喊着:"小建,小建……醒醒……"

本来昨晚就没睡好,她语气显得很不耐烦,闭着眼睛推老爸的手:"别闹! 睡觉呢!"

"起来吃饭,吃完了饭一会儿来客人! 还记得上次派出所见到的那个小刘吗? 他一会儿来我们家。"

她张牙舞爪地伸了伸大腿,翻身故意将脚伸到了老爸的面前,差点儿蹬到他。然后又死死地睡了过去。

张家伦知道,她这跟自己耍赖呢。只能全身而退,等着老婆出马。

恰巧,夏兰昨晚也因为想女儿的事儿没睡好。情绪不高,坐在梳妆台前照镜子,老公突然笑着进入了画面,她一抬头,以为自己遇见鬼了,吓得心脏直扑腾。

"大早晨起来的就折腾,你起这么早干吗呀?"

"你家娘俩儿今儿这是怎么啦? 不早啦,都八点啦。我跟你说,你快去喊小建起床,我约了小刘,一会儿人家孩子就来啦!"

"小刘?"

"就是派出所那个,二十八的那个。"

"我的天呀,你可真能开玩笑。人家那孩子没结过婚,还比珂建小,你怎么什么茬儿都敢想呢?"

"嘿?你别说我敢想,那小子还真就对咱们珂建印象不错。"

"你怎么知道?"

"就刚才我买油条去,碰见人家小刘了,人家还特意问了珂建呢!"

"怎么说的?"

"他说,嘱咐好了姐姐,看好孩子,现在社会挺乱的。下次孩子真有个什么好歹,后悔都来不及了……"

"哎哟我说,你真成。人家这叫关心她吗?人家这是客套话好吧?"

"那起码能说明,他对咱们小建是有印象的吧?我约了他,一会儿来家里跟我下盘棋。顺便让他看看咱们家这欣欣向荣的气氛,也对咱们家有个了解。至于剩下的事儿,可以慢慢培养嘛!"

"我真服了你了。什么人都能给惦记上。整得咱们闺女嫁不出去似的。"

"你这话说的,咱们闺女永远都是公主。我还能像推销一样到处去推销她啊?哪次不是她看不上人家,我强求她了吗?我这么折腾,还不是为了孩子不用过得这么辛苦,还得背着亲家那边,偷偷摸摸跟做贼似的。只要咱们女儿开心,我做多少,都是值得的!你就别老是教育我了,赶紧去喊她起床啊。"

夏兰叹着气,看着老张忙活着的背影,心里也着实难受。她觉得一个大男人能对女儿的婚事这么上心,也真是难为他了。

自从珂建出了这档子事儿之后,最难受的就是老张。但他还强颜欢笑,打着精神嘻嘻哈哈的,不就是为了给这个家提点精气神儿?

不管成不成,总不能让老公伤心。她觉得还是喊一下珂建比较好。

她穿着真丝睡衣,钻进女儿的房间,拍着她的屁股,轻声说:"孩子,醒醒。别打击你爸的积极性。他也不容易。"

其实刚才老爸出去之后,她就没睡着,听见妈妈这样说,她有点不耐烦,坐起来搔弄着自己的头发说:"我起来洗洗去店里。"

"等小刘来了之后再去吧,记住,别打击你爸。"

夏兰冲她会心一笑,她点点头,帮春儿披了披被子。起身,钻进了卫生间。

老张看见女儿起来,连忙称赞:"还是老婆的威力大。"

3

　　这是儿子在家睡的第一个夜晚,老杜居然紧张兴奋得不行,很早起来,给他烙葱油饼。他知道,儿子最好这口。

　　杜子腾折腾来折腾去,也是一宿没怎么睡。他整夜都在想珂建,他知道,老杜也许知道珂建的情况,他心细着呢,知道他心里放不下什么。要不然,他也不会找回那把钥匙。

　　老杜将一张香喷喷的葱油饼放进他的怀里,圆饼,规整地切成了四块,盘子边上还配了小咸菜。

　　小杜咬了一口,有点难为情:"您别忙活了,这身体刚好。"

　　他将最后一张放进盘子里,收拾了收拾,坐下来陪儿子吃饭。

　　"爸。问你个事儿呗。"

　　老杜若有所思地看着他:"什么事儿?"

　　"你知道珂建这些年过得怎么样吗?"

　　老杜迟疑了一下,咬了一口饼说:"哦……你说和你谈恋爱的那个小姑娘啊?"

　　"对,她妈以前在教育局工作的,你们都认识不是? 都是教育系统的!"

　　"认识,不熟。你走了之后,那姑娘来过几趟,问我你去哪了。有一次,守着咱门口睡了一宿,你辜负的可是个好孩子……"

　　"她结婚了吗?"

　　老杜拿筷子轻轻戳了一下他的脑门儿。

　　"你以为世界上的人都像你似的,不想结婚? 结了。"

　　"啊? 你说,她结婚了?"

　　"嗯……这事儿我也是听以前学校的老领导说的。她结婚的时候,他们都去赴宴了。据说,是个不错的人家,条件挺好。小伙儿也不错……"

　　其实老杜知道得更多,比如她的丈夫死于一场车祸。但是他只是选择性地跟他粗略地说了一些她的情况。

他知道，以儿子的秉性，知道她现在过得不好又死了丈夫的话，肯定会马不停蹄地去追人家的。

他好不容易把他盼了回来，觉得还是能安生一时是一时，实在瞒不住了再说。

想去看看她这个想法一旦冒出来，就按捺不住。饭没吃完，就匆匆出门了，老杜看着他那着急去找人家姑娘的背影，摇着头叹气："唉……现在的年轻人呀，太冲动了。"

他还记得珂建家的住址，只是这么多年过去了，不知道她是不是还住在这儿。他抬头望了一眼三楼的窗口，依稀看见张伯伯怀里抱着个孩子朝外面看。

他心里惊了一下，原来，她的孩子，都这么大了。正在犹豫要不要上去，被下楼扔垃圾的夏兰撞见了，她简直不敢相信自己的眼睛，惊讶道："杜子腾？！"

小杜的眼神瞬间锁定了站在不远处的珂建妈妈，他迟疑了一下喊她："阿姨……"

夏兰走到他面前，神情复杂，不知道该说什么。

小杜觉得气氛实在尴尬，转身要走。

"既然来了，就上去坐坐吧？"

他迅速转身，眼神里露出惊喜的光芒，"好呀！"

夏兰有点不知所措，没想到，他会跟自己说"好"这个字。她沉着脸，话说出去了，总不能收回，不然显得自己太不大方？她转身往楼上走，杜子腾有点兴奋地跟着她。

走到门口的时候，夏兰突然转身，支支吾吾地说："呃……要不，你走吧……家里有客人，不太方便。"

他没想到，她会给自己下逐客令。都走到门口了，和自己想见的人，只有一门之隔，他肯定不会轻易罢休，用央求的语气说："阿姨，让我见她一面吧。是不是她老公也在里面？"

"你怎么知道她结婚了？"

"哦……我听朋友说的。她都结婚了，您还有什么不放心的呢？我也不是来闹事的，我就是想看看她。"

夏兰鼻子一酸,对眼前的这个小子,顿生恨意。当初要不是他不辞而别,也许女儿不会过得这么辛苦。

她语气生硬地说:"你走吧,珂建不想见你。"

小杜有点着急了:"别价啊,阿姨,我都来了。其实昨晚我们都见过了!就在我哥们儿的酒吧里!"

她瞪着俩大眼珠子看着他:"你说昨晚?"

"对啊,阿姨!昨晚……我也想就昨晚的事儿,顺便跟她说句对不起,我不该那么冲动……"

"你对她做了什么?"

夏兰的声音近乎嘶吼,被耳尖的珂建听见了,以为她和人吵了起来。赶紧打开门去探下情况。

"妈,怎么了?"

抬头,撞见了眼神中放射着渴望,正看着自己的杜子腾。

"你怎么来了?"

"我……我来看看你。"

"进来吧。"

珂建放开门把手,门慢慢敞开了。她站在那儿,眼神呆滞。夏兰没想到女儿会这么大方,以为她会一哭二闹,冲着他的脸胡乱抓一通。她的平静,反倒让她觉得有点可怕。

露台上,刘志正抱着春儿跟张家伦认真地下棋。杜子腾低着头,慢悠悠地走进来,一直不敢抬头看大家。

张家伦聚精会神地看着棋盘,沁了一口茶问:"谁呀?"

"伯伯,是我。小杜。"

"哪个小杜呀……"

张家伦好像想起了什么,猛地抬头一看,果真是那孙子。他可不像那娘儿俩那么好脾气,还跟他好好说。

没等他缓过神来,就攥着拳头骂开了:"你这个浑小子!你来干什么?谁让你进来的?!"

举着棋子的刘志,不知道这是什么情况,以为小杜是什么流氓无赖,出于警察的本能,他抱着春儿一下子冲到了老张身边,怒视着眼前的小杜:"什么情况?"

张家伦气得浑身都哆嗦着,脸、嘴唇都跟着颤抖。杜子腾觉得自己今儿来错了,不该这么冲动地闯入了人家的家门。

他觉得自己站在这儿,简直就是一种羞辱。他低着头,不敢动,也不敢说话。他看见抱着孩子的刘志朝他伸出手,友好地问:"你是珂建的……"

在一边冷着脸,抱着肩膀冷笑的珂建抢先他一步说:"对!我老公!这是我们家晓春儿,五岁了。"

珂建走到刘志身边,顺势挽上了他的胳膊,勉强挤出得意的笑容。

刘志是个机灵小子,明白了事情的大概,配合她演起了戏。

"珂建,这帅哥是谁呀,你们同学?"

珂建眯着眼睛看着他:"这混蛋……这帅哥,是我同学。走了十年了,这不回来了吗?看来是想和我叙叙旧?!"

"来者是客,虽然我不认识你,也能看得出来,我的岳父母好像不太喜欢你。但是作为这个家里的一员,我还是非常诚恳地请你坐下来喝杯茶。"

小杜再也待不住了,脸上红一阵白一阵的,从楼上跳下去的心都有。他转身,跑出了他们家,步伐快得像闪电一样,没几秒就找不见人了。

珂建斜着眼看着门口,眼泪终于忍不住再次掉下来。张家伦捂着胸口,坐在椅子上,拍着椅子把手狠狠地说:"谁让他进来的?"

"是我。爸,是我让他进来的。这样不挺好的吗?我想他以后不会再来了。"

"今天多亏了刘志了,这小子反应真快。要不然,我们都不知道该如何收场了。"老张像看大熊猫似的,看着刘志说。

夏兰也这么认为:"就是,多亏了小刘了,小刘啊,陪你叔叔下完棋别走啊,中午留下来吃饭。"

刘志欣喜若狂,心里已经乐开了花。他很喜欢老领导家的家庭气氛,这样其乐融融,老人之间也相敬如宾。能留下来继续感受这种温暖,他当然求之不得。

"好啊阿姨,我正想尝尝您的手艺呢。"

"真是个好孩子。去和老领导下棋吧。"

珂建看着小刘笑笑:"谢谢啊,没想到你反应还挺快的。"

"这都不叫事儿。电视剧看多了,谁还不会演两下子啊?"

珂建捂着嘴坏笑了一下："那你玩儿吧,我要去店里了。"

"你去吧,晓春交给我,你放心!"

她穿好衣服鞋子,拎起包出门。临走的时候,特意看了一眼坐在桌子前笑得脸上开出了花的老爸。

4

有的时候,世界就是这么神奇,新的旧的随时都可以闯进我们的世界,就像你皮肤上的小痘痘,你不想它出现也不行。

珂建坐在店里的接待台前,看着店员们忙活着,她却在一阵阵愣神。来了顾客咨询,她也没回过神来。

前台的优优推了推她的胳膊,善意地提醒了一下:"建姐,你怎么了,是不是不舒服啊?"

"哦……没什么。你怎么不干活呢？老是盯着我干吗?"

优优用下巴指了指她面前,她才看见有客人在咨询。她赶紧让开地儿,让优优接待客人。

杜子腾的出现,一下打乱了她的生活,让她突然找不到北了。

知道自己喜欢的女孩儿结婚生子了,小杜的心也彻底死了。他劝自己,人总要积极面对新的生活,他既然选择了回家,就好好地孝顺爸妈,少让他们操点心就好了。

他开始翻修屋子,这老屋的陈旧气息,弄得他的精神都有点压抑。一切都该改变一下了,包括他自己。

小屁孩儿成了小杜的小尾巴,知道他要装修屋子,开着车带着他在整座城转悠买装修材料。

小杜坐在她的车子里,觉得说感谢的话都多余了,摸摸她的头,然后塞到她手里一根棒棒糖："挚友难得啊!"

庞娜羞红了脸,撕开那棒棒糖含在了嘴里。

"我哥今儿晚上到家。我跟他说你回来了,给他高兴的呀。"

"净给我装孙子,我早就打电话告诉他了啊!"

小杜又觉得这话说得不对,冲着她尴尬一笑:"对不起啊,我不是那意思。"

"哈哈!我不在乎啊,他就是装孙子啊!子腾哥,你说什么都对!我就是崇拜你!"

杜子腾倒吸了一口凉气,瞪着俩大眼睛,对她露出敬仰之目光:"十年了,你怎么保持崇拜我的这颗心不变的?"

"因为你一直在我心里住着啊!"

"好吧!"

……

在建材城兜兜转转了半天,买了很多装修材料。小杜一边算计着自己的钱,一边算计着人工费。

"你说,这材料不贵,人工倒是够贵的,不行我自己干得了。"

小屁孩儿立马拍手响应:"好呀,好呀!我陪你干!反正我也没什么事儿!"

"你不是得上班吗?下班还要去帮你哥打理酒吧不是?"

"我就上半天啊,酒吧也不用经常去,隔两天去一次就成。怎么?你不想多个帮手?"

"多个帮手自然好呀,我怕耽误你工作。"

"那就别拒绝我。"

摆在车上的手机响了,庞娜看了一眼手机屏幕,面露惊喜:"哎呀,我哥!肯定是回来了!"

"是吗?他要见我吗?"

"必须的啊!我哥这些年可想你了,没少念叨你……"

小庞自顾自说着,杜子腾看着车窗外,突然一幢废旧的厂房映入了他的眼帘,那厂房旧出了陈年的斑驳,好像很多年无人问津的样子。

他觉得这厂房简直太酷了,他赶紧喊停:"赶紧把车停下!停停停!"

小庞有点儿蒙,急踩了一下刹车,车子朝前蹿了一下,两个人也跟着晃动了一下。

"小杜哥哥,怎么了?"

小杜打开车门,径直朝那厂房走去,庞娜看不明白,他到底是要干吗?锁了车门也跟着他跑了过去。

杜子腾走进那废旧的厂房,里里外外研究了一番,满意地看着庞娜说:"就是它了……"

庞娜有点儿不好意思,以为他在暗示什么,还羞红了脸。

"哥哥,你什么意思?"

"你看这里,多好!适合开酒吧!"

"啊……"

5

庞辉一脸严肃地抱着肩坐在他俩面前,眼神惊悚恐怖。看得这两人心里发毛。

小杜觉得气氛有点不对,笑嘻嘻地去抓他的小辫子:"啥时候开始留辫子了?还挺好玩儿……"

庞辉向后抽了一下,顺利躲避了他的魔爪:"你!你俩怎么回事儿?"

"什么怎么回事儿?你不在家,庞娜帮帮我怎么了?"

"不是,你怎么臭不要脸呢?咱俩怎么约定的?你忘了?"

"不是我找的她,是老爷子住院了,恰巧碰见她了!"

庞辉白了他一眼,又开始盯着小庞,用眼睛丈量了一下他俩之间的缝隙,将手插进了他俩之间的缝隙里提醒道:"你大姑娘家的,别跟你管他叫哥的那个人离得那么近!注意影响!被你男朋友看见了多不好!"

小庞噘着嘴,用食指拉下自己的眼皮,跟他示威。

杜子腾一听她有男朋友,头发都炸起来了,屁股一扭,一个闪转躲,转到了庞辉那边的座位上:"好家伙,这是多大的雷啊!"

"哥,不带你这样的!子腾哥不也是我哥吗?我离他近点儿怎么了?"

小杜义正词严地重申着这句话:"对,我是你哥,也只能是你哥。切记啊!回头让你男朋友给我打了,那岂不是太丢人了!"

大庞喝了一口啤酒,指着他的鼻子说:"识时务者为俊杰!"

"我压根儿也没想不识啊!"

大庞笑着,掏出手机,拨通了小庞男友黑嘟嘟的电话:"喂?哎!嘟嘟啊,你快来把你女朋友接走,怎么老是看不住呢,又出来祸害人间了……好,在酒吧呢,等你啊……"

大庞一边打电话,小庞一边抢他手机,躲了半天,这通电话总算打完了。

"哥,你怎么这样呢?我不想见他成吗?"

"我想见他了,我想小嘟嘟了行不行?你说你老大不小的一个姑娘,和人家的婚期也定了,平时冷落人家就算了,这几天又整天跟在一半老'徐爹'的后面,你要脸不要啊?"

小杜倒吸了一口凉气,好家伙,这事态升级得让他有点招架不住。他捂着自己的半拉脸,光剩下避之唯恐不及了。

没一会儿,一个皮肤黑得跟非洲来的似的帅哥就出现在酒吧里。那两只大眼,瞪起来还蛮精神。看他这一身行头,小杜觉得这小子家境绝非一般。

倒是没有有钱人的架子,看见他们几个,像只欢快的小鸟一样就飞过来了。

只是那架势,有点软。

"大庞哥!嗨,小庞!"

嘟嘟在他们面前站定,冲自己的"未婚妻"小心翼翼地招招手。

"这位是……"

"哦!这是你小杜哥哥,杜子腾,以后叫杜哥就行了!"

嘟嘟笑着,礼貌地冲小杜打了个敬礼:"杜哥!你好!经常听小庞说起你,今儿终于见着真人了,果然是气度不凡!"

"啊?"

大庞用胳膊肘拱了杜子腾一下:"啊什么啊?揣着明白装糊涂。行了,你带她走吧,造作去吧!十二点之前不要给我送回来,我看见她就心慌。"

自始至终庞娜都在噘着嘴,一句话都不说。嘟嘟拉起她的手,像哄小孩儿一样,温柔相待:"走吧,你想吃什么?或者想去哪玩儿?"

就这么不情不愿地被黑嘟嘟拉着走了,走的时候,一直用愤怒的眼神盯着他哥。

小庞走了,小杜开始找大庞的不是。

"哎?你说谁半老'徐爹'啊?我有那么老吗?"

小庞走了,大庞装不下去了,一下子扑在小杜的身上,抱着他都要老泪纵横了。

"哥们儿,别怪我啊,我刚刚就是在我妹妹面前装装样子。我哪敢呲你呀……腾,你知道我多想你吗?想得我五脊六兽的……"

杜子腾捂着嘴巴,揉了下他的头:"我怎么这么恶心呢!你妹妹都要结婚了呀?"

"那小子家条件不错,他妈妈是包租婆,爹是干物流的。素质也行,对小庞也好。早就订婚了,我们家这姑奶奶就是不结。"

"你别告诉我,她是为了我!"

"别自作多情了。不过你是主要因素,次要因素就是这孩子爱玩儿。别怪哥们儿我没提醒你啊,你以后离我妹妹远点儿。她这门儿亲可不能黄在你身上,你让我怎么面对你呀!"

"拉倒吧,小庞不是我的菜。你又不是不知道!"

"也对,你要是想吃嫩草,十年前就吃了。怎么样?这兜兜转转的,咱俩又好几年没见着了,今儿晚上我做东,请你吃饭去!"

"必须的!"

第三章

1

大庞开着车,带着小杜在街上漫无目的地转悠着。小杜夹着一根烟,始终没敢点着。他觉得大庞的车里太干净,也太香了,像个女人开的车。

大庞觉得他这样子很有意思,觍着脸问他:"你丫什么时候变得这么有素质了?咱俩在大街上转了半个小时了,到底吃什么呀?你想好了没?"

小杜让他开车去西环那片转转。

"西边有个烧烤摊,不知道还在不在。"

"你说的撸串儿吧?"

"什么?"

"就是那个有名的撸串儿啊?!以前在街边摆摊,现在搬到院子里了。他那可忙了,我去过。"

"那就去撸串儿吧。我想吃了。"

"成!"

到了撸串儿,小杜先下车。大庞在密密麻麻的一排车中间,试图找到一个能插进去的缝儿。

小杜站在那大院儿面前,看着一块木头门匾上写着——撸串儿。

他不确定这个撸串儿是不是十年前毛豆支的那个摊儿。只是闻着这味道,倒是似曾相识。他趿拉着一双布鞋,慢悠悠地走进那院子。

他一进门,正在照应客人的毛豆一眼给认出来了。毛豆当时说不上自己什么感觉来,客人点单他也不知道记,只是僵着身子盯着他瞅:"这孙子,还是那副德行!"

毛豆自言自语着,狠狠地把点单牌扔在地上。他瞅着他,啐着唾沫,一脸仇视地朝他走去。

小杜看着慢慢朝自己走过来的这个男人,多么像十年前的小毛豆。小眼睛,小鼻子,皮肤黝黑。

他觉得遇见了旧友,开心得不行。咧着嘴刚要开口说话,却被硬来的一记拳头打得满地找牙,嘴角都流了血!

小杜蒙了,七七八八的人开始围上来,七嘴八舌,大都是看热闹的心态。没有一个上来劝解。

小杜攥着拳头,抹了一把嘴角上的血,"你有病呀?"

"杜子腾!老子正愁找不到你丫的呢!"

说着毛豆就像只腾地而起的袋鼠一样一蹦三米高,跳着脚去够他的脸。

"今儿我就让你知道爷的厉害!孙子,可给我逮着你了……"

"我去!你大爷的……"

两句话之后,时隔十年未见的旧友,像两只被囚禁了很多年的藏獒一样开始撕扯、混战,好几个服务员都拉不开。

旁边的人有叫好的,有吹口哨的,也有看不下去站在边上碎碎念的,甚至还有一哥们儿喝多了,拿起话筒唱起了《小苹果》……

画面相当混乱,大庞随着小苹果的音乐,扭着腰走进院子:"哎哟,这气氛真不错。"抬头,却看见众人围着俩老爷们儿观战的宏观,他揉着眼睛定睛一看,压着老板打的那小子不是小杜吗?

大庞煞有兴趣地观摩了一会儿:"没想到,这小子还这么牛,雄风不减当年啊!"

只见毛豆一个翻身踢,又占据了有利优势!一下子把小杜压在了身下。这下大庞站不住了,扯着小碎步跑过去,扯起毛豆的领子就是一拳:"你丫敢打我兄弟!"

大庞比他俩块头都足,很快就占了上风。把毛豆压在了身下一顿猛抽。小杜佝偻着腰,从地上爬起来,抹着嘴角的血拍了拍大庞的肩膀:"行了,哥们儿,别打了!自己人!"

大庞回了一下头,吐着唾沫咬着牙说:"自己人?开玩笑!"

被压在大庞身子底下的毛豆啐了他一口:"谁跟你自己人!你这个狼心狗肺

的东西!"

大庞一回手,又是一拳。刚要打第二拳,腾起的手被小杜死死抓住了。

"真的是自己人,别打了……"

2

前一秒还打得不可开交的三个人,下一秒就坐在一起喝起了酒,这不免让周边的人觉得这几个人脑子有问题。

在这场战斗中,占据了绝对优势的大庞和小杜,都有点难以面对一对眼睛都被打成乌眼青的毛豆。

毛豆像个受气包一样坐在他俩对面,噘着嘴,拎着酒瓶子对瓶子吹。

小杜咽了口唾沫,语气尴尬:"不是,我说你有病吧?十多年没见了,怎么上来就打人呀?"

陈好背着一个大布包一路欢声笑语走进院子,一眼就看见了像受气包一样,被打得鼻青脸肿的毛豆。

她焦急地走过去,扳弄着毛豆那张肿得像发糕一样的脸问:"谁弄的!"

毛豆瞥了眼前的小杜和大庞,陈好猛一下扭头,眼神里瞬间迸发出一株株扎人的刺,这阵势倒是把俩老爷们儿吓倒了,下意识地把身子往后一缩。

"嘿,我说你俩是来砸场子的吗?毛豆你傻啊?人家都把你打成这样了,你还坐这儿跟人家喝酒?!"

陈好埋怨着,掏出手机准备报警。毛豆抓住了她的手机解释着:"都是朋友,不至于的。"

这下她就看不懂了,满脸的狐疑,盯着这仨人看来看去。

毛豆拽了下陈好的衣角,她在他身边坐下来,眼睛还是盯着他俩一斜一斜的。

"这是杜子腾。老杜!这位是……客人,估计是他哥们儿吧。要不然下手这么狠呢?"

"肚子疼?你怎么起了这么个逗逼名儿?你小时候肚子疼烧坏了末梢神经后转移到大脑了?把我男朋友打成这样?这位客人先生,你这么牛高马大身形跟穆铁柱都有一拼了,怎么就好意思欺负我们家毛豆呢?……"

"好家伙,好厉害的一张嘴啊!顺便告诉你,哥哥叫庞辉!"

"哦!膀胱的近亲!怪不得干的都是见不得人的勾当呢!"

"你这小丫头,欠抽吧?!"

"你想抽就抽,打女人的都是好爷们儿!"

"你……"

陈好和庞辉孜孜不倦地吵着,一旁的小杜给毛豆倒了杯啤酒赔罪:"今儿这顿,我请。算是给你赔罪好吧?"

"开玩笑。到了爷们儿的地盘,还用得着用你的票子啊?你在外面挣大钱了不代表就能拿钱羞辱人,如今我这生意虽然说不上大买卖,但奔小康也绰绰有余。收起你的铜臭吧,随便吃随便喝,也让你看看咱爷们儿的大度!"

大庞怎么听这话,怎么觉得舒服,在桌子下面直戳小杜的大腿。

"人家老板要请客,盛情难却啊!"

小杜心里却别扭,觉得自己失了男人的面子,原来他们都觉得自己在外面挣了大钱,这次也算是衣锦还乡了,要是被人家知道,自己是这副穷酸状态,小毛豆得多瞧不起自己!人家小毛豆都奔小康了,自己却还一事无成,简直就是失败透顶。

他满怀心事端着酒杯,跟毛豆手边的杯子碰了碰:"刚才对不住啊,兄弟!"

毛豆摆了摆手,将手边的酒一饮而尽。

"杜子腾,你这个混蛋一走就是十年,你想过你伤了多少人的心吗?"

小杜不说话了,闷着头喝酒。心里却在计划着怎么才能给自己找回点儿面子。

远处有人叫串儿,陈好很懂事,知道毛豆有很多话要跟眼前的"混蛋"说,很自觉地去帮忙干活了。

小杜用下巴指了指她的背影,"这姑娘不错,你小子有福气!"

"别扯没用的!你知道珂建这些年是怎么过的吗?"

"她怎么过的和我有半毛钱关系吗?"

"你是人吗?珂建过得不好,你不知道吗?"

大庞撸着串串,插了一句嘴:"过得好不好真和他没关系,那会儿谈恋爱的小青年,哪有什么结果啊?只不过是一时糊涂罢了!"

"一时糊涂?"

毛豆又将一整杯酒仰头灌下,寻思了半天,还是决定说。

"一时糊涂毁了别人一生的幸福。你知道吗?珂建现在过得人不人鬼不鬼的!当初你要是不走的话,她也许不会沦落到这么惨!"

"你总是说她惨惨惨,那天我还去他们家来着,人家那一大家子过得那叫一个幸福,老公对她恭恭敬敬的,孩子也长得那么可爱,那么幸福的一家子,一点也不惨好吗?"

小杜越说越伤心,开始对瓶吹了。

毛豆听得一头雾水,"你说什么?她老公?诈尸了?她男人死了两三年了,哪儿又冒出个老公来?"

大庞瞪着俩大眼珠子,脸上惊悚嘴上八卦着:"你说珂建男人死了?"

"对啊,你看见的不是鬼的话,就是假冒货。她男人死在一场车祸里,她婆婆为了讨好她,让她好好守住这个孩子,把全部的赔偿金都给了她。珂建善良,就这么带着孩子婆家娘家来回住……"

小杜把眼珠子瞪得跟铜铃一样大,签子直接就杵在了嘴唇上,扎出了血,疼得他直叫唤。

大庞拿餐巾纸捂住他的嘴唇:"好家伙,得亏是杵在嘴上了,这要是杵在眼上,你就成了加勒比海盗了!不是我说,豆芽儿?!"

"我叫毛豆!"

"啊!毛豆儿!你说的是真的呀,珂建的事儿?"

"知道我为什么打他吗?要不是这丫的当初当了逃兵,也许珂建就不会随便找个人嫁了,不随便嫁了,她能落到这个地步吗?"

小杜捂着被自己扎破的嘴唇,一时语塞,无法形容自己此刻的心情。

大庞坐回去,食指杵着他的脑袋,嘬着牙花质问他:"你说你小子祸害了多少人!你这一走不要紧,伤了一个连的心!赶紧想想,你当初还谈着别的姑娘没……"

"别贫!"

小杜打开他的手,狠狠地将带血的纸巾攥成了一团,攥着拳头砸开了桌子。

一下、两下、三下……

"行了,别弄非主流这套了。要砸砸墙去,我这桌子三合板儿的,经受不住你这么大的拳头!杜子腾我警告你,你这次回来了,可别再去招惹珂建了,你要是再敢伤害她一次……"

毛豆站起来,拎起一带酒的瓶子,啪啪两下砸烂了。一只手举着被砸烂的瓶子,对着他的鼻子说:"丫的我就跟你恩断义绝!"

那天晚上,几个年轻人坐在一起聊了很多。

毛豆喝多了,趴在桌子上指着小杜的鼻子问:"你这次回来,想做什么大生意啊?你要是想追回珂建,你可得有份儿固定的营生。要不然,我可不让她跟着你过紧紧巴巴的日子!"

小杜打了个酒嗝:"那我当然有安排了,我可不是吹牛,我这次回来,是要干大事业的!你们这些不入流的小生意,我都不放在眼里。我要开酒吧,开大酒吧!让珂建可以开开心心无忧无虑地站在舞台上唱歌……"

大庞白了他一眼,趴在桌子上问他:"你有本钱吗?"

这话小杜不爱听了,挺着腰板儿推了他个趔趄:"你瞧不起我?老子没钱还有人,再说我也没穷到那份儿上。"

"对对对!你还有个有钱的妈,有退休工资的老子。我们这些'穷光蛋'跟你没法比!"

大庞这阴阳怪气的数落,让小杜好一阵不痛快,他揪着他的衣领想打,想想又撒手了。因为男人酒后的清醒程度是无法想象的,他突然意识到,酒后吐真言这句话的真谛。人家说得没错,自己还不就是一个一事无成回家待着啃老的渣渣?!这话自己在心里想想,也就得了。

3

小杜喝多了,走路都七扭八歪的。毛豆也喝大了,陈好费了好大的劲才把他从院子里弄到屋里。

吃饭的熟客都走光了,大庞也没少喝。和小杜搭着肩膀,走路都开始溜脚了。陈好弄完了毛豆,一看那俩还找不到门呢。

无奈之下，陈好慢跑了两步，凑到小杜身边，扶了下他的胳膊，他居然顺势搭上了她的肩膀，嘴里含含糊糊地囔囔着："送我回家！我要回家……"

陈好这消瘦的小肩膀，驮着他还真有点儿费劲。嘴上也一直抱怨着："你们这老爷们儿真是恶心，前一秒打得不可开交，后一秒就成了酒肉朋友。还喝成这样，太讨厌了！"

大庞隔着小杜，伸过去一只手，扯了扯她的衣服："会开车吗？"

"干吗？"

"送我们回去吧。这阵子酒驾查得挺严的。"

"成，代驾费二百。"

"啊？"

"送不送？不送拉倒！我跟你又不熟！"

大庞顿时成了霜打的茄子，不知怎么的，觉得自己在这丫头片子面前，就是涨不起气焰。

"送送送！二百！一毛也不少给你！"

陈好得意地笑了笑，搀扶着他们朝大庞的车子走去……

这一路上，小杜基本上都是作呕要吐的状态，害得大庞忍着难受，给他举了一路的塑料袋儿："我的祖宗哎！你可千万忍住啊！你要是吐我车上，我就跟你绝交！"

"至于吗，他不是你好哥们儿吗？"

"好哥们儿也不行！我妈都不敢弄脏我的车！"

……

开着车的陈好，故意放慢了车子的速度，磨蹭着多在大街上转了一会儿，好等着看好戏。大庞相对比较清醒，着急地催着她："半个小时的路，你丫的走了快五十分钟了，怎么开得这么慢呢？"

"我们女人开车和你们男人开车一样吗？不是怕出事故吗？"

"哎哟我去，今儿也不堵，你故意的吧？"

"我犯得着吗？行了行了，马上就到了！"

不巧，他俩说话的这夹空，小杜真的就忍不住了，塑料袋也没在他嘴巴下面，直接吐到他的真皮坐垫上了……

看着大庞手忙脚乱嘶吼着的样子,陈好笑得都合不拢嘴了。

大庞哑巴着嘴,一脸愤恨咬牙切齿地说:"你这丫头片子就是故意的!"

小杜吐完了,终于到地儿了。陈好将车停好,帮他们开了后车门。

大庞看着被吐得到处都是的车子后座,恶心得他自己差点儿也吐了出来。

"杜子腾,你这个孙子!"

他扶着小杜,一路跌跌撞撞走到酒吧门口。陈好小跑两步,拍着大庞的肩膀追着要账:"老板!给我钱呀!二百!"

"你丫还好意思要钱?"

"我凭什么不好意思呀?我挣的就是个辛苦钱!赶紧给钱,不给钱我可喊啦!"

大庞拿她没办法,不情愿地从口袋里掏出钱包,拿出二百块钱来给她。陈好扯过那两张大票儿,潇洒地走掉了。

大庞看着她,恨得牙痒痒,"小丫头片子……"

4

小杜彻夜未归,可担心坏了老杜。这一宿,老杜都没合眼,怕他在外面再惹了什么事儿。

老杜也实在想不起来,小杜能跟谁在一起。他也没有他朋友们的联系方式。再说,他这刚回来,能和谁在一起呢?

老杜想起了在医院工作的庞娜,也许那姑娘知道小杜在哪儿?他俩昨天还一起去买装修材料不是?

他想起了小庞给他留过自己的手机号,他在衣服口袋里翻翻找找了半天,终于找出了一张小纸条,上面赫然写着庞娜的手机号。

他拿起家里的电话,按下条子上的那串数字,很快,电话就接通了。

"喂……小庞啊!我是老杜,杜子腾的爸爸呀……"

小杜在大庞酒吧的员工休息室睡到中午十一点。

因为老杜联系了小庞,她给大庞打电话不接,打小杜的电话又是关机。只能亲自跑到酒吧去一探究竟。

果不其然,她在一帮睡得跟死猪一样的男人堆里,找到了小杜。

她捂着鼻子,强忍着这宿舍里浓重的臭脚丫味道,慢慢走到小杜身边。使劲儿拍了下他的屁股:"喂!醒醒!"

她转头,又拍了下正在流哈喇子的哥哥,两个人同时醒了,大庞擦着嘴角,眼睛还没睁开,鼻子就开始辨味儿,睁大了眼睛,才发现自己居然睡在了员工宿舍里。脚下像是踩着弹簧一样跳了起来!

"我×!我怎么睡这儿了?这里面味儿这么大!谁让我睡这儿的?"

小庞捂着鼻子和嘴,这味儿的确是有点难闻,使劲儿用脚踢了下大庞的小腿:"你们真够行的,不回家就算了,连个电话都不知道打!"

大庞捂着鼻子,一脸嫌弃这里的样子,拽着妹妹就从这屋子里逃出去了。

"唉呀妈呀。昨晚喝大了。让我回忆回忆,场面有点混乱……"

"哥,你拽我干吗呀?子腾哥还没出来呢!"

"那里面多臭啊!平时没少说让这帮孙子注意卫生吧?怎么脚丫子都不知道好好洗洗?你也是,你是怎么给我监督他们的?"

"你这人真成,你有洁癖,不代表全世界都有好吗?男人没味儿就成娘娘腔儿了!你让我管理酒吧可以,我可没权利管人家洗不洗脚……"

"嘿!你这孩子说我是娘娘腔儿?"

"我没说啊,你自己说的……"

兄妹俩因为洁癖的问题,吵得不可开交,小杜慢慢悠悠地从屋子里走出来了,太阳照得他睁不开眼睛,他趿拉着鞋吊儿郎当的样子,真是有点颓。

"你俩大早晨起来嚷嚷什么?"

小庞蹦跶到他面前,脸上立马开出了一朵向日葵。

"子腾哥,老杜让你赶紧回家,说你手机打不通。"

杜子腾拍了下脑门儿才恍然大悟,自己已经不是漂儿了,彻夜不归已经是必须禁止的戏码,居然忘记家里还有个老爷子等自己回家。

"我得赶紧回去!那什么,你俩没事儿吧?"

小庞扑闪着眼睛:"我没事儿呀!"

大庞一下子挡在了她的前面:"你不上班啊?"

"我下班了啊。"

"下班了回家!"

小杜指着大庞的鼻子毫不客气地说:"不行!她得跟我去干活。你也是!"

"啊?"

"啊什么啊?赶紧地去洗车,洗完车跟我回家干活!"

小杜潇洒霸气的背影,惹得小庞一阵崇拜:"看,这才是爷们儿呢!"

大庞打了下她的脑袋,提醒道:"别打歪主意啊!哥不同意!"

5

车洗了三遍,大庞还是觉得整个车里都弥散着一股让他作呕的味道。

"你丫的下次喝多了别坐我的车!以为你们家马桶呢,说吐就吐?"

"哥。你别这么多毛病好吗?子腾哥,赶紧跟我说说,昨天你们打架的那事儿呗!"

想起昨天,小杜就窝火,无缘无故地挨了顿打不说,还得知了珂建的事情。他宁愿自己那天在她家看到的一切都是真的,那样起码保证自己能断了对她的念想。可是现在呢?珂建守着一段惨败的婚姻不能自拔,然而他却无能为力。

他倚着车门,眼神涣散地朝车窗外看着。小庞见他心情不好,也不敢多说话了。车子恰巧路过珂建的女子会所,而她正提着一袋垃圾从店里出来,身着一身干练职业装的珂建,踩着高跟鞋虽然和那个摇滚女孩儿截然不同,可小杜还是一眼就认出了她。

事实证明,无论她是谁,变成什么样,小杜都能一眼就从人群中把她拎出来。十年来,他没找女朋友的原因,就是他心里住着一个叫珂建的姑娘。

车子开出一大截了,小杜突然喊:"停车,赶紧停!"

大庞有点儿蒙圈,吓得脸色都变了:"怎么了?你又要吐啊?你忍着点儿啊!这里不能停车,停车得被贴条扣分的!"

小杜开始拽他的胳膊:"别废话,赶紧停车!"

"哎哟祖宗!你干吗呀?"

大庞怕出事故,车子都开始在大街上画八字了,只能紧急停车。

小杜从车子上蹿下去,也不顾身后有没有车,差点儿就引爆了交通混乱,整条街上的车,都因为大庞的车突然停下,一排车都在按喇叭,有司机探出头来骂街的。小杜就在这车鸣声中奔跑着,像只狂奔的狮子。

小庞看愣了,双手合十,一副崇拜的表情和口吻:"哇噻!太帅了!"

交警来敲车窗,大庞苦着脸:"他是够帅的!老子简直无语了……"

小杜跑了有两百米,终于找到了刚刚那家女子会所。透过落地的玻璃窗,他看见珂建正在给客人讲解事宜,他犹豫再三,还是决定进去……

他迈着沉重的步子,在脑袋里将台词演练了一遍。他觉得,他不该再这么冲动了,应该静静地和她谈一谈,告诉她,自己这些年一直没有忘记她,他不在意她是不是结过婚,还有一个孩子。他愿意跟她一起面对今后的人生,一切从头再来。

一个五十来岁的女人抢先他一步打开店门走了进去,他想随着那女人进去,却被这老太太给拦住了。

"哎,您找谁呀?我们这里是女子会所,不容许男人进的!您找谁,我给你叫一声?"

小杜不顾严素素的阻拦,朝里面探头,解释着:"我找个人!"

"都告诉你了,女子会所,男人不能进去。你找谁我给你叫一声好吗?"

小杜觉得这老太太真烦人:"奶奶,我找个人至于吗?里面的女人又不是没穿衣服,我进去找我女朋友!"

严素素可不是省油的灯,看这小子说话这么目中无人,口吻简直就是个大色狼。想着,是不是同行来闹事儿的?

二话不说,撸起袖子来准备一场搏斗。

"你小子会不会说话?不能因为我头上有几根白头发就管我喊奶奶吧?我比你妈大不了几岁吧?你今儿是来找茬儿打架的吗?老太太我奉陪到底!"

说着,严素素指着他的鼻子骂开了,什么臭流氓、下三滥,各种难听的话都用上了。杜子腾觉得这话实在是不入耳,推搡了老太太一把。谁想到,严素素就绊倒在了门槛儿上,整个人直接躺在了地上,脑袋着地,这一下子着实磕得她不行了。

严素素直愣愣地躺在地上叫喊着,这一下子摔得不轻,发出了闷闷的声音。

里面的人都吓坏了,闻声跑了出来。

小杜也吓得不行,赶紧过去扶,好在严素素身体还可以,捂着后脑勺从地上坐了起来:"你这个臭流氓,连老太太都打呀!"

"还不是您骂得太难听了?再说我也不是故意的,我没使劲儿。"

严素素兀地从地上爬了起来,抄起手边的花瓶就要往他身上砸……

珂建这才回过神,朝门口望去,却看见婆婆扯着杜子腾衣领要吵架的阵仗,着实吓到了。严素素听见他居然叫媳妇儿的名字,愣在那儿了,扯着他的领子追问:"你喊的谁?"

"珂建!我找珂建!"

珂建放下手里的工作,朝门口走过去,拽着妈妈的手劝道:"妈,这是我同学!"

严素素疯了,扯着嗓子喊起来,也不顾自己脑袋上的疼,就怕别人听不见的阵势!

"张珂建,这个男人说你是他女朋友!你们到底背着我做了什么?"

珂建咬着嘴唇,瞪着俩大眼睛怀疑地看着他,像只要爆发的小怪兽。杜子腾被她这眼神杀得要窒息了,他意识到,自己好像给她惹事儿了。

珂建搀扶起婆婆的胳膊,细心解释着:"妈,不是你想的那样。他真的是我的同学,是我约他来谈事情的,可能是你不让他进来,他有点着急才那么说的吧。"

"是……是来谈事情的……"

他试图弥补这残局。

严素素本来就对这事儿非常在乎,紧绷着的那根弦一下子就被扯断了!她憋着一肚子火准备蓄势待发,她就知道,珂建最近总是往娘家跑,就是谈了男朋友。关键是,她谈也没关系,为什么不跟他们摊牌明说呢?

严素素是个聪明人,她不能骂自己的媳妇儿,只能把一肚子火朝小杜撒。她指着小杜的鼻子质问着:"你这个臭流氓,你配得上我们家珂建吗?你看看你那吊儿郎当的样子,珂建虽说没了男人,但不是什么人都能娶她的。就算找,我们也得找个看得上眼的,然后像嫁闺女一样,风风光光地把女儿嫁出去。你这样的?你还是断了那个念想吧……"

小杜灰头土脸地低着头,一点儿防备都没就被人劈头盖脸地骂一顿,心里也是窝火。他大概明白了，这个老太太就是珂建的婆婆，他在心里鼓励自己：也好，把自己要追回珂建的立场跟她摆明，总比以后遭人唾弃强，好歹让她有点心理准备。

珂建站在一边，只觉得婆婆这张嘴真是越来越厉害了，也不知道该如何打这个圆场。倒是小杜，朝前迈了一步，猛地抓起了珂建的手，一本正经地说："阿姨，我知道你是她婆婆。实话告诉你，我现在不是她的男朋友，可我以前是，在你儿子之前是。我知道她现在一个人，我想要追回她！"

珂建觉得他的这番话，说得简直太不负责任了。猛一下甩开他的手！接着抡起胳膊就给了他俩大耳刮子！

"啪啪"两声清脆的声响之后，小杜彻底蒙圈。

这一幕，恰巧被赶来找小杜的庞娜看见，这个小人儿哪里容得下别人欺负他，尤其还是个女人。

小庞混酒吧的，柔弱外表，汉子脾气。她顺势钻进那会所，推搡着珂建的肩膀："你什么意思啊？怎么还打人呢？"

珂建瞪了她一眼，指着门口的方向大吼："都给我滚！这里不欢迎你们！还有，杜子腾！二十岁的时候懂什么叫爱情吗？我根本就没爱过你！我这辈子，只爱过一个男人，那就是我的丈夫李斌！请你以后不要再找我了！好吗！我这辈子，也不会再找男人了！"

严素素颇有得意之势，抱着肩膀露出一副满意加得意的笑容，说着让人难以接受的风凉话："人有脸树有皮，你还是走吧，我说我们珂建看不上你就是看不上你……"

小庞看不得杜子腾受这屈，气得眼眶都通红了。她使劲儿拽着小杜的胳膊，像只小母狮子那样有力："赶紧走呀！人家都撵人了！"

小杜觉得整个身体都放空了，不知道该怎么迈步，面红耳赤，整个人处在极度崩溃的边缘。小庞生拉硬拽，终于把他拽出了那个门，大步流星地走掉了。

人走了，珂建看了一眼婆婆，也实在不想强颜欢笑，只是默不作声，转身两行泪。严素素懂，她既然在自己面前说了这样的话，就肯定会委屈自己做到。做人得讲良心，珂建在跟自己讲良心，那么她就不能不讲良心，主动给媳妇儿说两句好话，还是能做到的。

她抓住转身往店里走的媳妇儿的手,声情并茂地说:"好孩子,妈妈懂你,知道你不容易……"

"妈,别说了。我也懂你,既然彼此懂,也不需要说那么多了。我现在,只想静一静。"

说罢,珂建朝二楼的休息室走去。

严素素捂着自己的后脑勺,脑袋犯了一阵晕,差点儿倒在地上:"这个孩子,真是越来越不像话了。我被那个小混蛋伤到了,她非但一句温暖的话都没有,现在还用这样的态度来对待我。"

6

自从回到家,小杜就不怎么说话了,只是闷着头干活,偶尔指挥大小庞一下该怎么挪动家里的东西。

大庞有点抱怨,却只能咬着牙缝说:"这货就是我的克星,从见面开始就没消停呢!这下倒好,分扣了,钱罚了,他还不开心了!"

小庞拧了下她哥的胳膊,疼得他嗷嗷直叫。

"能不能好好干活?哪那么多废话啊?"

"哎哟,我说妹妹,我可是你亲哥!"

"亲哥怎么了?亲哥也不能这么不讲情面地说话。还号称是子腾哥最好的朋友呢!"

即便是很小声的嘟哝,耳尖的小杜还是听见了。他不耐烦地将手里的抽屉丢在了地上,胳膊一垂,吓得大庞脸色都变了。小杜咬着牙走他面前,吓得他身体往后抽抽。

"干吗呀?我错了……"

他却一本正经地弯腰给他鞠了一躬:"对不起啊,分我给你补不了了。罚款我给你交。"

这可把大庞吓坏了,差点儿瘫在地上。他双手抱着拳,卑躬屈膝地说:"祖宗,咱干活吧。我错了……"

小庞气得不行,又开始拿他哥哥的胳膊开刀。咬牙切齿地拧了好几下,他这叫唤跟杀猪似的。这声音被买菜回来的老杜听见,拎着几根蒜薹往屋子里跑,脸上露着惊讶的表情:"怎么了这是?怎么干活还干出这动静来了?"

老爷子这话,倒是把几个小年轻逗乐了。大庞嬉皮笑脸着,凑到老爷子面前嘿嘿。

"干爹!您给我们做什么好吃的?"

老杜揉了下他的脑袋,骂他:"臭贫!我不爱听这称呼啊,怎么听着那么下三滥呢?"

"哎哟,干爹您懂得有点多了啊,此干爹非彼干爹。您说的那个,是女孩儿对您的称呼,我是一男的,您别扭什么?"

老杜抬起胳膊,轻轻地给了他一个耳刮子:"又贫!"

大庞委屈地捂着脸:"得,今儿都跟我干上了……"

老杜把菜拎进厨房,回头看了一眼,想起那天一家人在一起吃饭的场景,心里不禁一阵暖。

小杜好不容易肯放下面子回家发展了,他岁数大了,不能再失去儿子了,既然儿子能放下姿态妥协,那他是不是也能放下姿态,试着接受范二妹呢?其实想想,范二妹那些年虽然对他不怎么样,偶尔还上演一下情节不严重的"家庭暴力",但她一个人养家糊口确实也怪不容易的。

他一个小学老师,挣不了几个钱儿,当初她和自己结婚的时候,也是房无一间地无一垄,她就靠着做衣服的小作坊,置办了这个房子。就是自从干起了服装厂之后,范二妹这脾气见长,每天回到家,不是唠叨老杜没本事,就是可着他的脸拧来拧去,数落他家里外面都不行。

老杜虽然挣不了多少钱回家,但也是个知识分子,一个教书的哪里受得了这种长期的屈辱。慢慢他开始对二妹出现了逆反心理,自尊心受到了严重的打击,那会儿的老杜,要么求一死,要么就离婚。关键是,范二妹到离婚的那一天,也不明白,他到底还有什么不满足的?老杜提出来,她也就赌气答应了。

离婚后,小杜就因为接受不了家庭的破裂选择出去漂了。

老杜过得挺惨的,这人耿直,不要范二妹的一分一厘,这房子是范二妹硬留给他的。毕竟那么多年的夫妻,她不能看着他流落街头。但是家里的钱,老杜一分也不要,全部归了二妹。

二妹这些年虽说不少钱,但是过得也不好,一个女人把心思全部扑在工作上的时候,就显得特别孤独。小杜不接受来自她的一切,过着打一枪换一个地儿的生活,这让二妹心疼。她这辈子最爱的就是儿子,小杜对她的态度,让她几近崩溃。

后来她发现,其实老杜也挺好的。除了没本事,基本是上得厅堂下得厨房的好男人。后来她也试着接触了几个男人,可是她觉得,这些人都没有老杜老实,花花肠子太多。大都是想着她的钱,她比较了一下,只有老杜不爱财,还特别能忍受她的火爆脾气。

她想着,要是能复婚就好了,她肯定会好好收敛自己的脾气。小杜高兴了,就回家了,一家人还能快快乐乐地生活。

她的热情,让老杜有点吃不消。只怪那时候被她伤得太深了,没有自尊心的男人是阴暗的。一旦一个念头在心中生根发芽,就不轻易改变自己的决定。

老杜和二妹这些年,活得很像两株沙漠里的仙人掌,在自己的地盘上被强光照晒着,各自坚强着。

老杜看看几个年轻人,说说笑笑,阳光朝气,他觉得自己和这气氛有点不太相称。他就像这散发着霉味的屋子一样,古板陈旧。

老杜笑着冲客厅里的年轻人们喊:"要不,喊上你范姨一起吃饭吧?"

几个年轻人都愣了,小杜脸上瞬间开出了花。

小杜决定一会儿给范二妹挂个电话,他一点儿也不担心,她不会来吃饭。他一直固执地认为着,二妹对老杜一直抱着求和的态度。

他一边刷漆,一边回想珂建婆婆的态度。想着张珂建这些年真的不好过,居然摊上一个这么不讲理的婆婆!要是当初自己可以固执一些,有担当一些带她走,兴许他们可以过得很幸福。

可是,幸福这件事儿,谁都猜不透。如今人们的价值观都变了,评定一个男人是否成功的唯一标志,就是他有没有一个稳定的事业基础。

小杜一边写了一个条子随手贴在了墙上。

——要开一家酒吧。

他看着那条子，掐着腰盯了很长时间。他想着，一定要尽快把这件事儿实现才行！

大小庞看他盯得那么认真，站在他身后跟着他一起盯着看。

"要开一家酒吧……"

大庞默默念了出来。

"不是哥们儿，开酒吧可是需要一笔不小的本钱。看来你这些年在外面真没少攒啊？"

一提到钱，小杜顿时蔫巴了，扯着眼珠子白他。虽然不愿意承认自己是个穷光蛋，但他还是觉得在自己人面前，实在装不起来。

"我有没有钱你不知道啊。装！"

大庞用下巴指了指厨房的方向："老爷子这些年省吃俭用的，肯定没少攒钱。"

小杜转了转眼珠子，沉默着，也不知道该如何作答。

小庞一眼猜透了他的心思，拽了拽大庞的胳膊："哥，你不是说要开家分店吗？为什么不让小杜哥哥入个股呢？"

大庞一听这个，头皮就炸了，趁着小杜不注意，拧了妹妹胳膊一把，使劲儿朝她眨巴眼睛。小庞不理解，一脸疑惑地问："哥你拧我干吗？"

小杜浅笑了一下："我知道他拧你干吗，行啦，放心吧，我不会占你便宜的。"

大庞嘿嘿一笑打趣说："我这只是初步计划，要是有这好事儿，肯定第一个拽上你呀。计划不成熟，计划不成熟……"

小杜没说什么，又自顾自干起活儿来。

老杜在厨房并没有专心炒菜，而是观察着外面几个孩子的一举一动。刚刚他们的话，他也听到了一些，知道儿子有个梦想，想要开一家大酒吧。

他想想自己节俭了这么多年，好不容易积攒下一点儿钱，就开始唉声叹气。

第四章

1

严素素摔了一下之后，脑袋嗡嗡作响。干活儿的时候，总是犯晕。

之前就有头疼的毛病，但是她不得不把这次的头痛和摔的那一下联系在一起。可是没有依据的事儿，她是不能干的。她一边择菜，一边捏着自己疼到要裂开的脑袋，想着是不是要去他们家闹闹。关键是，她去了他能承认吗？

她端着菜盆站起来，唉声叹气："这个张珂建，真是让我操碎了心。"

自言自语话还没落地，她觉得脑袋一阵犯晕，倒在了地上，这就不省人事了。

再醒过来的时候，严素素只觉得自己的视线模糊，家里也没个人，老伴儿出去遛弯儿了，珂建平时又不回家，可怜了一个孤苦无依的老女人晕倒了，还要自己再爬起来。

她趔趄着，扶着桌子坐在了椅子上，使劲儿揉了揉自己的眼睛，视线才比刚刚强了点儿。她觉得，自己有必要去医院查个明白。要真是那小子推倒自己摔到了脑袋，她肯定饶不了他。起码这是一个他不能缠着张珂建的借口。

严素素放下手中的活儿，决定先去医院查个明白。

医生根据她的情况做了一个最终的推断，怀疑她脑袋里面长了东西。小杜推她那一下，是诱发她眼花的原因，根本的问题，还是因为她脑袋里面有个东西压迫了神经，具体的还需要进一步判断，也有可能是轻微脑震荡。

这如晴天霹雳一般的消息，让她有点儿措手不及。医生建议她找个家人来，陪她做个系统的检查才好。严素素这下可待不住了，恨不能全天下的人都来围绕自己给自己安慰。她现在最恨的一个人恐怕就是那个叫杜子腾的臭小子了。

她坐在椅子上，想了半天，还是决定不给家人造成什么心理负担。但是这事儿,她绝对要杜子腾知道。她想用这件事儿吓唬吓唬他,最好能镇住他迈向珂建的脚步。她一边哭,一边抹着眼泪自言自语:"这事儿我不能让老头子知道,要是他知道了,肯定会跟着我糟心的。还有我儿子,晨晨还没娶媳妇儿。要是知道自己家里有个得了病的妈,谁会愿意嫁给他?"

关键是兜兜转转,她也不知道该去哪找那个臭小子。她只知道他姓杜,叫杜子腾,其余的她都一无所知了。

傍晚,珂建决定买点儿吃的喝的回婆家看看。交代好任务之后,好去赶个夜场,放松一下心情。

严素素因为检查的事儿一直心神不宁,老李还一直在她耳边唠叨,问她中午的时候不做饭到底去了哪。她答不上来,有一搭没一搭地敷衍着。

珂建进门,严素素的眼神简直光速一样地转向了她,吓得她浑身打了个激灵。

"妈,怎么了?"

"哦,没什么。回来啦?"

"嗯,我给你们买了点儿吃的。"

"以后不用总是花钱,店里生意也不是很好。省着钱给自己多买点儿什么吧。我们又不缺。"

"这话说的,不缺我就不买了?这是我的孝心。"

"好孩子。"

严素素抓着她的手,拉着她走到沙发边坐下,心神不宁的样子。珂建一下子看出了她的心思,老太太这是还在为那天的事儿担心呢。与其被质问到烦,倒不如先发制人:"妈,您是不是还在生气?"

"我……说不生气是假的。我想了解一下那小子的情况,要是真是个有担当有条件的,妈妈也就不干涉了。毕竟……"

严素素这招儿高,弄得珂建反倒有点儿下不来台了,赶忙解释:"妈妈,真的不是你想的那样。就算以前是,现在也不可能是。我都什么岁数了,还有个孩子。就算找,也得找个各方面有基础了的。就杜子腾他那吊儿郎当的样儿,怎么可能呢?"

"那他到底是个什么情况呀？"

"什么情况？这不是在外面漂了十年了。回来怕是连个正式工作都没。"

"哦……那他父母是干吗的？在哪住呀？"

"他爸是老师吧，父母离婚了，住在哪？南城那边的老楼。妈，您问这么详细干吗呀？我和他真的不可能了！"

严素素扑哧一下就笑了，拍着媳妇儿的肩膀说："妈相信你就是了。只是你找个什么样的人，什么时候找，妈妈也得帮你参谋不是？你想谈朋友我不干涉，只是想等孩子大一些。孩子，需要母爱。"

珂建摇头苦笑："好了，我走了。你们吃完了饭早点儿休息吧！"

"你怎么？不住了？"

"不住啦，我晚上还要去店里盘点！盘完了直接回我妈那儿了！"

"那好吧。你什么时候回来住？"

珂建已经蹿到了门前，爽朗一笑大喊着："再说吧！我走啦，妈！"

说罢，关门而去。老李从卫生间急匆匆地赶出来："珂建回来啦？咦，人呢？"

严素素冷笑着："跑啦！这孩子，疯疯癫癫的毛病就是改不了。"

"哎哟，我这还没见着人呢！还想问问我孙女的情况，真是的……"

"想你孙女儿啦？那你拿出点儿男人气概来，让她带着孩子回家来住！"

"我可不是你，我讲理！"

严素素气得又一阵头晕："你的意思是我不讲理咯？死老头子！"

说着她起身朝厨房走去，老李掐着腰一脸的委屈："不做饭呀……不做就不做吧，这么大的气性干吗……"

夜深人静，严素素躺在床上翻来覆去。南城那边的老楼区不大，应该好找。她决定明天去找杜子腾聊聊。

2

小杜躺在床上，开始盘算开酒吧的事儿。

他觉得想要开起酒吧来，光凭自己挣钱攒钱，那是不切实际的。除非有人赞助，然后再找个靠谱的合伙人。他不想啃老怕是都不成，他想想两个穷光棍儿，一老一小，不能就守着这么几间房子干耗下去吧？总要动起来干点儿什么。

小杜越想越兴奋，在老杜的卧室门口徘徊了很长时间。老杜睡觉轻得很，门外站了个溜达鬼怎么会不知道，背着他躺在床上闭着眼说："有事儿啊？"

小杜结巴着："没、没事儿……"

"进来吧。"

小杜双手来回不停地蹭着自己的牛仔裤，慢悠悠地走进了老杜的房间，坐在了他的床边："爸……"

"有事儿就说。有困难咱们一起克服。"

"我有个想法。需要你的支持。"

"什么想法？"

"我想开家酒吧。问你借钱。你放心，我给你打欠条儿！"

老杜从床上坐了起来，叹气。

"孩子，你爸当了一辈子的老师。中规中矩，年轻的时候教书，连小孩儿的手心儿都没打过。一辈子小小心心。我是攒了点儿钱，但是我想用在给你成家上。男人先成家后立业，也不是不行的。"

"可我就懂这些，总要有个事儿干。"

"钱，我可以给你。你都这么大了，干点儿自己想干的事儿没什么不好。可是你要万事俱备考虑清楚了才可以。你拿走的，可是你爸一辈子的积蓄！"

小杜皱着眉头不说话了，显然老杜这番话让他很有压力。

"那成。爸，开酒吧的事儿，我再想想。没有把握的钱，我不会随便投资的！"

小杜往自己的房间走，走到门口的时候，老杜补了一句："我还是想让你找个工作，哪怕少挣些也可以。等你稳定下来，再考虑酒吧的事儿。你可以一边工作，一边做生意嘛。"

小杜稍稍回头："爸你说的有道理。那我去睡了。"

那天小杜一夜无梦，睡得很踏实。老杜的话，让他觉得自己的生活燃起了新希望，男人，要有责任和担当，他想做个男人，首先就得将所有事情考虑清楚之后再做，不能盲目投资。

清晨的阳光带着朝气照射进小杜的房间，整个屋子都是透亮的。他睡醒，走到窗台前伸了个懒腰,却看见自己家楼下有一个形单影只的身影一直徘徊,他定睛一看,那不是珂建的婆婆吗?

他吓得后退了两步,想着这老婆子是不是来找自己的麻烦了。他环顾了屋子一周,觉得藏在哪都不合适,关键是人家都找上门来了,他还有得藏吗?

小杜停顿了一下自己忙乱的动作,仔细想了想,也许这是个机会呢?将自己和珂建之间的所有对她解释清楚,表明一下自己的决心,扫除一下将来爱情道路上的障碍,也许这里就是突破。与其畏畏缩缩倒不如迎难而上。

小杜以最快的速度洗了个脸,决定精精神神地去会一会这个厉害的老太太。

他揣着口袋下楼,严素素一眼就认出了他,三两步冲到他面前,揪起他的领子就是一顿猛打。

小杜避之不及,蜷缩着身子任她将巴掌拍在自己的身上。只是他猜想了半天,也没料到会是这种混乱的场面,见识过这老太太不讲理,没想到她这么不讲理。严素素一蹦三尺高,打完了开始在楼下叫唤:"你这个臭小子,可让我逮着你了。你这个混蛋啊,你调戏我家媳妇儿就算了。打完了我老太太你就跑了……"

"大姨您别动手呀,我那天不是跑……奶奶、奶奶,您别打了……"

严素素气得浑身哆嗦:"你这个臭小子,干吗又喊我奶奶?"

"您别叫了,被邻居们看到多不好呀。这不是败坏我的名声吗?"

"你这个臭小子,好名声还怕败坏?你本来就是个道德败坏的主儿!你把我老太太打了,你却跑了,你简直就是禽兽不如啊……"

严素素有理声高,惹来无数邻居围观,还有打开窗户巴头探脑儿的,大家都在议论纷纷。老杜随着楼下的吵闹声醒来,也好奇地去窗边打探,看着眼下的混乱场景,也是吓得不轻。他赶紧下楼一探究竟,嘴里不停嘟哝着:"臭小子又惹祸了……"

小杜蜷缩成一团,蹲在地上任她打骂,老杜赶下楼来,笑脸迎上:"这大姐,我们家小子怎么惹着您了?君子动口不动手,咱们有话好好说!"

严素素见又来了个老的,举在空中的手终于不再拍打小杜的后背了。她用一种鄙夷的眼神盯着老杜问:"你就是老杜吧?你儿子闯祸了,你知道吗?"

小杜站起来,将身子挡在老杜的面前,语气几近哀求:"大姨,有事儿您跟我说就成。不用跟我爸说!"

"跟你说？你付得起我的医药费吗？我还是跟你爸说吧！实话告诉您，上次你儿子把我推倒了，磕到了头部，我现在一阵阵地犯头晕，能就这么算了？"

老杜盯着小杜问："这事儿是真的？"

小杜挠着后脑勺，一脸的羞愧："是有这么个事儿。爸，这位阿姨是……珂建的婆婆……"

老杜惊呆了，瞪着大眼睛大喊了一声："什么?!"

3

老杜小杜这爷俩儿陪着严素素去医院检查，真是奇葩事一桩。七七八八的检查做了一通，花了老杜不少钱。最后的检查结果，也让人胆战心惊，一颗心都提到了嗓子眼儿。

严素素因长期抑郁脑袋里长了个瘤。摔跤是诱发头晕的病因，但是看她的情况，就算不摔这一下，早晚也会有头晕的情况。

老杜家爷俩儿被医生当做了她的老伴儿和儿子，非常负责地选择了将真实病情对当事人隐瞒，只是老杜和小杜拿到这病情通知，有点瞠目结舌不知所措。关键是，这么大的事儿，也不该他们知道呀……

老杜唉声叹气："这就是孽缘。谁让你去招惹人家了？现在倒好，你说怎么办吧？"

"这事儿，我们不能让老太太知道，咱们得瞒着她。"

"你说得对。不过，也得让他们家人知道吧？你说咱俩算干吗的啊？不管怎么说，珂建婆婆的病，你有一定的责任。咱们不是不说理的人，这责任，咱们得负。"

"我的责任？爸这事儿和我关系不大。她本来就有病！"

"那你推倒人家，引发了头晕总是真的吧？行了别说了，有时间把珂建约出来谈谈吧。最好能把她爱人也约出来。对她婆婆，咱们暂且瞒着吧。"

老杜小杜一前一后从门诊出来，严素素追过去，神情紧张地问："什么病，是不是长东西了？"

"哎哟,这大妹子真会给自己安病!还有盼着自己长东西的?医生说,你只是最近休息不好,还有上次摔了一下,造成了轻微脑震荡。"

严素素长舒了一口气:"我说嘛,就是跟上次摔跤有关系!杜子腾,你说这事儿怎么办吧?"

老杜不知所措,推了推自己的眼镜一本正经地说:"大妹子,我们先送你回家。"

"不用你们送我回家,我自己能回。关键是我这病怎么办,你们出不出医药费?"

"出,我们出!"

"那就行!你们承认就行!我不用你们送我啦,还有杜子腾,我警告你以后不要总是纠缠我们家儿媳妇,她张珂建就算是嫁人,也要嫁个差不离的。你这样的还是算了吧!"

小杜揣着手,满脸的不服:"我怎么了?我没有那么差好吗?"

严素素一字一顿,话说得铿锵有力:"你就是有那么差!行啦!我不指望你能付药费给我了!看你们爷俩儿过得也挺紧张的,我就大人不记小人过吧!不过我有一个要求,你必须得答应我!"

"什么要求?"

"我不要你的医药费了,这事儿从此也不提了。就算我以后死在这上面,都和你没什么关系。但是你必须得答应我,以后再也不接近张珂建,最好能立个字据。"

老杜觉得这女人真是没理搅三分,这么荒唐的想法,居然还能说出来?!老杜首先不愿意了,想想自己耿直了一辈子,怎么能让别人这么打自己的脸?

他抢先小杜先说了一句:"大妹子,你放心。该是我们的责任,我们不会逃脱。你要是不用我们送的话,我们就先走了。回头我和儿子商量个补偿方案,你觉得合适咱们就马上兑现。"

说着,老杜抓着小杜的手往电梯方向走去,没走出两步,又转头补了一句:"年轻人有年轻人的活法,咱们老的还是少干涉比较好。有的时候,留住了人,未必能留得住心。他们还都是孩子,何必为难一个孩子呢?"

老杜拽着小杜走的背影,异常潇洒。这看呆了严素素,更看傻了小杜。小杜看着老爸渐渐佝偻的身躯,不禁湿了眼眶。他终于理解了人们为什么都说,你长到五十岁,也是父母的孩子,那个叫爹妈的人,永远都是你的避风港。

老杜决定自己出面去找张珂建,以免再引起不必要的麻烦。要了珂建的地址,自己就找去了。

老杜在珂建的店门口站了有一个小时,就是不好意思上门儿去喊一声。自己这么大岁数了,省得让人家骂自己为老不尊,等吧,她总有出来的时候吧。

不知道又等了多久,从天亮到天蒙蒙黑,珂建终于从店里走了出来。老杜朝她慢慢走过去,拍了拍她的肩膀:"姑娘。"

珂建转身露出一脸惊讶:"是您……"

这个消息,让珂建的脑袋一下子就炸锅了,真是越怕什么就来什么。老杜看出她心思凝重,心里也不是个滋味儿,叹气道:"孩子,你放心。我们不会不负责任的。"

"可是这个责任你们要怎么负?一个是我婆婆,一个是杜子腾。这对老少冤家闹出的事儿还不够多吗?叔叔,这事儿我知道了,她病早就在身上了,这事儿不怨他。你们不必负责。我回去会和我公公一五一十说清楚的,我公公也是个通情达理的人,您放心吧。"

"那可不行。我们必须得负责。闺女,你放心,我不会让事情很尴尬的。你回去和你公公商量一下,我们一定要负责。"

说完了,老杜站起来就走了。还不忘结了他们喝的两杯橙汁儿的账。

珂建看着老杜的背影,突然很心疼,把拳头砸在桌子上咬牙切齿地骂了一句:"杜子腾这个混蛋,就不能让老头省点儿心!"

小杜将自己关进房门里很长时间,不吃不喝,脑袋一片空白。真没想到回来会是这等局面,他在想自己到底还能干点儿什么。

他想了半天,总不能这么坐以待毙。要是赔钱的话,恐怕数目也不少。虽说在外面没挣到大钱,但是手里三两万总有,这钱都给了珂建婆婆怕是也不够堵她的嘴。

他打开电脑,开始在网上搜索各种招聘信息,搜了半天,恐怕只有送快递这个活儿最适合自己了,他打电话过去询问了个大概和老板约好见面的时间。绝对不能坐以待毙等死了,他一次次告诉自己。

小杜刚想起来老杜似乎出去很长时间了。刚要去找,老杜拖着两条如灌了铅的腿回来了,小杜有点羞于看他的眼睛,挠着后脑勺心虚地问了句:"爸,怎么样?"

老杜有气无力地说:"告诉她了,她说回去通知他公公。还说不用我们负责。这事儿我们脱不了干系,实在不行,就每月给她出点儿医药费吧。"

"我明天出去干活儿,你放心,我一定好好挣钱来还账。"

"找什么活儿?"

"送快递!"

老杜扶着凳子叹气:"唉,去吧。总比待着强。骑驴找马吧!做饭了吗?"

"啊?啊……我光顾着发愁了,把做饭的这事儿忘了,我马上做!"

小杜打开冰箱,开始踅摸有什么可以吃的。老杜拍了下儿子的屁股,笑着说:"臭小子,你会做?"

"我……我学!"

"把菜拿过来,我教你几样简单的饭菜。"

小杜举着俩西红柿和几个鸡蛋,乖乖跟在老杜屁股后面,等待他言传身教。老杜见儿子闷闷不乐,决定悉心开导一番:"这男人啊,爱人也累,挣钱也累。累就是男人应该承担的责任,你得有能扛事儿的本事,才能给人家姑娘安全感。事儿来了不怕,只要你勇敢承担就行了!"

小杜看着手里那枚通红的西红柿,想起了这是珂建最爱的蔬菜,脸上露出了微笑:"爸,我懂。我不怕。"

"臭小子,你在爸心中永远都是好样儿的!"

纵然麻烦一堆,可那依然是个充满了欢声笑语的夜晚,这是属于一个老光棍儿和一个小光棍儿的交心夜。

珂建没有回婆家,而是一脸忧愁地回了妈妈那里,她心里实在是烦闷得慌,也许在妈妈那里能找到答案。

夏兰听到这个消息后，也十分震惊。但总是见过世面的女人，心里焦急，但表面淡定。

"孩子，你是怎么想的？"

"这件事儿我不占主导权啊，我婆婆那人，您还不了解？"

"唉……我就说这个小杜不靠谱，你看看，这样的奇葩事儿，也硬是让他做出来了。"

"谁说不是呀，这个杜子腾，简直就是个渣渣。"

"话不能这么说，小杜最渣，但是他爹不渣。老杜那人我了解，一辈子老实巴交的。耿直得很。"

"就是说呀，我是真的心疼老杜。老头儿说了，一定会对这事儿负责。"

夏兰抓着珂建的手安慰着："兵来将挡水来土掩，是事儿躲不过。你放心，无论你遇见多大的困难，你身后都有爸爸妈妈支持你。对了，今天约场了吗？"

珂建不耐烦地把手里的抹布一甩："约了，我还有脸出去玩儿吗？"

夏兰朝她眨巴了一下眼睛："去吧，总是个放松心情的方式。"

一想到去舞台上唱歌，她就莫名兴奋，就差从沙发上蹦起来了："我要不去？"

夏兰笑着眨巴眼："去！"

4

大庞算是把小杜要开酒吧的这事儿记在心上了，关键是，他是瞅准了范二妹这个投资商。他现在就缺钱，剩下的万事俱备了。

大庞开着车，来到小杜家楼下，给杜子腾打电话。小杜扒着窗户望出去，正愁找不到免费的司机呢。

大庞开着车载着小杜去找那家快递公司，一路上都用眼角瞥他。

"有话就说，有屁就放。"

"嘿嘿……你看出来啦？我今儿是来替你圆梦的。"

"圆梦？"

"你之前看上的那厂房，我觉得真的不错。咱们哥俩儿要不要把这个酒吧搞起来？"

小杜咂巴了下嘴:"可以啊,我入两万股份! 我就两万块钱!"

"嘿? 您这是拿我当礼拜天儿过呢? 你没钱,你们家老太太有啊! 你找点儿投资,还不是一句话的事儿?!"

小杜瞪着大眼睛瞅着他:"哦,你搁这儿等着我呢? 可我总觉得花妈的钱不如花爸的钱硬气。"

"拉倒吧,你是不是傻啊? 你妈比你爸有钱多了!"

"滚!"

"这人。你想想啊,老杜一辈子省吃俭用地攒点儿钱不容易。你咔吧他干吗呀? 可是老娘不同呀,老娘有钱! 你说她将来再找个后老伴儿,岂不是把钱都拱手给了人家?"

小杜瞪了他一眼,对他这番言论非常不满:"就你懂得多! 快开你的车吧!"

……

谈好了工资,小杜就被录取了。底薪两千,然后按件提成。核算下来,一个月也有四五千的收入。要是晚上能再找个夜场唱唱歌什么的,收入还是非常可观的。

大庞开车送他回家的路上一直唉声叹气:"明明是个富二代,偏偏要当励志哥。真不知道你是怎么想的?!"

"你闭嘴!"

小杜沉默不语,一句话也不想多说。

5

该面对的总要面对,珂建嘻嘻哈哈地回家了,一进门看见严素素正躲在卧室里哭,心里就泛起一阵子难过。

想她这辈子虽然强势,但命运多舛,老了没了儿子,也是一个可怜的女人,如今又得了这病,她就算再看不惯她的一些做法,也舍不得跟她犟了。

至于找人这事儿,她不能违心,心中确实一直有杜子腾的身影在飘忽。

她悄悄走进婆婆的房间,将一束康乃馨举到她的胸前:"妈妈! 干吗呢?!"

珂建嘻嘻哈哈地盯着严素素的眼睛看,还一边做着斗鸡眼的动作,逗她开心。严素素被她逗乐了,接过那花:"怎么想起买花来了?"

"街口的花店大甩卖,怪便宜的,就买啦!"

严素素轻轻拍了下她的屁股:"花店还能甩卖这么支棱的花儿?以后少花这冤枉钱。"

"就知道你疼钱。对了,我爸呢?"

"你爸去楼下下棋了。你找他有事儿啊?"

"没事儿,我上次让他帮我发了点儿化妆品,我问他要那张快递单!"

"哦,那你下楼去找他吧。他就在凉亭里呢!"

"好嘞!"

"对了,我孙女儿呢?"

珂建支支吾吾,虽然她是孩子的亲奶奶,但是她还是不愿意孩子回来住,因为孩子回来,她就要回来。

"您孙女我妈看得挺好的,身体倍儿棒!过两天我就带她回来!我先去找我爸了啊!"

没给她还口的机会,珂建就像一支箭一样窜出了老远。

珂建设想了一百种老公公的反应,就是没想到他听到这个消息后会是如此冷静。老李皱着眉,眼中含着泪水摇头叹气:"我就说她这么下去会整出病来吧?我就说吧……"

"爸……"

"可气的是,她检查的时候我没有陪着她。居然是个外人通知的我们,我这个丈夫也做得太不称职了……不过这事儿,可不能让你妈知道,咱们得瞒着她。"

"我觉得也是,但是治疗呢,总不能不治吧?还有杜子腾……"

老李摆摆手,揪着自己的眉头打断了她的话:"你容我想想怎么办。眼下最重要的就是,该怎么着怎么着。"

"嗯,您说得对……"

"珂建啊,没事儿的时候多带着孩子回来住住。爸知道,你这两年过得委屈,你放心,只要时机成熟了,我一定劝说你妈妈的。"

珂建摇着头苦笑,什么也没说。

长大似乎是一夜之间的事儿,那天晚上,珂建翻来覆去一夜未眠。她觉得自己个性太倔了,狂荡不羁的性格应该适时收敛一下。严素素这两年虽说看管自己得紧,但是她对自己不薄,想想之前自己总是倔她,也挺不应该的。

大家都是人母,不是谁都能迈过去这个坎儿的。

那天晚上,她紧紧地抱着女儿,生怕谁把孩子抢了去似的。夏兰扒着门缝在她房间外面徘徊了蛮长时间,很是心疼。

老杜和小杜商量了一番,决定登门道歉。小杜犹豫了几番,扯着老杜的衣服说:"爸,有这个必要吗? 我们等信儿不就得了?"

"等信儿等信儿,等了几天了,也没见他们家来信儿。我们得表示一下我们的诚意,毕竟这不是小事儿啊孩子!"

"可我还忙呢! 我还有很多快递没送,而且我去了,他们家肯定把我赶出来。就那老太太,我可真是怵头了!"

"你去送你的快递,我自己去就成! 我先带上一万块钱,算是前期的补偿。"

小杜闷声:"嗯……"

老杜找了半天,总算是打听到了他们家的住址,自己揣着一万块钱的现金就去了。敲开他们家门的时候,开门的正是严素素。

严素素看见一脸憨厚的老杜站在自己的门口,有点儿蒙。

"怎么是你?"

"是,我来看看您好点儿了没。"

"我没事儿,我不是说了吗? 只要你们家小杜不缠我们珂建,这事儿就算了。我既往不咎,你以后不用来了!"

严素素欲关门,老杜挡了一下:"别,我们要负责的。让我进去坐坐吧。"

老李听见门口有人,好奇喊了句:"谁呀?"

拿着报纸慢悠悠地走过去,看见老杜一脸茫然地问:"这位是?"

"哦! 珂建肯定把来龙去脉跟您说了。我是推倒老姐姐的杜子腾的爸爸。我今儿就是登门道歉的。让我进去坐坐吧……"

老李皱着眉头，背着手叹气："进来吧。"

严素素眼神里写着不客气，嘴上自然也客气不了。

"让他进来真多此一举。我都说了，不追究了。"

"这老哥们儿，我老婆这事儿，还挺复杂的。"

老杜意味深长地瞅了老李一眼："说的就是。所以，该我们负的责任，我们负。"

"嘿？你俩说什么呢？不就是个轻微脑震荡吗？我现在眩晕感不强了。每天都在药物治疗，不用你来负责！"

"别这么说，轻微脑震荡也是我们造成的！医生说没有住院的必要吗？"

老李咳嗽一下，朝他使着眼色说："我明天联系了一个专家，再系统地查查。以防万一不是？"

"应该的应该的！老姐姐，你说，我们该怎么负这个责比较好？哦，对了，我今儿带了一万块钱现金来，你们先收着。"

说着老杜从口袋里掏出了那一叠带有温度的钱。不得不说，严素素还是见钱眼开的，她看着那些钱，还是心动了一下。但是想想，自己的最终目的并不是钱，应该是让他们知难而退。

老李看着那叠钱也纠结了半天，要也不是，不要也不是。

"拿着吧，这钱该收。我们小杜做事太鲁莽了。"

严素素眨巴着眼睛，想了一个损招儿："钱我收下了，你们要是非要赔偿的话。我看这样吧，使劲儿问你们要那么多钱，你们肯定也拿不出来，以后月供吧。直到我好了为止！月供五千，怎么样？"

老杜惊了一下，额头上吓出了汗，月供五千，直到她好了为止。这是要他们背无尽的债啊！

老李咳嗽了一下，训斥着老婆："你说什么呢？无理取闹吗不是？"

"什么叫无理取闹？我现在还犯头晕呢！要不是拜他们家公子所赐，我能头晕吗？我能脑震荡吗？"

老杜闭着眼，拍着大腿咬咬牙说："老姐姐说的是，这事儿就这么定了吧。"

老李和严素素都愣了，严素素没想到这个老杜这么不开窍，这样的无理要求居然也答应，她本来就是想吓唬吓唬他，让他知难而退的。老李瞠目结舌，觉得这事儿不合适,虽然她摔这一下,是她病情突现的诱因,但这赎罪的方案,未免开得有点儿过了。这等她好了为止,那得多么漫长的时限。

"这不合适,不合适……"

老杜站起来,双手无所适从地抹了抹衣角:"我说合适就合适。该我们负责我们就负责。那这一万就放下吧,算是两个月的治疗费用。那我走了啊!"

老杜站起来脑袋一阵恍惚,居然也犯了一阵头晕,他却是因为这无形的压力。

第五章

1

几个年轻人讨论了半天人生和生意,小杜才想起来给二妹打电话。

小杜给二妹打电话时语气兴奋:"二妹,老杜喊你来吃饭!"

二妹用手捂着手机小声说:"我去不了啊,有个客户。"

"什么客户比咱们一家人吃饭更重要啊?我不管,好不容易老杜张嘴了,你想错过这机会啊?快来啊,等着你!"

小杜不由分说地挂了电话,弄得二妹看老常的眼神有点尴尬。

也许他死也不会想到,二妹此刻正在跟常先生约会。其实最近她一直在纠结,要不要将自己要再婚这事儿告诉他们父子?常先生人不错,也是个教书先生,但是人家教的是大学,比二妹大几岁,只有一个女儿,常年定居在国外,他们是通过一个朋友认识的。

老常是个很有风度的老头儿,谈吐举止处处彰显着一个高素质大学老师的风度。这点,很吸引范二妹,关键是,老常不爱财。因为人家有钱。老伴儿去世后,一直想再找个人来照顾自己,大学老师嘛,对生活品质什么的都是很注重的。

老常开始就想找个普通的农村妇女,能干活,老实本分就行。没想到,能找一个事业型的。老常就图二妹这爽快脾气,还有这敢说敢干的劲儿。再有就是,二妹身体素质挺好的,万一他有什么病啊灾的,她还能张罗张罗。

说实话,他俩坐在西餐厅吃烛光餐,身边还有一小提琴师伴奏,样子真是蛮怪的。尤其是二妹,完全是为了迎合这老帅哥的品位,她觉得还不如在兰州拉面馆吃拉面舒服。

老常拿着刀叉,切牛排的动作考究。

"咦?你有事儿啊?"

二妹心里泛着嘀咕,想想儿子的话,又不敢违背。老头子和儿子比,他觉得儿子更重要,毕竟是亲生的。

她支吾着:"有个客户,非要现在见一下,聊一下面料的事儿!"

老常扯下脖子上卡着的方巾,轻轻擦了两下嘴角,小声细心地说:"你去吧,工作要紧。"

范二妹反倒有点不开心了,觉得他应该关心一下自己到底去哪儿,追问两句才算正常。这样轻描淡写的一句去吧,让她觉得自己在他的世界根本就不重要。

二妹一向刚硬,见他这态度,干脆屁股一抬,拿起脚来走人了。老常笑着目送她离开,并没觉得她情绪哪里不对。

2

女人心海底针,你永远猜不透一个离异多年渐近老年的女人的心。

二妹开着车,风是风火是火地回家了。手里拎着一瓶白酒,她知道老杜喜欢整两口,她也想借着酒劲儿,把自己的婚讯公布。

她是带着爽朗的笑声上去的,老杜还曾经因为她的笑声,编过一句顺口溜:"二妹一笑传千里。"

她那笑声的穿透力,年轻人都敌不过。

二妹打开家门,看着眼前这混乱的景象,很是惊讶,拨拉着脚下的杂物,往餐厅走:"你们这是干吗呢?"

小杜正在收墙上的老照片,看着那些照片回答道:"重新装修一下。换换精气神儿。"

"装修还用自己动手吗?把活儿包出去不就得了?"

"自己动手丰衣足食,找包工队不是费钱吗?我在家也没事儿,把房子搞搞好,接下来就想怎么赚钱了!"

二妹看着儿子这一脸的斗志,会心一笑:"我儿子这斗志不错!需要妈妈赞助,你就大胆地说!多少钱妈也掏!"说完了,二妹钻进了厨房,准备帮老杜打打下手。

大庞听到这话,倒是开心了,都知道范二妹是个老富婆,他开酒吧分店这事儿,之所以没启动,还不是因为缺钱。他喜笑颜开地凑到小杜脸上说:"看来咱俩融资的事儿,有得一谈!"

小杜拍了下他的膀子,不屑地说:"想什么呢?! 我绝对不会要范二妹一分钱的!"

老杜见二妹进来了,脸上有点难为情。先跟她道了句歉:"来啦,上次……我不对啊……"

听他这么说,二妹也显得不自然起来。择着盆里的菜,嘴角牵动了一下:"没、没事儿……老杜,儿子既然回来了,你也改改你这脾气吧……"

老杜闷着头切菜,闷声说:"嗯……腾的工作,你还得多费心。我希望他能找个正式的工作,最好能约束他的。这不是,他又想干什么酒吧,你说干那种没谱的生意能行吗? 那鱼龙混杂的环境下,他也不能约束自己呀!"

范二妹想了想:"我最近上网,看见网上公布了招聘协警的信息。要不让他去试试?"

"他行吗?"

"行不行的先试试吧,这工作倒是能收敛个性。咱儿子有正义感,我觉得蛮适合他。要是不行,我就给他投资开个酒吧。再说工作和做生意都可以兼顾的。"

"那一会儿饭桌上你提提! 酒吧的事儿,再说吧!"

"成……"

老杜笑了笑,继续切菜。二妹择完手里的菜,将菜篮放到了他的手边,欲言又止:"老杜……"

"啊?"

"没事儿,你做吧,我去跟孩子们聊聊。"

"去吧去吧,我这些年自己下厨房习惯了,乍一进来个女人,我还不习惯呢!"

范二妹心里一阵酸,斟酌着要不要把婚讯说出来。

范二妹在屋子里转了一圈儿,看见了儿子贴在墙上的条子。心里一阵难受。

看来儿子真的想干点儿事了,看着他因为钱一筹莫展的样子,她心里这个疼。想想自己挣了这么多钱,却连儿子的梦想都支撑不起来,那要这么多钱有什么用?

可是自己又不能违背了老杜的心。他是想让儿子安定下来的。要是真给他投资开了酒吧,老杜会不会跟着受累操心?自己眼下就要嫁人了,要是真因为给儿子投资了酒吧,给老杜添了麻烦,那可就不应该了。

就算左右为难,小杜这事儿,二妹也记下了。

3

和几个年轻人收拾了一阵,老杜的饭菜熟了。凉的热的弄了八个菜,其中还有二妹最爱吃的糖醋鱼,二妹看见那糖醋鱼,用筷子夹了夹,外焦里嫩,咂摸了一口还是当年的味道,顿时红了眼眶,趴在桌子上哭开了。

二妹这一哭,围着桌子坐好的一圈儿人除了老杜,年轻人都在抿着嘴笑。大概大家都觉得她是被感动了,只有老杜看着老婆哭拍着腿干着急。

他想拍她的肩膀,迟疑着又不敢下手,给小杜急的呀,拽着老爸的手按在了二妹的肩膀上。老杜冲他挤眉弄眼,小杜就冲他挤眉弄眼,三个年轻人一起朝他挤眉弄眼,示意他好好安慰一下二妹,也许他俩的关系就缓在这儿了。

老杜推了推眼眶上的眼镜,终于不再执拗,点点头,温柔地拍了拍二妹的肩膀:"二妹,吃饭吧,一会儿菜都凉了。"

二妹抬起身子,看见老杜这傻呵呵的样子,破涕为笑。拧开桌子上的白酒瓶子盖:"今儿咱们整几口!好不容易吃顿团圆饭。唉,十年了,十年了……"

老杜躲过她手里的酒瓶:"别废话了,喝吧。"将自己杯子里倒满了酒,把酒瓶子递给了儿子:"儿子,给你妈满上。"

小杜接过那酒瓶,乖乖地给二妹斟满了酒。

几个年轻人都倒了白酒,小庞简直就是只快乐的小鸟,叽叽喳喳着,说着不合时宜的话:"太好了!叔叔阿姨,你们什么时候复婚呀?"

老杜和二妹都愣了神,大庞伸长了脚,从桌子底下踹了她一脚,小庞"哎哟"了一下,这才知道自己说错了话,赶紧捂住了嘴。

小杜用一种期盼的眼神盯着二老看,倒是希望他们能给出一个让自己满意的答案。

二妹觉得火烧眉毛了,眼下有种逼上梁山的感觉。要是现在再不说的话,怕是越往后大家越接受不了。她追了老杜这些年,早就有点倦了,再说老常不错,不图钱,她不想错过。一个老太太,仰着脖子,将一杯白酒一口气喝了,可吓坏了这一桌人。

老杜拽着她的手训斥道:"你不要命了,这么大岁数,逞什么能?"

酒喝完了,二妹把杯子拍在桌子上,打了个酒嗝说:"我要结婚啦!"

小杜脸上一阵喜:"行啊,合着你们俩早就商量好了,等着给我惊喜呢是吗?"

老杜不说话了,耷拉着脸,他知道,暴风雨要来了。因为他根本就没跟范二妹有什么约定。

大庞替这一家子高兴,站起来准备敬二老酒,祝酒词已经整出来了:"太好了,我恭喜一下老杜和二妹吧,祝你俩年年有今日,岁岁有今朝……"

小杜白了他一眼,用花生豆丢他:"有你这么说话的吗?年年有今日?还让不让人活了?"

"哎哟哎哟,用词错误,那就祝……"

二妹借着酒劲儿拍了两下桌子:"别祝了!等我把话说完了!我要结婚的人不是你杜叔,是别人!"

大庞端着酒杯的手就这么悬在了半空中,觉得自己做哪个动作都不合适。这对小杜来说,简直就是晴天霹雳,像坐过山车一样地让他心惊肉跳!

刚刚还抱着莫大的希望,觉得他们两个能破镜重圆。这一秒二妹却将自己打入了地狱!小杜攥着拳头,砸起了桌子,咬牙切齿地挤出了俩字儿:"谁呀?"

二妹拿起酒瓶子,又给自己斟酒:"是个大学退休老师。姓常。"

"那老杜怎么着,你不管了?"

二妹看了一眼坐在一边沉默不语的老杜,有点心疼地说:"管!他什么样儿我都管!但是儿子,妈累了,追了十年了,追不动了。"

"现在事情有缓呀……"

"老常人不错,不图我有钱,有素质,对我也好……"

二妹罗列了很多老常的优点,话里话外都是对一个男人的崇拜之情。坐在一边的老杜冷笑着,眼神迷茫着,内心挣扎着。最后还是决定,继续嘴硬下去,强打着精神挤出了一丝微笑:"二妹呀,恭喜你啊。既然话都说到这个份儿上了,我也把实话说了吧。儿子,我压根儿就没想过要和你妈复婚,我是非常赞同她再找一个的!不能老是在我这老古板身上耗着,你看,你回来了,跟着我过。你妈可单着,身边总得有个说话的人才行。"

"可是爸……"

老杜咬着嘴唇摆摆手,那意思让他别说了:"我懂,知道你希望我们能重新走在一起。可那根本就是不可能的事儿,你要是真对我老杜好,就别逼我了,成吗?"

小杜终于不再说话了,看着老杜那一脸犯难的样儿,觉得他俩这段惨败的婚姻彻底修复无望了。

苦了坐在一边的大庞小庞,不知道该从哪发言。

一杯白酒下肚的二妹,显然已经醉了。盯着一边的小庞是越看越喜欢。拽着小庞的手问:"我要没记错,这姑娘以前喜欢过我们儿子吧?"

小庞脸刷一下红了,羞涩地点点头。大庞坐不住了,觉得再聊,就是要认亲的苗头。干脆直截了当,拽过二妹的手,放在了一边,绘声绘色地说:"二妹,我们小庞都快结婚了。"

范二妹的语气由惊诧过渡到惋惜:"啊?那太可惜了……我多待见这姑娘的……"

小庞噘着嘴,有点不开心了。

小杜和老杜闷着头喝酒,你瞅瞅我,我看看你,一点儿也高兴不起来。

老的小的,喝得七七八八歪歪倒倒,有的趴在桌子上,有的干脆坐在地上。

老杜因为带着病,没有喝多。虽然喝得不多,可酒精也撞了头,强忍着头疼和心脏的不舒服,将几个年轻人分别搀扶到了两个卧室休息。

剩下二妹还趴在桌子上说胡话:"老杜!我告诉你,以前是我的错,这次也是我的错。我要嫁给老常了,我是个坏女人……"

老杜在她身边坐下来,摇头叹气,眼里闪着泪光。其实这次老杜已经下定决心,要跟她重归于好了,他怎么也不会想到,他俩还是没有福分再续前缘。

二妹手边放着手机,老杜觉得他的这个身份,不适合亲近她了。他试着翻出了手机上的电话本,找到了标有老常字样的电话拨了出去……

4

老常接到电话,倒是很快就赶到了。

老杜坐在一堆乱七八糟的杂物中紧锁着眉头抽烟,老常一进门,就被眼前的景象惊到了。觉得范二妹的这副样子,简直就是坑物丧志。一个女人,怎么能喝成这副鬼样子?

老常看着老杜,神情凝重地问:"您是?"

"她前夫……"

"啊?"

"啊什么啊?我和她没什么啊,你别误会。她是为了来陪儿子吃饭的,不是陪我。您赶紧把她弄走吧,挺不方便的。"

"那好……"

老常没有多话,抱起趴在桌子上烂醉如泥的范二妹,趔趔趄趄地走出了老杜家的门,老杜神情凝重。

老常生气极了,打车将范二妹送到了她家。因为没找到她家的钥匙,索性把她扔在她家门口就走掉了。

范二妹就这么打着滚,在自己家的门口上睡了一下午。直到深夜,她才慢慢醒来。看见自己睡在自己家的门口上,她也吓了一跳,还以为自己是梦游呢。

她使劲儿回忆着白天的场合,依稀记得是老常将自己搀扶回的家。之后,她就什么也想不起来了。

她觉得自己浑身酸痛,从包里翻出了钥匙,这才进了家门。

而老杜从老常和范二妹走了之后,就是一副忧心忡忡的样子。很多年没抽烟的他,拿了儿子的烟,坐在杂物堆中抽了起来。

不知道抽了几根,老杜有点烦了。几个年轻人把屋子都占了,客厅里又是一片狼藉,索性抽着烟出去走走吧……

老杜换好了鞋子,出门了。

小杜抱着大庞的身子睡得昏天黑地,睡梦中突然犯了一阵恶心想吐。他被恶心醒了,坐起来,才发现自己是真的恶心想吐。小杜跟跟跄跄地迈着艰难的步子跑进卫生间去吐了。吐了很多很多,吐完了就又钻回了自己的房间。

路灯相伴,一个孤独的老人趿拉着一双皮鞋形单影只地走着。老杜像个老傻子,此刻分外凄凉。

不知道走了多长时间,老杜有点儿累了。坐在路灯下面的长凳上休息,身后跟着的几个小青年,终于确定了自己的"猎物"。他们觉得老杜身上有钱,起码不会口袋光光。他们朝老杜凑过去,有的坐在了他的身边,有的站在了他的身后。站在身后的那个,从怀里掏出了一把明晃晃的水果刀,用刀尖轻轻地抵着他的背,用阴暗的语气提醒道:"别闹腾!把身上的钱都拿出来!"

此刻,老杜居然一点儿都不觉得害怕。他用非常硬气的语气跟那个长得不知道什么样的小子说:"你捅死我吧,我身上没钱。有钱也不会给你们!有种你就弄死我!反正我也不想活了!孩子,你知道我出来就是求死的吧?正好,我怎么死都是死,死在你们手里也值了,你们身上背了命案,我死了还能拉上几个垫背的……"

几个小伙子面面相觑,觉得这老头儿可能是个神经病。他们只求财,不想伤人,更不想背上什么命案。只是没想到,这老头儿这么硬,连刀子都不怕。他们窃窃私语了几句,决定还是放弃这笔买卖,他们觉得一个求死的人,身上真的不会带钱,跟一个神经病,犯不上……

几个小伙子用眼神交流了一番,全身而退。没想到的是,老杜不愿意了,本来就喝了点酒气儿不顺,他追着那几个小伙子步步相逼:"别走啊!不是要打劫我吗?不是要捅死我吗?来啊捅死我啊……"

几个大小伙子被老杜追了几十米才跑远,嘴里骂骂咧咧:"妈的,真是个疯子……"

老杜实在追不动了,坐在地上气喘吁吁。心脏有点儿不好受,从口袋里掏出了救心丸含上两粒,慢慢站起来。准备去派出所报案……

5

老杜到派出所的时候,正赶上刘志值班。

老杜坐在派出所里,浑身哆嗦着,嘴里叼着的半根烟,早已经灭了。

刘志觉得老人可能受了点儿惊吓,帮他点着了那半根烟:"大爷,别怕,抽两口压压惊。"

老杜还在后怕:"要是那几个小子是亡命徒,指不定我命都没了。你们可得加强这片的巡逻,别让他们再去抢别人了,要是遇见妇女儿童肯定就被抢了。"

老杜夹着烟卷儿的手指哆嗦着,深深地吸了一口。

刘志坐在老杜的面前:"是几个人,多大岁数?"

"三个,都是二十出头的小孩儿,穿得还挺好的。不像是没钱人家的孩子。估计是社会小混混,家里人不给钱就出来抢了。有一个小孩儿皮肤挺白的,大眼睛。站在我身后的小孩儿,手里可有刀……"

刘志给老杜沏了杯热茶,认真地做着笔录。

笔录做完了,老杜要回家,刘志觉得他状态不是很好,刚刚他还含了药,好像身体很不适的样子。

他觉得还是通知一下他的家人比较稳妥。

老杜忘记带手机,给了刘志小杜的手机号,刘志拨了出去。

小杜的手机急促地响着,打破了夜的沉寂。手机铃声把睡在他怀中的小庞也吵醒了,两个人揉着惺忪的眼睛,从清脆的铃声中醒来,小庞和小杜从床上坐起来,面面相觑,小庞尖叫了一声:"啊……"

把另个屋子熟睡中的大庞惊醒了,大庞听见妹妹的叫声,像根弹簧一样从床上弹了起来,抬起脚往另一个卧室跑,结果就看见了孤男寡女共处一室的场景。

小杜有点儿蒙,以为自己一直是跟大庞睡在一起的,怎么起来吐了一次就和小庞混到一张床上了,刚刚他还死死地搂着人家姑娘。想到这儿,他看了一眼自己的手,赶紧不自然地把手揣进了自己的口袋里。

大庞怔在那儿,只是瞪着眼,也不知道该说什么。小庞咂摸过味儿来,捂着嘴忍俊不禁。

小杜看见大庞瞪着自己,赶忙解释:"不是兄弟,不是你想的那样啊。大家都喝多了……"

大庞攥着拳头,两三步冲到他面前,照着他的下巴就是一拳:"混蛋!"

小杜被打得趴在了床上,嘴角上也出了血。他抹着嘴角的血,什么也没说。因为,换做是他,他也会下手打的。

大庞气着,刚要下第二拳,小庞像只小兔子一样横在了小杜的面前,伸开双臂喊着:"不许你打他!"

大庞郁闷着,朝妹妹喊着:"你傻啊?他非礼你!"

坐在一边的小杜连忙解释:"我没有……"

小庞抬着下巴,怒斥着哥哥:"我愿意!你管得着吗?"

"哎哟我去!这是大姑娘该说的话吗?有能耐你刚才别喊呀!"

"刚才我刚睡醒不知道什么情况不是?要是早咂摸过味儿来,我才不会喊呢!"

小杜的手机又响了,他拿着手机用央求的语气跟这兄妹说:"你俩别喊了成吗?我先接个电话!"

小杜接起电话,刘志的口气显得有点不耐烦:"世界上怎么会有这样的儿子?你老子找不到了,你不知道吗?"

"你谁啊?"

"我是鼓楼派出所。你们家老爷子在街上遇见劫匪来我们这里报案了。我看老爷子状态不好,你最好过来接一下!"

"啊……好的好的,我马上过去……"

小杜挂了电话,趿拉上拖鞋就往门外跑。却被大庞拦下了:"你干吗去?干了坏事儿你就想跑啊?"

没想到小杜拉上大庞一起往外走,一边走一边解释:"老杜遇见打劫道儿的了,现在在派出所呢……"

"啊……"

两个人急匆匆地出了门,剩下小庞笑着在小杜的床上打起了滚儿……

6

赶到派出所的时候,老杜的情绪基本稳定了。

这多亏了刘志,老杜和刘志有说有笑的,夸他是个靠谱有爱心的好青年。就在两个人聊得最欢的时候,小杜和大庞急匆匆地赶来了。

也许是太着急,小杜喊人的声音中都带着焦躁:"爸!爸!老杜!老杜你怎么回事儿？大半夜地往大街上跑什么跑？"

老杜站起来，笑嘻嘻地跟刘志说："我儿子来接我了。那我回去了……"

刘志看着小杜，越看越觉得面熟，小杜见他总是盯着自己看，很不耐烦。白着眼儿提醒他："看什么呀？"

"你是……"

小杜又抬头，仔细打量了他一眼，才发现，这不是在珂建家遇见的那号称她老公的孙子？一想到这儿，小杜就来气了，人家明明没有老公了，他非要充当这英雄好汉整这么一出英雄救美，估计这居心也不怎么良。

刘志说话的语气略带鄙夷："是你呀？是你就不新鲜了。你怎么看的你们家老爷子？大半夜地让他自己在大街上跑？"

"哎，你说话什么意思？"

"什么意思不懂吗？你看看你进门儿那语气？老爷子这是机智，要不今儿非得出大事儿不可，你能不能对自己家的老人上点儿心？别把心思都用在私闯民宅上！"

小杜不耐烦了，觉得这男的真恶心，抬起手就揍了他一下："你丫说谁私闯民宅？我闯你们家了？"

刘志也不是什么省油的灯，昂着头瞪着眼提醒他："你这算袭警！"

站在一边儿的大庞看不下去了，赶紧横在两人的中间说和："这话怎么说的？这位兄弟和我兄弟认识不是？这怎么能算袭警呢？今儿老杜的这事儿，真得谢谢您，人民的好警察……"

老杜瞪了小杜一眼："你这小崽子要造反？赶紧跟老子回家！"

老杜这一声，倒是把小杜震慑住了，他还没见过老杜张口老子闭口爷呢，长这么大都是第一次，也许是喝了点儿酒的缘故吧！

老杜笑着跟刘志道歉又道谢："对不起啊小刘，今儿谢谢你！"

"杜叔叔别见外，这是我应该做的！"

"那我们走了啊！"

老杜拽着小杜往外走，回头嘱咐小刘："小刘同志，你不用送了。"

小杜满嘴的不服，扯着嗓子在派出所院子里叫嚣着："我私闯民宅？我不好好照顾我爹？你了解事实吗，你就瞎说……"

大庞追在他身后哀求着:"祖宗,人家是警察,你少说一句不行吗……"

"警察怎么了?就警察长嘴了?他这叫人身攻击!你懂吗?"

坐在屋里的刘志,气得一句话也说不出,他觉得这男的简直太狂了,狂到让他想扒下身上这身皮跟他炝蹶子。

临走的时候,老杜就着派出所门口上的灯光,看见上面张贴的招聘协警启事,原来二妹说的这回事儿是真的,他将上面的电话号码,默默地记在了心里,他觉得小杜是时候安稳下来了。

7

几个人折腾到快十二点才回家,老杜受了点儿惊吓,有点儿累了,一脸倦容。从他们走后,小庞就开始帮杜家父子收拾屋子。

大庞进门,看见妹妹像个小女佣一样忙里忙外着,气得嘴歪眼斜,心里默默骂着:这丫头这是要硬贴?

他还在为小杜和她共处一室共睡一床的事儿堵心,想到妹妹可能被那小子占便宜了,他心里就堵得慌。

小杜拍着大庞的肩膀:"今儿谢谢你啊……要不是你拉着我……"

没等他话说完,大庞甩开他的手,拉起小庞就走:"不用你谢,你丫以后少惹事儿就成!"

小庞开始还挣扎了两下,试图把手从哥哥的手里抽出来,但是他劲儿太大了,她怎么抽都抽不出来,胳膊都被他捏红了。

"哥,你干吗呀?神经病!"

大庞声嘶力竭地吼了一嗓子:"不神经病你就成了贱人了!"

这一声,可把大家都喊愣了,摸不着头脑的老杜,诧异地看着几个年轻人。露出一副不可思议的眼神。

小庞被哥哥说哭了,抹着鼻子被他硬拽着出了门。

小杜一言不发,他知道庞娜是大庞的夜明珠,这么多年来,他这个哥哥最受不了看到妹妹受委屈,他是真的生气了。

老杜看着那兄妹俩走远了,凑到儿子面前,脸对着脸,非常正式地提醒了他一番："你把人家姑娘怎么了？我警告你回来了就好好的，千万别再拈花惹草。要是真喜欢人家姑娘，就好好地追求人家。别弄事儿！"

"爸，我知道……不过，我和她没事儿……"

"你没事儿，不代表她没事儿，傻儿子。"

老杜这话说得意味深长，傻子都能看出来，人家姑娘喜欢他。

老杜走向自己的房间，倒在床上就睡着了。小杜瘫在地上，觉得今儿的状态简直糟糕透顶，像是坐了一天的过山车。

他看着被自己弄得惨兮兮的屋子，觉得自己就像这屋子一样混乱，他坐在地上开始掰手指头，他发现，自己三十岁了。他问自己，人生还有多少个三十岁可以让他挥霍？他从二十岁的背井离乡到现在，十年的时间，他忘记了责任，忘记了父母，忘记了自己该干的事儿。他将十年的时间用来潇洒地走走停停，十年，他玩儿够了，真的是腻了那种漂的生活，他现在只想按部就班，安安稳稳地守着老杜和二妹过日子。还有珂建，他觉得他有义务保护她今后的人生，不管她愿不愿意。他都要去做这件事儿，假如她不愿意跟自己走到一起，那他就默默地保护她。但是，他还是要为自己的爱情努力一把。

想想摆在自己面前的现实，小杜苦笑了一下，是时候面对了，就像这被自己弄乱了的屋子，过程虽然很累，但是总要让它焕然一新。

他站起来，开始收拾，就像收拾他人生的残局。

8

清晨的阳光洒进了屋子，小杜折腾了一宿，硬是把自己想要的那面砖墙砌好并刷了漆，这面墙，是他为自己准备的留言板。他要将自己今后的生活动向都记录在上面，那样就能时时监督自己好好地努力生活了。

而他贴上的第一张条子，就是那个要开酒吧的梦想。这对于他来说，真的只是个梦想而已。他没有那么多钱投资酒吧，他开始动心思，该怎么尽快赚到这笔钱？他不想啃老，但现实却逼着他不得不往那个方向发展。可是将老杜的棺材本挥霍完了，他就心安理得了吗？生活不能是哄开心了一个却打哭了另一个！

可这酒吧，他是一定要开起来的。那块风水宝地，他看上了。他下定决心，一定要将它变成这里最酷的地方。可以唱歌、跳舞、聊人生和理想。

二妹可能是因为被老常丢在门边睡觉受凉了,醒来头疼得都要裂掉了,浑身的筋骨都像被打了结,动弹不得。再一看,脚都肿成了大面包。

她吓死了,躺在床上喊:"哎呀,妈呀,我这是怎么了?"

她颤颤巍巍地掏出手机,给老常打电话:"老常啊,我脚肿得像面包一样,你有时间过来带我去医院吗?啊?你在外面采风?好吧……成……"

是的,老常去郊外采风了,一时半会儿地回不来,二妹试着将脚放在地上,疼得不行。她捂着脸哭了,自己混了这么多年,身边硬是没留下一个可以照顾自己的人,有再多钱又有什么用?

小杜把客厅收拾了个大概,利落了不少。折腾了一宿,觉得整个人都要累透支了,他躺在地上,把自己摆成了一个大字,眼皮都睁不开的状态。手机突然响起来了,他不耐烦地接起电话:"谁啊?"

二妹在那边啜泣着,满嘴的委屈:"儿子,是妈妈……"

他一个激灵从地上坐起来:"怎么了?"

……

老杜和小杜焦急地赶到二妹家的时候,二妹还在捂着脸哭。

小杜自打回来,还是第一次进妈妈的"豪宅"。从那个破旧的家出来,再进这个家,小杜有种刘姥姥进大观园的感觉。

他甚至有点不自在,噘着嘴,看着这家里的装饰,无不体现了"土豪"二字存在的意义。老杜仔细观察着二妹的脚丫子,研究了半天,最后下定结论:"痛风了。"

小杜也凑过去,按了按妈妈的脚丫子又看看老杜:"去医院吧?"

"你背上她,我下去打车。"

"打什么车啊,让儿子开我的车。"

老杜嗤之以鼻:"打车安稳,我坐不惯你的豪车!"

二妹被噎得说不上话来,心里不是个滋味儿。小杜蹲在妈妈面前,拍拍自己的肩膀:"上来吧!"

二妹看见自己儿子的背影,心里难过了,鼻子一酸,又要哭了。

"你背得动妈妈吗?"

"快上来吧,别磨叽了,你脚不疼了?"

二妹笑着点点头,趴在了儿子的身上。干了一宿活儿的小杜脚还真有点软,坚持着背着妈妈出了门。

电梯里,小杜看看老杜,觉得心疼,嘴里小声地嘟哝着:"你那未婚夫呢?"

二妹脸上一阵烧:"你这是打妈妈脸吗?"

"没!不是。你别多想……"

老杜稍稍回一下头,冷着脸:"哪儿那么多话?你管呢!"

小杜不敢再说什么了,电梯到了,老杜抢在他前面急匆匆地去打车了。二妹觉得对不住这爷俩儿,在小杜的耳边说:"儿子,对不起……"

小杜不说话,使劲儿提了提趴在自己背上的妈妈,闷着头往前走。

在医院里,七七八八折腾了一上午,化验做了一大堆,医生给出定论,的确是因为长期饮酒,再加上受凉引起的痛风。需要点滴治疗还得戒烟忌酒不能吃辛辣食物。

小杜皱着眉头,看着二妹:"你什么时候还抽起烟了?"

二妹犯着愁不说话,抽烟这毛病,还是拜他所赐,自从他走了之后,她犯愁的时候,就喜欢吸两根了。喝酒,就纯属应酬了,自己开着这么大的服装厂,接待客户什么的,在所难免。

老杜默不作声,其实心里很疼,他觉得二妹挣钱不要命,居然把自己折腾成痛风了。老杜默不作声,拿着单子给二妹办住院手续了。

小杜正在训二妹,老常赶到了。步伐挺急促,呼吸也挺喘息。看见二妹肿得跟发糕似的脚丫子,第一句居然不是安慰,竟然捅出一句疑问:"你怎么还有痛风?你以前也没跟我说过呢!这不影响你今后的生活吧?"

杜子腾张大嘴巴,觉得这真不是人说的话,揪起老常的领子叫嚣着:"你什么人呀?我妈都这样了,你还说这话?"

坐在一边的二妹吓得脸色惨白,拽着儿子求情:"别闹!这是你叔!"

"我叔?你就嫁给这么个人啊?连句人话都不会说,还大学老师呢!"

老常始终绅士着,任凭他揪着自己的领子,他就站在那儿不说话,盯着他非常严肃地说:"请你讲点儿素质,放开我好吗?"

小杜瞪着眼睛,拳头马上要砸下去了。幸亏老杜来得及时,并且及时地吼了一嗓子："放肆！"

他的拳头悬在了空中，猛地转身砸在了墙上。

老杜三两步冲进来，站在小杜面前，上去给了他一巴掌。这一巴掌抽得稳准狠，五个手掌印摆在小杜本就消瘦的脸上。

所有人都愣了，二妹心疼得不行，朝老杜喊了起来："谁让你打我儿子的！从小到大我都舍不得碰他一个手指头！"

"他目无尊长，就得打！行了，我是他老子，我管得着！"

老杜转身看着老常，抬起手，又放下了。本来是想握个手道个歉的，可是想想刚刚老常说的那些话，实在让他咽不下这口气，他凭什么还要跟他握手言和。小杜的暴躁就当是扯平了。

老杜拉着小杜往外走："人家正主来了，咱们撤吧。"

"爸，我妈需要人照顾。"

"这不是有人？你要是不走，我先走了。"

老杜不耐烦地大步流星地走掉了。小杜转头，看向疼爱自己的妈妈。二妹朝他抬了抬下巴："走吧，我这儿有你常叔，你们不用担心。有问题，我再给你打电话。"

小杜跟在老杜屁股后面追，看见老杜手里紧紧攥着她的住院缴费条。他甚至听见了他们出门时老常对二妹的叫嚣："怪不得你不愿意跟着他了，这对父子，真是让人无语……"

小杜稍回过头，咬牙切齿一副要吃人的样子。

第六章

1

夏兰看出来,女儿最近心神不宁。什么事情不顺她,她就发脾气。

她管珂建的这种不正常叫做"杜子腾反应",这种反应也会因为小杜的频繁出现愈演愈烈。夏兰感知到,珂建情感生活的波澜要来了。一场家庭大战,也会因为那个叫杜子腾的各种涉入而来。

但明明知道是麻烦,夏兰不想阻止女儿,只能做到顺其自然不多参与。因为她觉得女儿活得太憋屈了,珂建三十岁了,夏兰才真正体会到做母亲的真谛,那就是对孩子的足够尊重,即便她遍体鳞伤,即便她撞了南墙,只要是她认可并且喜欢的,她都应该支持。因为受伤了,她还有她,她可以给她遮风挡雨,这才应该是妈妈该做的事情。

今天天气不错,姥姥要带着小宝贝出去晒太阳。春儿都已经五岁了,扎一对小羊角辫,笑起来的时候,嘴角上有两个深深的酒窝。孩子被两边的老人收拾得很干净,也很阳光爱笑,是个善良的小姑娘。

牵着她的小手领出去,没人会觉得这是个有先天性心脏病的孩子。

夏兰帮晓春儿穿好了衣服,刚出门,就被严素素堵住了。她正拎着一袋子零食走到他们家门口。

严素素看见夏兰的第一句话居然是:"我是来找你救火的……"

亲家俩坐在沙发上,严素素抱着小孙女,越看这孩子,心里越难受。夏兰帮她泡了茶放在她面前,她知道严素素想说什么,索性就等着她发作。她知道她现在是个病人,假如不能发泄的话,她的病情肯定会加重。

果然,没出十秒钟,严素素就开始捂着鼻子啜泣了。

"亲家母,我知道,我不该这么管着珂建……可是这个杜子腾都找上门来了,我真是整天过得心惊肉跳的。"

夏兰十指交叉,低着头浅笑,沉默不语。

"但是……孩子还这么小……我真的怕她走那一步,要是那样,对得起孩子吗?"

夏兰还是笑,笑中带着无奈和鄙夷。

严素素知道,夏兰表面上寡欲清心,但是心里有主意得很。珂建就随她这脾气,只要是她们心里认定的事情,在你不知不觉中就做了。严素素直性子,最受不了这装傻的人。索性打开天窗说亮话,语气也变得硬气起来:"亲家,我这话糙理不糙。我知道珂建年轻,我想拦着她不让她再嫁也是不可能的。但是,我们儿子才走了两年,她必须得守够了五年才可以嫁人。"

夏兰异常淡定,端起茶杯,抿了一口杯子里的水:"哦?五年?五年是什么约?还是有什么特殊的意义?"

"五年是我的底线。到那时候晓春儿也大一些了,孩子的身体也恢复了。珂建可以再嫁!"

"哦……原来亲家是这么想的?五年……让我想想……我觉得五年不够,应该让她守一辈子,守一辈子,守着这个孩子,守着你,守着我们。反正婚姻就是那么回事儿……"

"哟,你这是什么意思?"

"没有别的意思。我个人是非常赞同你的观点的。我就这么一个女儿,她已经在婚姻中受到了一次致命的伤害了,我不想让她继续再受伤了。但是,作为长辈,我们不能左右她的思想,要是她跟我们想法一致,我们就谢天谢地。要是不一致,我也没理由不尊重她的选择。亲家,我就这么一个女儿,你能理解我,是吗?"

严素素被她这一席话弄得哑口无言,夏兰这不紧不慢的语气杀气太重,自己果然不是人家的对手,这从事教育工作的女人,说话都绵里藏针,杀人都不见血。

"你说得是,但是你还是得劝着她点儿,毕竟现在这世道,男的花花肠子都多。咱们珂建这么善良,以防受骗。"

夏兰冷笑,又杀了一次回马枪:"她这么大的人了还能受骗,只能说明她该。咱们不管她,年轻人嘛,该受伤受伤,锻炼一下心智,不是挺好?还有你和杜子腾之间的事儿,大家谁都不想看到,那是一场纠纷,是纠纷就要有解决的办法,你这么明白的一个人,怎么轮到这事儿上就糊涂了呢?"

严素素倒吸一口凉气,抱着孩子直点头。

2

见了珂建两次,刘志就喜欢上她了。他觉得珂建身上有种让人难以抗拒的个性,那股韧劲儿让他臣服。他还是她的歌迷,偷偷在她唱歌的场子看了她好多次了,他觉得这个姑娘身上简直透着一股坚强神秘的气质。

当然,她还足够漂亮。

没有哪个男人不喜欢漂亮女人,恰巧珂建就是刘志喜欢的那一款。上次老张请他回家的目的,他也门儿清。

家里也在催他赶紧找对象,可是这刘志相信感觉,自己不喜欢的,绝对不迁就。家里人也拿他没办法,说只要他喜欢,所有都可以商量。

这下好了,他喜欢上了,并且下定决心追求珂建,他觉得她是个好女孩儿,应该被自己保护。

这不,他给晓春儿买了一大堆零食,准备去"贿赂"一下"小祖宗",想要追求妈妈,首先得把女儿搞定不是?

珂建忘了点儿东西,从店赶回家拿,恰巧碰见了刘志。刘志笑得非常灿烂地迎上去跟她打招呼:"嗨,珂建!"

珂建当时正闷着头走,被他这么一喊,吓了一跳。她捂着胸口喘着粗气:"哎哟,吓死我了,你是……哦,我想起来了,刘志?"

刘志没想到这高冷的女孩儿,还能叫出自己的名字。反倒有点不好意思了,他挠着后脑勺傻兮兮地笑着:"你还记得我?"

"能不记得吗?上次你帮我那么大忙!"

珂建指着他手里拎着的零食,好奇地问:"你这是……"

"我去你们家!看看老领导!"

珂建又瞥了一眼他手里的零食袋子,尴尬地笑了笑。

"一起走吧!"

两个人说说笑笑,一路朝珂建家走去。

张家伦在小区凉亭里下棋,一眼就看见了从远处走来的小刘,身边还跟着女儿,两个人看上还挺开心的样子。

这不禁让这个整日盼着闺女找男朋友的老张兴奋。平时最在乎输赢的他,今儿拍着大腿笑得"花枝乱颤",居然一个手滑下错了棋。旁边有好老头儿指点:"老张,你这棋下错了啊!"

他却抬起屁股就走人了:"今儿高兴,暂且饶你们一马!"

说着朝闺女走去。小刘看见老张走过来,本是想打个敬礼,却被老张拦住了:"行了行了,上楼吧!"

小刘嘻嘻一笑,跟在老张后面上了楼。走在最后面的珂建一直都在撇嘴,觉得这刘志今儿来的目的绝对不是看老领导。

张家伦是喊着口号进家门的,嗓门儿堪比婚礼主持人。

"夏兰,快看看谁来了?小刘来看晓春儿了。"

刚刚跳过珂建话题的亲家俩,几乎同时张着大嘴巴望向了站在门口的老张和刘志。

刘志被这两位老夫人眼神中的杀气吓得腿都哆嗦了,尤其是严素素,那双眼睛简直能杀人了。

夏兰捂着脑门儿愁得不行,觉得这刘志真会挑时候添乱。

严素素慢慢将带有杀气的眼神转向了张家伦,她知道,他暗地里没少给珂建张罗,虽然一个没成也一直瞒着她,但是她全门儿清。张家伦就是得了一个都没成的福,要不然这严素素早就闹腾了,这下倒好,看来自己眼前这个又是亲家公的安排,看阵势来势汹汹,脸上洋溢着幸福的笑容,绝对不亚于那天杜子腾的嚣张。

"这……这是谁啊?"

严素素最后这四个字,问得硬气中带着怒气。

张家伦的嗓子眼儿像卡了鱼刺一样,有种上不来下不去的感觉。这时候,珂建进门了,看见眼前的场景,简直不敢相信自己的眼睛,世界上偏偏就有这么巧的事儿,两次两个不同的男人,都被敏感的婆婆撞见了,简直就是流年不利。

珂建反应快,赶紧笑着说:"小刘上次帮咱们找回晓春儿,就一直惦记着孩子。你不是帮我们春儿联系了一个医生吗？这事儿还得谢谢你。联系上了吗？"

珂建忽闪着大眼睛看着他，刘志结巴着说："联系……当然联系上了！你托的我嘛！我今儿就是来跟你说这事儿的！"

严素素是谁？敏感多疑是众所周知的，人送外号严福尔摩斯。根据她多年审视年轻人的经验，她非常确定他俩在撒谎。她现在要做的是，顺着他们继续这个话题，看看他们到底有多能圆。

她一副急切想知道结果的表情，堪比影后："是真的吗？"

她三两步冲到小刘面前，拽着他的手问："你能给我们晓春儿找到一个好医生？找到了是吗？哪家医院的大夫？"

刘志没想到暴风雨来得这么猛烈，简直就是冰雹砸在头上的感觉，打得他有点蒙圈。珂建吓出了一身冷汗，好在这个刘志机灵，拽着严素素的手，声情并茂："阿姨！您别着急，我真的给孩子找了一个非常不错的医生，我也是托关系找到的，具体什么情况，我们还得等等我那朋友的消息……"

"哦？合着你还不知道具体的消息啊？那你跑到这儿来不是让我们空欢喜一场？"

严素素这咄咄逼人的阵势，一点儿也没吓到刘志。刘志可是鼓楼的金牌调解标兵，什么家长里短，邻里纠纷，小伙子一出马保准一片和谐。

"阿姨你别着急，我既然揽下这事儿了，就肯定能给孩子找到……"

张家伦、夏兰和珂建，这一家子站成一排，算是被刘志这嘴上功夫彻底折服，张家伦瞪着俩大眼说："青出于蓝而胜于蓝……"

珂建扑哧一下笑了，夏兰用胳膊肘顶了一下张家伦的肚子，提醒他少瞎说。

3

严素素觉得自己今儿简直是碰了两鼻子灰。张家人果真都不是简单角色。刘志更是要把她说晕的节奏。

珂建拿了东西就走，临走的时候，蹲在晓春儿的面前细声说："等妈妈回来，给你带蛋挞。"

严素素听了这话，赶紧抢了一句："不用带了，我走的时候带着她，你也该回家住了。不能总是给你妈添麻烦。"

"啊……妈妈,我还不想回去。我觉得在我妈这儿住得挺方便的,我回去你还得忙里忙外照顾我和孩子,不想你太累。"

严素素站起来,牵着孩子的小手,先跟刘志道谢:"小伙子!阿姨知道,你是好人。那我们孩子的这事儿,就交代给你了。"

刘志回敬着:"阿姨,您太客气了。这是我应该做的。"

转身,她领着孩子走到儿媳妇儿面前,笑盈盈地说:"就不喜欢你说见外的话,婆婆伺候媳妇紧随社会潮流,妈妈还想做个潮人呢!听话,今晚回家吧,在我那住一段时间再说。"

珂建无言以对,看了一眼夏兰,夏兰闭着眼睛点头,那意思多一事不如少一事,还是顺从着她点儿好。

她为难地说:"好吧,那你带孩子回去吧,我先去店里。"

严素素跑到阳台上,照旧老样子,找到了包有晓春儿衣服的袋子,哼着小曲,抱着孩子走了:"回家咯,回咱们真正的家咯。亲家公亲家母,那我先带着孩子走了啊!"

张家伦亲了亲外孙女的小脸蛋,不舍地说:"走吧!"

"那我们就不下去送你了。你带着孩子打车回去吧。"

夏兰抱着肩膀,非常淡雅的一句,然后轻轻地关了自己家的门。

珂建怔怔地看着刘志,恨得牙痒痒。刘志一脸无辜,耸耸肩膀:"我真认识医生……"

珂建在店里忙了一天,晚上八点才拖着疲惫的身子回家。一进家门,看见爸妈正坐在沙发前看报纸,她才意识到,她这是回错家了。

夏兰心疼女儿,拎着她的手让她坐在了餐桌前:"你等会儿,我给你下碗面。"

珂建的确是饿了,她眼皮不抬地点点头,满脸倦容。

夏兰一边煮面,鼻子一边泛酸,她忍着不让自己掉下泪来。在女儿面前,她永远是个坚强的妈妈,但是看见她活得这么辛苦,难免也有情不自禁的时候。

她帮她煮好了一碗西红柿鸡蛋面,上面撒了她最喜欢的香菜,放到她手边:"吃吧,吃饱了让你爸送你回家。"

她抱着那碗面,凑近闻了闻,开心地吃了起来:"不用我爸送我,我自己打车回去就成。"

张家伦手背在身后,拿着一叠报纸走过来苦口婆心地说:"你们今天看出来了吗?"

"看出什么?"

"刘志喜欢上咱们闺女了!"

夏兰拍了下他的肚子:"你啤酒喝多了,到现在还打酒嗝呢?小刘比咱们珂建小,还是个没结过婚的。话不能瞎说,传出去人家笑话死我们啊!"

"就是爸,我可不想再找了。你以后提醒一下刘志,让他别来了,回头再被我婆婆撞见,不好。她现在还有病,我都不知道怎么应对了!"

"这是什么话!你不找?难道去当尼姑?一辈子很漫长的,女儿你自己过可不行!"

珂建不耐烦地将筷子拍在了桌子上,一碗香喷喷的面,硬是吃不下去了。

夏兰觉得这个男人真是个娘娘腔,把筷子拿起来,送到女儿手里:"听话,快吃。吃完了早点走。还有你,一个老爷们儿整天想着推销自己的女儿,我们的女儿有这么廉价吗?就算是找,也得挑挑拣拣,找个好人。就算刘志愿意,我们珂建也有不愿意的权利吧?你,赶紧去看你的报纸!把嘴巴给我闭上!"

老张被老婆训得灰头土脸,蔫头蔫脑地去看报纸了。珂建实在是吃不下去了,看看表,八点半了,该回那边了。她放下筷子,无精打采地说:"我走了啊,在那边住几天再回来。"

"好……"

珂建走到门口,夏兰嘱咐她:"孩子,开心点儿。"

她敷衍着点点头,出门。

4

珂建也许不知道,杜子腾已经在她们家附近转悠了好几天了。

最近每天干完了手里的活儿,就来这边转转。他期待能偶遇到她,能和她说上几句话。他担心她,也十分想念。

他没有勇气再闯入她们家,只能用这样的方式。珂建背着包,慢悠悠地在大街上走着,最近这片儿的治安不太好,据说晚上夜深的时候,经常有飞车党出来作怪,抢的大都是单独走在大街上的女性。她也只是听说,想着自己应该不会这么倒霉,恰巧就遇见那些劫道的吧?而且,现在也不算太晚,没有哪个罪犯,会在这个点儿出来抢劫吧。

真是越怕什么越来什么,一个女孩儿独自走在街上,本来就惹眼,更何况她手里还拎着一个那么大看上去沉甸甸的包。

今儿偏偏遇见了一胆儿大的劫道的人,怀里还揣着明晃晃的刀子。估计还是个惯犯,天不怕地不怕的主儿,尾随在珂建身后走了几十秒,找准时机,将刀子杵在了她的腰上。

"别动!敢动就弄死你!"

即便他说着别动,珂建还是下意识地尖叫了一声,这一声把歹徒喊毛了,她明显感到自己腰间的刀子马上要杵进肉里了,也许已经在流血了。

珂建的声音,就像挂在杜子腾心里的风铃,每次响起都能牵动他的心灵。这是珂建的声音,这个声音中带着惊恐,他确定这是珂建的声音,他确定她在这附近出事儿了。

他疯子一样奔跑着,寻找珂建的身影。他喘着粗气,急得额头上都出了汗。功夫不负有心人,他看见一男的正捂着她的嘴巴,把她往隐蔽的小凉亭里拽。杜子腾毫不犹豫地冲了上去,矫健如飞,没等那孙子反应过来,一脚把他踹出了老远。

珂建被那孙子捂得都喘不上气来了,重获空气的感觉堪比重生,连哭的声音都变得沙哑。那歹徒哪里受得了这屈,掏出刀子,连滚带爬朝杜子腾的方向刺去。小杜一闪转,刀子没刺中要害,却划破了他的大臂。珂建尖叫着,颤抖着掏出手机,打起了110,歹徒见她报警,赶紧逃走了。

杜子腾想去追的,被珂建一把从身后拽住了,她紧紧地抱住了他的腰部:"别去了,别去!太危险了!"

这一抱,把杜子腾抱愣了,他迅速转过身,将她狠狠埋在自己的怀中。这是他欠了她十年的账,假如当初他临走时,也给她这样一抱,她肯定会奋不顾身地跟他走。

珂建回过神来,从他的怀中使劲儿挣扎着要离开,他却死死抱着不肯撒手。

他抱着她的头,和十年前的动作一样,很快珂建就被这熟悉的动作折服了,像只乖顺的小猫一样,在他的怀中索取温暖。

她哭了,那么伤心。

5

两个人重获温存,全然忘记了彼此身上的伤。

抱了一会儿,杜子腾摸到了她腰上流出来的血,他看着自己手上的血渍,吓得脸都白了。

"你受伤了?"

"没事儿,估计是破了一口子。"

"走,去医院。"

……

十年后的第一次亲密接触,居然是以这样的方式。两个人在医院包扎好了伤口,好在都不严重,只是轻微的皮外伤。

折腾到十点钟,严素素的电话打进来了,她语气焦灼:"孩子,你怎么还没回来?"

"妈……我今儿在我妈这儿睡吧,我妈身体有点儿不舒服。"

"这样啊,要不要我过去帮忙?"

"不用不用!她就是有点伤风,我守她一宿就好,明天我就回去了。你照顾好孩子,好吗?"

"放心吧,我自己的孙女还能照顾不好?明天我去看亲家……"

挂了电话,珂建稍稍舒了一口气,杜子腾试探着问:"你婆婆?"

"嗯……"

"你婆婆的病……"

"这不关你事儿。"

"关我的事儿,要不然她也不能犯头晕。珂建,你放心,该我承担的我会勇敢承担的。"

"叔叔送去的一万块钱,我们收了,以后你不用往我家送钱了。我婆婆就是为了让你知难而退,没有真的想要你的钱!"

"不行,我必须得送!"

"如果你觉得这是能接近我的机会的话,那么请你断了这个念想。杜子腾,这么多年了,你还是这么天真。我们回不去了!"

"你连头都没回,怎么就知道回不去了?"

"我现在的情况你看不清吗?我婆婆得了这么重的病,要是我真的回头了,把她气个好歹的,我承担不了这样的骂名。"

小杜一把将她拽到离自己不足半尺的距离,双手搭在她的肩膀上,眼睛盯着她的眼睛一本正经地说:"这么说,你是有回头的心,只是不敢回头罢了?!珂建,我已经不是以前的杜子腾了,虽然我到现在还没有什么基础,但是我已经知道什么叫责任了!我会努力的,为了你,我什么都愿意承担,你的难我来帮你分担,不好吗?"

张珂建扭过头,倔强地说:"不好!你以后还是少来纠缠我比较好,别再给我惹麻烦了!"

这时,珂建的手机响了,是派出所打来的。恰巧又是刘志,他用慌张的语气问道:"珂建吗,刚刚是你报的警吗?"

"啊,对……"

"你现在在哪儿?我开车接你来派出所。"

……

等刘志的当口,珂建对杜子腾说:"你走吧,被别人看见不好。"

"我得协助调查不是?"

"不用,我就说有一傻子见义勇为之后不留名走了。没人想知道你是谁。我不想给自己惹麻烦,你懂吗?"

"我是麻烦吗?珂建,我想弥补一些事情。"

珂建冷笑着,掏出手机给家里打电话,她告诉他们自己遭遇了歹徒,不过一切安好,让他们直接去鼓楼派出所,她也马上就到。

挂了电话,珂建一本正经地对他说:"你还想惹起我们家的家庭大战吗?要是不想给我惹麻烦,请你走。"

"珂建……"

"今儿的事儿谢谢你,你走吧!"

"我不走!珂建,把你手机号给我!"

"我不用手机!"

"别逗了,快点儿听话!"

两个人僵持着,这时候刘志开着警车赶到了,大灯照在了他俩身上,刘志怔了,以为这个杜子腾又来纠缠她,怒气冲冲地冲下车,刚想要上手,珂建喊了一句:"别打,是他救了我!"

"啊?"

"刘志,咱们走吧。"

刘志上车,珂建也随即钻进车里,刘志一脚油门儿,车子蹿出去很远。珂建回头,看见小杜还在朝车子的方向看着,她笑了,又哭了。

刘志知道,今儿这事儿绝非那么简单,既然下定决心要追人家了,就应该从方方面面都关心,尤其是在异性这方面。

"珂建,你和他?"

"叫我姐,你比我小!今儿的事儿,不许跟我爸妈说,你什么都没看见好吗?"

"好好……我懂,我没看见。可是,我还是得提醒你一句,我觉得那小子吊儿郎当的不适合你,你应该找个成熟稳定的。"

"我不找,这辈子都不找了。你们男人有一个好东西吗?"

刘志默不作声,开着车。珂建觉得刚刚那话对他说有点儿过了,捋着耳边的头发尴尬地道歉:"不好意思啊……"

"挺好的。"

"啊?"

"我说你的性格挺好的,敢说敢干。我喜欢。"

"你什么意思?"

"姐,不是世界上所有的人都是渣男,例如那个杜子腾。像我这种,就很踏实。"

"开你的车吧,不说话没有人把你当哑巴!"

刘志抿着嘴笑着,一本正经地开车。

6

这真是一个惊魂夜,从警局回到家后,夏兰的心还在怦怦直跳。

"这是遇见好人了,要不然女儿今儿非得出大事儿!"

张家伦皱着眉头,摇头叹气:"必须得把找对象的事儿提上日程。"

"你怎么什么事儿都能和搞对象扯上?"

"废话,要是有个男人在身边,至于招了风吗?她是个女人,需要男人的保护!刘志这孩子靠谱,听说她出事儿,居然还开着车去接了。这孩子不错。"

夏兰咂摸着他这话,也觉得有点儿道理:"要说也是。刘志是不错,还有救咱们女儿的那个小伙子,这做好事儿不留名的事儿,一般人到不了这境界。要不然,咱们去调一下监控吧,找找那孩子,当面对人家表达一下谢意。"

珂建不耐烦地拍着沙发:"哎哟,你俩真成,能不能别瞎折腾了?我洗洗睡了!"

"别洗澡,身上有伤!"

夏兰啰唆了两句,盯着老公那张求"婿"若渴的脸,越看越不顺眼。

老杜斟酌再三,还是希望小杜能去找个正经的工作。毕竟送快递不能干一辈子。

老杜一边剥蒜,一边试探性地问:

"我看鼓楼那边招协警呢,要不你去试试?"

"协警,不适合我吧?就我还协警呢,再说我现在得挣钱,干那个得考试,分心。我哪有时间呀?!"

"怎么不合适呢?我觉得你就适合干干这街道工作,我都给你打听了,其实就是街道办事处,治理一下管辖内的治安,协助他们做一下居民工作。要是干得好了,兴许可以转正。"

"爸,警察都是公务员。你觉得我能转正吗?"

"不能转正,总还是个正经的工作。你从小的梦想,不就是当警察吗?再说你这送快递的工作不能干一辈子吧?做个协警挺好的。"

"珂建婆婆那的月供怎么办？一个月五千块呢！协警的工资怕是没有这些吧？"

"你可以晚上去送啊。现在不是好多晚上派件儿的？再说,到时候找个副业干干,协警也有工资啊,一个月两千多,你晚上辛苦点儿想办法再挣点儿钱不就得了。再不行,爸还有几千的退休金,这么对付着过不成问题的！"

小杜无言以对,看着老爷子那副期盼的眼神,心里怪不是滋味儿的。他知道,老杜从他很小的时候,就希望他能当一名警察。当初自己都被部队选上去当武警了,可是因为任性错过了这个机会！他不想辜负老杜了,他这辈子欠老杜的太多太多了。

"爸,我会考虑的。"

"别考虑了,我都给你报好名了,明天你就过去面试一下。"

"您说您给我报名啦？嘿,你怎么给我报名了呢？我什么时候说要去了？"

老杜说话也开始不管三七二十一,自己软弱了一辈子了,老了老了,要在儿子面前说话硬气起来,得让他知道谁是爹。

他背着手,铿锵有力地说："我说你去,你就得去。听你的还是听我的？"

小杜被老爸这样子吓到了,他发现老杜变了,变得强势又霸道,也许他是想在自己的面前树立起威严？但是老杜却忽略了,他这一辈子无脾气男人的形象,根本已经在他的心中生根发芽,不可能改变。

老杜要改变自己,小杜觉得这是一个忧伤的故事。他突然觉得,他不可以让他难过失望,他都为自己做了这么多了。

他还是忍不住捂着嘴笑了,笑声中带着点儿小寒战。

"我听你的还不成吗？至于要吃人吗？"

老杜也装不了大尾巴狼,扑哧一下也笑了,拍了拍儿子的脑门儿说："臭小子……"

7

父命不敢违,老杜对小杜提出这样专制的要求,对于他俩来说,都是人生第一次。小杜觉得,他不该再蛮横跋扈,这个年龄了,梦想渐行渐远。他发现梦想和现实之间隔着的,真的只有责任这俩字。父母都老了,尤其是老杜,显得格外悲凉。他要对他负责,想到以后陪他的时间越来越少,他就觉得一切都该顺从一些,三十岁了,做个乖乖男应该不会被人笑话吧?

小杜骑着电三轮带着一车货去面试了。

走到派出所门口,恰巧有一个民警从里面走出来。小杜傻呵呵地走过去笑着问:"警察叔叔,我跟你打听一事儿。"

"什么事?"

"听说,这片儿招协警是吗?"

"是啊!那儿不是有告示?"

警察指着大门上贴着的公安局招聘协警启事。小杜朝那张纸瞥了一眼。

"哦!我报名了,来面试的!"

"啊?"

"我说,我报名了。来面试!"

眼前的警察被他这两句整得都愣了,不知该作何回答。

小杜身后传来一阵放浪不羁略带鄙夷的笑声,他回过头,看见刘志手里左手端着一饭盒,右手按在墙上,笑得前仰后合。

这让他一下子爆发了,走过去揪着他领子说:"你丫笑什么?"

刚给他作答的那警察叔叔跑过来,拽着他的手说:"你想袭警吗?做协警,是不可以有犯罪记录的!"

小杜慢慢松掉拧着他领子的手,不屑一顾。

刘志忍着不笑了,一本正经地说:"哥们儿,你得去网上报名。然后还得考试。考试通过后,才能由总局调遣,不一定来我们这儿,也有可能是别的区。我们这儿,只是负责贴一个通知。你看明白了吗?"

小杜白了他一眼,朝自己的三轮车走去。刘志突然喊住了他:"哎,等等!"

"干吗?"

"留个联系电话,要是我发个快递什么的好找你,顺便给你增加点儿业务量!"

小杜脸上火烧火燎的,气得不行。骑上三轮车扬长而去!

8

小庞借着给老杜检查身体的幌子来找小杜。

她陪着老杜坐了一会儿了,带着血压仪帮老杜量血压。说是什么医院的售后慰问活动,专门上门给老人们检查身体。

老杜又不傻,当然知道医院不会搞这种荒唐的活动。看着认真给自己量血压的小庞,老杜苦口相劝:"孩子,喜欢我们小杜是吗?以后别来了,小杜不喜欢你,他心里装着别人。你是个好姑娘,你别在他身上花这么多心思,我觉得不值。"

小庞被老杜的这席话弄得浑身不自在:"叔叔,您怎么这么说呢?我配不上小杜吗?"

"太配得上了,但是他配不上你。要是你们能在一起,我当然高兴。可是杜子腾的脾气,我太了解了,他是不撞南墙不回头的主儿。"

"为什么一定要看着他去撞南墙?我死死地拽着他不就得了。"

老杜一声叹息,表示不理解现在年轻人的爱情观:"我是怕伤了一个好姑娘。小杜伤过了一个了,难道还要再伤一个吗?"

小庞不说话了,只是笑着。因为她无法跟一个年过半百的老人解释自己当初的单恋。其实小杜不单单伤了一个,也伤了自己。

送了一天快递回家的小杜,看见庞娜的车停在那儿,心里莫名焦躁。

他进门,小庞像一只欢快的小兔子蹦蹦跳跳地迎接着主人:"小杜哥,你回来了?"

小杜冷着脸,爱搭不理:"你来干什么?"

小庞羞涩地说:"我来看看你呀。想你了。"

他觉得自己非常有必要好好跟她谈谈,拉起她的手,把她拽进了自己的房间。老杜捂着脸和眼,觉得现在的年轻人真是开放,想提醒两句,又不知道该说什么。

其实根本不是老杜想的那样,小杜只是让她坐在自己的面前,决定跟她谈谈他们之间的事情。

小庞搓着衣角害羞地笑着:"你有事儿啊?"

"嗯……庞娜,我知道你对我好。那天的事儿,真的非常抱歉。我也没对你怎么样不是吗? 咱们之间不可能,你哥也非常明确地提醒过我,让我少和你来往。"

"那是我哥的事儿,我和你来往是我的事儿。"

"那愿不愿意和你来往就是我的事儿咯? 你都快结婚了,怎么这样呢?"

"结婚还有离婚的呢! 我就不能追求自己的真爱了?"

"可我不爱你啊! 我爱的是珂建! 我要对她负责任! 她现在不好!"

"那我就好? 我等了你十年你知道吗? 她却没有等你,她结婚了! 还生了孩子! 你觉得我们俩谁更爱你呢?"

两个人都是有理声高的架势,语气从谈变成了吵。小杜觉得这个姑娘真是头脑简单四肢发达,最后不得不放出狠话:"那天我没把你怎样吧? 不至于这么不要脸地缠着我! 我要是我真那什么了你也成……"

小庞被他这话弄得非常下不来台,脸上烧起了两片火烧云,眼睛里也变得水汪汪地含着泪。

"子腾哥,你居然这么说我?"

"不这么说你,你就要上天,一点羞耻感都没有,大姑娘家的。"

小庞气急了,知道他这是用来刺激自己的激将法,居然一把撞进了他的怀中,死死地抱着他的腰一边哭一边委屈地说:"那我就不要脸给你看! 我就是喜欢你,就是要跟你在一起。"

杜子腾急了:"见过不害臊的,没见过你这么不害臊的,赶紧起开!"

"就不起开!"

他越扯她,她就抱得越紧,杜子腾今儿心情本来就不好,没想到一进门遇见这么一个堵心的,他气急了,用手使劲儿掰开了她环在自己腰上的手,狠狠地把她推了出去。

可能是真急了,使的劲儿大了些,小庞被推倒了,头磕到了桌子角上,啊了一声之后,头破血流。

老杜跑过去打探情况,看见姑娘脑袋都破了,老杜气急了上去给了小杜一巴掌:"你这个混蛋!"

　　小杜赶紧把倒在地上的小庞扶起来,老杜瞪着眼,急扯白咧地说:"还不快去医院!"

第七章

1

这一下,小庞的脑袋缝了三针,愣是给磕出一三角口子。

小杜觉得这次他肯定死定了,大庞会杀了自己的。因为医生告诉他,这块儿可能得落一个小小的疤。

大庞这辈子最珍爱的妹妹,脸上落下个疤,太恐怖了。

小杜坐在小庞身边,紧张地咽着唾沫。

小庞握住他的手安慰着:"子腾哥,我不怪你。"

他赶紧把手从她的手里抽离保持距离:"你别害我了小姑奶奶。一会儿我该怎么跟你哥交代?"

"事情没有那么严重吧?"

"你觉得不严重吗?我觉得挺严重的。"

杜子腾继续愣神儿咽唾沫。

大庞一路奔跑着来到了医院外科,一进医护室,就看见妹妹像只小流浪猫儿一样坐在那儿等待自己来带她回家。

他咂巴着嘴,盯着妹妹的额头仔细打量着,满脸心疼样儿还带着一股子酸劲儿:"吱吱……完了……破相了……"

小庞扯着哥哥的衣服撒娇:"哎呀,没有你说的那么严重啦!"

"还不严重?破相了!"

小杜龇着牙闭着眼,觉得他说破相了那三个字的时候,声音都变得嘶哑了。

大庞猛转过头,怒气冲冲地盯着小杜:"你,你给我解释解释!"

小杜实在不知道该怎么解释,是该从头解释,还是从半截上解释呢?

小庞插了句:"不关他的事儿,我自己磕的。"

"那总是在他家出的事儿吧？你当时肯定是受了什么刺激了,要不然谁神经病往桌子角上磕啊?!"

"不是的,哥,真的是我不小心。"

小杜不会撒谎,见不得小庞解释得这么辛苦,祸都惹了告诉他也无妨。

"是我推的她,把她推倒了磕着的。"

大庞有理声高,指着小杜的鼻子骂:"杜子腾你混蛋！她是个姑娘,你推她？"

他扭捏着,觉得没必要多说了。

"我混蛋,你打我吧。"

"我打你都对不起我们兄妹对你这么好！我打你干吗？以为我和你一样没素质啊？"

大庞抱着妹妹的肩膀往外走,语气都变得小心翼翼:"跟哥回家,你说你一小姑娘脸上落个疤可怎么办？"

妹妹噘着嘴撒娇:"哥,你不要怪子腾哥……"

走到门口,她转头看着杜子腾道歉:"子腾哥哥,对不起……"

杜子腾闭着眼睛,一脸无奈地摆摆手:"你们走吧,我去看我妈。"

2

二妹就住在这家医院,小杜来到她病房的时候,老常正在给她喂饭。这场景倒是让他想不到。

看上去那老头心还挺细的,一小口一小口地送到她嘴边,她吃得有点不自在,平时一向大大咧咧的二妹,看上去也极不自然。

小杜用拳头捂着嘴咳嗽了一下,两个人同时看向了他,老常端着碗的手悬在半空中,语气缓慢嫌弃:"哟？我还是回避一下吧,正好我下午有活动。你们聊。"

老常这说走就走的功夫,真不是盖的,放下碗筷拎着自己的小包就走了。经过小杜的面前时,那眼神和点头的动作意味深长。

小杜瞅着他的背影:"虚伪的大学老师。"

二妹两天没看见儿子了,想得不行。虽然小杜三十了,但是她还是想像宠爱小孩子一样那么宠爱他,她已经错过了他十年,她决心要在今后的日子里,加倍对儿子好,把之前的十年光阴用宠爱的方式补回来。

她朝他伸开臂膀,嗲里嗲气地说:"儿子快来给妈妈看看。"

小杜笑嘻嘻地走过去,低头观察着她的脚:"消肿了。"

二妹扳着儿子的脖子,将他的脑袋凑到自己的嘴边,狠狠地嘬了两下。

小杜挣脱着,捂着被老妈强吻的脸说:"恶不恶心啊,我都这么大了。"

"你活到八十,也是妈妈的儿子不是?"

"这老家伙伺候得不错?"

"还行吧,这两天只给妈妈发微信,都不知道来看看我。"范二妹噘着嘴,一脸的不满。

"不是不来看你,我实在不想见那老常。要是没有他,伺候你的肯定是我。你现在把关系跟他撇清了,你看我管不管你?还有,我得上班挣钱啊!"

"你这不是逼我吗?都要结婚了,说撇清就撇清啊?老常人还不错,你不要戴着有色眼镜看人。你上班啦?找到工作啦?我上次回来还说呢,我觉得你们的点子不错,想给你投资开酒吧呢!"

"算了吧,我不要你的钱。我自己能挣!对了,别跟我打岔!反正我就是不喜欢那个老常,你找也不该找个这样的。闹绯闻的都是大学老师,你不知道啊?"

"别咒我!你就想我和老杜在一起,但是已经不可能了啊,十年了,我也跟他耗够了。十年是什么概念,你知道吗?"

"我知道,你不容易。"

"你放心,就算妈妈再嫁,也不会不管你们的。以后你爸有病有灾的我也管。对了,这次住院的钱,也是老杜垫的吧?"二妹从手边的包里又掏出一张卡,递给小杜:"这个你拿着。交了住院费,还能有个富裕!剩下的你自己留着花!"

小杜最看不惯她总是用钱来衡量一切的态度。他接过她的卡,又从口袋里掏出另一张卡,一起拍回了她的手里。

"这钱我们不能要。老杜这些年也攒了一些钱的,妈,我也是个男人,以后我会努力的。"

范二妹这次真的犯二了,她始终觉得小杜就是一个长不大的孩子,拿点钱出来就可以哄他开心了,没想到他会拒绝自己,连上次的钱都没花,心里得攒了多大的劲儿啊?

她心里一阵难过,不想打击孩子对前途的信心,将卡收了起来,勉强笑了笑说:"妈信你,那我先收着,给你攒着,等你娶媳妇儿的时候,再拿出来用。其实孩子,你不用想那么多的,妈妈的钱都是你的。还有你的酒吧……"

没等她话说完,他就截她的话:

"不是我的,你的钱是你的。我自己又不是没手。"

"孩子,只要你愿意,你喜欢,你要妈妈怎样我都愿意!对了,你说你上班了?赶紧跟我说说,你在哪上班?"

小杜撇着嘴,并不想告诉她自己在送快递,而是扯了个谎,"我爸想让我当协警。我这不正准备考试了吗?"

"协警不错啊,总是个正经工作。而且可以锻炼你。"

"嗯,试试吧。"

范二妹表情严肃,抓着小杜的手深情地说:"儿子,你做什么决定,妈妈都支持你。我和你爸的事儿,妈对不住你。"

"算了吧,我都三十的人了。我能理解你们。感情的事儿是不可以勉强的。"

"孩子,什么时候也给我找个媳妇儿回来呢?"

一提到这事儿,小杜立马想起了珂建,他来神儿地坐在她身边,兴致勃勃地说:"妈,你还记得珂建吗?"

"记得,当初不是和你爱得死去活来的那个小姑娘?她还没结婚呀?"

"屁,都是五岁孩子的妈了!"

"哎呀,你可不能去破坏别人的家庭,要是那样妈不同意啊!"

"她男人死了。她现在自己带着孩子过呢。哦,跟她婆家人。"

"天啊,这孩子的命怎么这么苦呢?这女孩儿不行,妈不同意,你知道这叫什么吗?克夫命!当初幸亏你走了,幸亏没和她在一起!"

"拉倒吧二妹,你可是新时代的新女性,你怎么还迷信呢?"

"那也不能找个带孩子的啊。而且人家还跟自己的公婆住呢,这说明什么?这就说明人家不想再嫁。"

小杜露出一副花痴的表情:"我挺喜欢珂建的,在外面这十年,也谈过几个。但都是过眼云烟,那些女的都是假的。只有珂建,我心里一直放不下。再说,当初要不是我,她也不会落这么个命!"

"你都说了是命,这就是她的命,孩子。"

"可我爱她,我就想和她在一起。"

范二妹气冲冲的,鼻子不是鼻子眼不是眼:"反正我不同意你娶个带孩子的。"

小杜没想到,她会是这种态度。扯着嗓子跟她喊开了:"就算不支持,你也不至于反对吧?你怎么这样呢?"

"这是你的终身大事,你怎么能这么草率呢?你都三十了,该成熟了!以你现在的身家,你想找个什么样的没有?妈妈有钱,有能力给你买房子车子,将来我那生意也是你的,你可以挑拣着找的,何必要找个死了丈夫还带着孩子的女人呢?"

"我都说了多少遍了,你的钱是你的。我和老杜这样挺好,赚多少吃多少。我不需要你用你的财产来压制我的人生!"

"我总得有死的那一天吧?我死了还不都是你的!"

"你死了爱给谁给谁,你捐红十字会去,我不要!"

说完了这话,范二妹终于忍不住了,捂着鼻子号啕大哭。小杜知道,自己刚刚那话说得有点过分了,但是想想,她居然这么嫌弃珂建,把她说得这么不堪,难道就不过分吗?他走过去抱着她的肩膀安慰着:"我错了,我说错了,别哭了。"

"你个小兔崽子,拿刀尖儿戳你妈的心啊!"

小杜嘴笨,心直口快,觉得二妹实在不该这么说珂建,二妹知道了这事儿,也在心里痛下决心,绝对不能让儿子找一个死了男人还带着一个孩子的女人结婚。

3

珂建伤到了,毕竟也是一口子,不能洗不能涮的,很快就引起了严素素的注意。她在房间换衣服的时候,恰巧被路过的婆婆看见了自己腰上的伤,把严素素吓了一跳!以为媳妇儿是害了什么病没告诉自己,怎么突然就多出来一个纱布条。

严素素悄悄站在她身后,伸出手指摸了摸她腰上的伤口。珂建疼了一下,腾地转身,吓了严素素一跳。

"妈,你干吗?"

"你腰怎么了？"

珂建捂着伤口，支支吾吾："哦……没什么，长了个火疙瘩，切了。"

"哦……你这不能碰水，自己在意着点儿。"

"嗯……谢谢妈。我想跟你说件事儿……"

严素素知道，她在家住了两天，准是烦了，想跟自己申请回娘家。她决心不听她的话，跟她打起了马虎眼："珂建，你说我们去清水湾那边买套小公寓怎么样？"

"清水湾那边的房子挺贵的。你怎么想到要买房子呢？"

"这不是，李晨快回来了吗？我想着，他回来之后毕竟你和他住在一个屋檐下不太方便。手心手背都是肉，我哪个也不能舍出去不是？我综合考虑了一下，决定把你留在我身边，你乖巧懂事儿。李晨早晚也要结婚生子，房子早晚也得买。"

珂建当然知道，她说这话的意思，是决心要将自己拴在她身边。她闷闷地嗯了一声，又开始收拾衣柜里的衣服。衣柜里还有很多李斌的东西，衣服、袜子、裤子……其实很早之前就想处理掉的，只是一直没有勇气，想给孩子留个念想。但是她最近觉得，自己更没有勇气去面对这些东西，倒不如处理掉，眼不见心不烦。

她将丈夫的东西打包在一个袋子里，准备一会儿拿出去找个没人的地儿焚烧。

严素素看着她收拾儿子的衣物，颇有疑问："你动这些干吗？"

她冷着脸，将一件李斌的裤子扔进袋子里，"烧了去，看见就心烦。"

"啊？烧了？你不是说留着给晓春儿做个纪念吗？"

"看着闹心，有照片就行了。"

珂建抱起手里的袋子，准备出门，却被严素素一把抢过来了。

"你闹心，我不闹心。我留着！珂建，我看你不是闹心，你是动心了吧？"

她觉得婆婆这话没道理，但是又不想跟她辩解什么："妈，别闹。"

"我什么意思你明白，身边一下子多出好几个男人，也难怪你动心。妈就跟你说一句话'勿忘初衷'。"

说罢，严素素抹着眼泪，抱着儿子的一包衣服转身走掉了。珂建觉得太压抑了，怎么全天下不幸的事儿就都让自己摊上了？如今倒好，这说也说不得，顶也顶不得,必须一副好脸奉陪到底,她坐在床上使劲儿捶了几下,用这样的方式来发泄心中的不满。

4

老李拿了一堆药回来,回家之前,都细心地将所有药物包装了一下,胶囊全部抠了出来,放进了没有任何标示的小盒子中,他怕她看见这些药的说明书,让她发现了,这个家就永不得安宁了。现在老李觉得,能瞒一时是一时。

他拿着那一袋子药进门,笑嘻嘻地冲着厨房的老婆喊:"素素啊!你看我带了什么回来?"

严素素拿着炒菜的铲子探出头来,"什么啊?"

"我给你买了些保健品,吃了对你的身体有好处!"

珂建听见,从卧室走出来打探,指着那袋子药,冲着公公做鬼脸,小声地问:"爸,这是……"

老李眨巴着眼点点头,"一会儿我们出去聊!"

"好……"

严素素炒完了一锅菜,从厨房走出来,拨弄着装药的塑料袋儿,一脸的不屑:"又是糊弄人的东西,花这冤枉钱干吗?"

"哎?!这是人家医生给你开的药,说吃这个对你有好处!你就配合就行了。上面标注了用法用量!你可得配合点儿啊!你这轻微脑震荡,也不是闹着玩儿的。"

她拿着一个药瓶一脸的疑惑,"咦?这药都没有说明呢?"

"没有说明就对了,这是上次我给你约的那个医生自己独家配制的。哎呀,你别管。吃了对你有好处!"

"我可不敢吃这些三无产品!"

老李拍着桌子站起来,一脸气愤,"太不像话了!你知道这些药多少钱吗?"

"多少钱?"

"五百!"

"啊?!这么贵?你这死老头子!好了好了,放在那儿吧,一会儿我就吃上!"

"这才听话!"

珂建拎着晓春儿,脖子上挂着水壶:"爸,妈。我带着孩子去楼下遛遛!"

"去吧去吧!"

珂建走到门口,朝老李使了个眼色,他顿时心领神会了。老李帮严素素数好了一顿药,递到她的手中:"先吃了。"

严素素端着水,咕咚将一杯水喝下肚。

"那我下去下棋了啊!"

"我这饭马上就好了,你们真会挑时候,吃完了饭再去嘛!"

"不是还没好嘛? 我手刺挠了,就下两盘!"

"去吧去吧,半个小时之后回来啊,顺便喊着珂建和孩子!"

"知道啦!"

老李溜下楼,看见珂建带着孩子在凉亭里玩游戏。他背着手一边朝凉亭走,一边还朝楼上打探情况,生怕严素素站在窗子前面什么的。

珂建见老李过来了,抱起孩子,坐了下来。她见公公一脸愁容,就知道肯定不是什么好消息。

"爸! 很严重吗?"

"啊……也还好。只是这医药费太贵了。一个月得万把块的药费。"

"啊? 那么多?!"

"是啊,现在这件事儿,就咱俩知道,小晨也快回来了,他各方面还没什么基础,我不想给他太大的压力。"

"我明白我明白,以后我按月交给您钱!"

老李抬头,赶紧摆手,生怕媳妇儿曲解了自己的意思:"不用不用不用……我们怎么能要你的钱?! 你妈这样拴着你,已经非常对不起你了! 孩子啊,我们李家对不住你,要你承受这么多……"

"爸! 您别这么说,本来李斌的赔偿款,我就不该独吞的。我会努力工作的,争取早点儿把这笔钱赚回来。"

"真的不用。我们还负担得起。"

……

珂建笑了笑,拽着老李的手,希望以此给他鼓励:"放心吧,一切都会好起来的。"

5

珂建收拾了一下,决定带着孩子去医院复查。转眼晓春儿都五岁了,医生说要是孩子身体状况允许的情况下,下半年就可以手术。但是,他们也没有十足的把握一定能把手术做到完美。她也想顺便给自己腰上的伤换换纱布。

她给孩子收拾好,准备出门的时候,严素素也打扮好要跟着。

"我跟你去医院吧,我也想听听医生怎么说。"

"不用了,妈,我自己去就可以。再说,上次我约的那个大夫你也不熟。"

"不熟才该去呀。走吧!"

严素素推着她的胳膊,一起出了门。珂建有种被绑架了的感觉,可她毕竟是长辈,又是因为关心孩子的健康,她又不想惹她生气,就只能顺从。

今天是约定换药的日子,珂建总是爱忘记一些细节,她忘记了杜子腾今天也有可能来换药。来到医院,她说要先带着孩子去看。严素素半路上想上个厕所,让她先去,她随后就到。

珂建带着孩子去了三楼,严素素去一楼找洗手间了。没想到,她一下楼就碰见恰巧也来换药的小杜。她看见他去了换药大厅,一向敏感的她,不免又心有疑惑。难道世界上真的有这么巧的事情?她带孩子来复查,他就也来这医院?难道是两个人事先约好了?

她决定一探究竟,憋着一泡尿尾随。

她在换药大厅的门口上,观察着小杜的一举一动。

她看见小护士在给他换药,看样子他的手臂应该受伤了,是皮外伤。她立即想到了珂建腰上的伤,在心里问自己,这不会是一回事儿吧?

杜子腾很快就换完了药,小护士跟他唠叨了几句注意事项,还笑着打趣问他:"你女朋友怎么没跟你一起来换药呢?"

"哦……你说她啊?她不是我女朋友。现在还不是!"

"那你提醒她来换药啊,加油啊帅哥!"

小杜冲着小护士做了个Y字形的手势,笑呵呵地走了,好像下一秒就能将他口中那女孩儿追到手的样子。

严素素赶紧背过身去,怕他认出自己。

见小杜走远了,严素素才敢进去打听,她笑嘻嘻地冲着那小护士打听着:"姑娘,我跟你打听一下,刚刚那个小伙子的伤是怎么回事儿?"

小护士一脸疑惑地看着她:"你有事儿啊?"

"哦……我没事儿,我认识他。我就是想问问他伤势的情况。"

"哦,他就是被刺了一刀。"

"你刚刚说,他女朋友也受伤了?"

"嗯,对啊。那天晚上他俩一起来上的药。可能是遇见歹徒了。"

"他女朋友是不是白白的,短头发,大眼睛,瘦瘦的?"

小护士翻着白眼儿回忆:"好像是。"

珂建带着孩子复查完了,也不见婆婆回来。领着孩子在一楼转悠找她,找个半天也没找到,索性先去换药。没想到走到换药大厅,却撞见从里面走出来的严素素。

严素素碰着她的鼻子尖,刚要说什么,又突然觉得尿急,捂着肚子去找洗手间了。

珂建奇怪地盯着婆婆的背影看着,觉得她越来越奇怪了,不是说好了带孩子来复查,顺便了解一下情况?上个洗手间上了半个小时。

小护士看见珂建,语气有点兴奋:"咦?你来啦?你男朋友刚走,我还说呢,你们怎么不一起来?"

"你说,我男朋友……"

珂建似乎意识到了什么,后背刮起一阵阴风。

她追问:"刚刚那老太太是不是问你什么了?"

"是呀,她说她认识你们。赶紧过来换药吧,我马上就要换班了!"

珂建回过神来,领着晓春儿进了换药大厅。

心里却敲起了小鼓。

6

严素素气得心脏病都差点儿犯了,她坐在马桶上,告诉自己,不能着急,着了急就前功尽弃了,不但收复不了她的心,还得落个泼妇的名声。

她就觉得夏兰挺高的,万事儿夯着就是不给你来个痛快的。她觉得自己也得学习人家,既然人家能夯,她也就能装傻充愣。从中做做小动作,使使坏还不会?既然她那么喜欢,那就看住了她,不让她回娘家住。

严素素的平静,让珂建内心不平静了。和自己会合之后的她,笑呵呵地跟自己道歉:"对不住啊珂建,妈这一泡尿给耽误了事儿。"

"妈。没事儿,下周还要来的,到时候你再一起。"

"你腰上换好纱布了?"

"嗯。"

"那你去店里吧,我带着晓春儿回家,顺便路过菜市场买条鱼。"

严素素领着孩子从前面走,珂建叫住了她,想着她现在身体不能太劳累,晚上带着孩子回家住呢。她支吾着说:"您别准备太多了,晚上我想回我妈那儿。"

"哟,这可不行!你在我这儿住了两天就烦了,是不是妈妈照顾你照顾得不好?"

她赶忙摆手:"不是!真的不是,我只是想我妈妈了。"

"傻姑娘。我不也是你妈?你亲妈能给你的温暖,我照旧能成倍地给你。你以后就安心地在家住吧,我一定能照顾好你们母女啊!店里挺忙的,去吧。我也赶紧去菜市场了,要不然一会儿买不上新鲜的了。晓春儿,跟奶奶去买鱼咯!"

一老一小,兴高采烈地小跑着去打车买鱼了。

珂建看着婆婆的背影撇着嘴,只剩下了无奈。

7

严素素每次准备丰盛的饭菜,家里总是来客人。不是七大姑八大姨,就是邻居来吃。自从儿子没了之后,她格外喜欢热闹,总是觉得家里没有了人气儿就不能活了似的。今儿的饭菜依旧丰盛,让她惊喜的是,一个臭小子带着他们家的钥匙推门而入毫不客气,进门就兴高采烈地喊着:"妈,你儿子回来了。还不快出来迎接!"

严素素断定,这是李晨的声音,哼着小曲挥舞着的小铲子就这么顿住了。她背对着怔在那儿,瞬间红了眼眶。李晨知道妈妈太过激动了,慢慢走到她身后,用自己强有力的肩膀抱住了她,声音柔软细腻地哄她说:"妈妈,我回来了……"

严素素忍不住了,眼泪啪嗒啪嗒地掉了下来。

猛转身,拍打着儿子的胸说:"臭小子!你怎么搞突然袭击呢!"

"好了好了!菜煳了!赶紧炒!"

……

"什么?你退伍了?不是还有半年时间呢吗?"

李晨啃着苹果坏笑着:"爸,半年时间是骗你们的。为了给你们一个大惊喜!"

李酉冷笑着,拍着儿子的大腿骂:"臭小子!这惊喜是够大的!"

严素素这个开心呀,四凉四热还弄了儿子最爱喝的八珍汤,自个儿兴奋得都要蹦起来了。李斌去世之后的两年,李晨就回来过一次,部队管教严格,每次打电话的时间都不超过十分钟。这可憋坏了整天想儿子的她,自己铆足劲儿就等着他回来可劲儿地疼呢。

她端着一盘鱼从厨房走出来嘴上张罗着:"赶紧来吃饭吧!儿子饿了!"

"妈,不急。我嫂子还没回来呢不是?"

"她的时间没个准,你饿了,你先吃!"

李酉觉得不妥,皱着眉头训斥她:"长嫂为母,你让珂建回来怎么想?还是等等吧!"

"你这个老古板,都什么年代了?还长嫂为母?长嫂为母那话是说给死了公婆的人。咱俩还没死呢,在这个家里咱们最大。儿子饿了,你不让吃!"

李晨为难着,抱着妈妈的肩膀说:"我觉得我爸说的有道理。等等我嫂子吧!"

严素素噘着嘴,端着一个小碗坐到客厅里给晓春儿喂饭:"先把这个小东西喂饱了,一会儿咱吃得清净。"

李晨抢过妈妈手里的碗筷："叔叔来喂。春儿,想叔叔了没?"

说着,他细心地将一小勺饭菜送到孩子嘴边,晓春儿眨巴着眼睛一口吞下,对这个怪叔叔一点儿也不陌生的样子。

"到底是一家人啊,这孩子对他叔一点儿也不生分。"

"那是,他俩有血缘关系!"

李酉拍着大腿,一本正经地问了他的工作问题:"这退伍了,想没想过去哪儿上班?"

"想了,当警察去呗!"

"哟? 想当警察,得考正式公务员才可以。"

"先从协警做起,公务员慢慢考。我还年轻,有的是机会。"

"你别说,现在正在招协警呢! 你掐着日子回来的吧?"

"我已经在网上报名了,过两天去考试!"

李酉满意地点点头,觉得儿子做事这么有计划,真是孺子可教。

说话的工夫珂建回来了,李酉听见了她的脚步声:"你嫂子回来了。"

李晨想给她个惊喜,躲在了门后,想吓她一下。

珂建打开门,李晨大叫着:"嫂子!"兀地从门后蹿出来,吓得珂建朝后面退了好几步。她捂着胸口,看见李晨会心一笑:"臭小子,吓死我了。"

"嫂子! 我可等着你吃饭哪!"

珂建顺顺他的头说:"你不是还有半年才退伍吗,怎么提前回来了?"

"我还不是想给你们一个大惊喜! 嫂子,你最近挺好的?"

"我挺好……"

叔嫂两个说说笑笑很是融洽,李酉很是欣慰。反倒是严素素觉得浑身不自在,毕竟李晨这么大的人了,跟自己死了丈夫的嫂子这么亲近不太好。她咳嗽了一下,话里话外提醒着:"吃饭吧,吃完了饭再说。你嫂子也累了,别总是缠着她。"

珂建本来还挺高兴的,脸色一下子沉了下来,觉得浑身的汗毛都竖起来了。她在餐桌前坐下来,端着碗筷说:"吃饭吧!"

"就是,吃饭吧儿子,你早饿了不是?"

珂建好心,给李晨夹了一筷子鱼肉,严素素看着也不顺眼,又使劲儿咳嗽。

珂建觉得这饭吃得真别扭,草草地吃了几口,就放了筷子。

"我吃饱了,我去给小晨收拾一下房间。"

说着珂建起身,领着晓春儿钻进了客房。本来严素素觉得李晨能安安静静吃完这餐饭,可看见珂建进屋了,他也赶紧扒拉了两口进屋去帮忙了。

严素素见这场景,气得把筷子往桌子上一摔,跟老头发牢骚:"这饭没法吃了。"

李酉却一脸的不满,质问她:"我看你又犯病!你这人真是难伺候到家了!"

8

李晨跟着她钻进屋子里,帮着她抻床单。

珂建见他进来了,好心提醒着:"小晨,你别管了。出去吧!"

"我帮你弄吧,反正我也吃完了。嫂子,这次我回来,就是为了能挑起家里的大梁的。我哥没了,我知道一家人这两年过得很辛苦。"

"李晨别说了,我觉得以后我在家的时候,咱们俩最好少交流。"

"为什么?"

"为了咱妈。"

李晨有点摸不着头脑,但是他断定,这两年珂建也许过得挺憋屈的。

严素素又开始扯着嗓子喊儿子:"晨儿啊!出来,打进门儿妈妈还没好好和你聊聊呢!你老跟在你嫂子屁股后面干什么?"

他看了一眼珂建,她耸耸肩膀,冲他使了使眼色:"去吧!别惹她不开心。"

李晨一向是乖乖男,人好脾气好,他不想妈妈不开心多疑,只能遵从她的意思,离嫂子远一些。

珂建帮小叔子收拾好房间,回到自己的房间收拾东西,老一套的戏码。今儿她必须要回娘家住,这小叔子刚回来吃了顿饭,她就这啊那啊的,要是真生活在一个屋檐下,抬头不见低头见的,婆婆还不得把房梁挑起来?

她拎着包,领着孩子走出房间。

"爸妈,我今儿回我妈那住吧,我妈这两天身体不好,我得回去看着点儿。"

严素素想挽留的,看了一眼儿子,又勉强答应了:"也好。你妈身体不好你就去吧,等过两天再回来!"

她浅笑："再说吧,那我先走了。"

李晨一脸的不快,知道嫂子在中间作难了,他冷着脸看着严素素："妈,怎么我回来了,我嫂子就不能在家住了呀?"

珂建急忙解释："不是！我喜欢回娘家住！小晨你别误会！"

李酉皱着眉头,拍着儿子的肩膀说："让你嫂子回家吧,亲家母身体不好。"

李晨不再说话,走到晓春儿身边蹲下来,用鼻尖挨了挨她的鼻尖说："小叔明天去看你！在姥姥家听话啊！"

严素素走到门厅口,从自己的包里掏出了一个东西递给她："这是我给你妈买的,你回去让她戴戴,合适就留下,不合适我再去换！"

"这是什么呀?"

"水晶项链！亲家气质好,比较适合戴这种！"

"妈,您怎么花这些冤枉钱呢?"

"你说她生病了,我想着买点什么给她,但是吃的喝的不是太俗气了？女人都喜欢首饰,把自己打扮漂亮了心情就好,心情好了病也就好了。带着,听话！"

珂建将小盒子放进包里,觉得婆婆为了讨好她们全家也是费尽心思了："其实我妈就是感冒了,不碍事。那我替她谢谢您了。"

"傻孩子,早点走吧。一会儿打不着车了！"

没想到李晨自告奋勇："我去送我嫂子！"

"不用了吧?"

"妈！我送我嫂子去,送她到楼下打到车！你别管了！"

"让他去吧。"

李酉发话了,严素素也不好再说什么。

李晨接过她手里的包,抱起晓春儿和她一前一后出了门。

走在小区里,李晨忍不住问她："嫂子,这两年过得辛苦吧?"

她腼腆一笑,理了理耳边的发丝,摇头不做声。

"咱妈的脾气我了解。她总是想把你拴在身边,那是不可能的。你也是个女人,需要自己的幸福。你放心,我以后会劝她的。"

珂建抱过他怀中的孩子："下来,小叔累了。小晨,这不是你该考虑的事儿。你回来了,挺好的。以后咱妈也能多个精神寄托了,希望她能开心点儿吧！"

"你呢,你开心吗,嫂子?"

"我? 你觉得一个死了丈夫的女人,能开心到哪去? 你哥没了,我的心也死了。我现在无欲无求的,就想守着我的父母还有孩子好好过。"

"有合适的就找一个,你需要有人照顾你。"

珂建心里膈应,语气变得非常不耐烦:"小晨以后不该管的事儿少管,不该问的事儿少问,不该说的话也少说。知道嫂子不容易,就别给我增加太多思想压力。我现在活得非常痛苦,你懂吗?"

李晨不说话了,远处驶来一辆出租车,珂建连忙招手,车子在她面前停下来,她带着孩子钻进了车里。

9

珂建回到家,夏兰正在收拾屋子,见女儿回来了,她倒是惊喜。

"哟,回来了? 你婆婆舍得你回来呢?"

这一路,珂建都在回想刚刚婆婆的表现和李晨的话,她越想越委屈,看见妈妈情绪终于崩盘,扑在夏兰的怀中哭了起来。

坐在一边看报纸的老爸坐不住了:"怎么了这是,受气啦?"

珂建声嘶力竭地哭:"爸,妈。我受不了了……"

……

安慰了半天,张家夫妻大概知道了珂建为什么不开心了。张家伦不知道说什么,眉头拧巴在一起干着急。

夏兰反倒平静,一副云淡风轻的样子:"没有办法,忍。忍到时候找个人嫁了,他们不能说什么。说什么也不顶事儿,有妈给你挡着呢。这是你的自由,他们管不着。"

珂建拧着鼻子,瞪着俩大眼睛非常排斥:"从这个火坑跳进另一个泥坑? 我可不想!"

"这孩子,一朝被蛇咬了。孩子,你是可以拥有正常温暖的婚姻的。李斌的事儿是个意外。假如他不出意外,你现在生活得很幸福不是吗?"

"但是他死了啊,他死了。妈,你知道这意味着什么吗? 没有什么比死亡更可怕。我的丈夫,他死了!"

张家伦拍着大腿:"你看见了吧?不让找不让找,憋出毛病来了吧?人都成了神经病了!要是有个男朋友哄着她,她至于成这样吗?"

夏兰不再说话,开始重新审视女儿恋爱的必要性。要是一直这样下去的话,她的爱情观和婚姻观就毁了,她不单单会恐惧男人,还会恐惧和男人的婚后生活,怀疑它是不是也会一如既往的毫无幸福可言。

女人最怕什么?婚姻不能带给自己安全感,即便她身边有成群适婚的男人,可她就是恐惧,将所有人都视而不见,这是一件多么可怕的事情。

夏兰以为珂建不想再度婚姻的理由只是祈求一下良心的安慰,没想到这种安慰会变成一种自我谴责在她的内心生根发芽。她不想结婚的理由是恐惧,这太可怕了。

注定是一个不眠夜,严素素和夏兰都躺在床上翻来覆去。年纪渐老的母亲是敏感的,严素素担心珂建会不会因为今天自己对她的态度生气,夏兰想得更多的是怎么才能让女儿真正开心起来。

严素素实在睡不着了,猛地从床上坐起来,使劲儿摇着老伴儿的屁股。

"老李,老李!快醒醒!"

李酉和儿子聊天儿刚躺下睡着,就被她折腾醒了。一脸不满:"我说你是不是神经病了?大半夜地折腾个什么劲儿?"

"我们必须得买房子,给李晨买房子!明天就去看楼盘!"

"我说你这又哪根筋搭错了?咱们手里有那么多钱吗,买什么房子啊?"

老李想到她的医药费,觉得这房子不该买。

"首付总够吧?我买房子还不是为了咱们这个家!"

老李觉得妻子绝对精神有问题了,大儿子没了。本来以为小儿子的回归能让她暂缓一下悲伤,没想到李晨回来第一天的反应就这么强烈,不定是想到什么了。他确定,这事儿和珂建有关系。

老李抱着妻子的肩膀安慰着她躺下:"老伴儿呀,该醒醒了。儿子已经没了,咱们还有李晨不是吗?咱们儿子回来了,你也该回来了。以后的日子还长着呢,走了的就走了,活着的还得好好活不是……"

严素素猛地抱住了老李,伤心地哭了起来,老李心里这个难受啊……

第八章

1

李晨拽着严素素一起,拎着东西去嫂子家探望。

严素素本有点儿不愿意去的,知道去了肯定也是挨一顿数落,夏兰那股劲儿,她是怕了的。

可儿子懂事,她这个当妈的不能不懂。为了不让自己儿子笑话,她硬着头皮来了。

夏兰正在给晓春儿收拾小书包,这是昨晚她和老伴儿擅作主张的决定。孩子早就到了能上幼儿园的年龄,以前总是觉得她身体不好,怕到了幼儿园老师照顾不到,弄得孩子到现在连一点自理能力都没有,出门就要妈妈抱,睡前还要吃奶瓶。要是这样下去,孩子即便到了上学的年龄做完了手术,也不能完全适应学校的生活。

他们一直都把这个孩子,当成一株温室里的绿植小心翼翼地养护,却总是忘记,绿植都是需要阳光的。没有阳光的小花不会茁壮成长。只有这个孩子好了,珂建才会好。她心情好了大家心情都好。

李晨轻轻叩响了嫂子娘家的门,夏兰纳闷儿这个点儿会有谁来,她拎着小书包去开门:"谁呀?"

一开门,撞见了一脸献媚的李晨:"阿姨,是我呀。我来看你了!"

"哟,小晨来啦?快进来!"

……

夏兰脸上,始终堆着和善的笑容。这多少让严素素有点不自在,她知道,亲家一向都是以冷静和善制人。

"哟?阿姨收拾这小书包,是要让咱们晓春儿去上学吗?"

"对呀,孩子大了,我们不能总是让她待在家里。"

夏兰笑着,将一个小本本塞进小书包里。严素素脸色顿变:"亲家,怎么这么大的事儿,没跟我商量呢?"

夏兰笑着应对:"这事儿大吗?孩子应该多接触一些同年龄的小朋友。那样孩子才会开心呀,你说不是吗?"

李晨坐在一边连忙赞同:"我觉得阿姨说得很有道理。"

"有个屁道理!孩子有先心病,到幼儿园的都是正常孩子,老师能照顾她吗?"

李晨压着嗓子咳嗽了一下,拿眼角夹着妈妈说:"妈,您别激动。"

夏兰冷笑,语气里都是嘲笑和讽刺:"亲家,你怎么说也是个知书达理的人,怎么能说出这么粗鲁的话来呢?就事论事可以,脏话还是别说了。"

严素素捂着嘴巴,自觉刚刚那话的确过分丢人。

"亲家,你听我解释,我不是一着急说秃噜了吗?我那意思,孩子有病不是?"

"哟?您这话我更不爱听了,咱们孩子没病。只是一个小毛病,没必要把它看得那么严重。这病说大就是大,说小就是小。亲家,真不是我擅作主张,你想想,她这么小的孩子,就应该接受和别人家孩子一样的教育和环境。我们首先不能觉得这个孩子和别人家的不一样,那样对孩子不公平。把她当温室里的花朵一样养着,冷处不敢放热处不敢搁的,别的小孩儿就会用异样的眼光去审视她,会说她是怪物。孩子会产生自卑心理的。"

李晨听得非常认真,对夏兰的观点佩服得五体投地。

"我觉得夏阿姨说得有道理。妈,晓春儿这也不是什么大不了的毛病。这平时嘻嘻笑笑地跟正常孩子一样。应该让孩子多接触一下同龄小朋友。总是让她腻在家里,不利于孩子的身心成长。"

"对呀,小晨就明白多了。亲家你觉得呢?"

严素素还是有些迟疑,夏兰见她的确是为难。想想,没有哪个奶奶是不爱孩子的,她这种溺爱,是她的一种方式吧?

夏兰拍着亲家的大腿安慰:"没事儿,你要是实在不想孩子去幼儿园,那我们就不去好了。就是孩子总是憋着怪郁闷的。"

严素素立马改变了口吻:"别,去!"

"到底是去还是不去?"

"去！亲家，我们都是为了孩子好。我觉得可以听你的，让孩子去试试。要是接受不了新环境，再不去了也不迟。"

夏兰喜笑颜开："哎，这就对了！"

"这事儿珂建同意啦？"

"哦，我们还没跟她说呢。我觉得她肯定不会阻拦的，她也想孩子更独立一些。"

严素素稍稍舒了口气。

2

坐了一会儿，严素素坐不住了，说要去菜市场买菜，她拽着李晨的胳膊："走吧，咱们？"

"妈，我还不想走，我想多坐会儿。"

严素素一脸打翻了醋坛子的表情，这儿子回来了，不和自己亲，还向着别人的妈说话，也是逆天了。她鼻子眼儿里冒着凉气，口气有点儿赌气："那你坐着吧，我走了。"

"好！你先去买菜，我和晓春儿玩一会儿就走！"

严素素懒得理他，起身拎着自己的小皮包朝门口走去，开门出门一气呵成，连句招呼都没打。

夏兰朝着一摇三晃的大门会心一笑："你妈生气了。"

李晨突然起身，一本正经地说："阿姨，我是想和你聊聊。"

夏兰起身，过去将虚掩着的大门关好："好呀，你想说什么，孩子？"

"我……我想和您聊聊我嫂子。"

"你说小建？她怎么了？"

"我想让你们支持她去谈个男朋友，我嫂子过得太苦了，我知道，我妈她不想让我嫂子再嫁。可她没有那权利，我觉得就着嫂子年轻，必须得让她去找……"

夏兰抱着肩膀陷入深思，没想到李晨居然是要跟自己说这些。连这个好几年都不在家，一进门就能看出女儿过得苦的孩子，都能跟她说这些，她这个妈妈却还在顺应着女儿对感情顺其自然的态度，实在是不应该。

她拍拍李晨的胳膊,反问道:"孩子,要是你嫂子真找到合适的,你妈妈从中阻拦,你会帮她吗?"

"当然了,那是我嫂子的自由。"

"那我也告诉你,我会提醒她,让她好好恋爱的。你说得对,难道要等到四十岁再找吗?那样对我女儿太不公平了。"

李晨双眼如潭,坚定地点点头。

3

小杜躺在床上看着天花板发呆。他在思考自从自己回来后发生的种种。

一切都变了,他本以为他可以扭转一切,却怎么也想不到事情都在往相反的方向发展。

他现在能做什么?除了送快递收快递,他还需要找一份相对安稳体面的工作。他觉得老杜说得对,他应该去试试协警那个工作。至于快递,可以做夜工。

老杜拎着一篮子菜回来了,微微带喘。他觉得这喘息声就是他前进的动力,他必须要崛起,为老杜,为珂建,为二妹,为大庞小庞……为一切关心自己的人做点儿什么了。只有自己强大起来,才能稳住局面。

手机唱起了滴答,有电话打进来。小杜这会儿情绪烦躁,接电话的语气都有些烦躁:"喂,谁呀?"

"是杜子腾吗?你在网上报名协警。你可以过来考试了。明天来公安局领个准考证。"

"啊?啊……好好好,谢谢您啊,我知道了。"

考试来得太突然,让他一点儿准备都没有。不管怎么样,这总算是个好消息,行不行的试一试,能稳定下来最好,工作捋顺了,离自己的梦想才能更近一些。

老杜做好了饭菜,拿出保温瓶,每样都拨了一些。早晨他偷偷去看二妹了,她看见她在吃昨晚剩下的面包,那个嘴硬的女人居然还说自己的老男朋友伺候得好,其实都是假象。

他太了解范二妹的脾气了,铁嘴钢牙,咬碎了牙齿往肚子里咽的主儿。这女人太好面子，要不是因为把脸面看得太重要，他们现在也许能共度晚年。

老杜装完了饭菜，扯着嗓子喊："杜子腾，出来！"

小杜闻声跑出去："正有事儿跟你说呢，我明天去领准考证，协警那事儿可能要考试了！"

老杜脸上泛着喜色："好事儿呀。可是，考什么呀？你能考过吗？"

"能考过，一会儿在网上查点儿资料看看，临阵磨枪。"

"磨之前，先把这饭菜给你妈送去。"

老杜将保温瓶塞进他怀里："快点儿就着热乎。"

"哟？你这也开始关心起范二妹了？人家有老头儿照顾，你别跟着瞎操心了。"

"屁！早晨我去看她了，看见她正拿着那个干面包蘸水吃呢。"

"不对呀，上次我去的时候，看见那老常照顾得挺好呀。"

"哼，可能就那一次。还被你撞见了。我跟那护士打听了，那个老常就去了有数的那么几次。你说这个范二妹，怎么就那么爱面子？跟你说的挺好吧？不用你去照顾，自己却在吃清水蘸面包！快去给她送饭吧，去晚了又要饿肚子了。"

小杜抱着那保温瓶，气不打一处来。要是那老常现在搁自己面前站着，他肯定会揪起他的领子，让他离地三尺。

小杜骑着三轮车，带着一三轮货物去了医院。准备送完了饭就开工呢！他满肚子埋怨准备好好数落二妹一番。刚进医院的门，就和一个睁眼儿瞎撞上了，磕得脑袋都起了个大包。

"哎哟，我说你傻呀，还是瞎？"

小杜这话还没落地，抬头就被一大胳膊上刺着青的大个子掐住了脖子，那大个子叫嚣着可比杜子腾厉害一百倍："你小子骂谁？"

他被掐得都快喘不过气来了，这大个子太有劲儿了。可杜子腾向来不是吃素的，说不出话来，心里想着，丫今儿就跟你干上了。

他挣扎着，扔了手里的保温瓶，那保温瓶一把被身手矫捷的刘志接住了，接完了保温瓶，刘志嘻嘻哈哈地抓住那纹身男的手："大哥大哥，有话好好说。"

小杜瞪着俩大眼珠看着刘志，他冲着小杜挤眉弄眼，那意思是好汉不吃眼前亏。刘志继续跟那纹身男说着好话："行了大哥，年轻人不懂礼数，别怪罪。您大人不记小人过。"

几句好话灌耳儿，纹身男气焰小了不少。撒开小杜的脖子，一把把他扔在了地上。

小杜被掐得有点喘不上气儿了，狼狈不堪地坐在地上使劲儿呼吸。纹身男朝他吐了口唾沫走了，刘志走到他面前，朝他伸出了手："起来吧，没事儿吧？"

小杜不领情，从地上扒拉起来，白着眼儿说："你还警察呢，看见仗势欺人的就给人家说好话呀？"

"警察是平息事端的，不是挑事儿的。我做了我该做的事儿，帮你解了围，你却这么说我。"

小杜抢过他手里的保温瓶，搔了几下后脑勺，不情愿地说了声谢谢，转身就走了，他抱着手里的保温瓶自言自语："谢你帮我保住了这饭……"

刘志冲着他的背影大喊着提醒："下次别这么冲动了，你永远不知道你撞见的到底是什么人。"

说罢，他颇有得意之势，哼着小曲儿走掉了。

4

小杜抱着保温瓶出现在二妹面前的时候，她正在请求护士，帮她买一碗疙瘩汤。

护士看见小杜抱着保温瓶站在门口儿上，走过去质问他："你是她儿子吧？"

小杜呆若木鸡地点点头。

"我说你们家属真够可以的，你爸就来了两趟就不出现了。你这个儿子也只是第三次出现，她住了一周的院了，都是我们这些护士在帮她买饭！"

"哦……那谢谢你们！"

小护士瞥了一眼他怀中的保温瓶："送饭来了？"

"嗯……"

"知错就改还是好同志，快给她拿过去吧。继续保持啊！别送了这一顿就没下顿了。什么人呀……"

被不认识的小丫头片子劈头盖脸地骂了一顿，小杜脸上火烧火燎的。二妹也觉得没意思,用被子蒙住了自己的头,一点儿也不想看见儿子那张责问、失望的脸。

小杜知道,她那面子病又犯了,舍不得批评,只剩下心疼。

他把保温瓶打开,拿出了勺子。使劲儿扯她的被子,她使劲拽着,不想让儿子看见自己已经泪眼婆娑。

他扯开了蒙在她头上的被子,二妹的肩膀随着抽泣声一上一下地抖动着。给小杜心疼得不行,一把将她揽进了怀里,二妹在小杜的怀里哭得很伤心……

二妹狼吞虎咽吃饭的样子不减当年风采,小杜不耐烦地说:"就这样的人,你还口口声声说好?还糊弄我,说他整天伺候着呢?人呢?连个鬼影儿都看不见!不是,我说你是不是傻呀?你好歹给我打个电话呀,你不打电话也就算了,我给你打电话的时候,你就别硬撑说有人照顾你不就得了?不知道你脑袋里整天怎么想的。这下倒好,知道的觉得我躲着后爹呢,不知道的以为我是个不孝子呢!"

二妹往嘴里扒拉着饭菜,下巴上还粘了俩米粒儿,她打了个饱嗝解释着:"你常叔万事太矫情,喝水不能出声,吃饭不能吧唧嘴。弄得我浑身怪不自在的。所以他说他有事儿来不了的时候,我索性告诉他以后也不用送饭了,反正我也不习惯他那副严格要求的嘴脸。"

"他还有脸严格要求你?二妹啊,你这是找虐呢?就这么个人,你这考虑好了要嫁给他了?你回头看看老杜,老杜对你多好啊?他早晨偷偷来看你了,你知道不?"

二妹被一口饭噎住了:"你说你爸?"

"对,我爸早晨偷偷来看你了。说你自己吃面包蘸水呢,中午早早做好了饭,第一件事儿就是让我来送饭。"

二妹哽咽了,不知从何说起。

"二妹,别嫁了。那个人不值得你信任。"

"孩子,老常他……"

他不耐烦地起身,知道她下句肯定又是给那个老渣男辩解。没容她往下说,他收拾了她怀中的保温瓶,抬起脚来转身走掉了。走到门口,头也不回地说:"我要去书店买书准备考试。晚饭我会准时送来的,你好自为之吧。"

小杜带着一肚子气走了,留下可怜的二妹坐在病床上黯然神伤。

小杜抱着保温瓶,穿过医院的长廊,穿过各种人,有人去世了,大家抱在一起哭,他也跟着哭,一边哭一边跑着委屈着抹眼泪。

虽然他一次次告诉自己,他们老人的事儿少管,但是他还是希望二妹能回心转意,放弃和老常结婚这个念头。

这个老常命真不好,小杜恰巧走到医院门口的时候,他拎着几个干巴巴的苹果也来医院了,正和小杜碰见。

两个人面面相觑,老常并没说话。抬着自己高傲的头直接略过他。小杜脑门儿上暴着青筋,眼球上凸着红血丝,拳头攥得像小钢钻儿,他看见那老常欠抽的样儿,只告诉自己俩字儿:抽他!

他转身,三两步追上他,拍了拍他的肩膀说:"嘿!"

老常回头,一脸鄙夷地看着他:"怎么?"

小杜一拳头砸了下去,给了老家伙一个冷不丁。只是没想到,这老常看上去壮得跟头牛似的,这一拳头下去,不知道是打晕了还是吓晕了,反正他是晕了……

小杜行凶的这地儿方便了老常就医,当时就给拉到急诊室了。老常被打了,医院的保安报了警,说一个小流氓不知道为什么就把一个老人打了。

警局很快就来人了,没想到又是刘志。

刘志这次是穿着警服来的,看见小杜一副无所谓的样子站在那儿,居然有种替他爸恨铁不成钢的劲儿。

"我说你真成,刚才差点儿被人家干了,转过身来欺负一老头儿!人家这老头儿哪惹着你了?"

"撬我妈了,欺骗无知良家老妇女。"

这理由,反正是把刘志听愣了。

"真新鲜啊!"

"新鲜吧?我跟你说,他就是装的!我就轻轻那么一下,他就躺下了!壮得跟头牛似的!"

刘志把嘴凑到他耳边说:"别怪我没提醒你,你想当协警,可不能有案底!"

杜子腾一下子就慌了:"我怎么把这茬儿忘了?"

刘志清了清嗓子："跟我回去做个笔录吧！"

杜子腾猴急，拽着他的胳膊说："做什么笔录呀？我留了底怎么当协警？"

刘志坏笑着："那我可管不着，我只是按程序办事儿。有人报案了，我就得管呀。"

"他撬我妈！"

"他撬你妈我管不着，但是你打他我管得着。走吧！"

杜子腾不敢抗命，人家是警察，人家有执行的权利。他只能乖乖地跟着他走。

走的时候，刘志故意朝急诊室大喊了一声："大爷，我把打你的这人带走了啊！你放心，我会严惩他的！"

老常躺在急诊室里，身边围了一圈儿护士医生，身体给他查了好几遍了，并没有任何异常，医生正在犯愁，下一项是不是要抽个血化验一下？

竖着耳朵探听外面动静的老常，一下子从床上坐了起来。跟诈尸似的，把一帮医生护士吓得不轻。老常抹了抹额头上细密的汗珠，心想，幸亏刚刚自己够机智，要不然肯定会被那小子打个半死不活。

5

上次是小杜来带老杜回家，人家是机智斗歹徒。这次老杜来赎小杜，却是因为他扰乱社会治安。

老杜两条眉毛拧成了八字，帮他交了罚款。

老常从急诊室出来，带着一肚子气去找范二妹告状，二妹知道了这事儿，赶紧给他赔罪，软硬皆施了半天，终于得到了老常的原谅。这事儿，就这么不了了之了。

老杜一辈子老实巴交，别说打人。当老师的时候，都没用过教鞭，惹得那帮小孩儿总是骑在自己的脖子上拉屎。小杜这一回来，事儿一出接着一出的，他觉得自己真是不省心的命。更盼望着他能赶紧去干协警，好收敛收敛他的心性。

"小刘同志，他这事儿，不会影响报考协警吧？"

"大爷，您放心。不会的，他这顶多算扰乱社会治安。人家那边也不跟他计较。我们的人说服教育几句交了罚款就可以走了。"

老杜稍微舒了口气,拍着桌子摇头叹气:"唉,这孩子真是冲动。"

"年轻人嘛,总都有冲动的时候。"

"你也是年轻人,怎么你不这样呢?"

刘志拍了拍自己身上这身衣服:"我不是穿着这身衣服了吗?这身衣服,是约束,也能教会我们很多事情。"

"那倒是!"

说着小杜从里面出来了。看见老爹坐在那儿,有点羞愧,眼神不知往哪安放。老杜的后背有些佝偻,但是走路的速度却不减当年,半攥着拳头,一下子冲到他面前,冷不丁地狠狠地给了他一巴掌:"让你混账!"

这一下,可把小杜打蒙了,也打醒了。他捂着脸,满心的羞愧。

"爸,对不起。"

刘志跑到爷俩儿中间,架着老杜的胳膊说:"叔叔你消消气。不至于生这么大的气。"

小杜推搡着他的胳膊,没好气儿地说:"你起开,不用你管!"

这让刘志多少有点尴尬,扯着嗓子跟他喊了一句:"你又想袭警吗?"

"杜子腾,跟我回家!"

老杜气冲冲地走在前面,小杜翻着白眼儿走了。心里这个窝火呀,居然在自己的情敌面前,丢了这么大的人。

刘志抖了抖自己的制服,满眼不屑看着杜子腾的背影,抿着嘴笑了笑。觉得这家伙真是个笑话。

6

"你说什么?你联系上了那个著名的心脏病专家?"

夏兰的语气十分惊讶,因为那个医生,他们联系有一年之久了,都没联系上。这位刘医生常年在海外进修,听说每年只回来三天,就这三天,不知道被多少病患惦记着,希望他能帮自己做手术,但刘医生一般都是拒绝的。三天的时间,都在跟家人度过。

夏兰对眼前的这个小伙子刮目相看，这么靠谱的年轻人，实在是太少了。这说办就给办了，还给了一个这么大的惊喜。

张家伦一脸满意地盯着刘志的眼睛称赞："孺子可教，孺子可教也……"

夏兰拍了下他的肚子，"别瞎说，什么孺子可教！刘志这次立下的可是汗马功劳！咱们得好好摆一桌谢谢人家。"

"应当，应当！"

刘志有点受宠若惊的样子，样子还有些局气："别别别，孩子这病还没看呢，你们就这么客气，您让我往地缝儿里钻呀？"

"不过，这三天的时间，问诊手术会不会太紧张啊？"

"阿姨，您放心，三天时间够问诊了。手术的日子，咱们可以再定。"

"哟，孩子，你有这么大的面子呢！这个刘大夫，不会是你们家亲戚吧？"

刘志腼腆地笑着，十指交叉不好意思地说："阿姨您真聪明，那是我舅舅。"

"哟，怪不得呢！"

夏兰拽着老伴儿的胳膊，眼眶都红了："老伴儿，咱们晓春儿终于不用等了。"

"哎哟，怎么还哭了呢？这是高兴的事儿。"

"对啊，高兴。我替小建高兴，孩子终于可以高兴一下了。"

"叔叔阿姨，你们别伤感了。明天我舅舅就在人民医院给晓春儿会诊，你们看看安排一下时间。"

"明天呀？好……"

"对了，晓春儿呢？"

"哦，晓春儿去幼儿园了。"

"啊，孩子这身体允许吗？"

"这事儿我们还没跟珂建说呢，昨天孩子适应得挺好的，没哭没闹的，今天估计也不会有什么事儿吧。就想让孩子适应适应多接触一下小朋友。"

话音刚落，家里的电话响了。张家伦慢悠悠地接起来，以为是棋友喊自己去下棋，却没想到电话是幼儿园打来的，老师在那边焦急地说："叔叔你们快来吧，孩子哭晕过去了！"

"啊？"

7

刘志抱着孩子急匆匆地往医院赶,身后跟着张家一家人。珂建哭得浑身都哆嗦了,夏兰也哭,恨不能抽自己俩嘴巴才解气。

刘志将孩子送进急诊室,开始给舅舅打电话。

珂建拿着手机的手哆嗦着,不确定这一通电话打出去之后,会带来怎样的严重后果。可如果不通知婆婆的话,那也太不懂事儿了。春儿就是她的命。

夏兰知道女儿在迟疑什么,拿过她的手机,拨通了上面写有婆婆的电话。此刻的夏兰异常冷静,语气更是平缓:"喂?亲家?是我,夏兰。春儿病了,在人民医院呢,你们最好过来一趟。对、对……"

珂建眼睛里汪着泪,像一直等待救援的海狮,那可怜劲儿,让夏兰心疼。夏兰狠狠地抽了自己一巴掌,张家伦赶紧制止住她又即将抽下去的手:"打你自己有用吗?孩子已经这样了,等医生的消息吧。"

"就是,阿姨,您别着急。我舅舅马上就来了,马上会诊。"

珂建看着刘志,他给了她一个坚定的眼神。

医生从急诊室出来了,皱着眉头喊:"谁是李晓春的家属?"

一撮人凑了过去,七嘴八舌:"我们都是,孩子情况怎么样?"

"孩子是急性肺炎,这孩子有先心病,最怕肺炎。情况还挺危险的。我们给用上药了,看情况吧。"

医生交代病情的这会儿,李家人赶到了,正被严素素听见医生说的话,当时就给她瘫在那儿了。整个人都挺死了。李酉知道老伴儿有这毛病,赶紧掐住她的人中,接着又是一阵手忙脚乱……

折腾了一个小时,严素素也就地住院了,真是焦头烂额。李晨让李酉去陪妈妈了,他守在嫂子这边。

李晨看出了这一家人的不安,抱着夏兰的胳膊使劲儿搓着:"阿姨,不要想太多。谁也不想发生这种事情。"

"孩子,错与对之间,隔着的是信任。谢谢你这么信任我。可我无法让自己的良心安静下来,是我的主意,我该死。"

"阿姨,你别这么说。大家都是为孩子好。我爸妈那边,我去劝。他们会理解的。"

夏兰将头埋进李晨的怀中啜泣着。

李晨的眼神一直在刘志和珂建的身上游离,他看见那个男的对她挺好的,一会儿递纸,一会儿拍肩膀安慰,以他男人的第六感判断,这男的绝对喜欢嫂子。

刘志的舅舅很快就赶到了,进去探视了一下孩子的情况。很快就出来了,大家都围上去问大夫情况,刘医生推了推鼻梁上的眼镜非常有把握地说:"孩子的问题没有你们想的那么严重,这边医生给出的方案基本是对的。先给药消炎吧。手术得尽快做,等孩子身体调养好了,我亲自手术。你们孩子的情况不是最严重的,放心吧。"

夏兰提到嗓子眼儿的心终于放下来了,整个人都面了下来,瘫在老头子的怀中哭得忘乎所以。

珂建的鼻子都被自己拧红了,听到这个总算是有了点儿安慰。居然抱着刘志也哭了起来,反倒是站在一边的李晨,显得有点尴尬,觉得眼前这两对儿,显然就是一家子的样子。

不管怎么说,他觉得自己有必要认识一下这位抱着嫂子的男士,于是很礼貌地向他伸出了手:"大哥你好,我叫李晨,是珂建的小叔子。"

一听是他们之间是这种关系,刘志就蒙了。他觉得传说中是小叔子的那个人基本上都不是什么好鸟,尤其是这么帅的小叔子。怎么看,都觉得李晨的眼神里带着刺人的挑衅。

珂建慢慢收敛自己的情绪,从刘志的身上躲开。抹着眼泪给他俩介绍:"这是刘志,这是我小叔子李晨。"

刘志不情愿地伸出手,敷衍地跟他握了一下。李晨感觉到了那手递过来时的不屑和冰凉的态度。直觉告诉他,这个男人不是会照顾人的人。

李晨一直有礼貌地笑着,握手礼完毕,就抱着珂建的肩膀站到一边去了。他从口袋里拿出一包纸巾,抽出一张递给嫂子:"嫂子,医生都说没事了。你就别哭了。"

珂建接过那纸,捂着鼻子点点头。

刘志非常气愤,但却清醒,眼下最要紧的还是孩子。他一路尾随舅舅来到医院办公室,一路上都在给他老人家说好话,刘医生也非常一本正经地看着他的眼睛提醒:"只有这一次。还有,你妈是绝对不会允许你找个带着孩子的女人结婚的。"

刘志知道这个舅舅自小就洞察力敏锐,故意跟他打马虎眼:"舅,你说什么呢?"

"我说什么你不懂呀?别装傻了。"

刘志搔着头一笑,觉得自己的演技实在不咋的。

8

小杜来医院给妈妈送饭,兴冲冲走进去。昨天打了老常之后,他想明白了一件事情,绝对不能让妈妈嫁给这个老混蛋。这样没有担当的男人,他怎么能放心把二妹交给他。

就算是和老杜之间没可能了,他也要拦住她做傻事,大不了自己辛苦点儿,多为她分担一些。

范二妹憋了一肚子气,坐在病床上,像只要吃人的蟾蜍,腮帮子鼓得比鼓还大。

就等着小杜自己送上门来,好好骂他一通。

他抱着保温瓶漫不经心地走着,东瞧瞧西看看,想着该怎么对付二妹那张厉害的嘴,珂建拿着一堆药单去拿药,低着头脚步匆忙,小杜的眼神一下子落在了她的身上,慌张中带着兴奋。

他跑过去,拍她的肩膀:"嗨!你怎么在这儿?"

珂建吓了一跳,白了他一眼:"要你管,你起开!我着急拿药!"

小杜看了一眼她手中的药单:"谁病了,你吗?"

她现在满脑子都是孩子的病,哪有心思跟他搭讪说话?她像只袋鼠一样,三百六十度闪转,绕过他的身体,匆忙走向药房。

小杜见她这么着急,开始担心她是不是遇见了什么事儿。迈着大步子追她,她排队拿药,他就排在她的后面,像个小无赖。非要逼出她的实话来不可。

珂建用手肘狠狠戳了他的肚子:"你到底要干吗?"

"谁病了?"

"这是你该知道的事儿吗?"

"是,我在追你。"

"你追我?你看你那吊儿郎当的样子,你拿什么追我?你有车吗,有房吗,有存款吗?你有固定工作和收入吗?"

"小建,你什么时候也变得这么现实了?钱是万能的吗?"

珂建转过身,一本正经地说:"钱不是万能的,但没有钱,是万万不能的!你不是想知道谁病了吗?我告诉你,我女儿。你只知道,我有个女儿,恐怕不知道我的孩子有先心病吧?现在我女儿病了,非常严重,需要一大笔手术费。你能给我拿出来吗?"

"多少?"

"十万!"

珂建敷衍了一句,觉得他自讨没趣之后,肯定不会咄咄相逼了,没想到他却拍着胸口说:"我想办法!"

说完了,他就拎着保温瓶走了。

珂建看着他的背影,心疼了一下。被药房的护士叫醒:"拿不拿呀?"

这才回过神来,将药单递了进去。

而他俩对话的场景,恰巧被埋伏在远处的李晨看到了。他看着走远的杜子腾眉毛紧锁。

他知道这个男人,因为很久之前,他曾看见嫂子偷偷看过一个男孩儿的照片。虽然过去好几年了,可他还能依稀记得照片上男人的轮廓和模样,珂建发现小叔子知道了自己有那张照片之后,精神一度紧张了一段时间,之后,他就再也没见过那张照片。

从那时候起,李晨就知道,嫂子是心里有秘密的人。

杜子腾拎着保温瓶,没好气地冲到了二妹的病房,坐在她的身旁耷拉着脸。将保温瓶塞到她怀里,语气里都是荆棘:"快吃吧!老杜给你做的面。"

"哟,你这气性怎么比我还大哪?我问你,你怎么把老常打了?"

"不该打吗?我还没说你呢,你这给我找了个什么样儿的后爹呀,就这操行?还不如没有!"

范二妹伸长了胳膊,狠狠给了他后脑勺一下:"你怎么说话呢?"

"我说的不对吗?我就纳闷你喜欢他什么呀,就是一老渣男!"

"我喜欢他有素质,有情调,会生活,你妈粗糙了一辈子,老了老了,也想细致细致,不行呀?"

"那我告诉你,我不同意。"

范二妹端着保温瓶的胳膊,悬在了半空中,怔了老半天,像具活雕塑一样。小杜看傻了眼,以为她怎么了,从床上扒拉起来,摇了摇她的胳膊:"二妹?妈!妈妈?生气啦?"

范二妹忍不住了,抱着保温瓶张着血盆大口一阵大哭,一边哭一边数落自己命不济:"臭小子啊!你就这么对我啊?你一走十年,对我们不管不顾的。如今回来了,你还是不管我。我后半生就这么点儿追求了,你还要给我掐灭在摇篮里。我以为你长大懂事儿了,没想到你活到三十了,还是一个小混球儿啊……"

小杜最受不了女人哭了,没想到这老女人哭起来功力也是这么深厚。他顿时手足无措,觉得自己犯下了滔天大罪,随手抄起她手边的卫生纸,扯了一块儿给妈妈擦眼泪,擦的眼睛周围都是纸屑。

"妈呀,我求求你别哭了。让别人看见以为我不孝顺呢!人家戳我脊梁骨你就笑了?"

二妹抽泣着:"你以为你孝顺?你孝顺你就不该阻止我。"

"我不是怕你上当受骗吗?你说你现在好歹也是一大款,遇见个对你好的成,遇见这么个东西,我能让你跟吗?你自己还没看明白他是什么东西呀?"

"他不图我的钱,他有钱。我正想跟你说这事儿呢,我和老常真的就是凑在一起过日子,就想互相有个伴儿。他说了,结婚前跟我去财产公证,我是我的,他是他的。我俩的生活费什么的,都由他承担,不要我一分钱。儿子,你别担心,妈的钱都是你的!"

小杜简直无语了,觉得这范二妹又开启了犯二模式。真是钻了牛角尖了。

不过提到钱,小杜想起了刚刚珂建的话,他想帮助她,又不想向老人伸手要钱。尤其是不想问二妹要,省得她到时候又觉得自己是为了她的财产。可是为了珂建,他必须要弄到十万块,他冥思苦想,也许大庞可以借给自己。

小杜见她胡搅蛮缠，索性不说什么。看她吃完了饭抬起脚来要走。范二妹扯着嗓子问他："干吗去？"

"办事儿，领准考证。不是让我当协警吗？"

"身上还有钱吗？"

"没有也不要。我走了，去办正事儿了！"

"臭小子！你妈的事儿不是正事？滚！"

"你的事儿当然是正事儿，但是你搞对象的事儿不是正事儿。所以我现在不想听你胡搅蛮缠。对了，什么时候出院，看你好得差不多了？"

范二妹气着，抱着肩膀翻白眼儿，拒绝回答他的问题。小杜无奈地摇摇头："出院给我打电话，我来接你。"

说罢，潇洒地走出了她的病房。

第九章

1

小杜去领准考证,钻进书店去找合适的资料,准备回家临阵磨枪。

李晨向他迎面走来,两个人的目光同时落在了一本书上,小杜手慢了,李晨拿起那书,露出一脸欣喜若狂的表情。

"终于给我找到了!"

小杜没道理跟人家抢,站在他身边朝他手里的书瞥了一眼,语气中略带祈求:"哥们儿,能不能让我看看,我问问售货员还有没有余货?"

李晨很大度,笑着将书递给他,"你去问吧!这书不好找,估计没有了。"

小杜如获珍宝,捧着那书,跟捧着一块儿金砖似的。去找售货员的十几步路,就草草地翻了好几页,"好歹扫一眼,知道里面是什么内容。"

李晨看着他那副认真样儿,觉得这哥们儿估计非常希望能得到这份工作,看他的年龄肯定比自己大,机会不容再次错过了。反正自己还年轻,脑袋肯定比他好使吧?而且,看样子大家找的都是同一份工作,将来还有可能成为同事。

小杜在售货员面前站定,一脸渴求的样子说道:"大姐,请问这本书还有吗?"

售货员瞥了一眼他手里的书,一脸费解地说:"有啊,你不是拿着呢?"

"我说还有没有富余的?这本被那边那哥们儿买了,人家先看到的。"

小杜转头,指着他站着的方向,却发现刚刚那个小伙子早就已经不见踪影了。售货员像看精神病患者一样看着他,"这书你要不要?"

"啊?"

小杜迟疑了一下,再次朝那个方向确认,那小伙子的确已经走了。他看着那售货员不好意思地搔搔头,"要……我要了。"

……

小杜认真起来的样子让老杜非常满意,见儿子对工作的事儿这么上心。老杜悬着的心总算是放了下来。

累了一天的小杜躺在床上,一边看书,一边想怎么才能借到十万块。他不想珂建在钱上为难,绞尽脑汁,他发现自己就有大庞这么一个有钱的朋友。

下定决心要做的事儿,就一定要做到。为了珂建,他什么都肯做。只是十万也不是个小数目,他得斟酌一下怎么管大庞张这个嘴。

2

晓春儿的烧总算是退下去了,情况也稳定了许多。

夏兰哭得眼睛都肿起来了。

医生说,严素素有轻微的冠心病,和关乎脑袋的病,需要静心调养才可以。可她哪里静得下心?

严素素成了爱哭的老林黛玉,整天梨花带雨,哀怨幽幽,一说话鼻子就泛酸,连坐起来都得老伴儿在身后撑着,别人稍微说话声音大一些,她就捂着脑门儿说:"晕……"

她这副样子,可愁坏了夏兰家两口子,尤其是夏兰看见亲家母这样就连杀了自己的心都有。

夏兰坐在医院的长廊里哭着跟老头子抱怨:"你说我怎么就这么强势呢?春儿病了,现在亲家母也住院了,本来她身体就不好,又添了个冠心病的毛病……我觉得我就是个罪人。"

老张抱着妻子的肩膀,一通安慰,像哄小女生一样的口吻:"你不要想太多,你也是为了两家人的幸福。毕竟谁都不愿意出这种事儿。"

夏兰扑到老公怀中嘤嘤哭着:"可是她病了呀!亲家母那脾气,跟瘫在蒸锅里的黏糕似的,让我们怎么跟她淘神?"

张家伦想起那个难缠的女人,也是唉声叹气:"能怎么着?说好话呗!一家子轮班儿伺候着,什么时候伺候好了,什么时候算。你说这医药费……"

夏兰赶紧自告奋勇:"咱们出。"

"我觉得也是,我一会儿就去办这个事儿。给她充上钱。"

夏兰捂着鼻子点点头,又开始哭。埋怨道:"唉,这可要了我的命了。怎么就摊上这么一乱摊子的事儿呢?"

"船到桥头自然直,不用想太多。"

珂建觉得自己的精神已经接近崩溃边缘,看着躺在床上吸氧的女儿,那么点儿小的手上,因为找不到血管扎了好几个眼儿。孩子烧了这么长时间,已经烧得没劲儿了,眼睛半睁着,就这么可怜巴巴地盯着妈妈看,不愿意说一句话。

她抓着女儿的小手儿,跟女儿说话:"宝贝,妈妈对不起你。没能给你一个健康的身体。世界上的妈妈都是爱自己的孩子的,妈妈爱你,你姥姥爱我。你姥姥就是想你能独立一些,也想多爱妈妈一些,不是故意的。你能理解吗?"

懂事的晓春儿,虽然听不懂妈妈的话,但还是点了点头。

珂建摸着孩子的脑门儿笑了笑,冲女儿做着鬼脸儿,"你马上就能做手术了,等手术做完了,你就是健康的孩子了。到时候真的要上幼儿园了,你不会还哭鼻子吧?"

孩子盯着妈妈非常认真地摇摇头。

李晨从外面走进来,看见嫂子眼角挂着的泪,心里怪难受的。全世界的人都在哭,他觉得自己一定要保持冷静,打起精神好在两家之间和稀泥。想想,双方家庭都不容易,都是为了这个孩子好,所以分不出你对我错,只有和平共处才能万里晴空。

他拍了拍嫂子的肩膀安慰道:"嫂子,你给自己太大压力了。真的。"

珂建稍稍回了头,眼中含着泪:"是呀,我以后会振作起来的。不能总是这么消极下去了。晓春儿还这么小,我可是支撑她前行的臂膀。"

他用坚强有力的手掌按了按她的肩膀:"晚上出去放松下吧!"

"算了吧,家里两个病人,放什么松?"

"晚上有咱爸,还有叔叔阿姨值班。再说,咱们就出去玩儿两个小时。"

珂建看了看孩子,孩子已经微微闭上眼睛。她最近的压力的确是太大了,真的应该出去缓解一下压力。

"合适吗?"

"这有什么不合适的?就俩小时。"

她冲小叔子眨巴了一下眼："不要让他们知道了……"

李晨朝她做了个"OK"的手势。

3

到底是个不想长大的孩子，被小叔子一怂恿，就想出去玩儿了。孩子和婆婆的病情都算稳定下来了，两个人鬼鬼祟祟说回家收拾孩子的东西，就为了出去放松两个小时。

珂建想喝酒了，也想毛豆了。好久没见到他了，还真的有点儿惦记他。恐怕，在这个世界上，除了爸妈，就只有小毛豆对自己是真心的好了。

珂建提议："我们撸串儿去吧？"

李晨一副无所谓的样子，反正只是为了陪她，"我随便，你开心就好。"

"那去吧，我想见见我那个朋友了。"

"好！"

李晨开着车，珂建坐在副驾驶上，一副忧心忡忡的样子。还是有些犹豫要不要去。

"要不，咱们回去吧？"

"都快到了，既来之则安之。"

珂建点点头，把头倚在车窗上，再也不愿意说话。

小叔子拍拍她的手背，一副真心实意的口吻，"嫂子，看你整天这么不开心，我心里怪难受的。"

珂建的手，往回缩了一下，打心眼儿里觉得，和小叔子之间，不该有这样的动作。

李晨笑了笑，"你这么保守啊？嫂子，你找个男朋友去呗。"

她苦笑着，"找什么男朋友，我可没有谈恋爱的心气儿了。再说，孩子现在这种情况。咱妈也不让我找。"

"她凭什么不让你找？她能给你后半生的幸福吗？那种霸道主义，还是收起来吧！"

珂建没想到李晨会这么说，由衷地欣慰了一下。

"小屁孩儿,你还挺懂。找也得有合适的吧?"

他开始试探:"医院里那个男的,就是叫刘志的那个,我觉得对你不错。"

"是不错,但是不合适。"

"不合适?"

"嗯,人家还没结过婚呢,你觉得他们家愿意让他找一个死了丈夫还带着孩子的女人吗?"

"只要他愿意,就没有不可能。"

"行了,快闭上你的三八嘴吧。他愿意我还不愿意呢?你就这么盼着你嫂子嫁人?"

"不是。嫂子嫁人,也得找个合适,信得过的。那样我才放心。"

珂建坏笑了一下,揉了揉他的脑袋,"小屁孩儿。"

到地儿了,李晨让她先去,他找个地方停车,珂建下了车,径直进了撸串儿的院子。

4

杜子腾觉得这事儿已经可以用燃眉之急来形容了。他必须要跟大庞张这个嘴了,他已经不是用承诺来换取爱情的年龄。要想得到珂建的心,必须要真刀真枪地为她做点儿什么才行。为了爱她,他愿意背负十万块钱的债务,自己还年轻,以后还有大把挣钱的机会。

大庞正在洗澡,手机放在客厅的茶几上。手机响了,坐在沙发上看电视的小庞朝手机瞥了一眼,见屏幕上显示着杜子腾三个字,刚要兴奋接起来,手机就不响了。

小庞不开心地噘着嘴,失去了一个和小杜哥说话的机会,简直是难过。

小杜之所以挂了电话,是觉得这事儿实在是难以开口。前思后想,还是决定发个微信比较稳妥,尤其是借钱这事儿,能用文字表达,尽量别麻烦嘴。

小杜编辑了一条微信,发给了大庞。大庞的手机又响了一下,庞娜又八卦地把手机拿了起来,一看,果然是小杜发来的消息。

"大庞,我急需十万块,能不能借给我?"

庞娜看着那消息皱了眉头,朝洗澡间看了一眼,仔细琢磨这事儿,觉得凭大庞那守财奴脾气,肯定不会借给他的。杜子腾是个自尊心极强的男人,如今这样为难地张嘴了,肯定是抹不过去的事儿,但凡有办法,他也不会张这个嘴的。

小庞有点儿私房钱,倒是可以拿出来借他一用。反正是借给他,又不是白给,还能讨自己喜欢的人的欢心,何乐而不为?更何况,她那么喜欢他,别说十万块钱,就算是掏心掏肺又何妨?

小庞编辑俩字儿——可以。

发了过去。

小杜盯着手机一看,也没想到他会答应得这么痛快。开始感慨,哥们儿,还是打小一起长大的好!他乐开了花:

——一会儿撸串儿见,我请你,你带着卡!

——没问题!

庞娜发完了这两条微信,紧接着就把这些聊天内容删掉了。她希望这一切,是"什么都没发生"的状态,那样才能防住敏感的大庞。

她将哥哥的手机重新放好,回到自己的房间,找到了抽屉里的那张卡。这上面,刚好有十万块。

她蹬上鞋子,迅速出门,生怕小杜会等着急了。居然还有种奔赴王子之约的幸福感。

大庞听见门响了一下,穿着浴袍从洗澡间出来。

"庞娜,庞娜?"

此时的庞娜早就开车蹿出了小区。

大庞看了一眼自己的手机,怎么都觉得那手机位置不太对。拿起来,又没发现什么异样。

……

珂建好久没来毛豆这儿了,毛豆很高兴她能来,开心得不行。烤了大把串儿,还特意烤了她最爱的乳鸽。

他笑得傻呵呵地看着她,笑容里泛着单恋的小幸福。他见她从来都是这样的状态,酸涩中泛着甜,即便他们之间永远不可能,可他就是愿意把她捧在手里一辈子。这是一种超脱爱情的感情,就连毛豆也无法解释这种感情为什么会存在。

李晨倒了两杯啤酒，举起敬他，"豆哥，这杯我敬你。这些年，多亏你照顾我嫂子了。"

毛豆端着杯子，有点不好意思，"我可没为她做过什么。顶多她郁闷的时候，开导开导。"

"那就足够了！来！咱们透了！"

"透了！"

李晨俨然是个男人的样子了，让珂建看着有点儿别扭。她抓住他拿起酒瓶子又要倒酒的手，"别喝了，意思意思得了。一会儿回去让他们闻到不好。还得开车！"

毛豆好奇地盯着满脸不开心的珂建问："奶奶，你又怎么了？你婆婆不是不干涉你喝酒吗？"

李晨尴尬地笑了笑："今天不行，我们是偷着出来的。"

珂建瞪了他一眼，示意他不要再往下说。李晨心领神会，闭嘴。拿起串儿来撸了一口。毛豆觉得这其中肯定有事儿，珂建向来都是遇见事儿喜欢藏着掖着。恰巧他又偏偏喜欢干涉她的事儿，被他看出异样，不调查个水落石出，他是不会罢休的。

他敲着桌子，怒气冲冲，"张珂建你够了，有什么事儿不能让我知道啊？"

珂建知道他那脾气，要是被他看出有事儿，还瞒着他的话，他肯定会自己生闷气。说不定还会歇业几天。无奈之下，珂建只能道出实情："孩子病了，肺炎。我婆婆也病了，被孩子吓的。所以我们家俩人都在住院呢，我心里实在憋闷，出来坐坐。"

"哟？这么大的事儿你怎么不告诉我？你缺钱吗？"

"不缺！"

"不是我说你们，你俩这心可真够大的。"

珂建有点儿坐不住了，也觉得自己今儿真的不该出来，她拽了拽李晨的袖子，语气忐忑不安，"要不，咱们走吧。"

毛豆咬了两口乳鸽，吃了一嘴油，"别啊，既然出来了就坐一会儿吧，缓解缓解你压抑的心情。"

"就是，都说了既来之则安之。"

毛豆站起来,走进了屋子,好像去拿什么东西了。

珂建歪着头,眼神一直在正在远处忙活的毛豆女朋友身上转悠,因为她一直在往这边偷瞄,眼睛里带着一股子杀气。

李晨顺着她的眼神望过去,看见一个穿着白裙子的小姑娘正在收拾桌子,长得清清秀秀、斯斯文文的,顿时被这姑娘吸引了,他觉得这女孩儿真好看,他在心里问了自己一百遍,怎么就这么好看呢?

李晨看愣了,心花怒放了!

珂建无意中瞥了他一眼,才发现他看人家那姑娘的眼神儿不对。她推搡了一下他大腿提醒着:"干吗哪?"

李晨回过神来,感叹道:"清水芙蓉啊……"

"芙蓉姐姐!"

"嫂子,别这么说,你看那姑娘多好看啊!"

"那是你毛豆哥的女朋友!你脑袋里别打歪主意了!"

"哎呀,没想到啊!毛豆哥还有这本事?"

"行了啊,别动你那花心眼儿了。再说那姑娘不适合你。"

李晨撇撇嘴,看似老实了,可眼睛还是总往人家姑娘身上瞟,生怕她逃离出自己的视线。

毛豆从屋子里走出来,手里拿着两万块钱现金。陈好看见他拿着钱出来的,瞬间就起火了,手里攥着一把铁签子恨不能戳死他。她知道,他这钱肯定是拿给珂建的。

果然不出她所料,她远远地看着他把两万块钱拍到珂建的手边,"拿着用去。多了也不给。"

珂建就知道,他会来这一出,把钱推到他的手边,"你有钱没地儿花了?我都跟你说了,我不缺钱。"

"你那的生意什么样儿我不知道啊?再说你有钱是你的事儿,和我有半毛钱关系吗?这钱,是我给我闺女买营养品的。跟你也没有半毛钱关系!"

珂建还是不耐烦,只觉得毛豆这人真霸道,哪有强行要求别人接受他的钱的。她不耐烦地将钱塞进他的口袋里,"我不要!"

"你说了不算!"

毛豆把钱掏出来，拍到李晨的手边，"晨儿，你替晓春儿拿着。"

李晨的眼睛一直盯着陈好看，不愿意挪动一点儿，生怕自己的视线有了偏差。

毛豆把手伸到他面前，使劲儿摆了两下，"看你嫂子看入迷了？"

这他才回过神来，支支吾吾嗯嗯啊啊着，"毛豆哥的心意，不好当面拒绝。嫂子你要不先拿着？"

珂建拍了一下他的脑袋满嘴不屑，"拿你个头啊！这是钱，不是纸！能那么随便就要别人的钱吗？我不管！我不要！你要是再说这事儿，我以后再也不来你这儿了！"

毛豆知道珂建的脾气，一向都是说到做到的。要是惹了这位奶奶，真不定就跟自己老死不相往来了。

他乖乖地将钱收了起来，决定再找机会给她。

5

小庞风是风火是火地从外面进来，找个地儿坐下，朝服务员招呼着："给我来一提啤酒，要冰的！烤三十个串儿！"

珂建的眼神顺着这熟悉的声音摸索过去，果然是认识的姑娘。

她决定要走了，场面实在尴尬。在她发现自己之前，离开这里，避免一些不必要的猜疑和摩擦。

珂建捂着脸，拽着李晨的胳膊，小声说："咱们走吧！"

李晨却不愿意动："哎呀，嫂子，你别担心了。再坐一会儿，我还没吃饱呢！"

珂建不耐烦地拍打了两下他的胳膊："吃吃吃，就知道吃！"

说话的工夫，小杜来了，珂建正不安地东瞧西看着，眼神瞬间锁定了他，果然不出她所料，他是和这小姑娘约会呢。顿时气不打一处来。她捂着脑袋，尽量不让他看见自己，幸好他们坐在角落里，她决定找准时机趁机溜掉。

小庞看见小杜，兴奋地咿咿呀呀的。奋力朝他摆着手尖叫："小杜哥哥，在这儿呢！"小庞忍不住自己的兴奋劲儿，站起来蹦蹦跳跳朝他跑了过去，不管他愿意不愿意，就挽住了人家的胳膊，做出一副小鸟依人的作势，还把头靠在人家身上，样子很是恶心。

珂建瞪着大眼睛，气得肺都要炸了，顺势拿起了手边的啤酒，大口大口地喝了起来。李晨见她喝了酒，笑了笑说："对，既然出来了，喝点儿就喝点儿。"

说着，也端起了杯子，饮了一大口。

珂建拽着他的胳膊，眼神朝那边偷瞄着，"小点儿声。低调点！"

李晨心领神会，"知道知道，被熟人看见不好。"

暗地里却在观察着远处小杜和小庞的一举一动。

小杜坐在小庞对面，故意拉开和她的距离，好奇地打量着她。

"不是，你哥呢？"

"我哥来不了了，让我替他来！"

小杜满脸怀疑地看着她："你哥能放心你跟我出来？"

"为什么不放心啊？我和你有关系吗？"

小杜放松了戒备，"那倒是。不过，你哥跟你说了吗，就是……"

他有点羞于出口，在心里骂着："这孙子，居然让他妹来给我送钱，这不是羞臊我吗？"小庞从钱包里掏出一张卡，推到他手边，语气小心翼翼，"小杜哥哥，这是十万块钱。"

小杜眼神躲避着她那双水汪汪无邪的大眼睛，手却不听使唤地将卡扣在了手心里："谢谢啊，告诉你哥，我会尽快还给他的。"

小庞一本正经地安慰着他："我哥说了，不着急你还。你肯定是拿这钱去干正事儿了。他应该支持你。"

"那倒是，我实在想不出办法来了。成，那谢谢你还跑了一趟，我先走了！"

小庞噘着嘴，瞬间抓住了他的手，深情款款地央求着："我好歹也跑腿儿了，你就陪我一会儿不行吗？"

小杜抽离了自己的手，咳嗽了一下，"注意你的形象。大姑娘家的，怎么随便就摸男人！"

"你是我哥哥呀，我摸你怎么了？"

"兄妹之间更应该拉开距离，要不然容易让人说我是臭流氓。"

小庞在小杜面前，将不要脸的小本事发挥得淋漓尽致，为的就是讨他欢心，拉近彼此的距离。

小庞再次抓起他的手,一脸献媚加暧昧,"小杜哥,我就是喜欢你。不管你喜不喜欢,我就是想和你在一起。你能接受我的爱情吗?"

坐在一边的珂建一直细心观察着,气得脸都绿了,这会儿的工夫,两瓶啤酒下了肚。坐在一边和李晨说说笑笑的毛豆,突然看出了她的异常,顺着她的目光朝那个方向望了过去,才发现那边坐着杜子腾和一个姑娘,两人好像正在谈情说爱。

毛豆这暴脾气,一下子就火上来了。他看看珂建,再看看那边正和小姑娘谈恋爱的小杜,打心眼儿里心疼她。

什么海誓山盟,上次喝酒还说自己心里只有珂建一个呢,转眼就又和别的小姑娘勾肩搭背了,看来这浪荡公子放荡不羁的毛病,是永远都改不掉的。

毛豆知道珂建心里一直有这孙子,遇见这场合,也真是寸。绝对不能让珂建丢了这面子,他咳嗽了一下,冲李晨使了个眼色:"小晨,咱俩换换位置,我跟你嫂子说两句话。"

完全不知情况的李晨,乖乖地站起来,跟他换了个座位。

站在远处看似认真忙活的陈好,其实一直在暗中观察着这桌儿的一举一动。她就知道毛豆搁那桌儿上坐的时间长了,那颗春心就得荡漾。

她也不是什么省油的灯,拎着两瓶啤酒就朝那桌儿走过去了。她的手哆嗦着,俩啤酒瓶子在她的手中发出碰撞的叮叮当当声,她感觉,这个世界要地震了,要龙卷风台风四起了,心底那股力量在呐喊,她要调动自己心里的千军万马,她要让自己的小宇宙爆发!

她摇摇晃晃走到那边,还没喝就看似醉了。将两瓶啤酒咣当一下拍在桌子上,一桌人都看傻了眼了,尤其是李晨,盯着姑娘的脸看醉了,觉得这姑娘真帅。

他抬抬屁股,给她让出了一个地儿,陈好就顺势坐下了。她和身边的李晨对视了一眼,笑着,露出一排洁白的牙齿和漂亮的酒窝,这一笑,真媚,把李晨看醉了,语无伦次了。

"嗨,你,你好!"

陈好豪放地将胳膊搭在了李晨的肩膀上,就这么搂着说了一句:"帅哥长得不错,多大啦?"

珂建将杯子中的酒一饮而尽,白了她一眼,站起来将她的手掰下来,拍了拍她的肩膀说:"妹子,过了。"

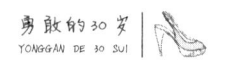

说罢，拽起李晨的胳膊，狠狠地往自己的方向拽了两下："跟嫂子回家。"

李晨哪里愿意走，看姑娘都看傻了眼了，屁股沉得跟灌了铅一样，扑通就又坐下了，傻呵呵地盯着陈好笑，哈喇子都流出来了。

"就是，走什么？美女，咱俩喝两杯呗！"

陈好叫嚣的口吻挑衅着毛豆的肾上腺素，他浑身的刺儿都竖起来了，珂建冷哼一声，自己是谁？大名鼎鼎的张珂建，什么耍把式卖艺的姑娘都见过，这种二货的这种作，绝对是因为醋坛子打翻了正搁这儿犯二呢。以前自己在酒吧混的时候，什么样的犯浑小妖精没对付过，她这套在自己面前，还显得稚嫩点儿。

可她已经过了犯浑犯二的年纪，这套，她早就玩儿够了。更何况，她得给毛豆留脸，所以她只是笑，什么也不说，继续大力拽小叔子的胳膊："跟我回家！家里怎么回事儿你不知道啊？"

嫂子瞪着大眼睛怒视自己的眼光，真的让他不寒而栗。他打了个激灵，知道自己犯二了，领会了她的意思。屁股一下子也坐不住了，像装了弹簧一样从凳子上弹了起来。

"走走走，回家……"

毛豆也觉得这态势紧张，不容发展。毕竟是自己的小女朋友，在朋友面前偶尔犯二也可以理解，倒不如给她找个台阶下了，省得过后两人吵得凶。

恰巧那边有客人催串儿，催得很急。毛豆笑了笑，抓住陈好的手哄了两句："别闹，快去干活儿。那边有人叫东西了。"

陈好狠狠地甩开他的手："你够了！我偏不去！我是你雇的吗？你给我开工资了吗？使唤我跟使唤狗似的。我在那边辛辛苦苦里里外外地干活儿，你却在这边勾搭已婚妇女？"

珂建觉得自己再也不能站在这儿了，脸上火烧火燎的。整个院子人的目光都投向了他们，包括小杜和小庞。小杜看见站在那边一地鸡毛的珂建愣了，他慢慢站起来，盯着那一堆人看。小庞拽了拽他的胳膊小声问："小杜哥，你怎么了？认识呀？"

张珂建朝小杜的方向看了一眼，眼神和他对视了两秒，眼泪在眼眶中打起了转。李晨大概明白了这事态的严重性，但心中非常可耻地和陈好站在了一条战线上。纵然她将嫂子数落得一文不值，可他却一点儿也不想指责她。

眼下最重要的就是——逃!

李晨透了一杯啤酒,壮着胆子打圆场:"这事儿就这么过了啊!我们走了!"

李晨拽着嫂子大步流星,这一举动,惹得陈好不乐意,小跑两步伸直了胳膊堵在他们面前:"想走,先把话说清楚了!"

珂建躲着,她就随着她的身体挪动步子。举着俩胳膊,就是堵在那儿不让她走。

珂建有点儿不耐烦了,推搡了一下她的胳膊,咬着牙叫嚣:"你丫干吗?"

陈好也咬着牙:"我让你解释!"

毛豆气急了,知道那边杜子腾正看着呢,他不能让他对珂建再起什么恻隐之心。他三两步冲过去,抓起珂建的手说:"我就喜欢她,怎么了?我不喜欢你,怎么了?"

李晨看着陈好要哭的样子,也急了,推了一下毛豆的肩膀没好气地说:"你是不是爷们儿啊?怎么能干这事儿呢?"

毛豆甩开他的手,不耐烦地解释了一下:"你不懂!"

接着又一本正经地说:"陈好,我想让珂建做我的女朋友。回头我再跟你解释行吗?"

杜子腾再也站不住了,拍着桌子大喊:"毛豆你混蛋!"

这一刻的空气都凝固了,一众人的目光都朝他望去,杜子腾冲到毛豆面前就是一拳。毛豆的嘴都喷了血,这一拳把大家的火都勾了起来,陈好哪里见得了毛豆挨打,上去就对杜子腾一通乱抓,小庞见杜子腾胳膊被抓出了伤,跑过去救援。杜子腾失手一把推倒了陈好,李晨不愿意了,上去给了杜子腾一拳,珂建见小杜被李晨打,赶紧挡在他面前拦着……总之,现场陷入了一片混乱……

一阵乱战中,小杜抓到了珂建的手,拉着她跑出了毛豆的撸串儿店……

庞娜在他们身后追,追着追着就追不上了,捂着脸哭得梨花带雨,伤心欲绝。

李晨却不想去追,欲扶起坐在地上将头埋在双腿间嘤嘤哭得像小婴儿一样的陈好。他把手伸到她面前,她抬头白了他一眼,"你谁啊?"

李晨傻呵呵地笑着,摇头,什么也不敢说。

毛豆看见陈好那副样子,不耐烦到了极点,没搭理她这茬儿,就去干活儿了。陈好见他这态度,气得浑身哆嗦。李晨再次伸出手的时候,陈好就接受了,抓着他的手站了起来,他感受到了她手心的炙热温度,他发现,她的手心有汗,是需要被疼惜的那种女孩儿。

6

一路上珂建都在挣脱他的手,她很闹,闹得他有点儿抓不住。索性把她扛在了自己的肩膀上,珂建心想,坏了,别再被什么人看见吧?毛豆这块儿挨着菜市场特别近,珂建婆婆家的邻居很多都来这边买菜,怪就怪这一幕太扎眼了,恰巧就真的被五楼的居委会陈大妈看见了。陈大妈向来都是大嘴巴加八卦老太婆,躲在暗地里看了好长时间……

珂建手脚并用,使劲儿挣扎着。

"杜子腾你混蛋!快放我下来!"

杜子腾找到了一家咖啡馆,扛着她走了进去,走到一个座位前,轻轻把她放下。珂建脸都成了火烧云,抬起手巴掌没落到他脸上,就被他抓住了手腕。

"你够了!你给我坐下,我有话要说!"

杜子腾语气很急,真的把她吓住了,那一瞬间,似乎找到了十年前的感觉,他那种狂到现在还能让她心动。

她反倒安静了,噘着嘴坐了下来,虽然语气很不屑,"你快说!我还得回医院!"

杜子腾从怀中掏出了那张卡拍到桌子上,"十万块钱!去给孩子看病!"

珂建盯着那张卡愣神儿,没想到他真的会淘到十万块,当时自己明明只是想击退他的决心。

杜子腾以迅雷不及掩耳之势转身走掉了,跑得飞快,没等她回过神来。珂建回过神来的时候,发现他早就跑远了。

他是故意跑开的,他就知道,以她的脾气,肯定不会收下的。那他就逼着她收下。

珂建抓着那张卡,抓出了汗,心里却是甜的。

第十章

1

这简直是混乱不堪的一个夜晚。珂建觉得自己的生活陷入了混沌不堪的状态,这种状态让她很恐惧,在面对喜欢的人的时候,她无法做出正确的判断。小杜的出现,的确打乱了自己的阵脚。

李晨开车回医院的路上,脸上一直泛着如少女般青涩的笑容。珂建浑身不自在,因为都喝了酒,再加上都惊心动魄地被刺激了一下大脑,导致他俩的脸蛋儿都泛着红晕。

珂建欲开口解释,李晨也憋不住问了:"嫂子,那个男的是他吧……我认识他。"

"你认识他?"

"对,认识。书店买书的时候碰见了一次。没想到,他就是你日记本里的那个人。"

珂建瞪着大眼睛看他,眼神里写着"惊悚"俩字儿。他居然知道自己这么多秘密?

李晨坏笑着,打了个酒嗝,定睛一看前面的路,顿时蒙了,"坏了,前面有查酒驾的!还有电视台的在录像!"

珂建俩大眼珠子都要吓掉了,拨拉着他的胳膊说:"我来开!我来!换换!"

"算了吧!你也喝了啊!"

"啊?啊……我也喝了,对了!我也喝了!那我们掉头!"

"在这里掉头?大姐?你有没有搞错啊?"

"那怎么办?"

"凉拌!"

李晨只能硬着头皮将车缓缓开到交警面前,交警朝他们敬了个礼,身后站着一队电视台的人在录像,他们知道这个节目,好像还是现场直播。

李晨配合地朝那个仪器吹了口气儿,珂建将头埋得很深,有种天下事儿还不够大的感觉,下一秒似乎就要世界末日了。

"酒精超标!请您配合一下我们的工作下车。"

扛着摄像机的人和记者朝他们围上来,开始贱兮兮地采访,什么请问您知道酒驾的危害吗?请问您这是第几次酒后驾驶了……

李晨无力地解释着,珂建则一个劲儿地捂着脸躲避着他们的镜头。

严素素刚觉得自己有点劲儿,坐在病床上和病友们交流病情。墙上一直静音的电视,突然跳出这样一组画面,儿子和儿媳妇堂而皇之地出现在画面中,吓得她心惊肉跳。

她几乎从床上跳了起来,一把从病友的手里抢过了遥控器,将电视的声音调到很大,弄得整个病房的人都怨声载道。

她确定那就是儿子和媳妇儿,在家里这种混乱的情况下,他们居然还有脸出去喝酒?!严素素气得心疼,捂着胸口喊:"老李!你快来看看你的好儿子!"

老李正在卫生间帮她洗换下来的内衣,听见她喊,垂着两只湿淋淋的手就出来了,惊慌地问:"你又怎么了?"

"你看电视啊!"

老李眯缝着眼睛盯着电视看了一眼,忍不住也骂了出来:"这臭小子!"

2

没想到一次小小的消遣,两小时的事儿就出了这么多乱子。

严素素气疯了,架着胳膊要下地去找亲家说道说道,脚丫还没着地就因为动作过大脑袋开始犯晕,扑通就躺在了床上。

老李吓坏了,生怕她再因为这事儿病情严重了,也开始语无伦次焦躁不安,眼角上还挂着泪,"你别着急,孩子终归是孩子,你得理解。"

"你觉得这事儿是用理解俩字儿就能摆平的吗?现在是什么时候,他俩还有心思去喝酒,还酒驾?我和孩子都还在病床上躺着呢!这个珂建的心,怎么就这么大呢?"

"不是还有你儿子吗?"

"他小不懂事儿,张珂建还小吗?都是孩子的妈妈了!不行,这事儿我必须要找亲家理论去。"

"行了,你快别闹了,不利于你养病。"

"那你去把她那个通情达理的妈妈喊来,我要是不说道说道,今儿非得死在这张床上不可!"

严素素横眉竖眼俨然要吃人的样子,吓得老李的身子直往后抽抽。老李操着警察劝慰要跳楼自杀的人的口吻小心翼翼对她说:"别着急,你说什么就是什么!别着急……"

"那你还不快去给我喊!"

"好,我去,我去……"

李酉畏畏缩缩去找亲家,夏兰一边看腕表,一边跟老张嘀咕:"珂建回去收拾了俩小时了,怎么还没回来呢?这孩子,真是没有点儿时间观念,孩子叫了好一会儿妈妈了。"

张家伦给孩子披了披被子,又安慰大的,"没准儿是要收拾的东西比较多,女孩子嘛可以理解。"

"这个珂建,从小就暴躁。也不知道随了谁的脾气,做事从不按照套路章法出牌,如今小晨回来了,毕竟男女有别,看他俩又那么好……"

张家伦拍着大腿提醒,"可不许再往下说了!你怕他俩好上?"

"你不让我说,你反倒说出来了?"

"哎呀,这不可能吧?李晨比咱们珂建小好几岁呢!"

"都是年轻人。现在不是还流行什么姐弟恋呢吗?不怕一万就怕万一啊,咱们还是多提醒着她点儿,就是再嫁也不能这么选!"

"你说的是,你说的是。"

张家夫妇露出一副忧心忡忡的表情。

说话的工夫,李酉气冲冲地从病房外闯了进来,走路都带着一阵风,将正在聊天的两口子吓得不轻。

"这是怎么了?"

"亲家母,素素喊你。你跟我走一趟吧?"

张家伦看不明白,急扯白咧地说道:"有什么事儿你倒是说啊?"

"珂建和小晨没回家去喝酒了,还酒驾被逮到了。"

"啊,有这事儿?"

"现在重要的不是这个,我们家素素都要气疯了。说要是你不过去,她得气死不可!"

夏兰做事一向冷静,但是这次有点把持不住自己的情绪了。一是气,二是觉得亲家真是不懂事儿,俩孩子出去玩就玩儿了,抓也抓了,现在孩子还病着,居然还要跟自己讲道理。要是说讲道理,她自己还一肚子道理要跟对方讲呢! 哪里还容得下他们来跟自己唠叨。

夏兰的脸气得铁青,眼看要心脏病发作的样子。

张家伦知道她有气短的毛病,见势不对,赶紧从她的口袋里掏出了药盒,塞了一片药到她舌头下面。

"别生气,别生气……"

夏兰的素质可比严素素高多了,生气只能扎进老头子的怀里哭。李酉见自己惹了祸,一下子也没话了,想说什么,又语无伦次。

夏兰知道他夹在中间为难,要是请不到自己,肯定会引发更大的暴乱。

她在老张的怀里哭了一会儿,情绪稳定了许多,她觉得自己现在更应该保持冷静,不能再出乱子了。

她抹了抹脸上的泪珠,淡定优雅地说:"走吧,我去劝劝亲家。"

"要不,算了吧……"

"别,我们走吧。可不能再出乱子了。"

夏兰拿了搭在床边上的披肩,优雅地披在了肩膀上,迈着轻盈的步子走出了外孙女的单间病房。李酉看了老张一眼,老张叹气,他也不好意思再说什么,随着夏兰走了出去。

3

按照交通法,珂建和李晨被处以一千块罚款,拘留批评教育三天。

珂建急得闷闷哭,跟交警求情,说自己还有个生病需要手术的孩子,得立刻马上出去才行。

交警只是警告她,他们早就看惯这种嘴脸,提醒她最好找个新鲜的理由。

自从兜兜去了美国之后,珂建遇见事儿之后,连个能冲锋陷阵的朋友都没有。这种情况,她实在不知道该找谁解决。她想起了刘志,现在能帮到自己的,只有刘志。她要出去看孩子,必须要看到孩子!

警察让她们给家里打个电话,交代亲属来交罚款,顺便报个平安。珂建却打给了刘志。

刘志接起电话后,珂建带着哭腔求援:"刘志,出事儿了……"

刘志匆忙赶到交警大队,交了珂建的罚款,又找到自己多年的同学。情求了一个小时,唾沫星都要说没了,同学才答应把这个情况跟领导反映一下。

焦急地等待了半个小时,同学出来,一脸义正词严地说:"领导说了,这情况属实的话,可以通融一下,但是不可能马上出去,一定要在这儿上一天课才能走!"

刘志知道,这俨然已是最好的结局,使劲儿冲着同学打敬礼:"那也行啊,费心了啊!"

跟同学客套了一通,还许了一顿饭局这事儿才算完。刘志去看珂建,发现她的眼睛已经哭成了俩球儿。

珂建看见刘志,像一只在水里扑腾的小鱼,希望能挣脱这渔网。

"怎么样?"

"别着急,找了领导。把你的三天改为了一天。"

"现在不能出去啊?"

刘志点点头,拍着她的手背说:"没事儿啊,医院那边有我呢。再说,就一天。李晨那边就不能通融了,只保了你一个。"

珂建像只泄了气的皮球,瘫在了椅子上,"谢谢你啊,总是给你添麻烦!"

"你我之间不必言谢。只要给我个机会保护你就行了。"

珂建苦笑一个,再也没说什么。

4

严素素那张嘴脸,不用想象都知道是什么样儿了。

哭!抽泣!委屈!一味地哭!惹得夏兰不耐烦!就连站在一边的老李都觉得她矫情,苦情戏码太足,有点儿过了。

夏兰安慰的话还没说几句,光听着她在这里哭了。当她发现自己根本插不上嘴解释的时候,夏兰就已经放弃要解释的这个念头了。只要等她哭完了,主动承认错误就行了。

严素素的哭功很快引起了同室病友的不满,大家纷纷怨声载道,觉得这个女人简直太吵了。医生来查最后一班房,发现她极不配合地在哭,立马对她批评教育了起来:"你知不知道你这样不利于养病?你这种极其不配合的行为真的是在浪费我们的时间!你们这些家属也是的,赶紧劝劝她,就任她这么哭?那吃干了药铺也好不了呀!"

夏兰也不说话,一条腿优雅地压在另一条腿上,皱着眉头,似笑非笑的样子,惹得严素素一阵恶心。她觉得眼前的女人真是嚣张到一定程度了,怎么能露出一副全天下的事儿都与她无关的欠抽表情?医生刚刚那样交代了,她连句腔都不搭,显然就是瞧不起自己。

医生走了,严素素突然就收了,不哭了,也不闹腾了,而是换了一种装疯卖傻的模式继续折腾,她不说话,也不埋怨,眼神呆滞装作精神病人一个劲儿地抽纸抽里面的纸,一边抽嘴里一边念叨着夏兰和李酉听不懂的咒语,反正是叽里咕噜不知道说什么的话。

果然,这招儿奏效,夏兰觉得亲家不正常,压抑的情绪攻到脑袋上直接压迫了大脑神经变成神经病了?

她终于再也不能淡定地坐在那儿了,站起来小心翼翼地拍着她的肩膀说:"亲家,你没事儿吧?"

站在一边的老李见状,也变得不安起来。

坐也不是站也不是,眼神里流露出一股寒冷的恐惧感。

"老伴儿,老伴儿呀,你怎么了?"

严素素一看,这招儿奏效了,心想一定要给夏兰点儿颜色看看,也让她紧张紧张,省得她觉得自己置身事外,一副得了便宜还卖乖的样子。

她继续演着,保持刚刚那种状态,抽纸抽里面的纸,嘴巴里嘟嘟哝哝。

夏兰慌了,虽然她不愿意说出她这种状态可能是神经病,可她觉得这事儿必须得提醒一下老李。

"大哥,我姐姐是不是精神上也出问题了?"

这句话,给了老李当头一棒,直觉得自己脑袋嗡嗡,捂着脑门儿瘫软在了一旁的凳子上。

"这可怎么办呀?"

"叫医生吧?!检查一下?"

"那我赶紧去!你帮我看着她点儿!"

"唉!"

夏兰急得要哭,任凭怎么跟她说话,她就是保持着那种疯疯癫癫的状态,对她的话完全不理会。夏兰要急哭了,一直在搓她的后背:"姐姐你别吓我呀,全是我们珂建的错,是我的错!你要是再出别的问题,那我可怎么办?现在这么一乱摊子事儿呢。"

老李身后跟着两位脚步匆忙的医生从病房外走进来,医生拿着小手电筒扒开她的眼皮照了照,又拍了拍她的后背问道:"阿姨,说句话。"

严素素觉得不能再演下去了,要不然非让他们给自己推到精神科去不可,到那儿一查没病!岂不是露馅儿了?倒不如就坡下驴,不能驳了医生的面子。

医生再次拍了她后背一下,像哄小孩子一样说:"阿姨,想哭就哭出来,别憋着……"

这一下,严素素可爆发了,好像在水里憋足了气被救上岸的溺水人,倒吸了一口凉气,翻了两下白眼儿之后拍着大腿昏天黑地地哭了起来。

"哎呀,我的命怎么这么苦呢……"

夏兰直眨巴眼,觉得严素素真的就是一个橡皮人,能憋也能闹,尤其演技越发地好了。

医生捏着她的手腕把了把脉:"她这会儿心跳挺快的,安慰一下。别让她再哭了,不利于养病。"

医生转身要走,夏兰却把医生喊住了:"大夫,您留步。"

医生用好奇的眼神看着她问:"还有事儿吗?"

"我老姐真的没事儿吗?我有点儿不放心,要不,我们挂个精神科检查一下吧?"

"哦……你是这么考虑的?不过看她刚才那表现,是有点儿那倾向,明早可以去挂一个。在她身体条件允许的情况下,她现在不是还没劲儿吗?"

"那我们看情况去挂一个。"

"嗯,我建议你去挂一个为好。刚刚我就想提醒你们来着,但是怕你们家属有抵触情绪,毕竟没有谁愿意自己的亲人得这种病。"

送走了医生,李酉用一种仇视的眼神看着她,不明白她为什么明知道严素素脑袋里面有病,还要给她挂精神科,难道是为了解一时之快?

"挂精神科不用了吧?我们素素没那种病!"

夏兰看了一眼躺在床上已经微微闭上眼睛的严素素,云淡风轻地说:"挂一个总有好处的,要是排除了,我们不就放心了吗?"

回到外孙女的病房,夏兰忍不住了,站在角落里偷偷抹眼泪。她哪受过这种委屈,想想自己做了一辈子教育工作,接触的都是有素质的人,自从和他们结了亲家之后,这一哭二闹的戏码可算是让她开了眼了,以前只见过一些不讲理的家长在教育局门口闹过,当时还觉得惊奇,现在她才知道什么叫人外有人了。

张家伦以为老婆受了什么委屈,凑过去用手从她身后挽住她的腰提醒:"别把悲伤挂在脸上,特殊时期,忍字为先。"

夏兰猛一下转身,抓了一下他的衣服,"你这是安慰人吗?"

"谁让你走得那么急呀,本来我想去挨骂的。你走得太快了!"

"你给我起开,看见你就烦!"

"得!我出去抽根烟透透气。"

5

老张一出门,就撞见了来告信的刘志。小伙子看见张伯伯,表情有点纠结,上一秒还不知道该怎么把珂建的事儿说出口,下一秒老张就唉声叹气着娓娓道来了。

"刘志啊,这么晚了你还来看孩子? 小建和小晨可能被拘了,我正想找你呢!"

"哟? 这事儿您知道啦?"

"怎么? 你知道啊? 我这么晚来,就是来告诉您这件事儿的。我姐那边我都安排好了,珂建明天就能回来了。小晨可能要满了三天才行。"

老张满脸满眼的希望,盯着刘志抓住他的手感激地说:"孩子,你真是我们家的救星啊! 你阿姨刚才还为这事儿挨了顿数落呢!"

"你说,她婆婆知道了?"

"谁说不是呀,看样子,可把你阿姨数落惨了。孩子眼看就要手术了,越是节骨眼儿上越是出乱子。"

刘志细心安慰着老张,他俩的对话,恰巧被站在漆黑楼道里的小杜听见。

小杜是想来偷偷看珂建和孩子一眼的,没想到人没见到,却听说了这么一码事儿。

他发现自己离家十年,很多事情都变了。眼下最能给珂建安全感的是人家刘志,他默默告诉自己,一定要赶快稳定下来,要不然自己怎么努力,都是徒劳,安全感对于女孩儿来讲至关重要。

5

兜兜下飞机后,给珂建打了好几通电话都没人接。她担心珂建是不是出了什么事儿,还是家里有事? 兜兜带着一堆吃的登门拜访,却撞了个闭门羹,婆家娘家都没人。

她拎着几大包吃的喝的用的,站在珂建家门口上犯嘀咕。恰巧,这时珂建家对门邻居的门开了,兜兜跑过去跟那胖阿姨打听,才知道是晓春儿住院了。

于是她又拎着这么多东西赶往了医院,找寻了半天,终于找到了孩子的病房。

看见兜兜,夏兰和张家伦都显得异常兴奋,兜兜可以说是珂建最好的朋友,从小光屁股长大的那种。从小和珂建都吃住不分,从幼儿园到小学初中再到高中,两个人一直是同班。

夏兰展开双臂,朝她走过去,眼眶也湿润了。她像拥抱自己的女儿一样,轻轻地将她拥进怀中,拍着她的肩膀说:"好孩子,回来怎么不提前通知一声?"

"本来想给大家一个惊喜的,没想到一下飞机,却被惊到了。为什么珂建的电话没人接呢?"

兜兜放下手里的东西,慢慢朝病床前走去,捧起孩子的小手儿,轻轻亲了一下,眼睛里全是爱怜:"真是可怜,这么点儿的小人儿,就要受罪。"

晓春儿忽闪着自己的大眼睛,用好奇的语气问道:"漂亮阿姨,你是谁?"

"漂亮阿姨,是你的另外一个妈妈。以后阿姨不走了,跟你妈妈一起照顾你好吗?"

"好啊,你能给我买芭比娃娃吗?"

站在一边的老张,嘟着嘴提醒:"小丫头,哪有见了人就要礼物的?"

兜兜眼睛笑成了一弯月亮,安慰小丫头说:"阿姨不但要给你买芭比娃娃,还要买好多!怎么样?"

孩子点点头,似乎没有力气回应这位漂亮阿姨了。

兜兜回国,让夏兰心里有了些许安慰,以后珂建身边,总算也有个贴心的人了。自从当年小杜和她都各自走了之后,珂建很少跟朋友见面,弄得现在都很孤立。

夏兰知道,兜兜是珂建生命中的一株向日葵,提起她总是有很多很多的话要说。她俩是这个世界上投错胎的孪生,除了不是从一个娘肠子爬出来的,其余都心有灵犀。

夏兰也看见了救星,她知道,珂建听她的。

她走到兜兜身后,手搭在她的肩膀上,用力按了一下:"孩子,咱们出来聊聊。"

兜兜稍稍回了一下头,她明白,夏阿姨肯定攒了满腹的话要对自己倾诉。

她点点头,随着她走出了病房。

夏兰几乎是哭着倒完了苦水。

兜兜脸色也很难看,可她知道现在夏阿姨心里更难受,她紧紧抱住夏兰的肩膀,希望能给她点儿温暖。

"这么说,杜子腾回来了?"

"是。但是她和小杜显然不可能在一起了。我也不能让他们在一起了。现在小建身边有个不错的小伙子叫刘志,还是个未婚大龄男青年,人不错,也有份正式的职业,还体贴人。要不是人家未婚,我真的会毫不犹豫地将珂建交付给他。"

"未婚怎么了?阿姨你的思想不要太落伍,只要两个人相爱,什么已婚未婚都是次要的。"

"话是这么说,道理我也都懂。关键是现在珂建情况复杂,前有狼后有虎,我这个当妈妈的真是难过。"

"她婆婆的确是过分了!她不能一辈子都把珂建这么锁在身边吧?"

"唉……我也能理解她的心情。毕竟斌斌走得那么突然,那孩子又孝顺,又懂事。哪个当妈的都有自己的私心吧?孩子,我觉得最实际的问题,还是在小建这里,现在的情况是,她不想迈出这一步。只要她想了,就算全世界反对,又怎么样呢?"

兜兜若有所思:"阿姨你说得对,珂建那边,我来搞定她。"

夏兰的眼神中,终于露出了一丝希望的光芒,欣慰地笑了。

7

兜兜站在交警队门口等珂建,在里面被教育了一天,珂建挂着俩大黑眼圈儿,都成大熊猫了。

兜兜戴着蛤蟆镜,穿着破洞牛仔裤,小手一揣站在那儿的样子真是秒杀了身边走过的小细高跟鞋的小妖精们。她一出门,就看见这位这么惹眼儿一身欧美范装扮的大美妞儿站在那儿等自己,一下子兴奋到了极点!

她像只欢快的小哈巴狗一样,奔拉着舌头就朝她奔去了。揽着她的脖子紧紧将她拥在怀里,装出一副女流氓的邪恶表情:"小丫头片子,回来也不告诉我?"

"小贱人!赶紧跟我滚回家聊天儿!"

"哎?谁告诉你的?"

"还能有谁？我说你丫真行呀，居然敢酒驾？"

"吹牛呢，姐什么事儿不敢干？你真得跟我回趟家，我得把这身倒霉衣服换换，都臭了！"

……

珂建穿着内衣肆无忌惮地在兜兜面前转悠着，一会儿吃点这个，一会儿喝点儿那个。兜兜咬着手指头，朝她吹口哨："姑娘身材真好，有爷们儿了没？"

"有，又没了。你知道的。"

"有没有心思再找个？比如，杜小腾？"

她将一瓶啤酒扔到她怀中："我妈告诉你的吧？她没有说刘志啊？肯定让你劝我和那个叫刘志的试试吧？"

"哈哈，你懂阿姨。不过。我可没想劝你接受谁，我只是想让你做回当年那个叱咤风云的珂建！"

珂建开了一罐啤酒，咕咚咕咚喝了一口，抹了抹嘴角说："哟？这可有点儿困难。我现在不比从前了，有人管着。"

"你说你那多事儿的婆婆？这点儿困难，对你来说是问题吗？"

"太是问题了啊。我那婆婆你可着全世界都找不到第二个。我这就要压抑死了！而且，现在情况复杂。"

兜兜从沙发上蹦了起来，跟她碰了一个："那就不要压抑！我帮你！"

珂建抱着她的脖子，将她按在了自己身下，和她打起了抱枕架。两个女人很快就在这样简单又粗暴的游戏中玩儿嗨了。

疯玩了，总是还要面对现实的。珂建收拾了一下自己，准备去医院领罪。

兜兜看出来她很怵头，用手拱着她的腰说："没事儿，姐陪你。不就是挨骂吗？我陪你一起挨骂，多个人跟你挨骂，你总不会太尴尬！"

珂建掰着她的脖子，将脑袋拥在怀中，使劲儿在脸上嘬了一口，心里有种踏实的感觉："你回来了真好，我以后总算有个说话的人了……"

8

果然不出所料，严素素又将昨天的戏码再次上演了一遍。弄得珂建说也不是,不说也不是。

兜兜和她一起呆呆地站在那儿,看着她这么折腾,抽纸玩,嘴里碎碎念着。

珂建显得有点着急:"我妈这是怎么了?"

李酉也不说话,皱着眉头,坐在老婆的身后,用身子抵着她稍稍向后倾斜的身子,好像下一秒她随时都会栽倒在那里。

很快,一盒纸抽就被她抽完了,怕她情绪暴动起来,李酉又送上了一盒让她抽。

"昨天犯了一次病啦。孩子,我也不想说你了。你妈这样,全是给你们气的。"

珂建慢慢走到她面前,蹲下来,握着她的手真诚地道歉:"妈妈,我知道错了。您别这样好不好?"

严素素心里美着呢,心想,自己总算是找到一套让她服软的方法了,正在暗喜的时候,夏兰突然推着轮椅走进来了。

她慢慢朝亲家走过来,身后还跟着一个小护士。

"已经排上了,咱们走吧。"

李酉觉得既然木已成舟,还是去查查吧,总要面对的事情,倒不如迎难而上,毕竟人家也是一片好心,自己昨晚也有点儿生硬,今儿借个机会再把话说回来:"还是亲家靠谱!排了很长时间了吧?"

"可不是,从凌晨五点就开始排了。亲家母,走吧,我们去看大夫。"

严素素心中一下子慌了,不知道他们唱的这是哪一出。但是这戏总不能演漏了不是?于是她故意装出呆呆傻傻的表情,盯着夏兰说:"我不去!"

"不去哪儿行啊?这个精神科医生很难排的。听话啊,人家又不会吃了你。"

珂建好像明白了,大家这是想拿她当精神病治啊!不过看她现在这情况,好像也只能去看精神科了。

她像哄小孩儿一样哄着婆婆,抱着婆婆的上半身说:"妈妈乖,听话!我陪你去,好不好?!"

严素素一只手使劲儿拽着床帮:"我不……"

珂建朝一边的兜兜使了个眼色,俩小丫头硬是使出了吃奶的力气,把她从床上搬到了轮椅上。中间严素素挣扎了一下,但因为自己实在是没劲儿,也只能任由他们摆布了。

好不容易把她弄到轮椅上坐好了,严素素开始又哭又闹,双手不停地在空气中乱抓,跟中了邪似的。

珂建推着她往外走,兜兜负责按住她乱抓的双手。老李在后面喊着口号:"对,按住咯!赶紧走……"

夏兰捂着嘴巴有点儿忍俊不禁,转身,看见一屋子病人都看愣了。

她抿着嘴笑了笑,紧跟了两步。

严素素觉得没病,起码没有精神病。可是精神科这种地方,只要你进来,就说明你不正常。起码在当时的情况下,你是不正常的。

虽然严素素一直在抵触,用一双恶毒的眼神,一直在瞪人家医生。但她越是这样,医生越怀疑她有精神病倾向。

各项检查做起来,一会儿翻翻眼皮,一会儿用小锤儿各处捶捶。严素素不耐烦地露出似疯狗一样的表情,就差咬人了。

医生看着她的状态,仔细分析。咂巴着嘴说:"狂躁型抑郁症。"

"啊?抑郁症还有狂躁型的?"

站在一边的老李张着大嘴巴问。

"有啊,抑郁症分为很多类型的。她这是其中一种,再加上更年期心情烦躁,她是不是受过什么特别大的刺激啊?"

珂建心里有点难过,按着婆婆的肩膀,冲着医生点头说:"是的。"

"那就对了。这病啊,得哄着她。你们不能呛着她说。多哄着她吧,我给她开一些稳定情绪的药物,家属尽量别让她生气。"

夏兰追着大夫问了一句:"能根治吗?"

"哟!这可不好说。这种病,只要不刺激她,让她保持一个愉快良好的心情,不会往更严重的方向发展,就已经很好了。"

"那好,那好。但是,我们还是希望能有一个更完善的治疗方案。"夏兰急切地说道。

"这样吧,等她身体调养好了。你们再过来找我,现在暂时先用药物稳定她的情绪。毕竟她现在还浑身没劲儿的状态。"

"可以……"

严素素觉得自己赢了,装疯卖傻装得大夫都信了。心中窃喜。只是老李心里别扭,突然想起了那天肿瘤科医生对自己说的话,严素素脑袋里的东西,很有可能造成她精神上的一个病状。

所有人都不知道,她这种"装疯卖傻"完全是一种病态。这一群人也不知道,就在不远的将来,来自严素素的"麻烦"越来越多。只有老李清楚。

珂建要迎接的挑战,远远超出了她现在的承受范围。

……

午后的阳光很好,斜斜地照射着整个病房,严素素颇有得意之势地坐在病床上,媳妇儿端着粥一口一口小心翼翼地喂她吃饭,还一直不停地说着安慰的话:"妈妈别生气了,我以后一定听话了。"

坐在一边的兜兜看着珂建这样,心里很难受。鼻子忍不住泛了一阵酸,发现再也看不下去她这副样子了。

她草草跟珂建说了再见,说明天会再来帮她,其实是借机逃出那令她压抑的病房。

她冲出去,钻进了很少有人来往的楼道里,坐在台阶上,点了一根烟抽了起来。

恰巧,这个时候小杜又偷偷来打探情况了,和正坐在那儿一脸愁的兜兜碰见,两个多年未谋面的人眼神撞在了一起,居然都有点儿尴尬。

"你回来了?"

"是啊!你是来看珂建的吧……"

"嗯……"

杜子腾闷着声,怔住了,脚步突然就迈不动,一地鸡毛,不知该进该退。

兜兜站起来,拍了拍屁股,走过去像哥们儿一样揽着他的脖子:"走,喝两杯去……"

街边的小涮肉馆子里,弥漫着男人的臭脚丫子味儿和羊肉的膻味儿。逛了一趟美国,回家的兜兜,似乎很能适应这种嘈杂的环境,趿拉着拖鞋,大口大口地喝着啤酒。

小杜冷眼旁观，歪着下巴白了她一眼："这么多年了，还是这副德行？"

"哥啊，不是这副德行能和你这样喝酒吗？你怎么样啊？对张珂建还不死心？"

"不死。这辈子也死不了了。我要娶她。"

说后面这四个字的时候，小杜的眼神流出誓不罢休的杀气。兜兜感受到了来自他的决心，稍稍舒了一口气，觉得珂建的人生还有希望。

小杜瞥着她，用下巴指着："你还走吗？"

兜兜倒吸了一口凉气，哑巴着嘴说："不走啦！在家找工作！"

"你美国溜达了这么多年了，这么高级的知识分子，怎么还想回我们这个穷乡僻壤的地方？待在美国得了！"

"美国是好，但是我想回家。我家里也有父母不是。再说，我也不能总是在美国待着，我跟你一样，得回来承担责任。"

小杜盯着她的眼睛，欲言又止。

兜兜毫不避嫌："有屁就放！"

"兜兜，我要把珂建追回来。你懂的。"

兜兜撇着嘴："你放心，我对你早就没有贼心了！十年了，你怎么这么天真？"

杜子腾稍稍舒了一口气："那就好！你帮我呗？"

"必须的必啊！走一个！"

两个人豪爽地喝半瓶啤酒。

第十一章

1

折腾了几天,珂建疲了。严素素太能折腾了,将装疯卖傻进行到底。弄得一大拨人都跟着遭罪。

珂建觉得父母无辜,帮忙照顾孩子,还要被自己的恶魔婆婆折腾,心里实在是过意不去。不过看严素素这状态,总算是稳定下来了。也许是连她自己都觉得过意不去了,精神折磨总算是停止。整个人安静了下来,浑身也开始有劲儿了。

李晨胡子拉碴地被教育了三天出来了,好在还能赶上明天的考试。第一件事儿绝对是去医院看一下老病人和小病号的情况。

走到楼道拐角处,看见了鬼鬼祟祟躲在暗中偷看的杜子腾。

他悄悄潜在他的身后,冷不丁地拍了下他的肩膀,吓得他打了个激灵。

小杜转过头,看着李晨,搔着后脑勺,怎么看怎么觉得这小子眼熟。他指着他的鼻子,若有所思、恍然大悟:"你是小建的小叔子,还是上次让给我书的那哥们儿!"

"认出来啦?"

"你不是要打我吧?我和你嫂子可什么事儿都没有。你能打我,但是别误会小建。"

李晨耸耸肩,撇着嘴坏笑:"我没多想啊,大哥!哎?你是来看我嫂子的吧?进去啊!都是朋友!"

他没想到这哥们儿这么豁达,想必也是个同道中人。只要是人都能看出自己喜欢张珂建来了吧?他这个小叔子,这种反应也实在是不应该。吃一堑长一智,小杜不敢贸然行动,没准儿又是一鸿门宴。

他朝后面退了两步，摆着手就差跪地求饶："哥们儿，我谢谢你这么慷慨，我不能进去。"

李晨一下子看穿了他的心思："哥，你是怕我给你唱反调吧？"

"阿姨实在是太厉害，上次我们还闹了点儿不愉快。我就是想看看珂建，我没坏心，也没别的意思。"

李晨转了转眼珠，朝里面瞥了一眼，决定进去看一眼，再出来找他谈谈。他拍了两下小杜的肩膀："哥你等我会儿，一会儿咱们哥俩儿出去喝两杯，怎么样？你等我啊！"

说着李晨大步流星地朝病房走去了。

杜子腾觉得这哥们儿反应不对，转身逃了。

毕竟是儿子，严素素又特别分得清"远近"，自然不愿意骂得太狠。

再说，事情已经过去了，骂也是徒劳。只是简单地唠叨了他两句就放过他了。

李晨跟妈妈道歉，替嫂子开脱了两句："这事儿不怨我嫂子，是我非要拉着她出去的。"

严素素一副疲惫的样子摆摆手："好了，怨谁不重要了。总之你们以后都乖点儿，现在家中在特殊时期，孩子那边马上就要手术了。你不是还要考试吗？"

"对啊！明天就考试了，妈，我得回去临时抱佛脚了。"

"赶紧走，回家洗洗，把身上的衣服换换。丢了，别要了！晦气！"

李晨傻嘿嘿一笑："好，那我先走了。"

李晨刚欲转身，严素素突然喊了一声："儿子！"

他回头，迷茫着。

"别忘了你哥是怎么死的。以后少喝酒，喝了酒之后别开车，成吗？"

李晨的心里咯噔了一下，看着妈妈那副绝望的眼神，感到很心疼。他居然忘了哥哥就是死在了车祸上，曾经有很长一段时间，妈妈对车这个字都很抵触，甚至都不愿意打出租车。这是她内心的阴影，他觉得自己真不孝，鼻子一酸。

他出门，再去寻小杜，发现楼道里连个鬼影儿都没有了。

2

小杜逃出医院,擦着自己脑门儿上的汗珠,觉得这事儿真悬。

还没走到医院大门口,二妹就来电话了。小杜接起电话,二妹在那边没好气地说:"这么长时间都不接我电话,烦我啦?"

"我这不是有事儿吗?有事儿啊?"

"谁说的要来接我出院啊?我今儿出院!你赶紧来!"

小杜倒吸一口凉气,珂建的家人和孩子,和她住的可是一个医院。这刚从虎口脱险,现在又要送上门去,万一要是再遇见刚刚那个难缠的哥们儿,可怎么是好?

小杜支支吾吾:"你那老男朋友呢?"

"怎么,你来不了?"

"我现在有点事儿脱不开身,要不下午吧?"

"出院手续只能上午办理,我这也好得差不多了,一天也不想在这儿待了。你来不了就算了,我给老常打电话吧!"

小杜毫不犹豫不经大脑地就答应了:"成!你让老常来接你吧,我这会儿真脱不开身!那就先这样,我走了啊!"

小杜警觉地朝医院大楼的方向看了一眼,撒丫子就跑,生怕李晨追出来。

被挂了电话的二妹心里这个难过啊,觉得自己真成了老无所依的人了,气得牙根儿痒痒,还得不争气地拿着手机给老常打电话。其实,自打小杜来给自己送老杜做的饭时,她就开始斟酌自己和老常之间关系的必要性,没有哪个女人不烦这种整天装得很的男人,明明就是很矫情,还偏要装出一副对自己好的做派。

要是真好也就算了,每次来不是拎着俩干巴巴的苹果,就是几根卖相不怎么样的黄瓜,还说这是要多补充维生素,只有维生素补好了,才能好得快。和他这点儿干巴巴的水果蔬菜相比,她还是觉得老杜做的炸酱面比较好吃。

这些日子她也想了,真的要放弃老杜嫁给老常吗?现在小杜的回归,让老杜的心思活络了一些,起码知道关心自己给自己送饭了。而那个老常呢?除了是小老太太们眼中"风度翩翩的老美男子""大学教师知识分子"之外几乎没有什么可取之处了。

对了,他还有钱。虽然她也有钱,但是他总是操着两不相欠的口吻跟自己在钱这件事儿上划清界限。他不屑于来自二妹的一切,她觉得要是两口子之间把各种问题都掰扯得么清楚,真的就没有凑合的必要。

这件事儿,败就败在老杜的态度上,这老家伙,要是肯回一下头,跟自己服一下软,她一定会毫不犹豫把老常甩了的。

可是眼下怎么办?小杜不来接驾,老杜也是个病秧子,只能求助于老常。总不能让她这个痛风病患者自己办理出院手续吧?这不符合常理,条件也不允许啊?!

电话拨通了,出乎她所料,老常居然非常痛快地答应来接她出院了。她还想着,要是他也不来的话,自己就在这倒霉的地儿多住两天,总之她是不会自己凄凄惨惨地走的。二妹叹了一声气,感慨世事。

很快,老常就赶到了。身后跟着一个穿着体面的三十多岁女子。这么热的天,头上蒙着一真丝丝巾,戴着一副大蛤蟆眼镜,像极了某部港台电视剧里的女主角,那副趾高气昂傲视群雄的样子,也真是欠抽极了。

二妹心眼儿转了三百六十度,这几秒的工夫,就将这女的和老常的关系罗列了一遍。反正不能是情人,就算他有钱有知识有文化,但是他老啊!人家不可能看上这样的老棒子吧?不是情人,就是亲戚?!细点老常的亲属,没有这么一号人物啊。那么都不是?就只剩下一种可能了!

她远在美国的闺女!

二妹额头上冒了汗,早就听老常说过,他这闺女事儿可多,今儿见识了人家这气场,简直和自己有一拼。

看来今儿这突然造访不是什么好兆头,难道是来叫嚣自己不要闯入她爹的生活?二妹眼球转着,又罗列了一百种可能,她想了,要是她真的跟自己翻脸,她就跟老常散。反正,她也不想和这个老头子有什么瓜葛了。

正在二妹将一切想到最糟时,眼前的女人摘下墨镜,甩了甩脑袋,眨巴着俩大眼睛,小嘴儿一紧语气夸张:"这就是阿姨吧?"

二妹愣了,紧着嘴笑了笑:"这是?"

老常语气兴奋,指着女儿说:"这是我闺女兰花。"

二妹眼珠子都要掉在地上了,没想到这么洋气的一个人儿,居然叫了一个这么土的名儿。

她还是伸出手,拽过兰花的手笑着拍了下:"好闺女。"

她仔细盯着这个兰花看着,越看越觉得这女的面熟。越看越觉得她演过哪部电视剧?!二妹别看是个女汉子,可这国内的口水剧她几乎都看过,什么农村题材什么刘老根儿大舞台……这些都是她的最爱。

她指着她的脸,越看这张脸越兴奋:"这……这是……这是个明星吧?"

兰花捂着嘴巴呵呵一笑:"阿姨眼尖呀。演过几部小戏,都是配角而已。"

证实了自己的眼光之后,二妹更加兴奋了。做了大半辈子衣服了,爱看电视剧,以前还想着能当个群众演员,为了能在某个小剧组讨个角色,还给人家剧组赞助过服装。赞助了一万多块钱的衣服,到头来换了一个挨了枪子儿的角色,整个过程只有一句台词,人家枪子儿穿过她胸膛的时候,她负责配合"啊"一声,就可以了。

现在终于看见活的大明星了,她这个兴奋呀,而且还是老男朋友的女儿,她简直就是荣幸至极。

话匣子打开,如江水绵延不绝。老常看着这"娘儿俩"相聊甚欢,心里美滋滋的。默默退出病房,给她办理出院手续去了。

3

小庞将所有的钱都打扫干净,赞助了小杜。想想他又赞助了张珂建,她心里就不舒服。躲在被子里哭鼻子,看着自己的手机账单,黯然神伤。

小女生就是小女生,遇见事儿就爱写在脸上,表现在行动上。这不,人家黑嘟嘟给她打了几十个电话了她就一直忙着哭鼻子拒接。最后没办法了,人家才把电话打到了大庞那里。大庞挂了小黑的电话,就知道,这丫头必定是因为小杜又犯病了。

他拿着手机,敲了两下妹妹房间的门,小庞带着哭腔说道:"进来吧!"

大庞推门而入,满脸的不耐烦,"我说你怎么不接小黑的电话呢?"

"我不想接,烦他!"

大庞坐在她脚下,拽开她的被子,看见她哭得眼睛又红又肿,顿时火冒三丈,头顶上都溅着火星儿。

"我×,你怎么了?是不是为了姓杜那孙子?!"

小庞拧了一把鼻子:"哥,你真敏感。"

"我敏感?我告诉你,你撅什么屁股拉什么屎你哥我都知道!为什么不接人家电话呀?!肯定和那孙子有关系!"

"你别老是孙子孙子的。我不喜欢你这么说话!"

"你告诉我,他丫又怎么你了?上次的账还没算清呢,正好,这次一起算!"

小庞岔开话题,开始伸手要钱。

"哥,给我点儿钱!"

"你又没钱花了?妹妹,你月薪五千,哥哥每月还供你两三千。怎么就不够你花呢?"

"反正我就是没钱了!你得给我!"

大庞警觉着,一直都怕她往哪个王八蛋身上倒贴,他觉得妹妹这状态不对。他这妹妹他太了解了,虽然花他的钱比花她自己的钱还硬气,但是她很少伸手问自己要,只不过他每次给她不拒绝而已。

他冒出一额头冷汗,瘫坐在床上:"你钱呢?"

"要你管!我没钱了,银行卡透了几千了,你得给我补上。"

"不是,你钱呢?我就问你,你钱呢?!"

大庞马上就要进入暴跳如雷的状态,他怎么也不相信,妹妹能穷到这个份儿上。小庞了解哥哥的脾气,这事儿,绝对不能撂。要不然他肯定会去找小杜的麻烦的。

她把被子一蒙,惊声尖叫:"不给就算了!你出去!"

大庞吓得往后抽了一下身子,知道下一秒她肯定要犯病了,没准儿还会抓着自己的脖子咬呢,为了不发生"血案",他从屁股兜里掏出一张附属卡,放在她的梳妆台前,灰溜溜地走了。

小庞瞥了一眼那卡,哭得更伤心了。

4

小黑拎着大包小包的东西来看女朋友,脸上还得堆着笑。大庞实在看不了他那副熊样儿,也不知道这小子中了妹子什么毒,就这样畏畏缩缩地谈了这么长时间的恋爱,自己这妹子,想要就耍,想闹就闹,想不理他就不理他。

大庞也纳了闷儿了,他到底看上这个不懂事儿的妹妹什么了?!有的时候,连他这个当哥的都不能容忍。

小黑拎起俩袋子跟大哥讪笑着:"哥,庞娜生气了,我来看看她。给她买了好吃的。"

大庞捂着嘴,心疼这傻小子,没好气儿地说道:"我说你二啊?!她这么对你,连你电话都不接,你还给她买好吃的?"

小黑一脸茫然,嘬着嘴耸耸肩:"她是女孩儿,应该被理解。女孩儿总有那么几天不开心嘛,我懂!"

"我……这你都懂?"

大庞指着她房间的门:"她是几天吗?一个月三十天,前闹八天,后闹十天,中间闹一星期。她正常的时候少!"

小黑还有点儿不开心了,"哥!你别这么说她,我就喜欢她闹。女孩子闹就是撒娇!你没和这样的女生谈过恋爱,你不懂!"

大庞简直就要给这小子跪了,佩服得五体投地啊,默默转身,嘟哝了一句:"真贱!一个疯子一个缺心眼,凑齐了。"

小黑拎着大包小包地凑到庞娜房间门口,小声喊着:"娜娜,我来了。你还生气吗?出来吃点儿东西呗!我给你买了你爱吃的炸鸡,还有瘦肉粥!出来吧,我错了好不好……"

小黑这副贱兮兮的样子,真是让大庞见识了,胃里开始犯恶心,恨不能趴在马桶上吐一个小时才好。

他知道妹妹这倔脾气,当着别人怎么能服软呢?大庞取了车钥匙,往门口走去:"空间留给你们小两口。我出去找吃的了。"

"哥,一起吃吧!"

"拉倒吧。我怕我吐出来！"

大庞没好气地甩手走了,心里越想越郁闷。今儿他一定得找杜子腾那混蛋聊聊。

他开着车给小杜打电话,上来就是一副叫嚣的口吻:"出来,我要跟你谈谈。撸串儿见!"

没等小杜还口,他就把电话挂断直接奔撸串儿去了。

小杜正捧着一本书仔细钻研,这两天为了备战考试,他特意找了个人替班,恨不能自己立马就通过这考试,两天了,都没放下那本"真经"!

挂了他的电话,就也捧着书出门了。他想着大庞肯定是因为十万块钱的事儿跟自己邀功。自己拿了人家十万块,还没亲口说声谢谢也实在是不应该。

撸串儿的中午是安静清闲的,客人并不多。大庞将车停好,恰巧碰见接货的毛豆。毛豆看见他过去打招呼:"这不是大庞哥吗?"

"兄弟,给哥哥弄点儿肥的,嘴馋了!"

"没问题!"

两个人搂着肩膀进了院子,小杜还没来,毛豆给他上了几碟小菜,两个人先喝开了。

毛豆挤了个毛豆丢进嘴里:"杜子腾这孙子,到底要祸害多少姑娘才算到头?!珂建算是毁在他手里了。"

"谁说不是啊！不光是张珂建啊,还有我妹妹！那丫头都要魔怔了！"

"上次他们在这儿,我看见你妹妹和他在一起的。后来打了一架,就散了。他是追着珂建出去的,后来令妹也跟着跑了。具体什么事儿,我就不知道了。"

"什么,又打架了?"

"对啊,这个杜子腾走到哪打到哪儿,从回来惹了多少事儿了?！真是让人无语了！"

说着,小杜捧着一本书,一边认真地看一边走进了院子。毛豆的眼神落在了他的身上,落在他身上的目光都能杀死一亿癌细胞了。小杜抬头看了一眼,吓得汗毛都竖起来了。毛豆站起来,拍着桌子对他大吼大叫:"杜子腾你还敢来呀?"

毛豆追他,两个人围着桌子跑圈儿。小杜用提醒的语气指着他的鼻子说:"小毛豆你够了！不要再挑事儿了！"

"我挑事儿?你那天简直太孙子了!"

"你不孙子?当着你女人的面儿抢我女人!你还是人吗?"

接着两个人继续围着桌子你追我赶,把大庞气坏了,看着他俩这么跑,他眼晕,拍着桌子怒斥:"你俩给我坐下!晕死我了!"

这样,两个人才算停下来,坐在凳子上决定勉强交流一下。

大庞不耐烦地看着杜子腾,白了他一眼,拍起了桌子:"杜子腾我真是服了你了!你怎么跟我保证的?少跟我妹妹来往。你现在严重影响了他们小两口的感情,你知不知道?!"

小杜跷着二郎腿看书,吊儿郎当,根本把他的话当耳旁风。大庞气急了,拍着桌子站起来,冷不丁地揪起了正在认真看书的杜子腾的领子,小杜愣了,瞪着俩大眼珠子叫嚣:"你丫喊我出来,也是为了跟我打架的吗?你们都怎么了?我就这么招你们烦?!"

毛豆反倒冷静,站起来掰开大庞的手说:"哥有话好好说,可不能再打了!武力不能解决问题!"

小杜斜了他一眼,甩了甩自己的领子,语气顿时软了:"就是!你们都是我的好哥们儿!怎么老是打我呢?有话好好说不行吗?"

"跟你丫好好说了,你倒是听呀!告诉我,你又怎么我妹了?为什么她又哭了?!而且现在又不理人家黑嘟嘟啦!"

"什么?!哦……"

小杜先是惊讶,后来恍然大悟。

"我没让她来给我送钱呀,是你让她来的!"

大庞眼睛一瞪,喝着啤酒问他:"送什么钱?!"

小杜一口酒全喷了出来,捂着嘴巴一脸惊悚,语气也惊悚:"不是吧?!你别吓唬我,哥们儿!"

"什、什么意思呀?你问我妹妹要钱啦?"

"不是……我没问她借啊,我问你借的!"

小杜似乎一下子明白了什么,捂着脑袋,陷入了沉思。他觉得自己没脸见人了,要是地上有条缝儿,他一定会钻进去。

大庞有点着急,拽着他的领子问:"你丫倒是说呀,什么钱?"

"我那天发微信给你,问你借十万块。估计是庞娜替你回的信息。我还纳闷儿呢,就凭你这么小气,怎么可能这么痛快就答应借给我了呢?"

大庞气疯了,暴跳如雷。以前他只觉得小杜是个渣渣,没想到他渣到这种程度,都开始骗小姑娘的钱了?!他撸起袖子,掐着腰,上牙打下牙,牙齿都摩擦出了吱吱的声音:"看来今儿这架得打了!"

"别!别!我都打怵了!哥们儿这事儿怨我,我会想办法把钱给你筹起来尽快给你的!"

坐在一边的毛豆反正是听傻了眼了,他分析着,小杜这钱,应该是用来帮助珂建了。不管怎么说,小杜是个有良心的人。他知道珂建遭了难处,在想尽办法帮助她。

毛豆见势,拽了下大庞的胳膊,用商量加求情的语气,试图平息这场战争。

"大庞哥,真的别打了。都是自家弟兄。小杜和你那么好,你何必要跟他针锋相对呢?!"

大庞的火暴脾气稍稍降了点儿温,白了小杜一眼问:"多少钱啊?"

小杜闷着头,闷声说了句:"十万!"

然后站起来就走了,走到门口的时候,他回头盯着大庞的眼睛说:"放心!十万块钱,我明天就给你!"

5

小杜的自尊心,受到了严重的打击。他一个铮铮汉子,怎么能让一个小姑娘拿出十万块钱帮助自己呢?这比当众打他的脸更让他觉得羞辱至极。

这件事儿真的臊到他的自尊了,感觉自尊这根植物,被人连根拔起,还随意踩在脚下践踏。小杜是怀揣梦想的人,即便他没能成为自己想成为的人,但是他也不愿意成为自己排斥的人。他觉得自己这种状态非常可怕,马上就要成为那种连自己都厌恶的人了。

他拎着大包的啤酒回家,进门看见老杜也在闷着头喝酒。他最近一直都是这状态,趁自己没在家的时候,就偷偷喝两口。

这一大一小俩光棍儿,都是为了自己心爱的女人。只是老杜更不善于表达自己。只会喝闷酒。

小杜看着老爹这副样子，很难过，很自责。觉得自己没本事就算了，就连一个完整的家庭，都没能力拼凑起来。

老光棍转头，看了小光棍儿一眼，唉声叹气："回来啦？"

小杜什么都没说，将一兜子冰镇啤酒放在桌子上，拿了双筷子，坐在老杜对面，准备跟他瓜分这盘花生豆儿。

老杜拿着白酒瓶子，给小杜的杯子里倒了半杯白酒："你是男人了，整点儿白的喝。"

小杜点点头，喝了一口。有点儿辣，这辣，钻心。辣味儿撞上头，经过泪腺，刺激了他的视神经，眼泪啪嗒啪嗒往下掉。

老杜叹了一口气，什么也没说。老光棍儿词穷了。

爷俩儿你一口我一口，白酒就花生，喝得不亦乐乎。很快小杜就进入微醉的状态，开始跟老杜掏心窝子。老杜见儿子这么诚实，也开始跟他倒苦水。

"爸，我就这么一无是处吗？沦落到一个姑娘借给我钱，我再去给另一个姑娘？！"

老杜什么也没说，吱了口酒。辣。

他慢慢起身，转身走到门厅处，俯身拿起鞋子，抽出鞋垫，从里面掏出一张发了旧的存折。

老杜额头上的抬头纹都深得能夹住花生豆儿了。他噘着嘴，拿筷子扒着桌面，将存折甩到他手边说："这里是给你娶媳妇儿用的钱。现在你娶媳妇儿虽说没娶上，但是你总是把钱花在了媳妇儿身上。拿走吧，拿走了我安生。"

小杜觉得这存折上还有老爹的脚臭味儿，可还是忍不住好奇拿起来打探了一眼。存折最下面的一笔是上个月存进去的一万八千块。总和是二十三万四千八！小杜被这个数字惊到了，怪不得老杜退休工资不少，但还要节衣缩食，整天馒头就咸菜这么过了，原来钱都在这儿呢？！

"钱都给你了，你想做点事儿就去做，三十啦，该自己想点儿营生了。不能总这么耗下去。你得有自己的事业。"

小杜什么都不想说，只是灌酒灌得更猛了。

他攥着这带有温度的存折，默默淌下两行热泪。

6

第二天一大早,小杜就早早起床,在自己的许愿墙上写下了自己的第一个期许——考试顺利通过。

赶到考场,他才发现自己岁数真是大了,来考试的都是一些二十郎当岁的年轻小伙子。虽然他是个未婚,但跟人家比,自己都是个老伙子了。他扎在一排小伙子中间,居然脸红了。他想了想,还是走吧,三十岁的人了,跟比自己小十几岁的小弟弟抢饭碗,实在是没出息,再说考了能怎么样?混在一群小弟弟中间,想想都觉得窝火。

揣摩了半天,小杜还是决定要走。他冷不丁地站起来,还没迈出脚步,肩膀就被两只手按住了,那双手有力地将他按坐在了凳子上,他抬头,看见李晨笑嘻嘻的脸。

"去哪啊?临阵脱逃?对得起我把书让给你的情谊吗?"

李晨居然坐在自己的后面,考号挨得很近。小杜稍回了一下头,语气无比拧巴:"我都这么大了,居然来考协警。真是醉了!"

"求醉啊?成啊!考完了咱哥俩儿去喝!但是这试一定得考。"

小杜没说话,转过身闷着头,看都不想看身边的考生一眼……

小杜觉得自己发挥得还可以。考完了,倒也是一身轻松。只是身后缠上了一个跟屁虫,从考场出来,李晨就一直缠着他,要跟他喝酒。

从天桥跟到红旗,从红旗跟到了裕华路。小杜很不理解他为什么一定要跟自己喝酒,并且认为这顿酒一定是"提醒酒"——他才不想让别人提醒自己离珂建远一点儿。因为他知道,他这辈子都不能和这个女人扯开关系了。

直到被跟烦了,小杜转身,推了下李晨的身子,愤怒且一本正经地说:"休想让我离张珂建远点儿!做不到!"

"没人让你离她远点儿啊!我支持你追她!我嫂子现在挺难的,我能看出来你十分喜欢她。她也非常喜欢你!我就是想帮你们!"

走出十几米去的小杜,听见他这番喊话,突然顿住了脚步。用一种不明所以的态度问他:"你丫脑袋没毛病吧?"

"谁有毛病是孙子。真的,我嫂子挺难的。自从我哥死了之后,她一直硬挺着。我妈这人你懂的。其实我妈就是因为我哥的事儿受了点儿刺激。她不是故意要捆着我嫂子的。再说,还有春儿……"

小杜喉结上下浮动了一下,此刻只觉得口干舌燥,不知道该如何形容此刻的心情。他三两步冲到李晨面前,抱住他的肩膀,有力地拍了两下:"走,喝酒去!"……

喝酒是男人的专利,很多清醒时说不出来的话,喝醉了之后,全能说出来了。男人之间的信任,很多时候,都是靠直觉。小杜觉得这个晨儿是个好兄弟,正直、善良、勇敢!比自己勇敢!所以他现在也鼓励自己勇敢,小杜也想把他心中的苦闷掏出来说说。他也不知道为什么,就觉得这小子不赖,值得自己信任。

"我杜子腾三十了,在外面漂了十年。今天回来全是为了责任,我要为很多人负责!我爸,我妈,珂建,我甚至对庞娜都有责任……对了,我对你妈也有责任,一个大大的责任!可是我现在,我真的很尿。以前在外面的时候,以为回来就是责任。但是现在回来了,我发现我的能力不够!就像是、就像是……"

"才华支撑不起你的梦想!"

"对!差不多吧……没想到你还挺会整词儿的。"

"哥啊,责任的意义重大,不是物质就可以证明的。我就觉得你特爷们儿!就凭你敢说敢干,敢做敢当!我就佩服你!"

"别放屁!我可什么都没做啊!"

"我不是那个意思。我是说,你对我嫂子这份执着,我嫂子这种情况,你都敢上!我佩服你!你一定得救我嫂子于水深火热之中!她过得很苦!我知道,她心里住着一个狂野不羁的张珂建,她以前在酒吧唱歌的时候,多有范儿啊!你看看现在她一身工作装,朝九晚五,带着一个有病的孩子,整天还得受我妈的管制,过得实在是苦!其实我吧,在外面当兵这几年,我也对不起他们,要是我能陪在他们身边,他们注意力分散一点儿,也许就不会这么管着我嫂子了。你说她那么年轻,这大好的年华,不能就这么耗在我们家了。"

小杜仰头透了一罐啤酒,心里五味杂陈:"没想到你这么通情理,我理解阿姨,毕竟谁也受不了这么大的打击。"

"哥,你得把我嫂子追回来。孩子,我们可以抚养。你不用担心!"

"别!我挺喜欢那孩子的。我能对她好!关键是,我现在没资格说这些。我一无是处!"

"你得理解,生命的意义,在于陪伴。你是个爷们儿!爷们儿都懂什么叫责任!"

小杜又闷头喝了一罐,沉默不语。他怀里还揣着老杜给自己的二十多万,他觉得自己是该干点儿什么了,这钱,他得留着。他得给老杜打个欠条,他得用这钱去换能承担一切的责任。

这顿酒,喝得颇有意义。小杜觉得自己结交了一个不错的哥们儿,李晨是个好孩子。他还答应自己会帮助撮合他和珂建,尽量多给他们制造一些在一起的机会。

小杜现在要做的就是,好好活着,想办法挣钱。对,转了一圈儿之后,小杜觉得钱才是一切的根基,有了钱,才能做到万事无忧。就算全世界再怎么反对他和珂建在一起,只要有钱,万事总好商量一些。

晚上回到家的小杜,再度失眠了。烦,也兴奋。

他躺在床上辗转难眠,想到自己开起酒吧的那繁荣盛世,内心就无比兴奋。

他越想越兴奋,可他又想到了风险,开酒吧是有风险的。要是赔了怎么办?真的去当啃老族、富二代,问范二妹去要钱吗?那岂不是打了自己的脸吗?

他又想到了范二妹,她应该出院了吧?明天要去看看她,然后还了小庞的十万。剩下的钱,就跟大庞谈谈合作。

他攥着老杜给他的带有温度的存折揣着满腹的心事,睡着了。

第十二章

1

小杜揣着二妹家房门的钥匙，打开房门，不小心踩爆了脚下的俩彩色气球。

"哎哟妈，你这过节啊？弄这么多气球干吗？"

抱着气球使劲儿吹的范二妹，看见儿子一脸诧异，虽然心里喜悦，却还计较着他没来接自己出院这事儿，刚要露出的笑容瞬间又憋回去了，摇着脑袋开始阴阳怪气地碎碎念："哎哟，你这大忙人，这么忙还有时间光临我这寒舍啊？"

小杜嬉皮笑脸的，用脚扒拉着地上的气球，冲破重重"险阻"，坐到了二妹的身边。抱着她的肩膀哄着："妈妈，你好了吗？"

"哎哟，不叫二妹了？"

"嘿嘿……我们二妹最乖了，怎么会跟我这种不懂事儿的人斤斤计较呢？这不，我一大早晨就来赔罪了吗？"

"赔罪？你哪里有罪？有罪的是我，要不然能生出你这么个白眼儿狼啊？"说着二妹开始施展自己的演技，捂着鼻子直喊酸了。

小杜觉得她这次没准儿是真伤心了。想想自己昨天的行为很是过分，嘴上又开始新一轮的自责猛攻："我就是个混蛋，你就生了我这么一只白眼狼儿，关键时刻，我还不管你不接你出院，我的确不是个东西……要不你打我两下吧？啐我两口？拿口水淹死我！"

范二妹哪禁得住这块料的软磨硬泡，几句好话下来，她就缴械投降了。抱着儿子的脑袋轻轻地拍了两下："臭小子，就会这套。"

小杜嘿嘿笑着，环顾了一下整间屋子的气氛，这二妹土洋结合的审美观，又颠覆了他心中对气球和烛台的概念："你是闹哪一出啊？我不就是没去接你吗，你这自己哄着自己吹气球玩儿啊？"

二妹脸上泛起一阵兴奋的神情,她倒是很乐意儿子跟他未来的姐姐碰个面,大家早晚都会成为一家人。语气中甚至是略带崇拜地说道:"一会儿你姐姐来。"

小杜有点蒙,摸着二妹的脑壳一脸诧异地问:"你魔怔了?我对你不好,你就幻想出个闺女来?"

二妹没好气地推开他的手,"别臭贫。老常的闺女,兰花。"

小杜无奈地撇撇嘴阴阳怪气地说:"哎哟,这就叫上妈了?"

"哦,你吃醋啊?那你倒是来接我啊!最后我沦落到人家来接我?你还好意思阴阳怪气。"

"人家接了你一次,就收买了你的心了?今天再吃顿饭,是不是明天就携带家属住进来了?那得,我不耽误你们一家人团聚了,我撤了。"

范二妹噘着嘴,算是被他这一席话气炸了,也不说话,盯着他往门口走去,也不拦着。她觉得自己就是养了一只狼崽子,不懂事儿,还不合群,真是够呛的。

小杜还没来得及开门,门就开了。

老常手中拿着钥匙,身后跟着一个穿着贵气的少妇。小杜一脸不屑,老常很是尴尬。

"哟,你们家房门的钥匙往外撒了不少啊,人手一把啊?这位?就是我那没见过面的姐姐吧?这样,我把我这串钥匙贡献出来,留给我这亲姐姐吧。反正我用着的时候也不多……"

小杜掏了掏口袋,将钥匙扣上的一把钥匙解了下来放在玄关的柜子上。老常心中对这小子,还是非常怵头的,有点儿硬着头皮站在人家门口的感觉。兰花没想到第一次登门拜访,就遭遇了这样的尴尬,她想到老常对自己说过,二妹有个儿子,脾气不太好,时刻都对老常充满敌意,她想,想必眼前这个就是咯。

说到底还是见过世面的女人,兰花在国外待了这么多年,也不是白待的。范二妹正在咂舌,准备收拾一下这臭小子。没想到兰花先开口了,一下子挽上了小杜的胳膊,样子装得跟见了自己失散多年的弟弟一样语气夸张:"这是我小弟吗,这就是我小弟吧?"

说着兰花一下揽住小杜的脖子,声情并茂道:"弟弟!弟弟你知道我多想你吗弟弟!"

弄得他整个人都蒙圈了。

小杜费了好大的力气才把自己和眼前的这个疯女人分开,旁边的老常看呆了,没想到女儿会是这副反应。范二妹更是夸张,愣是被这场景感动到稀里哗啦,捂着鼻子,那泪儿直在眼眶中直打转,不禁感慨:"哎……这就叫不是一家人不进一家门吧!"

兰花这演戏的功夫真不是盖的,不管小杜愿意不愿意,拉着他的胳膊就往屋里闯:"弟弟,快进来跟姐姐聊聊。"

小杜完全被她打乱了阵脚,这样热情不拘小节的女人,真是让他措手不及。他睁着俩大眼睛瞪着她,眼神里全是迷惑和茫然。

兰花将他强行按在椅子上,再看看脚下的气球和烛台,拍手叫着:"哦,天哪!这太棒了!这太棒了简直!"

"啊?就这,还太棒啦?"

"当然了弟弟!这是多么高端的气氛,这样五彩缤纷的气球,就像是我此刻的心情一样,那样缤纷斑斓!弟弟,你知道吗?我从小就幻想自己可以有一个弟弟,可以疼他爱他,照顾他!可是我的妈妈一直没有帮我实现这个愿望。没想到今天,我的这个愿望居然实现了!"

"啊?"

小杜哪见过这样的阵势和这样的女人?完全傻住了!弄得走也不是,留也不是……从骨子里透出来的尴尬。他站起来,慢慢将身子挪到门口,欲逃跑。门还没打开,就又被她拽回来了:"弟弟别走啊,留下来一起吃个饭。"

"我看,还是算了吧。你们吃吧,我还有事儿呢。"

兰花拽着他的胳膊又开始新一轮的声情并茂,"别走!你这是嫌弃和姐姐一起用餐吗?是不是?"

小杜开始语无伦次,"我嫌弃?我我……"

"那就留下来吃!难得的机会!"

坐在一边的范二妹看不下去了,拍着桌子吼了一声,吓得小杜往后退了一步,她的语气几乎是命令式的,指着小杜的鼻子说:"去,跟我去做饭!"

"啊?啊……"

2

小庞跑到小杜家去找他,经过昨晚一夜的深思熟虑,她做出了一个惊天地泣鬼神的决定——跟自己喜欢的人表白!

恰巧,张珂建也拿着卡,决定登门还钱。

珂建手里攥着那张卡,小庞手里攥着一大束红玫瑰。

在她眼中,女孩儿既然倒追,就不用要什么面子。她昨晚已经向黑嘟嘟提出分手申请了,只是那小子一直觉得自己在使性子。

世界偏偏这么小,一个为了求爱一个为了拒绝爱,两个女孩儿就在小杜家门口遇见了。珂建纵然再有气场,也不能和一个萌妹子针锋相对。反倒是小庞,看见珂建倒是竖起了浑身的汗毛,珂建知道这姑娘喜欢小杜,眼神从未在她身上落定,只想快点上去把卡还给杜子腾马上就走。

小庞提了提手中的玫瑰花,噘着嘴决定迎难而上:"珂建姐姐!"

珂建顿了顿,勉强挤出一丝微笑,笑容中都是尴尬。

"我上去找杜子腾有点事儿,你也是来找他的吧?"

"对呀!我是来跟小杜哥哥求爱的!"

珂建抿着嘴笑了笑,什么也没说,开始往楼上走。小庞觉得她这笑中略带鄙视,心中自然不服,抱着自己怀中的一大束玫瑰花屁颠儿屁颠儿跟在她身后走着。

两个人几乎同时站在了杜子腾家门口,狭小的空间里,庞娜怀中的那束玫瑰又占地儿又显眼。

珂建躲了一下她的花,轻轻叩响了杜家的门。老杜纳闷儿,平时很少有人来敲门的,会是谁呢?

他推了推自己鼻梁上的眼镜儿,高声喊着:"谁啊?"

打开门,看见俩如花似玉的大姑娘站在自己的门口,还真有点儿难为情。

老杜磕巴着:"哟?这是……"

珂建笑了笑,先开口:"叔叔,我找小杜,给他送点儿东西。"

老杜将眼神转到小庞身上:"你这是?"

"哦,我找小杜哥哥求婚!"

"啊?"

"不是不是,是追求他,求爱!"

"啊?"

珂建嘴巴都要撇出个八字了,实在看不惯现在小女生这副娇滴滴的卖萌的样子。老杜有点咋舌:"姑娘,小杜不在家。去看她妈了。要是你们着急的话,可以去你阿姨那里找他。"

珂建冷静地说:"叔叔我不急,既然他不在家,我就先走了。"

小庞不死心,追着老杜要地址:"叔叔,给我个阿姨的地址吧,我要去找他!"

"啊,你真去啊?"

"对啊!"

珂建实在待不下去了,礼貌地跟老杜说:"叔叔,那我先走了。"转身离开了他们家的楼道。老杜专心给小庞写地址,再抬头看时那姑娘已经没影儿了。

庞娜拿着那地址,朝身后瞄了一眼,发现珂建已经走了,抱着一大束花,赶紧追了下去。

她跑得飞快,气喘吁吁地终于追上了张珂建,在她身后大喊着:"珂建姐姐,你别走!"

珂建不耐烦地转身,毫不示弱地走到她面前,拍着她的肩膀叫嚣着:"小妹妹,你有事儿?"

"珂建姐姐,我知道你要还他什么!"

"什么意思,你知道?"

"对,你是不是还他一张十万块钱的卡?"

珂建怔住了,斜着眼,在心里把杜子腾骂了一百遍,没想到这个臭小子借给自己钱,还要跟别人说。

她白了小庞一眼,什么都没说,继续往前走。小庞穷追不舍,抱着一大束花在她身后小跑着:"珂建姐姐,你不知道吧?你的那卡是我的,是小杜哥哥问我借的……"

珂建再也承受不住这样语言上的侮辱,这简直比当头一棒更让她晕头。她猛转过身,盯着她的眼睛,一副要吃人的样子。不得不说,这个眼神把庞娜吓到了。她娇小的身体,有那么一瞬间颤抖了一下,就再也不敢说什么。反倒是张珂建,攥着那张银行卡攥出了汗。她咬牙切齿地说:"还给你,这卡!"

她将卡举到她的面前。

庞娜结巴着说道,"这个,还是你亲手还给他比较好。珂建姐姐,跟我一起去找他吧,你还你的卡,我求我的爱。你顺便帮我见证一下这个伟大的时刻,好不好?"

几乎没有思考,珂建就随口应了:"好!"

然后抓过她手里写着杜妈妈家地址的条子,大步流星地向前走去。小庞知道,自己惹祸了。但是为了自己能勇敢地爱一次,即便结局难以收拾,她也愿意试试。

她一次次这么在心中鼓励自己。

3

两辆出租车一前一后来到范二妹家的楼下。

小庞几乎是用追的,珂建走得太快了,小庞跟在她身后抱着一大束玫瑰花一路小跑,不敢说话,内心忐忑无比。

珂建用最快的速度上楼,按下了杜妈妈家的门铃。

小杜正用不情不愿的姿态跟范二妹一起做饭,那爷俩儿像尊贵的客人一样,坐在客厅里看电视嗑瓜子儿。

小杜正在纳闷儿,刚刚那个热情万分的姐姐,不应该过来搭把手表示一下她的热情吗?怎么反倒装起悠闲来了?

小杜将嘴巴凑到二妹的耳边叨咕:"你说,你这个闺女是不是有点儿懒啊?这正是要表现的时候,她却做起客人了?刚才不是还热情万分,说大家都是一家人吗?"

二妹撅腚撞了一下他的腰:"能不能别这么挑剔?人家姑娘头一次来!快去开门儿,没听见有人按门铃吗?"

"你去!来你们家串门儿的人,我又不认识!"

范二妹噘着嘴,斜着眼儿满脸都写着不爽,"臭小子!你妈都使唤不动你了,是吧?"

她扭着屁股朝门口走去,打开门就被眼前的一大束玫瑰花吓到了。老常和兰花凑上来,兰花笑着故作优雅地说:"哟,来客人了,是吗?"

范二妹有点儿蒙圈,小庞将挡着脸的花向下移了移,看见小庞笑嘻嘻地说:"阿姨,还记得我吗?"

"哟,这是庞家老二吧?"

"对！我是庞娜！"

这阵势,倒是把几个人都看愣了。跟小庞比起来,站在一边的珂建有点儿不显眼,她突然觉得一地鸡毛,实在尴尬得慌,心中也在默默骂自己太意气用事,怎么就跟着来了？二妹看了她一眼,她勉强一笑:"阿姨。"

"珂建,怎么是你?"

"哦,我来找小杜有点事儿。"

范二妹抱着胳膊,笑呵呵地朝厨房喊着:"'肚子疼',来了俩姑娘找你！"

小杜有点不敢相信自己的耳朵,拎着一块牛肉,好奇地从厨房走出来。看见珂建,顿时醒目三分,兴奋无比。

"珂建？你怎么来了？"

站在一边的兰花,还真能咋呼。拍着手说:"哎呀！这俩妹妹真好看！都是我弟的朋友吧？赶紧进来！"

她拽着俩姑娘的手,硬是将两人都拽进了屋子。

小杜像看外星生物一样看着庞娜,站在她身边用不耐烦的语气问:"你又折腾什么呀?"

"小杜哥哥！我今天是来跟你表白的!"

小杜有点蒙,下巴都吓哆嗦了,一时不知道该说什么。

老常和兰花的嘴,张得跟碗口儿似的那么大,也是被这个女孩儿的勇气折服。最开心的当属范二妹,没想到这小子还挺有两下子的,这刚回来就有姑娘喜欢上了,而且这庞娜长得不错,家境也还行,知根知底儿的,符合她对儿媳妇儿的标准。

珂建有点儿看不下去了,直了直腰,调整了一下情绪,尽量让自己的表情看上去不那么尴尬。即便是尴尬,珂建的身上,也总散发着一股让人不容小视的自信。

她笑了笑，将卡从自己的口袋里掏了出来，笑中带冷："杜子腾，你怎么能这么做呢？你从庞娜那里借了钱借给我？这不是打我的脸吗？再说，我也不需要你的帮助。我今天来，第一是把钱还给你。第二……第二，我是来替庞娜做个证，证明你俩真爱无敌！"

珂建挺了挺腰，将卡拍到小杜的手中："卡我还给你了。我走了！"

她根本就不容小杜解释，转身出门。

杜子腾一时词穷了，不知道该怎么跟珂建解释，愤怒地看着手中的卡，又愤怒地盯着小庞。庞娜吓坏了，用玫瑰花挡住了自己的脸，不敢看小杜的表情。

小杜回过神儿来，刚要抬起腿出去追，被机智的范二妹叫住了。

这戏码，估计在场的都看懂了。

范二妹知道张珂建的"底细"，她绝对不允许自己的儿子找个带着孩子的女人，反倒是这个庞娜，她越看越喜欢。

她的语调，是完全命令式的，"你给我回来！"

小杜的脚步顿住了，回头说："我去解释一下！"

"解释什么？楼下好打车着呢！人家姑娘这会儿估计都跑出三里地了！想解释，回头。免得这一屋子的人跟着你尴尬！"

小杜垂头丧气地回到了屋里，小庞始终用那束硕大的玫瑰花挡着脸。心里的小鹿乱撞着。杜子腾没好气儿地拽过她怀中的那把玫瑰，随手扔在了地上，满嘴训斥地试图赶走她，"你还不走吗？净跟着添乱！"

"哦……"

小庞噘着嘴，就要哭出来了。

范二妹语气悠闲地又命令了起来："她不走了！留下来吃饭了……"

"啊？妈，这不合适！"

"合适……我觉得合适，难得这姑娘对你一片痴情真心。"

"二妹你别闹了！"

"闹什么闹？谁有工夫跟你闹？"

二妹拉起了小庞的手，捏了捏她的脸蛋儿，看着兰花问："这小丫头不错吧？"

兰花夸张地拍手称赞着："真的不错！漂亮、大胆、热情奔放！"

"我觉得也是,走,跟阿姨去做饭!"

小庞有点儿受宠若惊,满脸满眼的天真,扑闪着大眼睛顺从着。

杜子腾站在那儿,一动不动盯着老常,把老常都盯毛了,赶紧吓得退回了客厅乖乖坐着去了。

他朝厨房忙活的三个女人看了一眼,咬牙切齿地扇了自己一个嘴巴:"这都什么事儿呀……"

4

张珂建坐在出租车里,哭了一路。

她委屈地抹着眼泪,觉得自己受到了莫大的侮辱。她真没想到,杜子腾居然做出这样的事情来。本来她还以为杜子腾特别了解自己,现在看来,他只是一个在感情中瞎撞的莽夫,做事不经过大脑,也不顾及别人的感受。

珂建哭着赶回医院,她要回去陪晓春儿,孩子明天就要手术了。她即将迎来人生中第一个坎儿,越过去,就是海阔天空。这个时候,她一定得陪在孩子身边。

回到病房的时候,大家都在。

刘志坐在孩子面前,细心地一口口喂她吃饭。让珂建想不到的是,晓春儿貌似很喜欢这个温柔的叔叔,和他有说有笑的。明天就要手术了,想想自己还在为了一个不值得的人掉眼泪,却忽略了女儿,简直就是不应该。

刘志看见珂建来了,赶紧跑到她面前献殷勤,又拿凳子又递水的。

"你回来啦?放心,手术的事儿,我都安排好了。"

珂建接过他递过来的水,真诚地笑了:"谢谢你啊,刘志,我该怎么感谢你呢?"

"谢我?想谢我你就等孩子痊愈了请我吃饭吧!哈哈!"

"好啊……"

这在严素素眼中,可是打情骂俏的节奏,纵然人家是帮了自己这么大的忙,但她看见这场景,心中还是不爽到极点。

她压着嗓子咳嗽一下,站起来横在了他俩中间:"珂建啊,明天孩子就手术了,你回去准备准备要用的东西吧!"

"没有什么要准备的了啊？东西我都收拾过来了。"

"我想起来了，我这几天在医院换洗的脏衣服攒了不少了，你拿回去给我洗洗吧。"

刘志一眼看穿了严素素的心思，知道她这是在提醒自己离她儿媳妇儿远点儿呢。这个节骨眼儿上，珂建是不想节外生枝的，生怕影响了明天孩子的手术。纵然心中有一百个不服，她还是服软了，操着一副不耐烦的口吻说："好，我去洗。"转身，走出了病房。

5

刘志借着要去交流一下明天手术的事儿也撤出了病房。

全过程，夏兰盘着腿坐在一边沉默不语，她和女儿是一样的心态，纵然生气，也不敢言语半声。但她一直拉着脸，所有人都知道，她很不高兴。

李酉一辈子主不了老婆的事儿，可今天他算是想明白了。这个严素素，就是能耐惯了，拦着人家不谈朋友，就是无理取闹。他决心要等一切尘埃落定之后，站在"正义的这一边"，省得到时候被人家扣上个为老不尊，屁事儿不懂的帽子。老婆不懂事儿就算了，他不能不懂。人家姑娘没错，谈恋爱更没错。

要不是老婆这病缠在身上，他现在恨不能就把自己的想法说了！他想找个合适的时机，将珂建的事儿跟她谈一谈，在一个她身体和心情相对都比较稳定的状态下。

只有将珂建从这个家里完完全全地推出去，他才能将她的病告诉她。要不然，她一定会崩溃，一定会把珂建抓得更牢，一定会用自己的病来威胁珂建的终身幸福。

老李突然觉得这事儿，刻不容缓。

气氛尴尬到让两个男人再也待不住了。

李酉拽了拽亲家公的衣角，在他耳边嘀咕了一句："出去抽根烟？"

张家伦表示赞同，推着老李的肩膀就出来了。

老李给老张点了根烟，老张皱着眉头抽了起来，还是不知道该说点儿什么。

老李先开了口："亲家公啊，这事儿，严素素不对。你放心，等一切都安顿好了，我一定想办法开导她。"

老张眼神里闪过一丝感动,握着亲家公的手说:"你明白就好,你明白就好!"

……

刘志并没有去谈论什么手术的事儿,而是飞奔着朝珂建去了。他觉得自己不能错失这个表现的机会,好不容易张珂建有了点儿好脸,他一定要想办法把这个姑娘追到手。

珂建抱着一大包衣服艰难地走着,嘴里不停地抱怨着,心里还在为杜子腾的事儿计较。她觉得自己做女人做到这个份儿上,真是失败透顶。

刘志紧赶慢赶,总算是追上了她。在她身后抢过了她手中的东西,把她吓惨了,她尖叫了一声,回头,看见他正调皮地看着自己笑。

"你可吓死我了!"

"我看你这么沮丧,有点不放心,就追出来了。"

珂建冷冷地笑了笑,"没看见我婆婆那张脸吗? 我觉得,我得离你远点儿。"

"别啊,我好不容易找到了好好表现的机会,你离我远了,我不是白费心了?"

她一本正经地想说点儿什么,磕巴着说:"刘志,我觉得咱们之间有点儿误会。你帮我,我记在心上了,但是咱俩,真不合适。"

"别说不合适,没试试怎么知道不合适呢?"

她像个被误会的小女生,有点着急,"试了也不合适……我配不上你!你一个大龄未婚男,还比我小……"

刘志举着手指头摆了摆,"对了,我光顾着追你了。你还不知道我背景吧? 这是我的疏忽,怪我怪我。也许你看我年纪小,但是我告诉你,我有过一次短暂的婚史!"

"啊?"

"是真的。这事儿,我一直不愿意说,觉得挺失败的……所以咱们之间,没有什么配得上配不上的,你只是比我多个孩子,在婚姻上,咱俩扯平……"

张珂建被这劲爆八卦弄得有点不知所措,翻着白眼儿说:"那我瞧不上你。"

刘志哈哈笑了起来:"这倒是实话。走吧,我送你回家。"

"我不用你送!"

"我偏要送。我就送你到楼下,好不好?我开车,很方便。"

他不管她愿不愿意,拎着她的东西朝自己的车子走去,将她的东西扔在了自己的车上。这样的热情,虽然让她有点不适应,但毕竟他帮了自己,她告诉自己,应付应付得了,还是不要太让对方下不来台。

5

这顿饭吃得真叫一个别扭,庞娜倒是开心了。范二妹可劲儿往她的碗里夹菜,弄得她都有点吃撑了,她一副认定了这个媳妇儿的表情,话里话外的稀罕。

坐在一边的那个兰花姐更是夸张,开始还叫妹妹,后来夹了一筷子菜,没忍住叫了声:"弟妹呀……"

这一句可把杜子腾呛着了,米粒喷了一地,大声咳嗽了几下,吓得庞娜赶紧站起来,把筷子往桌子上一拍说:"我不吃了,我要回家了,阿姨……"

"别价啊!这饭才吃了一半儿。"

"那也不行,我哥一会儿看不到我,一定又着急了。我不想给自己惹麻烦。"

庞娜说这句的时候,盯着小杜看了一眼。

小杜站起来,表示赞同:"她愿意走就走吧。我正好也有事儿,你们吃吧,我顺道送她。"

范二妹开始还想拦,但听两人有了单独相处的机会,也就释然了。

"那你们走吧,一定要把娜娜安全送到家啊!"

小杜拎着庞娜的包,打开门闯了出去,觉得在这屋子多待一分钟都是煎熬。

小庞吓得像只小老鼠一样,缩着头在他身后小碎步走着。杜子腾一路大步流星,恨意十足地攥着她的包,她盯着他攥着自己包包、暴着青筋的手,吓得冷汗都出来了。

"小杜哥哥……你别生气……"

杜子腾猛地回头,狠狠将她的包扔在地上,"我他×能不生气吗?你这叫干的什么事儿呀?你不想借给我钱,我可以把钱还给你!我本来也是想把钱还给你的!你何必要搅扰我和珂建之间的感情呢?我跟你说过多少遍了?我不喜欢你,不喜欢!你为什么还总是缠着我,你为什么还总是不死心呢?我告诉你,我爱的只有张珂建一个！只有她！"

小庞像个小乞丐一样,捂着嘴哭着,还不敢放声。捡起了地上的包包,委屈地拍了两下包包上的尘土。

杜子腾气喘吁吁地看着她,憋着一肚子火无处发泄。他越看她越有气,指着她的鼻子骂:"你给我走！以后别再来烦我了,好吗？"

庞娜脸上受不住了,扯着自己的包冲进了人流,这一冲不要紧,因为冲得太猛了,她被迎面狂飙过来的一辆摩托车刮倒在地,不知道车上的什么部分割破了她的大腿,直接割出了一个三角口子,碗口大的伤疤触目惊心,鲜血不停地往外流。

庞娜疼得捂着伤口痛哭了起来,杜子腾完全被眼前的一幕吓愣住了。他冲着坐在地上一脸狼狈的庞娜大喊了一声:"娜娜！"

连滚带爬地跑到了她身边,将她从地上抱了起来。几乎全身的青筋都暴起来了,摩托车司机吓傻了,他冲那二愣子怒吼着:"打120啊……"

过了有大概二十分钟,急救车还没来。

因为太疼,再加上太阳晒,庞娜的脸色已经非常难看了。120好像是堵在路上了。这个点儿正是堵车的点儿,打车过去好像也不太现实,到时候肯定又会卡死在路上。倒不如抱着她先跑过去,找个车少的路段再打车。

小庞看上去太痛苦了,杜子腾心里歉疚万分,抱起她在大街上奔跑着,希望尽最大的努力,早点找个车少的路段。

大概跑了有三条街那么长,终于打到一辆出租车……

7

大庞赶到的时候,庞娜已经躺在病床上睡着了。眼泪混杂着被融化的睫毛膏一道道画在脸上,像只被主人遗弃了的可怜小花猫儿。

看着妹妹成了这副样子,大庞无语。面对自己的好哥们儿,杜子腾只觉得现在要是有个地缝儿的话,他一定就钻进去了。

无论这事儿怨谁,怎么个来龙去脉,人家姑娘受伤了,错就全是小杜的。这样狂风暴雨的爱慕,弄得杜子腾非常无语和疲惫,他无从解释,他甚至开不了口。

大庞不想打架了，事已至此，他也只怪自己这个不争气的妹妹，喜欢谁不行，偏偏要喜欢这么个混蛋浪荡公子。他视妹妹为珍宝，他也懂，是自己的小妹不懂事儿，一直厚着脸皮缠着人家，可这些都不重要，她在伤害自己，先是掏空自己的钱，现在又伤了自己的身子。

他实在无法面对眼前的这个好兄弟，他摸摸妹妹的头，头也不回冷冷地说道："你走吧，以后咱们哥们儿情谊就到这儿了。"

"哥们儿……"

"别说没用的了，我知道，我懂。你走吧，我以后会看紧了她的。"

小杜懂，自己现在说什么，都是徒劳。他掏出口袋里的银行卡，放到了柜子上："这是娜娜的钱……"

说罢，他转身离开了那个让他无法呼吸的地方。

这一路上，小杜一边走一边哭，一边哭一边吼……他这次是彻底地迷茫了，他开始后悔自己做了回家发展的这个决定，他万万不会想到，他回来会是这么糟糕的境遇，事情以最快的速度，发展到了他无法收拾的地步。

他觉得自己简直就是个废物，不能照顾好别人就算了，还总是惹来麻烦。没有比此刻更想去找毛豆喝一杯的了，他随手拦了一辆出租车钻进去，决定去找毛豆借酒浇愁。

第十三章

1

本来是想回来拯救世界,却没想到弄得整个世界都失语了。

毛豆看见他,脸上没有丝毫表情,就像蜡像馆里的蜡人一样,那样的静态,让他毛骨悚然。这样的不理睬,倒不如他围着桌子转要打他的场景更让他心中踏实。

毛豆见他来了,将他晾在那里有段时间,他郁闷地一罐接着一罐地往自己的肚子里倒啤酒,人在求醉的状态下,反倒越喝越清醒。他判定自己是否还在清醒状态的唯一标准,就是自己心中那些糟心事儿像一个个鬼影一样始终挥之不去。

等毛豆过了最忙的时段,小杜也有点儿微醉了,他趴在一堆横七竖八的酒瓶子里打嗝,嘴巴呼出来的都是让自己恶心的酒气。

毛豆抓着一把羊肉串不紧不慢地走过来,在他面前坐下:"光喝不吃,二啊?"

小杜抬起头,一只胳膊吊儿郎当地搭在桌子上,另一只手托着腮帮子,脸烧成了红云彩,眼角上好像还有一滴亮晶晶的东西,"毛豆儿!毛豆儿啊!你说我这次是不是回来错了?其实我就是应该客死他乡的命……我就不配有你、大庞、小庞娜……这些朋友!我不是东西,我不是东西……"

小杜开始语无伦次了。

毛豆叹了一口气,启开一瓶啤酒,碰了碰他怀中的瓶子:"你让我怎么说呢?你吧,没别的毛病。其实你那点儿毛病还真不叫毛病,哪个男的没祸害过几个姑娘啊?!只是你这罪赎得有点儿晚了,你想想,你都这个岁数了,再回来谈爱情谈理想,不晚等谁呢?!黄花闺女都变成黄花闺女她妈了,黄花菜都凉了好几盘儿了!"

"别提祸害姑娘那事儿了,我不就是当了个情感上的逃兵吗?我愿意啊?年少时谁不曾轻狂?!轻狂!轻狂……"

"对,你轻狂了,害别人跟你受罪!"

小杜又打了个嗝,将毛豆拽到自己的面前,脸贴着脸,"你知道吗?我现在一无是处,除了送快递,我还能干点什么?我从回来到现在,就一直在闯祸。一直在给周围的人添麻烦!我哪还敢给珂建什么保证?!"

毛豆推开了他,觉得这动作真是有点儿恶心。他叹了一声气,什么也没说,跟他碰了碰又喝了一口。

"你就说老杜吧,我以为我回来是来照顾老杜的,他老了,需要用人了。可我发现我回来之后,根本就不是我想的那么回事儿啊?!其实是他一直在照顾我,帮我挡了那么多事情,还因为我背上了不应该的'贷款',这不是,昨天又把自己的棺材本全给我了。二十多万啊,我说真的,我拿着那钱,都觉得害臊!"

毛豆十分同情小杜的遭遇,其实像他这种文艺男青年,迷茫是正常的。年轻的时候,总是把不太现实的理想挂在嘴边,唱歌、流浪,还有心爱的姑娘。觉得一把吉他走天下的日子酷到不行,出去了才真正了解,那把吉他真的就只是个梦而已。可他们又是勇敢的,起码他们敢追梦!

他心里还是十分敬佩小杜的,在他还有最后一把拼劲儿的时候,他想抓住青春的尾巴,他想像只燕子一样归巢,来收拾残局,这就说明他小杜还是个爷们儿!

"你啊,把这钱好好利用起来。老爷子的钱,就是你的钱!老爷子这么多年省吃俭用为了什么?还不是为了在你清醒的时候能给你搭把手吗?他之所以把这钱给了你,就说明他觉得你一定能成!"

小杜觉得毛豆这番话说得意味深长,颇有道理。他拍了拍毛豆的肩膀:"谢谢你啊,哥们儿,这么多年了,你还肯跟我说这样掏心窝子的话,你是真兄弟!"

"你丫废话不是?!不是真兄弟,我能帮你照顾珂建这么多年啊?既然你想追回她来,赶紧拿着老爷子给你的钱创业啊!我支持你!"

说起创业,小杜关于开酒吧的那个想法,一下子如井喷一样涌了出来,两个人相谈甚欢,毛豆觉得杜子腾的这想法,可行。

2

孩子要手术了。自然要交一笔手术费,这位医生的出场费还真的蛮高的,虽然有刘志的关系在这儿,但是舅舅的理论是相当的坚定,一个有名的医生,是绝对不能折价的。光这一台手术,就要五万块钱。还不算七七八八恢复期的各种药物和治疗费用。

这可难坏了张珂建,眼下婆婆、公公那边,她一定不能再张嘴去要钱了。婆婆患了这病,要花那么多的钱,她怎么能再张这个嘴呢?

娘家这些年,为了自己和孩子也搭了不少钱了,平时晓春的衣服、零食,还有珂建的生活费,一直都是妈妈在付的,她也不好意思再去张嘴了。而且夏兰一直都觉得晓春儿治疗的这钱,亲家母已经早有准备了,要是张口去要钱,也不利于两家的安定团结。

医生催珂建去交手术费,她说会尽快的,还让护士不要将交钱的事儿,跟自己的家人说。她会尽快将这笔钱交上。

交代好了护士,她开始算自己的每张卡上的余额,全部算下来,才有三万多块。也难怪,这门市一直都不怎么赚钱,各项支出太大,上周自己刚刚拿下一个产品的代理权,收了七八万的货款,如今资金还没回笼,这笔住院费还真是愁人。

兜兜在病房门口找了她三圈儿,终于给她在楼道里找到了她。看出她有心事,抱着她的肩膀问:"怎么了?"

"哦……没事儿。"

她将一张缴费单塞进了包里,兜兜抢过她那单子,瞥了一眼:"缺钱?"

"嗯……"

"缺多少?"

"最起码也要五六万吧!"

"我去问我妈借!"

"别!你这刚回来就为了我去管家里张嘴,不好!"

"那孩子的病不治了?真成!你别管了!"

说着,兜兜就要回家去借钱,这时候,他们身后突然传来一个坚定有力的声音:"借什么借!"

小杜恰巧来医院送快递,又顺便来打探珂建的情况了,偶然听见了她俩的交谈。他心里还美滋滋的,觉得自己终于可以为珂建做点儿什么了。

珂建看见小杜,没好气儿地要回病房去,每一步都迈得那么铿锵有力。路过小杜身边,小杜拽住了她的胳膊,使劲儿拽着,她怎么挣都挣不开。珂建还在生他的气,这气大发了!想到庞娜给自己的下马威,她脸上还火烧火燎的。

小杜一只手拽着她的胳膊,一只手缓缓从后兜里掏出一张新开的存有十万的银行卡:"这卡你拿着,这不是别人的钱,是我的。真的!"

珂建眼睛中含着眼泪,越想越憋屈,咬着牙根问他:"是你借的谁的,还是你偷的抢的?"

"放屁!这就是我的钱啊!你拿着,赶紧去交钱!"

"我才不要你的钱!"

"不要不行!"

"我偏不要!我和你什么关系呀?回头我拿了,被你那个小女朋友举着菜刀砍我怎么办?"

杜子腾知道,自己这会儿说什么都无济于事。索性一把扯过了兜兜手里的那张缴费单,一个箭步蹿了出去!

小杜跑得太快,赶上了临走的电梯,张珂建在后面追,尖叫着:"杜子腾,你给我滚回来!"

珂建在等上电梯赶到交费处的时候,杜子腾已经把钱全交上了。珂建走到窗口请求收费的小姐把钱退出来,人家却像看神经病一样给了她一句:"你以为我们是取款机啊?想存就存,想退就退?退不出来了,都入了系统了!"

小杜颇有得意之势,抱着膀子吹开了口哨,张珂建风是风火是火地给了他一大耳刮子,咬牙切齿地骂了句:"流氓!"然后搭电梯回病房了。兜兜站小杜旁边,掰开他捂着脸的手,哑巴嘴:"啧啧啧……这可怜的,五个手指印一个都不少啊……"

就算是挨打,小杜也认了。冲着她回去的方向,幸福地笑着。

3

晓春儿的手术安排在小杜交钱后的第二天,从孩子被推进手术室的那一刻,所有人都聚集在手术室门前,珂建看着那个小小的女孩儿躺在那么大的床上,眼神里却满是坚强,就心疼得不行。

女儿说:"妈妈不哭,晓春都不哭。"

珂建俯着身子,亲了亲女儿的额头,笑了:"妈妈没哭啊,你都那么坚强,你是妈妈的老师。老师说不让我哭,我怎么能哭呢?"

杜子腾一直躲在角落里,看着这温情的一幕,也笑了。所有人都笑了。

孩子被推进了手术室,漫长的手术过程是煎熬的。大家都在等,小杜也在等,等得心急如焚。

两个小时后,手术室的灯灭了,刘志的舅舅从手术室里走出来,摘下口罩,非常自信地说:"孩子没事儿了,以后会是一个非常健康的孩子!"

一群人都兴奋不已,珂建终于忍不住了,捂着嘴巴蹲在地上哭了起来。小杜皱着眉头,想过去安慰,这时候刘志却冲锋陷阵,跑过去抱住了她的肩膀。

小杜刚想迈出去的脚步又停住了,憋着一肚子气。他攥着拳头,牙齿都磨出了声音。不过,孩子没事儿了,这是一件值得欣慰的事儿。

他转身走进楼梯,不小心踢到了楼道里的垃圾桶。只有珂建注意到了这声音,她朝走廊尽头望过去,知道这声音是杜子腾弄出来的。

她冲着那端笑了笑。

给孩子交了六万多的手术费,孩子治愈了。

小杜心里美滋滋的。艰难的抗争,终于迈出了第一步。想想张珂建那酸不拉叽的口气,她肯定是吃小庞的醋了。

他觉得自己必须要努力送快递,能多送几个就多送几个,多挣些钱,才可以给老杜和珂建一个安稳的保障。

他像打了鸡血一样,每天骑着个电动三轮在大街上来回奔跑着。辛苦了一段日子,总算是挣到了自己回家后的第一笔工资,五千八百块。

这钱换来得不容易,他决定摆上一桌,把大家都聚起来,好好赔罪和感谢。

好几天没去看小庞了,不是不想去探望,是不敢。他怕看见小庞像花痴一样盯着自己的表情,也怕大庞眼神里的数落和埋怨。他知道,想让大庞原谅自己,是一件非常艰难的事情。

可是,该面对的总要面对,而且,他还想和大庞合伙开酒吧。

他找了个时间,买了一堆东西,去医院看小庞。她看上去状态还不错,身边有黑嘟嘟细心地照料着,正一个个地给她剥葡萄皮。大庞就坐在一边跷着二郎腿死盯着他俩。

小杜拎着一堆东西进来,缩头缩尾。

小庞的眼神瞬间一亮,看见心爱的哥哥来了,眼睛里泛着的光都是贼的!也不顾及自己男朋友的感受,朝着他大喊了一句:"小杜哥哥!你终于来看我啦!"

大庞的屁股像装了弹簧似的,一下子就从凳子上蹦起来了,黑嘟嘟的脸也阴郁了下来,毕竟他伤害了小庞,自己再大度,可也有吃醋的权利吧?自己再好脾气,也有保护女朋友的义务吧?

"你丫来干吗?谁让你来的?!"

除了小庞那块儿是光明的。他觉得整个屋子都环绕着攻击性,没准儿下一秒又是一场惊心动魄的战斗。

他结巴着道:"我……我来看看妹子恢复得怎么样……"

毕竟是哥们儿,大庞没真正想把他怎么样,而且当着妹夫,总要给他留些面子。他喘着粗气,又坐了下来,跷着二郎腿,跟一大爷似的说:"我丫真该把你撵出去!"

"哥!你怎么这么没礼貌?!"

"啊……啊?"

黑嘟嘟见女友又帮那个伤害他的人说话,气就不打一处来,不过以他的性格,绝对不会把他拽过来单挑,因为打不过人家。

那就使劲儿秀恩爱吧,用甜蜜劲儿腻死他,用充满爱意的举动"杀"死一切!他一把揽过女朋友的肩膀,亲了亲她的脸蛋说:"亲爱的,还想吃点儿什么呢?"

然后目光转向小杜,还是善意地跟他打了个招呼:"杜哥坐。"

小杜都不好意思看人家,搔着后脑勺对大庞说:"咱们出去聊聊吧。"

"聊什么?"

"你跟我走就是了,我有事儿!"

小庞当着小杜的面,被小黑搂着肩膀,十分不自在。又听他说要出去说话,就噘起了嘴。小黑知道,小庞花痴病又犯了,心里不痛快得很。

大庞不情愿地被小杜拽到了病房外,一点儿也不想看他那副求情的样子。

"哎,干吗呀?"

"晚上,我请你吃饭。去撸串儿!"

大庞抬起眼皮,咬着嘴唇看他:"你整点儿钱怪不容易的,还要付什么月供?!算了吧!"

"我还想和你谈谈别的,去吧,老杜和二妹也去!"

大庞翻着白眼儿,还在扭捏,小杜看不惯他这副姿势:"少跟我弄没用的。去也得去,不去也得去。"

大庞情绪稍有缓和,刚调整了一个姿势。门口突然飞出来一只硕大无比的柚子。接着就是小庞的闹腾声:"我就是不吃,我不吃!"

"你听我解释嘛,你别闹好不好?"

"我不听,我不听,我不听……"

接着又开始往外飞东西……大庞板着脸看了一眼杜子腾,杜子腾以迅雷不及掩耳之势飞速逃跑了……

4

今天对于珂建来说,虽然混乱,却美好。孩子的病总算是看到希望了,她以后会是一个正常的孩子,像别的孩子一样,能跑能跳,能背着小书包去上学。

珂建觉得自己对得起死去的丈夫了。

她趴在孩子的病床前,用手指轻轻在孩子的小手心儿画花儿。兜兜坐在她身边,从后面环住她问:"幸福吗?"

珂建看着孩子,笑着点点头:"嗯……"

"我觉得你也很幸福,有个这么多年,一直爱着你的帅男人为了你冲锋陷阵。你的命怎么就这么好?!"

"别瞎说。我和他,不可能了。"

"那你和谁可能?那个刘志?我怎么觉得你对那个刘志的态度有点暧昧呢?刚才都钻人家怀里去了!"

"又瞎说是不是?我不找男人,别瞎给我搭线儿!"

"我又不是月老,只是我觉得这个刘志不如杜子腾,有点儿油腔滑调。你看小杜多实在啊,光做不说,闷骚闷骚的。这个刘志,明着骚。一看就动机不纯!"

"行了,人家刘志尽了最大的努力帮我了。就算是不纯,我觉得也值。更何况,他又没怎么我,我也不想和他怎么地。"

"唉?就真不考虑一下个人问题?要我说那个刘志不是真心待你,真对你好,跟他舅舅求情少收点儿手术费啊,到头来,还不是我们杜总为你解围?!"

珂建有点儿烦了,指着她的鼻子严肃地说:"我警告你啊,不要再像个老太婆一样叨叨了。小杜的钱,我会尽快还给他的。"

兜兜知道多说无益,这时候,夏兰和老张进来了,恰好兜兜的手机响了,上面显示"杜小杜"。她拍了拍珂建说:"那什么,我有事儿先走了啊!叔叔阿姨,你们辛苦啦,明天我再来!"

夏兰拍拍她的屁股:"这孩子真好,去吧……"

兜兜捂着嘴巴,接起了"杜小杜"的电话:"'杜小杜'?"

"对啊!在哪儿呢?"

"我?没事儿啊?正准备找个地儿消遣一下,然后顺便找个工作。"

"美利坚回来的女流氓果然不一般啊,找工作都是顺便。"

"当然!消遣比工作重要!"

"那成,你直接去找工作吧。晚上我请你消遣吃饭!怎么样?"

"好啊……"

今儿人来得还真是齐,二妹、老杜、大庞、毛豆,还有几个曾经和小杜一起唱歌的弟兄。小杜能把这些人都请来,也是下了功夫了。

兜兜拎着一瓶洋酒赶来,进门就喊着:"杜小杜!你丫今儿摆的什么宴啊?"

大庞盯着兜兜看了一会儿,心花怒放,俩眼睛都直了:"这、这不是……"

兜兜用手在他眼前晃了晃:"别看了,是我!"

大庞憋了很长时间的气儿,瞬间爆发了,像是从水底憋气的孩子,喘了一大口气吼道:"哎哟,我的妈!我梦中情人终于回来啦!"

兜兜笑了笑,"别贫!"

"不是?杜子腾,这是你给我的意外惊喜吧,今儿这是撮合宴吗,还是相亲宴?"

"什么宴都不是,今儿,这是感谢宴!"

大庞的眼神一直都没从兜兜的身上挪开过,以前她追杜子腾的时候,他就喜欢人家,心想,丫的这个杜子腾怎么就这么招人待见?全天下有个性的姑娘,都喜欢他。他追了兜兜好长时间,有段时间,还在行为上特意去模仿小杜,即便是这样,他也没能打动兜兜,最后小杜不辞而别了,兜兜也出国了。

兜兜伸出俩手指,嗖一下举到他眼前,吓得他身子往后缩了一下:"干吗呀?"

"再看戳瞎了你!"

"好家伙,这么多年过去了,你还是这么厉害啊!你这不是谋害亲夫吗?"

"再瞎说!我就真戳瞎了你!"

"得得得!我不说啦,嘿嘿……"

范二妹的眼睛,一直盯着兜兜,越看这姑娘越觉得她就是那个曾经在他们家门口放炮仗的"案犯"。兜兜被她盯得有点不好意思了,笑着问:"阿姨,不认识我了?"

她倒吸口凉气:"你就是个小捣蛋分子!哎哟妈呀,如今都出落得这么漂亮啦,真是女大十八变呀!"

"以前在您家门口干过浑事儿,您不会还怪我吧?"

"唉,都过去那么多年啦!谁还记得那些陈芝麻烂谷子?不过大庞小庞呢?小庞怎么没来?我那未来的小儿媳妇儿!"

杜子腾赶紧插话:"哟哟哟!这话可不能乱说,人家亲哥在这儿呢!"

"她喜欢你,他哥又不是不知道?!"

大庞一本正经地皮笑肉不笑地说:"谢谢您阿姨,小杜我们高攀不起。我妹妹都订婚啦!"

"啊?"

"是订婚啦!早就订啦!小伙子人不错,车房什么的都有,家庭也很好。杜子腾啊,这辈子就赖上张珂建啦!他俩才是天生一对呢!"

范二妹嘟着嘴,拧了一把老杜的大腿:"这话我可不爱听,我们小杜也有钱!"

老杜打了个激灵,白了她一眼:"赶紧把你那资本主义的嘴脸收回去。我们老杜家没钱,但有骨气。是不是,儿子?"

小杜笑了笑,站起来,给自己倒满了酒。举着杯子说:"今儿这顿是谢谢大家的。谢谢大家这么多年了,我杜子腾犯了这么多年的浑,如今回来,大家还能像朋友一样待我!我觉得我这辈子,值!"

范二妹一听儿子的这套说辞,肯定是要上演一部煽情大戏。对于她来说,让儿子能过上无忧的生活,才是唯一信条。她觉得儿子傻,忒傻。有这么个有钱的娘不好好利用资源,而是守着一些不切实际的梦想自己苦苦奋斗,简直随了老杜那一根筋的臭脾气,耿直有用吗?到头来还不是得钱说话?

她听不进儿子说半句话,反倒是对一边的兜兜来了兴趣,这姑娘虽然举动有点爷们儿,但是脸蛋儿还算过得去,这也是小杜当初的追求者吧?要是小杜能跟这姑娘成了,貌似也不错。

于是,她就盯着人家傻笑,左看左喜欢,右看右喜欢。

兜兜被她盯得有点发毛,觉得自己嘴角都要笑出法令纹了,这僵持的笑容,实在让自己感觉别扭。

"阿、阿姨!您有事儿啊?"

范二妹只是笑,"没事儿,没事儿!"

小杜将一杯啤酒一饮而尽。老杜也干了一口,范二妹瞧见了,抢过他手里的杯子大吼:"不知道自己心脏不好呀?喝酒这么猛,不要命啦?"

老杜又把杯子抢回来:"你别管!今儿我为儿子高兴!我儿子,长大了!"

老杜意味深长地看着小杜。

老杜又给自己斟了一杯。

老杜站起来,举着杯子,看着大庞。

"大庞啊!叔知道,小杜对小庞有愧,你别在意啊!今儿老杜替他跟你道个歉。但是这年轻男女感情的事儿,真说不清。要是小杜有什么犯浑的地方,你可千万别记恨他!"

大庞坐不住了,俩腿都哆嗦,端着杯子站起来:"叔,你说什么呢?我和小杜这么多年了!我不怪他!"

"那就得了!"

说罢,老杜又一口闷了!

范二妹坐不住了,抢过他手中的瓶子和酒杯给自己倒了一杯:"行了。要不要命了啦?我替你喝,行吗?"

老杜心里因为老常的事儿揣着委屈,抹了抹嘴角的酒赌气说:"我不用你管我!"

小杜知道,老杜在吃醋。

毛豆觉得这气氛开始不好啦,笑着给自己倒了一杯酒,嘻嘻哈哈地开始打圆场:"这话怎么说的,我们年轻人还没动呢,就让我叔喝了两杯了?!这不合适啊,我们喝,我们喝。今儿本来就是我们的主场!不是,杜子腾,你今儿到底是几个意思呀?说个主题,我们也好跟你的节奏走啊!"

小杜又举起杯子,冲着毛豆鞠了个躬。弄得毛豆也坐不住了:"哟,这怎么个意思?"

"谢谢你兄弟,照顾了张珂建这么多年!这次我回来,就是要对她负责。你放心,我一定会让张珂建幸福!"

毛豆将酒喝了,这酒有点儿辣,辣得他睁不开眼睛。他拍着杜子腾的肩膀说:"好样儿了,我信你!"

小杜突然站在了凳子上,举着杯子大喊:"然后,我们谈谈梦想!我杜子腾,有个梦想,那就是开一家属于自己的酒吧,我要对老杜负责,对二妹负责,对张珂建负责!"

小杜仰着头,对着瓶子把剩下的酒干了。从凳子上下来,他掏了掏牛仔裤的后兜儿,掏出那张存有十七万的银行卡,走到大庞面前,将卡拍在了他的手心里:"兄弟,客气话我不多说了,这是十七万,你一定要带着我干这件事儿!"

大庞结巴着:"这、这、这……"

二妹站起来,喝了一杯酒,拍着胸口说:"不够,阿姨兜了!"

"二妹!我不要你的钱,说了多少次了!"

大庞看了一眼二妹,二妹朝他使了个眼色,大庞顿时懂了:"阿姨,这钱够了!不用你的钱了!"

"啊,那不够的话,就找我要!"

205

"啊!"

大庞攥着那卡,放进了自己的口袋里,用拳头砸了一下他的肩膀:"臭小子!"

杜子腾笑了,所有人都笑了。

毛豆提议:"杜子腾来首歌吧!"

然后老的小的都开始起哄,小杜笑着:"早有准备。"

他拿出吉他,走到毛豆院子里的唱歌台上,他缓缓弹起吉他,唱起了马頔的《傲寒》。只是他将名字改成了珂建:

珂建我们结婚

在稻城冰雪融化的早晨

珂建我们结婚

在布满星辰斑斓的黄昏

珂建我们结婚

让没发生过的梦都做完

忘掉那些过错和不被原谅的青春

……

这一幕让在场所有人动容,兜兜拿着手机一边拍,一边哭,她知道,杜子腾,这辈子都不可能是她的了。

5

小杜依旧奔走在各个大街小巷,还被很多小花痴女网友,把偷拍照片贴到了网站上,说他是这个城市最帅的快递小哥,没有之一。

晓春儿已经进入恢复期,孩子好了,爱笑爱闹,大声说话,大步奔跑都没有什么问题了。珂建带着孩子在医院的草坪上散步,医生说,再过几天,她就能出院了。

她拿着手机浏览网站,看见那些小花痴妹妹上传的小杜照片,气得鼻孔里面都往外蹿火了,盯着手机,指着照片上杜子腾的鼻子说:"你这个花痴,到什么地儿都招蜂引蝶!"

兜兜站在她身后,看着她这副花痴样儿已经很久了,她冷不丁地拍了一下她的肩膀:"喂,花痴!"

珂建吓了一跳,捂着心脏的位置骂她:"你这个死丫头!想吓死我啊?!"

"哈哈哈哈……还说人家是花痴,你瞧瞧你这花痴样儿,哈喇子都流出来了吧?还冲着人家的照片说话呢,瞧你那出息样儿!"

"瞎说什么呢?我就是随便看看!"

珂建的脸蛋儿红了。

兜兜坐在她身边,笑话她:"看看看,还说不动心?"

"好了!动心能怎么样?我这种情况……"

她掏出手机,打开里面的视频,神神秘秘地说:"给你看个好东西!"

她将小杜唱歌的视频打开给她看,珂建盯着手机,觉得整个世界都安静了,仿佛他俩在上演一场隔空告白,他唱歌的样子,简直太帅了,帅到让她五迷三道,帅到让她灵魂震撼。她能感受到,他每一字每一句中的爱意,小杜带着这样的爱情走了十年,如今真的回归了。她能感受到,他要追到自己的决心和力量,在这样的力量中,她觉得自己无比踏实。

"接受吧,多难的。我都羡慕嫉妒恨了。"

"想接受,但现实太残酷。"

兜兜突然有点儿瞧不起张珂建这扭扭捏捏的样子,指着她的鼻子骂她:"张珂建,我瞧不起你。杜子腾多好的男人啊,你舍得这么伤他?"

她冷笑着:"我知道,你喜欢他。要不,你替我爱他吧。"

"你混蛋!"

"我就是混蛋!"

珂建开始歇斯底里:"我是个死了丈夫的女人,一个死了丈夫还带着孩子的女人,是没有资格谈爱情的。爱情已经不是我玩儿的游戏了!"

"你为什么要抱着玩游戏的心态去看待杜子腾?你觉得他是在玩儿吗?他已经不是以前的杜子腾了。起码,我觉得他不是那个杜子腾了。如今的杜子腾,是一个有血有肉有思想有担当的男人!好了,我话不多说,你自己看着办吧。"

说罢,兜兜揣着手机走了,过了几秒,她将小杜的视频发给了珂建。

珂建看着手机,笑了,又哭。

晓春儿跑过来,好奇地盯着手机说:"妈妈,帅叔叔。"

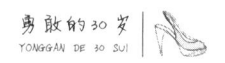

珂建将孩子揽入怀中,笑着问:"想爸爸吗?"

孩子天真,忽闪着眼睛问:"爸爸是谁?"

这一下可把张珂建问住了,原来孩子对爸爸,是没有任何概念的。她太缺少来自一个爸爸的爱了。

5

大人孩子都出院了,严素素的病情终于稳定了,只是脑袋里的那个东西,始终像一颗定时炸弹一样,让珂建和老李整日活在惊恐之中。

鉴于李晨的回归,严素素倒是对珂建回娘家这事儿没那么在意。毕竟嫂子小叔子同住一个屋檐下,也有点儿不方便。

眼下,严素素急于要办的事儿,就是再置办一套房子给儿子。这个想法,也三番五次地对老李和儿子说过了,不过赞成票为零。

老李是因为钱,李晨完全是觉得没有这必要,将来珂建是一定要嫁人的。他们家,是没有权利锁住人家一辈子的幸福的。所以家里的这个三居室,足够他们住了。至于买房,完全可以等自己谈到合适的对象再考虑。

李晨最近迷恋上了一个姑娘,毛豆的小跟班儿陈好,他闭上眼睛,就能看见陈好那张粉嫩的小脸蛋儿在自己的眼前转悠,他觉得那张脸倔强、精致,还带着一丝性感。他从来没遇见过这样的姑娘,第一眼就能让他终生难忘的姑娘。

他决定要追这个姑娘,他自己去撸串儿,想要找到接近她的机会。但是连着去了好几次,他也没看见陈好,毛豆总是纳闷儿,李晨怎么就这么爱吃羊肉串儿啊?已经连着来了好几天了。

空闲的时候,毛豆陪着他坐了一会儿,李晨忍不住还是问了:"哥,和女朋友吵架啦?怎么不见你那小佣人呢?"

毛豆白了他一眼:"自从上次那事儿,她就没来过。这次是彻底掰了。"

李晨暗喜,假装正经地咳嗽了一声,开始苦言相劝:"其实吧,我觉得那姑娘不错。又漂亮又能干,关键是对你又好。你就是饱汉子不知饿汉子饥!"

"什什什么,你喜欢上她啦?"

"不,不是!我就是这么形容一下,我那意思,人家那姑娘不错!"

毛豆苦笑，喝了口啤酒，"哼，是不错。可是这男女之间，唉……总之我也说不清！"

"她、她是干什么的来着？"

"一个广告公司的小白领，在那个森泰大厦里面工作。"

"那不错呀，都市白领，每天穿插在写字楼间的小高跟鞋，噔噔噔……"

"你丫有病吧？你喜欢你追去！"

李晨嬉皮笑脸："开玩笑。开玩笑。"

从撸串儿回去的第二天，李晨就偷偷展开了对陈好的追求攻势，森泰大厦里的小白领，都浪漫得不要不要的。虽然他觉得这事儿，貌似有那么一点点儿不地道。但是想想，人家俩人已然是分手的节奏，谁也没规定，自己不能追求好朋友的过去式女友吧？

他打听到了她具体是在哪一层工作，按照地址，每天都给她送花过去。陈好每天早晨都能收到一份玫瑰花，惹得身边的小白领都羡慕不已，每次收到花，她都笑盈盈的。虽然是匿名，可她觉得这一定是毛豆在跟自己示好道歉。她这次一定要满足够了自己的虚荣心，收上九百九十九朵花才肯罢休。

但是花儿收到第二周的时候，李晨这次决定亲自出马，手里抱着一大束玫瑰等她下班，陈好从写字楼里走出来的时候，他突然就跳出来，吓了她一跳："谁呀？"

他慢慢将花从脸上挪开："嗨，美女！还记得我吗？"

陈好仔细辨认着他的模样，咬着手指头使劲儿想："你是……张珂建的小叔子？"

"对啊！怎么样？我的鲜花攻势有没有打动你呢？"

"啊？原来这些花儿都是你送的呀？"

"对啊！"

陈好顿时气不打一处来了，想到收了这么长时间的花儿，居然不是毛豆送的，她就恨得咬牙切齿，决定当面问问他，这么久不联系自己，是不是要跟自己分手！

陈好气冲冲地在前面走，决定去找毛豆问个明白，李晨不明所以地抱着一大把玫瑰跟在她身后追："你倒是回答我呀，怎么好好地就生气了？"

他穷追不舍,惹得她很烦,她指着他的鼻子警告他:"知不知道,你嫂子朋友的妻不可欺啊?你这样不合适啊!再说,我也不稀罕,我只稀罕我们家毛豆!我现在就要去找他问问明白,你要是不想太尴尬的话,就不要跟着我!"

她一边指着他的鼻子,一边往后退,生怕他再跟着自己,李晨自然不想事情不可收拾,只好做投降姿势,再也不敢动了。

然后,她转身,踩着细高跟跑得飞快。

李晨看着她那迷人的小背影花痴一般地说:"穿着高跟鞋都跑得这么快,真是不一般啊……"

第十四章

1

陈好风是风火是火地到了毛豆的撸串儿,一进门就一副砸场子的状态,从院子这头冲着正在烤串儿的毛豆大喊一声:"毛豆,你混蛋!"

这一院子吃串儿的、喝酒的、唱歌的,突然都停顿了下来,像看新鲜物件儿一样眼神齐刷刷地盯着她。

毛豆也被吓着了,撒孜然的手都哆嗦了:"怎,怎么了?"

她像电影里的包租婆一样,大步流星地朝他走过来,脑袋上都能看见火星儿。站在他面前,揪着他的领子就问:"我就问你,你到底还要跟我冷战多久?"

"不是?小姑奶奶,那天我跟你解释,你没给我机会啊!"

"那你之后为什么不联系我?"

"你不让我解释,也不来找我,我就以为咱俩吹了呀!"

说罢,陈好攥着的小拳头一个冷不丁砸了下去,硬是给他砸了个乌眼儿青。一院子都跟着拍手叫好起哄……这丫头,太给劲儿了。

这人说来也怪,平时这小丫头乖顺惯了,毛豆反倒不喜欢。这一厉害起来,他倒是觉得感觉对了,捂着一只眼睛直跟她求饶:"小姑奶奶,别闹了。给我留点儿脸!"

其实打完了这一巴掌,陈好就后悔了,生怕把眼前的这个男人打跑了,眼下这效果,她倒是没想到,还打出一乖顺小绵羊来!看来这招儿好用,不管好招坏招,有效果的招儿就能用!她继续朝他大吼大叫着:"别闹了?那你告诉我,你以后改不改?"

"改改改,我改!咱们不闹了好不好?"

"不闹了,赶紧干活儿挣钱!想不想买房子结婚了还?"

"必须结啊！别闹了，人家都看着呢！"

毛豆又拾起了手里的活儿，一院子人也都散了热闹，各吃各的。陈好想插手帮他干点儿什么，他却推她不让她干："你别管了。歇会儿吧，奶奶。"

陈好俩眼一瞪："怎么地，把我当外人呀？"

"没没没，不是怕你累吗？"

"怕我？怕我就少说话！"

"好嘞，好嘞……您随意行了吧？"

有人叫串儿，陈好应了一声："马上来！"

抓着一把串儿送了过去，转身，笑出了花儿。

2

小杜开着电三轮，手机响了。他以为是发单的，接起来非常有礼貌地问了声："喂，您好！××快递！"

"你是杜子腾吧？你的考试通过了，你可以来报到上班了。"

"啊？考、考试？"

"你不是报了协警吗？"

"啊……对对对，好好好！我知道了！谢谢您啊！"

挂了电话，他兴奋地跳了起来，心想，总算是考上了！虽然挣得少点儿，但是他可以将空余时间利用起来，他想到了自己的酒吧，想到了自己的工作，除了兴奋还是兴奋！

可是看着眼前装满了包裹的这辆电三轮，他还是心有不舍，毕竟这是能糊口的工作呀，他摸了摸那辆电三轮感慨道："让我跟你说再见，还真有点儿舍不得呢！得了，今天再工作一天吧！"

说着，他发动了电三轮，吹着口哨优哉游哉地去送货了。

大庞拿着小杜的这十七万犯难，他拿着那卡无奈地摇头："这杜子腾也太天真了吧？十多万也就够交一年的房租的。那可是个厂房，一年光房租就十五万。还要装修进设备进酒水……这七七八八算下来没有个五十万根本就不可能实现呀!"

小庞拿着一只苹果,在病房里蹦来蹦去,"我不管,你不能打击他的自信心!"

"你管得了吗?你有钱替他拿呀?哎哟,我说你,你能不能别蹦了?"

"我这是踱步!我着急,走不了只能蹦!"

"不是,小黑呢,小黑怎么没来?!"

"那天吵架之后就没来呀,不用管他,没准儿一会儿就来了!反正他每次都是那样!"

"哎哟,我说妹妹,你都要跟人家结婚了,能不能转变一下你的态度?小黑可是个好孩子,你可得抓住了人家!"

"我没有怎样他啊,再说我没说要结婚呀!"

大庞满口疑惑地问:"你……不是还想着杜子腾吧?没看见他要追回张珂建的决心吗?那视频我不是给你看了吗?那个唱歌的视频!"

"我知道小杜哥哥不喜欢我,但是他不能阻止我喜欢他。"

大庞暴跳如雷:"那人家小黑算什么?"

"我未婚夫啊,但是我不喜欢他啊!我一直在提分手啊,只是他不愿意罢了!"

"你就是个小混蛋,你就是个小混蛋!人家杜子腾不回来的时候,也没听你提过分手。我是你哥难听的话都不想多说了,我都想抽你!我看出来了,这事儿不怨别人,就怨你!我正愁没有理由把他这十七万给他送回去呢!得!这次我找到理由了!我不能祸害自己的妹妹呀!我以后还是少跟杜子腾有瓜葛!"

小庞急了,一不小心那条伤腿就着了地,疼得吱吱直响。

"哥哥哥!我错了,我以后不这样了!"

"哎哟,小姑奶奶,你别动了,成吗?"

小庞急得要哭出来了,坐在病床上委屈地噘嘴:"哥,我不跟小黑分手了,只要他不跟我提,我绝对不跟他分手,成吗?我知道我和小杜哥哥没希望,我以后改。只是我求你,别打击他。他也怪不容易的!你得帮他把酒吧开起来,这里面的套路你懂!少了这十七万,你更干不成事儿了不是?再说,房租你都交了几万块的了,不就等着钱了吗?"

"可这投资人不靠谱啊……"

说起投资人,大庞好像一下想起了什么,想起那天饭桌上二妹的话和眼神,他拍着大腿嘿嘿笑,小庞以为他成神经病了呢。

"你笑什么啊?笑得这么瘆人!"

"得嘞!钱有着落了!"

"啊?"

"你给小黑打电话让他来照顾你啊,我出去找钱了……"

大庞哼着小曲儿,一副胜券在握的架势,扭着屁股得意扬扬地走掉了。怕是这个大股东跑不掉了吧?

3

大庞去找范二妹了,他断定,自己出马,二妹肯定慷慨解囊。

二妹的办公室到处散落着衣服料子,整个人忙得不可开交,一会儿有职员进来定款式,一会儿又有人问她到底用哪种布料,还进来一个批货款的,五十万,二妹连愣儿都没打,直接就签了字。

这可把觉得自己还算见过点儿世面的大庞震了一下,这二妹是真有钱啊……

忙活了一会儿,二妹终于有时间坐下来跟他聊天儿了。他进门,她就知道他此行的目的是什么了。

支持儿子的事业,自然是求之不得的。二妹十指交叉,冲着大庞一直笑。

"阿、阿姨!瞧您笑得,怎么这么阴险呢?"

"臭小子,说什么呢?说吧,是不是找我要钱?"

"瞧您这话说的,什么叫要啊?我们这是天使基金,寻找天使投资人!您,就是我们的天使!"

"屁!你要是打着慈善协会的名头问我要钱,我可就不给了!"

"别,别价啊!您投的不是我,是小杜!"

"十七万不够吧?"

"铁定不够啊!那天在饭桌上吧,我实在不好意思打击我哥们儿的自信心。十七万也就够一年的房租!"

"那后期投入还要多少钱呢？"

"我俩合伙一人一半的话,您最少还得出二十五万！"

"这二十五万我出了,但是老杜和小杜那边,你嘴巴可得把好门儿！"

"这怎么话说的？您看我像是大嘴巴的人吗？您的意思我懂,我懂！"

"好小子,就你滑头！得了,给我个账号,二十五万下午就到你的账户上了啊！别忘了,要是小杜问起来……"

"十七万置办了个全,房租、装修、进货……通通都够了,还剩了两万零头周转资金！"

"哈哈,行！那这事儿是咱俩的秘密啊！"

"得嘞……"

拿到了钱的大庞,心里这个美呀,自己的计划马上就要展开了,想想新酒吧的酷炫场景,他就心花怒放了。

他决定约一下小杜,怎么也得"暗中"感谢一下人家母亲大人的慷慨解囊吧？就算是瞒着,也得让自己良心上过得去呀。

大庞掏出手机,拨通小杜的电话,小杜接起来,居然也语气兴奋:"我正想找你呢！酒吧的事儿怎么样了？我这几天忙着送快递,也没时间问你。"

"项目启动！晚上出来庆祝一下吧！"

"那太好了！我今儿也有好消息,顺便跟你聊一下酒吧的事儿！"

"撸串儿？"

"晚上见！"

一切步入正轨了,珂建和孩子住在妈妈家,白天回婆家吃饭。虽然来回折腾了点儿,但已然是让她满意的三点一线了。

看杜子腾的视频,成了她每天的必修课,只要闲下来身边没人的时候,她就掏出手机来看看。都说日有所思夜有所梦,她已经连续好几天做关于杜子腾的梦了。虽然她一再跟别人强调,自己并不想和杜子腾怎样,但是她不能骗自己,她恋爱了。

手机上杜子腾正在给自己唱歌,突然就有电话打了进来。显示,小杜。她顿时慌了,小杜一向都很懂事理智,从没给自己打过电话,今儿这是怎么了？不过,她总不能不接他的电话,第一是人家刚借给自己六万块钱,第二就是她真的非常想接。

她犹豫了一会儿,又怕他将电话挂断,赶紧接了起来。

小杜这电话就在她店门外打的,他还挺意外的,没想到她会接自己的电话,想着她要是不接的话,他就进去了。

张珂建的脸都烧红了,拿着手机,不知道该说什么,就连那个喂字,都羞于出口。小杜试探性地喂了一声,珂建嗯了一下。他兴奋得不行。

"我是想请你吃个饭!晚上有时间吗?"

"啊?怎么好好地想起吃饭来了?"

"庆祝一下,有好消息要跟你分享。"

"跟我分享?哦,对了,光借了你的钱了,忘记告诉你,你放心,等我的产品资金回笼之后,我会尽快还给你的。应该不会太长时间。还有,孩子也出院了,恢复得很好,谢谢你啊!"

"说什么呢?是不是觉得我跟你要钱呢?我就是想请你吃顿饭,你就告诉我你去不去,不去的话,我可就进去了啊!我就在你们美容院门口呢!"

珂建拉开窗子前的窗帘,看见杜子腾的快递车正停在离他们美容院不远的地方。她吓出了冷汗,生怕这个愣头青再来个冷不丁。

"别闹了,我去!"

小杜兴奋得手舞足蹈:"那说好了啊!晚上去毛豆那儿!你一定要来!"

"嗯,好……"

4

大庞安排的可是一餐"盛宴"。话说这黑嘟嘟已经好几天没找妹妹了,估计这次他是真的生气了。自己出去找投资,小妹就自己孤零零地坐了一下午,回去看见妹妹那可怜样儿,心里特别难受。

今儿的晚宴,就当是小两口的撮合宴吧。正好,今儿杜子腾也在,顺便解除一下尴尬,什么话在桌面儿上摆明了,以后大家要合着开店了,省得以后尴尬不是?

大庞坐在失落的妹妹的脚边,哄着她说:"晚上哥哥带你出去玩儿吧?!"
小庞的双眼顿时泛出贼光:"真的啊? 去哪? 和谁?"
"你杜哥哥,去撸串儿,我都让毛豆安排好了。今儿咱们包场!"
"啊,这么牛?! 我要去,我要去!"
"可是你这腿……大夫能让你出去吗?"
"我不管,我要去!"
"那成,一会儿哥哥想办法! 我给小黑打电话。"
"唉唉唉唉……你给他打电话干吗呀?"
"不是,这举国欢庆的日子,少了我妹夫怎么行呀?"
"哎呀,人家好几天没来了,想来早就来了,你这么一打我多没面子。"
"别要面子了妹妹,面子值多少钱一斤啊? 要不然咱们这金龟婿就跑了,让别人钓走啦!"
"不是我说哥,你到底是何居心啊?"
"你以为我冒着这么大的险带你出医院,是为了哄着你玩儿啊? 我就是想解除一下小黑和小杜之间的误会,哥哥我以后要跟大股东开店了,你想尴尬死我啊?"
"唉……你真是个现实的人。"
"废话,不现实我能有今天嘛我?! 我可事先跟你说明,带你去可以,你今儿得给足了我妹夫面子,要不然别怪我以后甩了小杜!"
小庞实在不想殃及无辜,更不想殃及无辜的小杜,只能勉强答应了大庞的要求。

大庞生平第一次为了给妹妹找台阶,给自己的妹夫打电话。小黑自然是开心的,答应了晚上一起吃饭的邀请,顺便也给自己一个台阶下。

傍晚的时候,大庞不知道在哪儿偷了身护士服,给妹妹套上就混出来了。

5

毛豆知道自己好哥们儿的酒吧已经开始启动了,将整个院子收拾得颇有情调,特意把自己刚买的两盆儿发财树搬了出来,烘托一下气氛。还吹了点儿氢气球,拴在了院子的桌子、凳子、门把手上。

陈好帮他里里外外忙活着,有点不耐烦了:"你耽误这一晚上的生意,少挣多少钱啊?不就是吃顿饭吗?至于吗?光气球你就买了二百块钱的。"

毛豆看着自己准备好的会场,抱着肩膀满意地点点头:"嗯,不错!你懂什么呀?今儿的费用大庞报了,要不然我傻啊。"

"哦,那还成。"

说着小杜第一个先到,看见这院子里弄得五颜六色的,还以为自己进错了门,特意倒回去看了一眼门口挂的招牌。

"嚯,你今儿这有包场结婚的啊?"

"去!你见过在吃串啤的地儿结婚的吗?"

"那你弄成这样有病啊?"

"这都是大庞交代的!说你们酒吧正式启动了,让我弄得隆重一点儿。整个像样的启动仪式!"

"哦……"

毛豆掐着腰,像领导一样跟他介绍着自己的安排:"你看啊,完全是自助烤串儿模式,谁喜欢吃什么,就自己烤,有电烤还有炭烤,啤酒我也都冰好了……"

小杜正听得不耐烦的时候,大庞到了,身后还跟着俩小跟班儿,黑嘟嘟小心翼翼地搀扶着一瘸一拐的小庞进了院子,弄得杜子腾站也不是坐也不是,实在是尴尬得慌。

小黑知道,此次哥哥的目的就是化解矛盾,于是很绅士地冲着小杜伸出了手:"小杜哥,不介意我参加你们的聚会吧?"

"这话怎么说的,当然热烈欢迎了!"

小庞一看见小杜,就叽叽喳喳说个不停,一会儿问这一会儿问那,小杜都是爱答不理的。他时刻担心,一会儿珂建来了的话,会不会太尴尬?

他将大庞拽到一边窃窃私语,语气埋怨:"你叫你妹妹来怎么没告诉我呀?"

"我安排的场子,能不叫我妹妹吗?再说,为了缓解一下气氛嘛!黑嘟嘟已经好几天没理我妹妹了,你还真想他们黄了啊?"

"这下可热闹了,我叫了珂建!上次你妹去我家求婚,啊不是,求爱。真是怎么说怎么别扭!总之那天的不愉快,你又不是不知道!"

大庞急得像热锅上的蚂蚁，攥着拳头捶他的肩膀："你丫请了张珂建，你也没跟我商量啊！"

"完了，今儿不会出乱子吧？要不，你支开小庞和你妹夫吧！我好不容易才约到张珂建！今儿这事儿要是让你搅黄了，我下半辈子就跟你过！你就得娶我！"

大庞吓得往后缩，双手在空中乱抓："别恶心我，我想想办法吧！"

大庞在妹妹和嘟嘟身边转悠着，手指头都搓出汗来了。他真不知道自己该怎么开这个口，小庞肯定不愿意走啊，可要是不走，一会儿出了乱子可怎么办？

小庞拧了拧哥哥的屁股，"你老是在我眼前转悠什么啊？我眼都花了。快去给我烤串儿，我要吃！"

大庞盯着她的腿，哑巴嘴："嗞嗞……我怎么把这茬儿忘了呢？你这伤口不好，不能吃羊肉串儿啊！发！"

小黑也举手赞同："我觉得哥哥说得对，你不能吃羊肉串儿，咱们还准备别的吃的了吗？"

小黑看着毛豆问。

毛豆一脸茫然："还有肥牛串儿！"

"哎哟，那也不行呀！上面也得撒孜然什么的吧？那都是发性的，不能吃！"

大庞一本正经地说。

"那我不吃啦，我就在这儿跟你们玩会儿就得了！"

小庞龇着牙跟哥哥撒娇。

"那哪成啊？你都逃出来了，小黑也来了，不吃点儿什么不是白白浪费了这时间吗？我看这样吧，这边长短也没你俩什么事儿，小黑你带她走吧，去吃个西餐比萨什么的，只要不是海鲜、辣的，就都可以，去吧去吧！"

小黑从一进门就觉得怪尴尬了，哥哥这么一说，他当然愿意了。

"哎，那我带你去吃比萨吧！我知道新开了家比萨店，味道超级好！"

小庞噘着嘴，耍开了性子，"我不去！我就要在这儿！你要是想吃，你自己去吧！"

"嘿，这孩子怎么不听话呢？哥哥不是为了你好吗？赶紧走赶紧走！"

"就不走就不走！"

小杜站在一边烤串儿,眼睛不停地往他们那边瞥,看似淡定却心急如焚。不过这怕什么来什么的事儿,向来都能让杜子腾碰见的。这夹空张珂建真的就到了,手里还拎着一大包吃的喝的,李晨和兜兜在后面,也每个人都拎了那么多袋子。

杜子腾吓得脸都绿了,自言自语道:"完了,这次完了……"

珂建本来就有点儿怵头的,要不是有李晨和兜兜陪着,她一定不会来参加这场聚会。从远处就看见小庞坐在那儿,她心里也非常不舒坦,但是想想自己比她大好几岁,都是孩子的妈妈了,又有什么不能忍让的呢?女人要活得大度点儿,才能让别人尊重。

小庞脸上的表情都僵住了,她以为珂建一定扭头就走,没想到她拎着一大包吃的笑着朝自己走过来,从容地笑着问:"庞娜,你的腿怎么了?"

"我……啊,没事儿了,已经!"

珂建展开塑料袋,拿出一盒洗好了的蓝莓给她:"吃吧,很新鲜,我都在家洗好了。"

她有点儿不敢接过那盒蓝莓,有点不好意思了。珂建朝小庞胸前举了一下,她才接过来:"谢谢啊,珂建姐姐。"

"谢什么呀?吃吧!大家过来看看都喜欢吃什么,我就随便买了点儿,也不知道你们都是什么口味。"

珂建开始给所有人发东西吃。大家一片欢声笑语,站在远处的烤串儿的杜子腾看着这一幕,会心一笑。

看见陈好的李晨,内心百感交集,陈好一直在和毛豆秀恩爱,惹得大家都一片唏嘘。大家都佩服陈好,貌似她终于将毛豆这块石头焐热了。

焐热了毛豆的陈好,自信满满,看清了张珂建和小杜才是真正的一对之后,对珂建的态度也好了很多。一会儿给她递东西一会儿帮她倒茶水,这一片欣欣向荣的景象,看似和谐,但却暗藏杀机,因为暗恋陈好的李晨的小宇宙就快要爆发了,他一遍遍告诉自己,一定要克制,一定要用正常的情绪,去看待他追求陈好这件事儿,他趁着人们不注意,偷偷蹭到陈好的身后,在她的耳边说话:"嗨!你还没看见我?"

陈好背着他,对他爱答不理的样子,"看见了。"

"那不理我?"

"劝你最好离我远点儿,没见我和毛豆和好了吗?你给我送花的这事儿,我可没跟毛豆说过。"

"可是,我哪儿不比这个卖羊肉串儿的强啊?颜值不够高,还是身高不够高?"

陈好回头,使劲儿瞪了他一眼,"你嘴巴不用这么损吧?你哪哪儿都好,但是我觉得你就是不如我们家毛豆,你不是姐的菜,还是歇歇吧!"

李晨气坏了,憋着一肚子气坐回珂建身边,仰头吹了一瓶子啤酒。珂建和大家说说笑笑,瞥了一眼身边的小叔子:"哎?别喝这么猛,容易醉。"

李晨的眼神一直没从陈好的身上躲开,看着她回嫂子道:"醉了好,醉了不闹心!"

珂建没理他,继续跟身边的大庞相聊甚欢。兜兜坐在他俩中间听得开心,笑得花枝乱颤的。

小杜知道珂建爱吃板筋,烤了一大把,鼓足勇气向她走去。

大庞见小杜终于迈出这一步了,冲着兜兜使了个眼色,兜兜顿时会意,被大庞抱着膀子走到一边儿去了。

小杜抓着一把串串儿站在珂建面前傻笑,珂建脸烧红了,接过他手里的串串儿说:"看什么看?又冒傻气!"

"嘿嘿!"

他在她身边坐了下来,启开一瓶啤酒,跟她的瓶子碰了碰:"你今儿喝酒,不怕你婆婆回去质问你啊?"

"废话,当然怕了。不过,我在我妈这边住呢!我妈不管我。"

"那就好。我要开酒吧了。"

"知道!"

"开了之后,你过来驻场,唱歌。"

"我不去!"

"为什么?"

"不想去呗!对了,你的钱,我会尽快还给你的,最近资金回笼得慢。"

"又开始说钱,那钱,我不要了。珂建,你知道吗?我开酒吧,就是希望你能快乐起来，做回以前那个爱唱爱闹的珂建，再给我一次机会，让我照顾你好不好？"

小杜俯着身子，将身体和她凑得很近，珂建脸红一阵白一阵的，心跳在加速。

听完小杜的一番真诚告白之后，她发现自己对他的态度，已经没有先前那么厌恶了。眼前的杜子腾不再是一个桀骜不驯、吊儿郎当只会惹祸的愣头青。他的改变，大家都有目共睹，他为自己做的一切，大家都备受感动。只有她还懦弱地想做一个睁眼瞎，要是摸着自己的良心问问，她哪敢承认，自己根本没有幻想过要和小杜在一起。

面对他的真诚，她失语了，不敢接受，更不敢拒绝，她怕拒绝了，会伤到他，也怕他一去不回头。

6

大庞追着兜兜聊一些无关痛痒的话题，什么不成文的诗，什么不太冷的笑话，她倒是被他的滑稽逗乐了。

"还有没有点儿新鲜的呀？"

大庞一听这个，兴奋了。

"想要新鲜呀？好呀，做我女朋友，天天有新鲜刺激的探险等着你。现在你不给我机会追你，让我一身的本事都没有用武之地啊！"

"你傻啊，你听过哪个男人追女孩子，还要傻拉吧唧地问问：嗨！我可以追你吗？"

"啊……这么说，我还有机会？"

兜兜气得把手里的花生豆，像天女散花一样扔了他一脸，没好气地说："不知道！"

一处院落，一帮追梦的年轻人，沉浸在一片欢声笑语之中。大家围在一张桌子旁，谈人生、爱情和理想。

似乎每个人，都确定了自己的爱情导向，剩下的只要冲着目标去追就好了。没有谁给谁一个明确的答复，大家只是相聊甚欢，人到了三十而立的年纪，不要去急切地要一个答案，有的时候默默陪伴，是另一种爱情。

7

刘志带着一堆吃的喝的,去看孩子,还给珂建买了。他不会追女孩儿,就觉得女孩儿们都爱吃甜品吧。

刘志还没按下门铃,就听见屋内传来老领导的牢骚:"你说她去参加小杜组织的聚会了?你怎么不拦着她呢?明明不想让他们交往!"

"有些事情,你想拦也拦不住的。再说,一大堆年轻人在一起说说笑笑的,也没有单独接触的机会。你不是想让女儿对男人敞开心扉吗?这个杜子腾就是她敞开心扉的突破口。"

"那他俩不合适啊,那个小杜,配不上咱们姑娘!"

夏兰叹气:"唉……年轻人,顺其自然吧。"

刘志犹豫再三,按下门铃。夏兰打开门,看见刘志正笑容灿烂地看着自己,"阿姨!我来看看孩子!"

"是小刘啊,快进来。以后来就来,不要再花钱了。就当回自己家,你见过哪个孩子回家,总是带礼物的?"

这话,让刘志心暖。想想,自己这么多年,一直活在单亲家庭中,妈妈虽然也很爱自己,为自己付出了很多,但是脾气却没有夏兰这般温和,也许是爸爸的背叛导致的吧?总之他非常享受这样的时光,觉得要是自己也能有一个这样完美的家庭,一定会幸福感爆棚,现在只是感受一下,就觉得幸福指数上扬了。

刘志走到晓春儿的房间,孩子恢复得很好了,正趴在桌子上画水彩画。晓春儿看见他来,脸上开出一朵小花儿,两个深邃的小酒窝浮现,笑得很是甘甜。让人怜爱。

"叔叔好。"

"好孩子,给叔叔看看,你画什么呢?"

他看见那张白底的画纸上,用粉色的线条勾勒出了一个简单的人形,歪歪扭扭却能看出来,她在画一个男人。

"这是谁呀?"

"爸爸……"

"爸爸？"

"我没有爸爸，自己画一个爸爸看看。叔叔，你看我爸爸长得帅吗？"

刘志真是心疼这孩子，摸了摸她的小脸蛋儿说："晓春儿，叔叔给你当个临时爸爸，你愿意吗？"

孩子显得很兴奋，点点头："我以后也有爸爸了！"

……

这一席对话，让夏兰和老张听见了，夏兰有点儿不知所措，老张反倒笑得合不拢嘴，觉得这万里长征的第一步，应该在这里才是。难得刘志这么上心。

"小刘啊，出来喝茶！"

夏兰想赶紧停止这对话，毕竟这中间的事情，有点儿复杂。童言无忌，她可不想女儿惹祸上身。

刘志拍拍晓春儿的肩膀："叔叔先走了，过两天再来看你。"

孩子用一种天真的眼神看着他："不是爸爸吗？"

"啊？啊……"

刘志挠着头，看看门口站着的二老，有点儿难为情了。

老张咧着嘴笑着跟孩子解释："乖孩子，爸爸不能随便叫，不过等过段时间，你就能叫了啊！"

"为什么要过段时间？"

"大人的事情，你不懂啊，乖孩子。"

夏兰勉强挤出一丝笑容，再次提议："出来喝茶吧！"

"不了阿姨，我就是来看看孩子。珂建也没在家，我就先回去了。"

夏兰送他走到门口，觉得对刘志的感谢无以言表，这个刘志为了珂建也是费心费神了。她拍了下小伙子的肩膀，眼神里除了感激就是感激："刘志，阿姨谢谢你。你的心，阿姨懂。"

他还是笑："谢什么呀，阿姨？我为她做什么都愿意，我就是喜欢她，想追到她。"

"孩子……"

"那我先走了啊，阿姨，我所里还一堆事儿呢！"

夏兰点点头。

8

一想起珂建和小杜在一起,刘志瞬间危机感四伏。

他能看出来,张珂建对他的感情很深。自己要是不加把劲儿使点儿招的话,张珂建一定就是杜子腾的了!于是他掏出手机给珂建打电话。

一伙人,除了李晨和庞娜不太开心之外,大家都在把酒言欢。

珂建的手机在包里吱吱响着,她掏出手机,随便划拉了一下,也没看上面的通讯信息就接了起来,一听是刘志,他问珂建在哪儿,珂建喝了点儿酒,再加上台子上小杜在唱歌,大家七嘴八舌的,环境有点嘈杂。

"喂,刘志啊?回头我再给你打回去,先挂了!"

珂建又将手机塞回了包里,她很久没有过得这样开心了。只想享受和大家在一起欢声笑语的时光,仿佛抓不住,就不会再有了。

在爱情里,男人都是自私的。不管他做何种职业,也都有可能违背自己的良心。

他似乎通过里面的对话,分辨出了珂建在什么地方。他不能让小杜这么就把珂建抢走,他为了她做了这么多努力,现在做的一切,都是为了能追到珂建。

他偷偷去了撸串儿,站在门口上,眼神第一时间就找到了珂建。她正在台子上,抱着杜子腾的肩膀唱歌,看上去好开心。

他攥着拳头,觉得再不出动,自己的爱情就没希望了。可是,他真的要像个愣头青一样冲进去搅局吗?

那样,张珂建更不会选择自己吧?……

一堆人喝得七七八八的,笑的笑,哭的哭,唱的唱。

小杜借着酒劲儿,将珂建揽入怀中,站在台子上宣誓道:"我杜子腾,当着大伙儿的面儿发誓,我这辈子,就跟张珂建耗了,她愿意也好,不愿意也好。我杜子腾绝对不收手!要是她一辈子不接受我,我就等到死!"

大家纷纷拍手叫好,李晨也跟着拍,他是被感动得最惨的那个,哭得眼睛都红了:"好!我支持我嫂子!我支持张珂建和你在一起!"

庞娜趴在桌子上,哭得最惨。小黑也喝多了,就和她脸对着脸哭。

谁能想到,严素素竟然来了,这混乱的场景,在严素素眼中,简直就是不堪入目。男的女的一大堆,你抱着我我抱着你的,这不是下三滥是什么?

严素素疯了,指着台子上的珂建大喊了一声:"张珂建,你在干什么?!"

这一下,把所有人都喊清醒了,大家都像被扎了针的气球一样瞬间爆了蔫了。大家都直愣愣地看着浑身竖着刺儿的珂建婆婆。

大家都一头雾水,考虑着谁这么大嘴巴告的密?!谁都不敢说话,都屏住呼吸,大家知道,暴风雨要来了。

珂建红着脸,盯着门边的严素素看了又看,喝多了,胆儿大。手一直都搭在杜子腾的肩膀上,没有放下来。

杜子腾笑嘻嘻地说:"阿姨来了,赶紧让阿姨坐下。"

严素素大步流星地迈进院子,走到李晨面前,揪着儿子的耳朵:"臭小子!你也跟着出来胡闹!原来你和她是一伙儿的!"

李晨被揪得耳朵生疼,本来就哭呢,这下哭得更厉害了。

珂建走到她面前求饶:"妈妈,别闹了。放过我们吧,放我们一马……"

这似乎是肺腑之言,这一句放过我们吧,把严素素气蒙了。

她指着张珂建的鼻子,嘴唇哆嗦着,"你你你你……你是想气死我呀……"

紧着赶来的李酉刚迈进院子,严素素就晕倒了……

第十五章

1

一群喝醉酒的年轻人,手忙脚乱地将严素素送进了医院。医院突然乱七八糟地来了十多个人,最后还有一个是蹦着来的。只有老李一个老头儿是清醒的。这可把医护人员吓坏了,以为来了一群聚众闹事的。

严素素被推进了抢救室,抢救了半个小时,总算是缓过一口气儿来了。

折腾了半天,大多数人都醒酒了,毛豆恨得牙痒,咬着后槽牙说:"被我知道了谁告的密我非弄死他不可!"

大庞咂巴着嘴,开启了福尔摩斯模式,细密分析着:"哎,咱们这一群人里的总不至于吧?会是谁呢?"

他瞥了一眼坐在一边的妹妹说:"你赶紧回去吧!一会儿医院找不到人,该报案了!可不要再出什么乱子了!"

黑嘟嘟蹲在地上,背上庞娜走了。路过小杜和珂建的时候,庞娜的眼神里,还有几分不舍和羡慕。

珂建一直哭,一直哭。哭得眼睛都肿了,毛豆蹲在她面前,抓着她的手安慰道:"别哭了,天塌了还有个儿高的顶着呢!"

陈好生气,踹了一下他的屁股:"瞧你那个儿,你顶呀?"

从开始到现在,杜子腾一句话都没有说,眼神涣散,沉默不语。他在想,是该面对了,万事总要有个结果,也许这是他和珂建关系的突破口。

只要张珂建能站出来,能勇敢面对自己的幸福,他们就有可能突破重围在一起。

老李一根接着一根抽烟,珂建想走过去跟他解释解释,但又不知道怎么开口。因为,现在说什么,老李都不会听进去的。

老李皱着眉头,看着坐在地上揪着头发懊恼不已的儿子,觉得有必要将老婆的病情告诉他了,他是个男人,应该学会承担一些事情。

老李走到儿子面前,朝他伸出了手,李晨抬头看了爸爸一眼,伸出手,被他拽了起来。

"爸……"

"你过来,我有事儿要跟你说!"

"哦……"

李晨慢慢跟在老李的身后,去了楼梯的拐角一处安静的地方。珂建使劲儿拽了拽小杜的手,朝着他们的方向看了一眼,绝望地说:"我公公要和李晨说了!他要是知道了你们之前的不愉快,肯定会恨死你的!"

小杜一把将她揽入怀中,手用力地捏了捏她的肩膀:"别怕,是福不是祸是祸躲不过。你要相信我,我有能力处理好的!"

小杜说完了这话,珂建心中似乎有了一种力量,慢慢将头靠在了他的身上。

2

李茜还是个通情达理的人,他并没有将小杜推倒妻子的事情告诉李晨,只是告诉他,他的妈妈脑袋里面长了个东西。不可能会好,只祈求能不再发展。不过看现在三两天就晕一次的情况,应该不是什么好兆头。

小晨听到这个事情,整个人都要瘫了。一只手扶着墙,眼神里都是绝望。

"你怎么才告诉我呢?"

"不告诉你,是觉得你刚回来,不想给你那么大的压力。可是看你妈妈这情况,早晚你也会知道的。你嫂子选择跟我一起瞒着你,她默默承受得不少了,毕竟你哥没了好几年了,我们不可能总是干涉人家找婆家。你是个男人,你得学会承担承受一些东西了。"

"爸,我懂了!"

"现在我们全家的首要任务,就是照顾好你妈妈,尽量控制住病情,不做那个开颅手术。医生说,要是能控制住病情的话,可以不做的。以后药物也可以慢慢减量。"

"好,我懂了,爸。"

医生出来了,小晨赶紧跑过去打探情况。老李也急匆匆地走,看见小杜抱着珂建,他冲着两个人尴尬地笑了下,点点头。

医生摘下口罩:"病人脑袋里的东西倒是没有继续发展,只是压迫了神经,以后不能让她再受刺激了!"

"知道了知道了,谢谢您啊,大夫!"

"对了,病人以后很可能会出现神志不清的情况,你们得小心看护。"

"好,好……"

珂建拉着小杜的手,慢慢走到了老李的面前:"爸……"

老李顿时会意,摆摆手说:"别说了,爸懂。以后不会有人干涉你们了,你放心,我会看好你妈的!"

"叔!我……"

"孩子啊,小建是个好姑娘,你可得对她好,要不然你太对不起我们家了。"

"我会的!"

"好了,你妈没事儿啦。家里还有孩子,你早点儿回家吧!"

珂建捂着嘴巴大哭:"我不走,我要守着我妈!"

"好啦!今天你们都喝多了,回去睡觉,小晨也跟你嫂子一块儿走!明天我们再商量替班的事儿好不好?今晚我守着她。"

老李朝病房里看了一眼,眼神里都是心疼。

小晨懂事,推着珂建和小杜,"走吧,听爸的!"

几个年轻人前后脚走出了医院大门,李晨瞥了一眼陈好,心疼,转身打车走了。

毛豆和陈好一路也走了。

所有人都走了,就剩下了小杜和珂建。她决定不再躲避他的眼神,看着他的眼睛,歪着头笑了笑,小杜也笑了,拉起她的手说:"走,我送你回家。"

她点点头,内心踏实。打车回家的一路上,珂建一直都靠在他的身上,小杜心里甜死了。觉得自己终于有机会,对这个姑娘负责了。

这夜对于老李来说,是一个难眠的夜晚。老李独自坐在那里,眼神呆滞,像个傻老头儿一样地捂着脸哭了,他觉得老婆这辈子太不容易了,一辈子就想守着儿子好好地过，没想到两个儿子，先走了一个。白发人送黑发人的故事太惨烈，她的一切强势都是因为痛失爱子。

老了，老了，好不容易把小儿子盼回来了，本来该享享清福了吧？却又得了这么个病……

老李越哭越伤心，让人可怜。

3

"什么？你要和杜子腾在一起？我绝对不同意！你这是在玩儿火！我宁愿你单身一辈子，也不会让你跟着一个人渣！"

回到家，珂建就把要和小杜在一起的事儿交代了，惹得张家伦一通反对，房顶子都要掀起来了！

夏兰反倒异常冷静，觉得这是好事儿。起码女儿已经开始心思活络了，只是杜子腾这个人，她也不太赞同，但是所有的不赞同又有什么用呢？她向来我行我素，想要干的事儿只会一条道跑到黑，当初她要不是因为对爱情心灰意冷，接受了他们的安排，也许还不会落到如此境地。他们觉得李斌好，给她安排得好，到头来又怎么样呢？

不过给点儿阻力还是需要的，考验一下杜子腾，到底有没有什么转变，能不能给女儿幸福。

珂建任凭老爸怎么疯，她沉默着，忙活着给孩子洗衣服。老张见她这态度，气得鼻子眼儿里都要冒出火来了。

夏兰招呼他赶紧坐下，严肃提醒道："你能不能别闹了，这大晚上家吵得四邻八舍都睡不了了，一会儿投诉到物业那里丢不丢人？"

"哎哟，我说你心真大，她要和那个人渣在一起啦！你不管？"

"我管什么啊？我不像你一样那么爱操心！"

"真是，真是气死我了！"

老张也不说话了，坐在那里自己生闷气，眼下让夏兰觉得头疼的并不是这些，在她眼中，老张的一切闹腾都是无理取闹，该担心的事儿他倒不关心。严素素这身体，可是越来越糟糕了，不管怎么说，大家亲家做了几年了，好歹也算是半个亲人了吧？如今珂建追爱的决心已下，她还真怕严素素受不了这个打击。

什么事情都是喜忧参半，这可真让她头疼。

珂建恋爱了，早晨出门时的状态好得不得了，似乎所有的不愉快都被她抛在了脑后，余下笑容甜蜜。

夏兰看着一个这样的女儿，打心眼儿里高兴。

匆匆吃过了早餐，她说要去医院看一下严素素。夏兰将一早煲好的瘦肉粥装进保温瓶，递到她手中："带上，现在她营养得跟上。昨天我想了想，以后你婆婆养病这段时间的伙食我全包了，毕竟他们家都是男人，做不了什么可口的饭菜。"

珂建接过那保温瓶，满是感激："谢谢你啊，妈！"

"这傻孩子，你先去吧。我和你爸一会儿去看她。"

"嗯，那我先出门了。哦，对了妈，孩子现在恢复得不错，是不是该考虑让她上个幼儿园了？"

"上次的事儿，我真是怕了。"

"孩子现在已经好了呀，可以去吧。她总要有一个正常的生活呀！"

"那好，一会儿我去找老师。"

"嗯……"

珂建走出楼道，看见远处停着一辆不是很新的小奥拓，旁边站了一个帅帅酷酷的杜子腾！他们看着对方彼此会心一笑，小杜朝她吹了个口哨："走吧，妞儿！"

她像只欢快的小鸟一样蹦蹦跳跳地朝他飞了过去。

珂建坐在他的小奥拓上左看看右瞧瞧："标配差了点儿，不如你的豪华敞篷跑车！"

"哈哈，你说电三轮啊？那工作我辞了，这车是我在二手车市场买的，以后要去当协警了，还要兼顾酒吧里的事儿，没有个代步车还真是麻烦。对了，不是还得伺候您老人家嘛！"

"哎哟哟，这口吻，看来现在就不耐烦了？我还嫌你标配低呢！"

"要不，我给你换豪华敞篷跑车？"

两人哈哈大笑了起来。

"去哪儿？"

"医院!"

小杜紧锁了下眉头,"嗯,对了,我已经攒够下个月的钱了。要不然,你顺道带过去吧!"

"你快拉倒吧!还真能一直要你的钱呀?"

"那不行,老杜说了,男人要站一个地儿,立一个坑儿。除非是他们不要的,这钱,我一定要供。"

"死脑筋!"

珂建知道他那倔脾气,就没多劝。

4

送完张珂建,小杜去忙活酒吧的事儿了。据说下午还要去社区报到,总之行程被安排得满满的。

珂建很满意他的这种状态,看他这样,她心里才踏实。

严素素醒了,但是情况似乎不太妙。从醒了之后,就说了三句话,头一句是渴,第二句是饿,第三句是尿尿。还不停地喝水吃东西,喝水吃东西。吃得老李都有点害怕,生怕她再撑爆了肚子。

珂建拎着保温瓶进了病房,看见婆婆在吃香蕉,一个接着一个,香蕉皮已经攒了一堆了。她惊讶地喊着:"天呀,吃这么多香蕉会闹肚子的!"

说完,抢过了她手里要剥开的那只香蕉。严素素白了她一眼,骂了一句:"狐狸精!"

"妈……您这是说什么呢?"

"你就是狐狸精,你勾搭人!"

珂建要急,老李劝着说:"别跟她一般见识,从醒了之后,就一直骂我老没正经,骂了很多次了!"

"啊,这是什么情况啊?"

严素素看见了她手里的保温瓶,眼前一亮:"喂,狐狸精!你的饭是不是给我吃的?"

"啊?是……"

"拿来！我要吃,我饿！"

她将保温瓶递给她,她掀开盖子就大口大口地喝了起来。

珂建意识到,这问题是严重了。

大半罐子的粥没几分钟就下肚了,严素素拍着自己的肚子打嗝:"哎,饱了！撑了！"

"八九个香蕉打底,你还不撑？得,我给你要两片消食片去！"

严素素白了老李一眼,嘴里嘟哝着:"老没正经的东西！"

老李拿来了消食片,珂建皱着眉头坐在那儿盯着严素素看。严素素随手拿起了旁边的抽纸,开始擦嘴,擦完了一次,又要擦一次,纸也一张接着一张地抽。

"天,这不是和之前的症状一样吗？"

"谁说不是呀？珂建啊,你出来一下。我跟你聊聊。"

"嗯……"

珂建跟在公公的身后,李酋出了病房,就忍不住老泪纵横了:"我看你妈八成是傻了。医生说过会有这种情况出现的！"

"爸您别急。我妈今儿落到这样,我有不可推卸的责任。我一定帮你好好照顾我妈！"

"好孩子,好孩子……"

5

大庞叫了三四个装修队入场,不比不知道,一比还真是一家一个价。大庞像审犯人一样,跷着二郎腿坐在那儿,横眉竖眼地把人家装修公司的人都教训了一遍。

"不是我说你们,我们这么大的工程,你们也敢这么要价？往死里要啊？君子爱财,取之有道。懂不懂呀你们？这不是你们都在这儿了吗？你们互相报报吧,看看都给我出了个什么价。"

别说,大庞这招儿还真管用,几个装修公司的人交头接耳了一番,知道了互相的报价之后,开始互相埋怨了起来。

"我×,你怎么这么敢要啊？这些活儿你要人家二十多万？！"

"你不是也要了二十吗？还说我！"

"好了好了你们，你们都够敢要的！老板，这样吧，十八万五！清包给我吧！"最后说话的人说。

大庞看了旁边那俩一眼。其中一个立马站出来说："我十八！"

"我十七！十七包给我！我少赚不少了！不能再低了！"

然后旁边另外两个，就像看外星人一样看着说十七万的这个。大庞思索了一会儿，见没人说话了，立马拍桌子拍板："就你们家了！但是你可不能偷工减料啊！"

"必须的啊！您放心！"

旁边那俩骂骂咧咧地走了："这不是耍人嘛……"

"就是……"

小杜站在那儿听了一会儿，听到这装修金的数字，整个人都不好了，这装修就得十多万，还不算进设备、雇员工、办手续、交税……

不过大庞这杀价的本事，倒是也让他见识了。

大庞和最后定下的装修公司老板搂着膀子往外走，跟他交代了自己的要求和想法。小杜倚在厂房的厂门边，目光如电地盯着他。

大庞送走了那老板，见小杜还在盯着他。

"你傻啦？不说话光看着我干吗呀？爱上我啦？"

"光装修就十七万，我那点儿钱够吗？"

"嘿？难得你有心啊，当然不够啦！"

"那我不傻，你傻！不够你让我入股干什么？还占一半的股份？这不是明摆着占你的便宜吗？"

大庞嘿嘿一笑，拍了下他的脑袋说："你小子！还算有良心！剩下不够的钱，我贷款。还贷的时候，咱俩均摊就行了！"

小杜顿悟，脸上的肌肉终于不那么紧绷了，"哦，这样啊？那好！不过，不会入不敷出吧？"

"我呸呸呸！说什么丧气话呢这是？"

"不说不说！该打！对了，装修大概得多久？"

"我告诉他让他赶工了，到开业的话，怎么也得一个月时间了……"

"成，那这一个月时间，我先下到伟大的基层去工作，调解居委会大妈们的纠纷去！"

"居委会大妈个个都是调解员，用得着你啊？"

"傻了吧？居委会的大妈专管调解别人，她们之间掐得可厉害呢！"

"贫不贫呀你！谁告诉你就是去居委会？"

"不知道，不过据说是片儿警，也是和居委会有扯不清的关系！不跟你说了，我到点儿去报到了，这边你先弄着，有什么事儿再给我打电话！"

"成，去吧！你小子好好干啊，前途无量！"

"得嘞！为了张珂建我也得好好干！"

小杜伸到他脖子后面小声说了一句，那鸡贼样儿，让大庞浑身汗毛都竖起来了。

6

刘志看着表格上杜子腾的资料，内心无比舒畅。

这次小杜落在他的手里了，还真让他有点儿措手不及，不过没办法，谁让他有可以要人的权利呢？

李晨先来报到了，刘志看见李晨，没想到这个李晨就是珂建的小叔子，他居然有点莫名的兴奋。

李晨认识这个刘志，他是追求嫂子的人，他不喜欢这个人。态度自然也没有那么热情，"我来报到。"

刘志站起来，朝他伸出了手："我是刘志，我们认识！"

李晨一只手揣着口袋，不屑与他握手，翻着白眼儿说："嗯……"

刘志只觉得一地鸡毛，"坐吧，等其他的人到齐了，给你们分派工作。"

李晨随便找了个地方坐了下来，坐姿端正，确是受过训练的军人，很是威武。刘志有一搭没一搭地跟他聊着："对自己的工作有什么期许吗？"

"警察就是为人民服务的。没有什么特别的期许，把本职工作干好就可以。"

"好小子，想不想转正？"

"谁不想啊？"

"好好干，表现好了，我给你汇报领导。"

"领导也长着眼呢，我干得好了，他自己也能看见吧？"

刘志顿时觉得，这也许是追求珂建路上的一个麻烦，这个李晨怎么看自己都不顺眼，刘志感到了压力。

他是一个不达目的不罢休的人，尤其是在感情上，他好像从来没有过什么挫败感，以前都是女孩儿追他的，如今他想追个女孩儿怎么就这么难？他告诉自己，一定要把张珂建追到手。

分配到这个社区的人大概有十个，不巧杜子腾是最后一个来的，还迟到了三分钟。小杜知道自己即将面临的是刘志，故意在路上磨蹭了一会儿。如今情敌狭路相逢，让他有点儿措手不及的感觉。关键是，他没想与谁为敌，虽说这个刘志讨厌了点儿，但也帮了珂建不少。他不想给珂建留下一个知恩不报的印象，男人首先要大度才有气度。

刘志看着一众等待派遣的"新人"鼓着腮帮子，等着杜子腾慢慢悠悠地从外面走进来，李晨看见小杜，眼前一亮，朝他打了个招呼："杜哥！没想到咱俩居然一起啊？"

"是啊，你小子也在这儿？"

刘志一只手背着，严肃地咳嗽了一下："杜子腾你今天来晚了，我希望以后你不会了。好了，从今天开始，大家都是协警人员了，虽然是协警，但是你们身上肩负了和我们这些警察一样的责任……"

李晨和小杜对彼此使了个眼色，认真听着面前的刘志讲着他们的工作内容和性质。

7

这批协警，只有小杜被分配到了居委会，和居委会大妈们一起做平时的调查调解工作，说白了，就真的是协助居委会大妈。其他的人都是配车的巡警，维护这片儿平时的治安。只有杜子腾的工作，是骑着电动车的。

李晨觉得刘志绝对是因为嫂子的事儿来故意刁难他，想说句公道话的，小杜却拦住了，冲他使了个眼色，摇头。

分配完了工作，刘志还故意问了一声："对我的安排有不满的吗？有可以说出来,我尽量协调!"

杜子腾反倒是第一个喊出来的:"没有,没有不满!"

大家也都附和着喊了一句。

"很好,那我们分头行动吧!"

……

小杜去后院领了自己的电动车,看着那电动车心里没有一点儿不快,还美滋滋的,这电动车对他来说,意味着是一份稳定的工作。

他骑上自己的小电驴,吹着口哨说:"得嘞,今儿我也是一名协警人员了!赶紧去居委会大妈那里报到了!"

只是让杜子腾没有想到的是,居委会的工作,可真是没那么简单的。一进居委会的大门,就像进了战场似的。几个大妈坐在桌子前面,分别调解着几起家庭邻里纠纷。场面那叫一个宏大!把杜子腾都看愣了。

他站在门口上,不知道怎么插嘴,索性喊了一声:"我找李大妈,哪个是李大妈啊?我是派出所派遣过来的协警!"

身后有人拍了下他肩膀,他回头撞见一张酷似包租婆的脸。

"你是新派来的协警吗?"

"啊!对,我是杜子腾。您是李大妈?"

"对,跟我走吧!"

"啊,去哪啊?"

"有家人打起来了,需要你协助我去调解。记住你得保护好我啊,站在我的前面!那家人的男人脾气有点儿暴躁!"

"他还敢打警察啊?"

"那可不一定,你是协警,没有执法权,你也得把你自己保护好了才行。我是说,吓唬不住他的话!"

小杜冷汗出了一把,倒也没被吓到,想当初自己也是混迹社会的小青年一位,什么群殴事件没见过?他还能动大砍刀怎么的?小杜就这么踌躇满志地跟着李大妈去了,七扭八歪的巷子走了好几条,顶数这条巷子里的房子最破。

李大妈站在一户人家门口,这家的房子是这条巷子里最破的房子。他也跟着李大妈站在她身后,隐约听见里面传出来砸东西的声音。

"打上了,这是?"

李大妈钻到他身后,推着他的腰说:"你先进去,你就喊,李大妈来协调啦!"

"哦!"

杜子腾刚上任,哪里摸得清这片儿的情况?不知道深浅地就挺着胸脯进去了。

"有人吗,李大妈来协调啦!"

开始没人言语,后来传来扇巴掌的声音,接着就是一个女人的哭声,再接着又是砸东西的声音。杜子腾觉得这事儿不对呀,这家的女主人在挨揍呢!他回头看李大妈的当口,有个男人举着一把菜刀就朝他们来了,把小杜的脸都吓白了,赶紧找地儿躲,李大妈就躲在他身后跟着他到处跑。

"你可不能犯浑!我可是协警!"

"协警,协警就牛了?我们家不用人调解,你们赶紧滚!"

李大妈站在他身后,像心理专家一样朝对面举着菜刀的男人喊话:"你听我说,你这样的态度是不对的,我们来协调也是为了你们小两口今后的生活,总是这么打下去也不是个办法呀……"

"这个贱人总是喊人来调解,有本事自己别出去勾搭人!"

"那你也不该使用家庭暴力不是?她不好,你可以不要她呀!"

李大妈继续喊话,小杜随了一句:"就是,你可以不要她呀!"

没想到,男人扔下手里的菜刀,蹲在地上痛哭流涕,抓着自己的头发哭得这叫一个没出息:"你看看我家的情况,不要她,谁还愿意跟我啊……"

小杜赶紧踮着脚过去,捡起了地上的那把菜刀,生怕他再捡起来要砍死谁。李大妈稍稍舒了口气,和小杜对视一眼说:"进去聊聊吧,孩子!我也不是第一次见你们家这阵势了。今儿这小子不错,愣是没被你吓跑了。有什么不痛快的跟大妈说说……"

男人点点头,跟着李大妈进屋了,小杜拿着那把菜刀,捏了一把冷汗:"这基层工作不好干呀……"

8

处理完了这家的纠纷,这家的男人情绪总算不暴躁了,还好心将大妈和小杜送了出去,说明保证一定好好过日子。

小杜觉得这李大妈,简直就是神嘴,连连称赞。没想到李大妈却说:"别着急,平均每个月都要来几次,这次好了,没过几天又动菜刀了!"

"啊?"

"对了,你别跟着我了,去转转吧,你的任务就是维护我们这片儿的治安。"

"哦……那我还有别的事儿吗?"

"基本上没有别的事儿,有事儿的话你及时处理就是了。"

小杜骑着电动车,开始在这片的胡同里转悠,骑了半天的电动车,该回去交车下班了,小杜将电动车停在派出所大院,刘志好事儿地追出来问:"杜子腾,怎么样?"

小杜笑着说:"挺好!"

说罢,走出了派出所大院儿,刘志看着他的背影冷笑了一下。

小杜去了厂房,装修队进场了,他觉得这个时期,一有空闲的时间,就得来监工。不能让他们偷工减料,老杜的钱一分一分地攒得不容易。从现在开始,他就得学着节俭。

他入厂,大庞出厂。

"哟,你怎么来了?"

"我过来监工!"

"监什么工啊? 走,喝酒去!"

"我不喝酒,下午还得上班呢!"

"别价啊,多少整点儿,我忙活了一上午了,你不陪陪我啊?"

"我陪你喝饮料可以,你去买菜吧,咱俩在这儿吃!"

大庞龇着牙花去买菜了。小杜站在门口上看着这即将变成酒吧的大厂房,心里无比豁亮。他觉得自己的前途,总算是见到点儿光明了。

大庞买回了菜,和小杜喝了起来。小杜这会儿非常有原则,从他喝酒的态度就能看出来,他说上班的日子,绝对不喝酒。

大庞觉得他有点儿装:"那你以后开酒吧,免不了要喝酒!"

"晚上喝可以啊,白天就醒酒了。我干的可是协警,带着酒气去上班不太好。"

"成，你小子不错，知道什么叫人模狗样了是吧？在这儿跟我装呢！"

"我还有时间装？我真不能喝酒，下午四点下班，我还得去送快递呢！"

大庞摸了摸他的脑袋："哥们儿你疯啦？钱可不是一天挣得完的！"

"我还有五千月供呢，你忘了？再说，老杜投资的钱，我得赶紧还给他。"

大庞吱了一口小酒："真不知道您这位大少爷是怎么想的，明明那么有钱，偏偏要去送快递，傻！"

"你说二妹？她的钱可不是我的钱，我跟你说了多少次了。让我花她的钱，还不如杀了我呢！"

"不至于吧……"

"太至于啦！你跟我这么多年的哥们儿了，不知道我什么脾气啊？我认定不能干的事儿，你就是刀架到我脖子上，我也不干！"

大庞没敢再说什么，眼珠转悠着独自喝了起来，有种自己后背上戳着一把刀子的感觉。

第十六章

1

严素素脑袋里的东西开始产生影响了,这是老李的判断。医生说,她出现这种状况,是非常正常的,时好时坏的情绪,让这一家人陷入了无尽的折磨中。

珂建觉得自己肩上的责任更重了,即便跟全世界宣告,她要和小杜在一起,但是在婆家这边,她也不能说,而这一关,恰是最难攻克的。

这一进一出,三天的时间,把老李累得不轻。严素素的情绪时好时坏的,十分折磨人。

从医院回家,珂建进门就开始着手收拾,她知道老李太累了,她搀着严素素坐在沙发上招呼老李赶紧去休息。

"爸,您去睡一觉吧,今天我来照顾妈妈!"

老李无奈点点头:"那你就受累吧,我先睡一觉。"

"说什么受累呀,这不是我该做的吗?"

"对了,给她准备个纸抽,那样不闹腾!"

"成,您去吧!"

老李一头钻进了卧室睡觉,珂建戴着围裙,一边看着严素素,一边里里外外地收拾。严素素坐在沙发上,眼睛随着珂建来回转,珂建时不时回头朝她笑笑,她就也冲她笑。

这会儿严素素看上去还不错,还知道打开电视机,看看报纸什么的。珂建做饭,她还要去帮忙:"小建,妈妈帮你弄吧!"

珂建赶忙阻拦:"算了吧,您身体刚刚好,需要休息。"

严素素哪是闲得住的人?觉得她这话,越听越不对劲儿,分明是在嫌弃自己老了不中用了。

刚刚还很平静的情绪,就因为这一件小事儿又变得躁动起来,"我知道,我老了,还有病,帮不上忙了……"

珂建知道,要是不依着她性子的话,暴风雨即将来袭。她赶忙笑着打圆场,安慰着婆婆:"我不让您干,不是怕您累吗?您想干?那来帮我择菜吧!"

严素素听说让自己下厨房,扑哧一下笑了,居然手舞足蹈,迈着广场舞步就奔厨房去了,这架势一看就不是正常人能干出来的。

一边择芹菜,一边扭腚,把芹菜梗都扔了,芹菜叶都放进了盆子里。

珂建觉得不对劲儿,赶紧制止:"妈妈妈……您怎么把芹菜梗都扔了呀?"

"对啊,这个没用,不扔干吗?"

"啊?"

"这个,有毒,你不懂!"

说着,把一盆择好的芹菜叶塞进她手里:"这个好,好吃!"

珂建端着一盆芹菜叶无语了,想偷偷把芹菜梗捡回来,但她一直瞪着俩大眼看着她,吓得她只有将芹菜叶洗洗炒了……

她一边炒,严素素还站在她身后满意地点点头:"不错!炒得还可以!"

2

大庞微醉了,小杜让他躺在地上的木板上休息一会儿,看看表,决定在临上班之前,去看看二妹,报告一下自己当了协警并且顺利展开工作的好消息。临走的时候,还不忘嘱咐他一定要监好工。

大庞骂他啰唆,他吹着哨子直奔二妹那儿了。

小杜到了二妹家的门口,揉了半天眼睛,看着她的房门上,居然扎了一圈儿粉的红的羽毛,弄得跟结婚庆典上要钻的拱门那么隆重。他再三确认门牌号和楼道口,确信这就是二妹家。鼓起勇气去按了门铃。

二妹正在"试装",穿了一件大花旗袍,把自己勒得喘不上气儿的来开了门。

"谁啊?"

小杜看见眼前倚在门上扮相奇特的老妈,觉得自己撞见鬼了,慢慢转身欲逃,却被二妹像提小鸡一样揪了回来。

"先生,要去哪儿啊?既然光临寒舍,何不进来坐坐呢?"

杜子腾抹了抹自己的额头,冷汗都出来了。

范二妹没心思听小杜讲话,而是在儿子面前使劲儿扭屁股摆腰肢,手里的鸡毛扇子以每分钟百次的频率抖着。

小杜捂着嘴说:"别抖你那鸡毛掸子了,我要打喷嚏了!"

二妹自认为优雅地转了个身:"看,妈妈这身段怎样?"

"不怎么样,不是,我说你把你自己整得跟米其林轮胎一样干吗?"

"米其林轮胎?我这么美的身段,你居然说我是米其林轮胎?!"

小杜嘿嘿傻笑,开始捏着二妹肚子上的肉打贫:"这还不是米其林啊?"

二妹顿时如泄了气的皮球,坐在沙发上,旗袍腰身处居然开线了,小杜捂着脸乐得呀,又不敢太出声。

二妹实在尴尬得慌,钻进卧室去换了一件正常人穿的衣服出来了。

"说吧,今儿怎么良心发现,知道来看你妈了?"

"我再不来你就要憋出毛病来了。幸亏我来了。我说二妹,你最近怎么又喜欢上角色扮演了?你这是自己哄着自己乐呢?你要是实在憋闷得慌,就去关心一下老杜,恰巧他在家也闲得慌呢,你俩正好交流一下经验。"

"别胡说八道,我都要结婚了,总是往前夫那里跑,像什么样子?!"

一听这个,小杜就气不打一处来:"你真要和那个老家伙结婚啊?你考虑好了?"

二妹一本正经道:"考虑好了,早晚的事儿。定了日子再告诉你。不过,现在我最关心的不是结婚这件事儿,而是演戏!"

他一口水喷了一地,呛得不行。

"你说什么?你要演戏?!"

"对啊,你没看见我正在找感觉吗?"

"不是?你又抽什么风啊?这么大岁数了,你还想考电影学院啊?"

"错!你妈是谁啊?能干那种小孩子干的事儿吗?我啊,我要投资拍电影!"

"什么?"

"拍电影!投资!现在想当演员,就得舍得投资。而且投资电影也很赚钱,绝对比我开服装厂强多了!"

"别胡闹了!我不同意啊,你好不容易自己打拼出的事业,你不干了?"

"干啊,我业余拍电影!"

"那你可别投那么多钱,玩玩儿票就得了!"

二妹眉飞色舞着:"你不是不稀罕我的臭钱吗?"

"我是不稀罕!我只是为了你好,你爱听不听吧!对了,我今天不是来看你演电视剧的,我是来告诉你一个好消息,我上班了,鼓楼社区协警!还有,我的酒吧项目正式启动了!你就等开业,我请你喝开业酒吧!"

二妹撇着嘴,心想:"没我还不是不行?"

"得嘞!我到点儿去上班了,您继续在家彩排吧!我走了啊!"

小杜出了门,二妹朝着门口的方向翻了个白眼儿:"臭小子,就不知道提前来多待会儿。这是亲儿子吗?"

说完,又摆起架势找戏中的感觉了。

3

老李一觉睡醒,发现整个屋子的摆设都变了,好好地居然多出那么多洋娃娃。严素素抱着其中一个看着老头儿说:"哈喽!醒了呀?看我买的这些漂亮吗?"

老李在一堆娃娃里扒拉座儿,问儿媳妇儿:"这到底怎么回事儿?"

珂建无奈地摇摇头:"非要跟我逛街,逛了两个小时,买了四十个娃娃回来!非要买,不买就哭,我也拦不住呀!"

"啊?这病情,这是加重了吗?你没给她纸抽啊?"

"还说呢,得亏有纸抽了,要不然买得更多!这我都是雇人帮我弄回来的呢!纸抽都抽了仨了!爸,这样下去可不行,光是纸抽,咱们也买不起呀!一天抽一提的节奏!"

老李急得像只热锅上的蚂蚁,拍着大腿叹气:"谁说不是呀,真是愁死我了!"

严素素虽然有点儿疯,但她还没傻透,大部分时间意识是清醒的。见这两人数落自己,心里这个不痛快啊,难听的话来得快着呢:"我现在不是有病吗?你们不该照顾一下我的情绪吗？我就是喜欢这洋娃娃,你们心疼钱啦？我买了是给我孙女玩儿的,怎么了,怎么就不能买了？"

"没人不让你买,你要买人家小建不是也给你买了吗？以后你可得注意点儿,不能冲动消费！"

"什么叫冲动消费？我这是给我孙女买的！"

严素素抱着一只玩具狗哭了起来,越哭越厉害："我这是给我孙女买的,我的孙女没有爸爸了,我这个当奶奶的多疼疼她还不行啊……"

珂建朝老李使了个眼色,赶紧过去抱住婆婆,像哄小孩子一样安慰着："别哭了,别哭了啊……以后没有人批评你啊……"

老李看着妻子变成这副样子,内心难过又欲哭无泪。

"我看,以后咱们的纸抽也得重复利用,要不然太费了！"

珂建从沙发边上拎出一个袋子,举到老李面前："喏！我都攒着呢,晚上把它叠好了,还放到纸抽盒里吧……"

"得,又多了一项任务！"……

4

张家伦的屁股一天都在灼热的状态,根本就坐不住。他站在阳台上来回踱步,烟也一根接着一根地抽。弄得一进门,人都会觉得自己身处一个大烟囱里。

夏兰很不满他这样的状态,语气严谨地提醒道："别抽了,一会儿春春放学了,这空气对孩子不好！"

老张掐灭了刚点着的一根烟,骂着自己："傻了傻了！怎么把这茬儿忘了。"然后打开窗子通风。

夏兰一边擦着桌子一边又不屑地劝导："你整天跟着瞎操心什么？孩子自己的爱情,自己做决定。你管得了吗？"

张家伦一蹦三丈高,拍着桌子强烈抗议："我就是不同意,那就是个人渣！"

这一下夏兰火了,扔了手里的抹布也嚷了起来："世界上就你知道他是个人渣吗？人渣也有能改好的！总之,我不许你干涉女儿的爱情。她是个人！我们不能总用自己的思想去绑架她！"

"你不绑架我绑架行了吧？这坏人我当定了！我不能看着我的宝贝闺女从虎口脱了险又进了狼窝！我就这么一个闺女,我就想让她活好点儿！"

"那你觉得什么样的生活叫好？有房有车有钱,活得却像个行尸走肉一样吗？"

"什么狗屁的爱情？！在我眼里就是废物！这过生活首先得有个物质保障才好吧？"

"典型的物质主义！你女儿是个追求浪漫的姑娘,连你自己的闺女都不了解,你算个狗屁的父亲！"

夏兰甩完了这句,转身离开他的视线,觉得再吵下去也没个结果。张家伦一个跟头栽在沙发上生闷气,嘴巴里还不停地嘟哝:"我就物质主义了！我就是不让她和那个杜子腾在一起！我有的是招儿！"

他开始掏出手机,主动邀请刘志来家中吃饭了。

杜子腾下午去派出所大院交电动车。恰巧这个时候,张家伦在给刘志打电话,两个人狭路相逢,刘志觉得有必要在他面前嘚瑟一下。

"喂？老领导啊？珂建说让我回家吃饭？这……那老领导想吃什么呢？我给您带过去……好,一定准时到！告诉珂建,我会给她送花儿的……"

杜子腾反正是听蒙了,觉得这张珂建不应该啊,他坐在电动车后座上,跷着二郎腿昂着头,等刘志走过自己身边的时候,拽住了他的胳膊,眼神幽暗,语调中带着提醒:"珂建是我女朋友,你最好离她远点儿！"

刘志也竖起了浑身的刺,瞪着他问:"你说什么？"

"我说,珂建已经和我在一起了。你最好离她远点儿。说完了,你自觉点就好了！"

说罢,小杜扭着身子张狂地走出了派出所大院儿。剩下刘志一个人,站在那儿看着他的背影攥着拳头,恨得咬牙切齿。他觉得自己一定不能输给这个渣渣,一定要把张珂建追到手才可以！

小杜坐在自己的奥拓车上,气得直按喇叭。不管怎么说,刘志刚刚接到"老领导"的电话,说珂建邀请他晚上过去吃饭,虽然小杜不相信这是真的,但他的醋缸还是打翻了,整颗心里里外外都酸透了。

他掏出手机,给女朋友打电话。珂建刚从婆家出了门,看见他的电话,心中有种甜蜜的小兴奋。

"干吗呀?"

"忙什么呢? 这么迟才接电话,晚上有活动呀?"

"我能忙什么,这不是我婆婆出院了吗? 在这儿照顾了她一天,这正准备回家呢。"

"我去接你,我要见你,你不能回家!"

"你又犯什么病,怎么了?"

"别管,五分钟以后见!"

珂建站在街边计时,第四分三十秒的时候,那辆小奥拓就风驰电掣地停在自己的面前了。她朝开车的小杜羞涩地笑笑:"你不要命啦,开这么快?"

小杜闷着头趴在方向盘上使劲儿按喇叭,脸都要耷拉到地上了。珂建噘着嘴,伸进一只手去扯他的领子:"你疯了啊? 人家会骂你的!"

小杜就是疯了,只要有点儿关于她的风吹草动就会疯。他突然打开车门下车,冷不防就把她揽入了怀里,嘴就这么不由分说地按了下去,吻得珂建上气不接下气。珂建挣脱一下,"别闹了! 大街上那么多人!"

他冷静了一下,将她拽上了奥拓,疾驰起来。他开得太快了,珂建尖叫了一声命令道:"停车! 再不停我跳下去!"

他终于冷静,找了个地方,将车子停了下来。

珂建捂着胸口,拍了下他的胳膊不满地训斥:"你想死别带着我好吗? 我还有女儿呢! 你又抽什么风啊? 问你你又不说!"

"老领导给人家打电话了,说你请人家吃饭!"

"哪儿跟哪儿啊? 你说刘志啊? 我爸? 给刘志打电话,说我请他吃饭?"

小杜转过头,朝她点了点头,"你到底什么意思啊?"

珂建忍俊不禁,才知道原来这小子是吃醋了,故意放慢语气跟他打趣:"我没意思啊,我爸对他有意思,认准了这个姑爷了,我有什么办法?"

小杜气得鼻子眼儿里都冒了火了,趴在方向盘上生闷气。珂建知道,他又钻牛角尖了,歪着头将脸凑过去哄他:"好啦,你觉得那电话能是我让他打的吗? 我

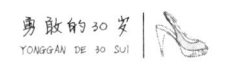

一天都在婆家照顾婆婆,哪里有时间想这些?你啊,就是小肚鸡肠。你这是不信任我,我可生气了。"

"那你得跟我保证,你不会对他动心!"

"我保证什么啊,我根本也瞧不上他啊!他不是我的菜!"

"那我倒是信!不行,今儿晚上你不能回去吃饭!我不能看着羊入虎口!"

"那我干吗去?"

"跟我送快递去吧!"

"坐着你的豪华敞篷跑车?"

"必须啊,多拉风!"

"好,我喜欢!走!"

小杜开心地吹起了口哨,心满意足地发动车子往快递公司奔去了。

珂建跟着他送快递,帮他收快递签单子,送完了收完了,就坐回他的身边,抱着他的胳膊,甜蜜地将头倚在他的胳膊上。

这一对小情侣,倒是羡慕坏了不少行人。

只是苦了刘志,带着一大束玫瑰花和礼物,来到老领导家,却一直没有等到张珂建,打电话不接,发微信不回,整个儿人间蒸发的状态。

老张觉得女儿肯定又去疯了,夏兰见老公居然出了这损招儿,给他们准备了几个菜,就带着孩子跑到卧室避而不见了,弄得整个气氛尴尬得很。

老张为了缓解气氛,整了瓶二锅头,爷俩儿就这么你一口我一口地喝了起来。

他越看刘志越喜欢,喝了几口酒之后,开始对眼前的年轻人赞赏起来:"我就是喜欢你,觉得你这个娃娃靠谱!我知道,你喜欢我们家珂建,我也知道,我们珂建配你有点儿那个……"

"老领导!您别这么说!是我配不上她,要不然她总是对我不冷不热的呢……"

"珂建啊,脾气倔,认死理!一条道跑到黑的主儿!但是,她还有我这个老爸拽着她呢,我这次一定不会让她犯浑!我力推你做我的乘龙快婿,只是孩子啊,你可不能心灰气馁,一定要有信心追到她才不枉费你老领导的一番苦心……"

老张的这番话,给了刘志一剂定心丸,他端着杯子敬了一杯酒说:"您放心,我不会辜负您对我的一片期望!"

"好!"……

送了三个小时的快递,小杜收工时已经是晚上九点。两个人买了两桶方便面,在肯德基店里蹭了两杯开水,就这么坐在豪华敞篷跑车上吃了起来。

小杜想要给她买个鸡腿儿的,但是珂建非不让买。说这个时期,大家都要用钱,能节俭的地方尽量节俭。

小杜觉得珂建说得对,顺应了她要吃泡面的意思。他笑着摸摸她的头,又心疼又难过:"这还没让你真跟着我呢,就受这样的苦。连顿舒服的饭都吃不上!"

"别这么说,特殊时期嘛。等你开酒吧挣到钱,我天天陪着你吃大餐!看你现在这么辛苦,我心里也怪难受的。"

"那咱们在谈恋爱啊,我不该这么对你啊!"

"屁,咱们现在和十年之前的情况不同了,尤其是我,经历了一些事情之后,变得务实了。你也是,你也要改变一下自己狂躁的情绪,其实生活,还是平淡一点儿好。"

"嗯,我们珂建说得有道理。以后,我就改啦!不管前面的道路多么坎坷,我也一定牢牢抓住你的手,绝对不能放开!相信我,我一定不会松手的!"

小杜给了珂建一个坚定的眼神,珂建甜蜜地将头靠在他的肩膀上。

刘志在老领导家喝多了,等了珂建一晚上,想见的人也没见到,倒是越喝越醉。夏兰将孩子哄睡着,一出门,看见两个醉汉趴在桌子上,心里很是烦躁。老张已经完全进入昏睡状态了,这个刘志倒是还有点儿意识。

夏兰拍拍他的肩膀,轻声问:"孩子,孩子?还能走吗?"

"能……能……"

"哎呀,你这也不能开车了啊,你怎么走呢?真是的,你这孩子也是,他是老小孩儿,你该保持理智啊。"

夏兰心里烦得很,嘴里不满地嘟哝着:"没见过这样的,居然在别人家喝得烂醉如泥……这让我怎么弄呀?"

说着,珂建进门了,看见眼前这幅景象,还是不免有一丝惊讶。

"这什么情况呀?"

夏兰抱着肩膀,淡定地问:"你还好意思回来？还不是因为你,俩人都喝成这样了,总不能让他住在咱们家吧？"

珂建皱着眉头,推了推刘志,觉得已经无计可施了。

"我看只能这样了……"

折腾了一晚上,珂建母女才把两个醉汉安顿好。这个刘志还总是干呕,夏兰爱干净得不行,哪能受得了这个？最后没招儿了,珂建索性将刘志扔在了马桶旁边,给他盖了个被子自己去睡觉了……

5

自从自己有了正确目标之后,小杜觉得每一天初升的太阳都带着温暖的幸福味道。

他早早起床,决定在上班之前,先把珂建安全送到美容院才行。

刘志醒来,看见自己趴在马桶上多少有点儿难为情。他头疼欲裂,知道自己昨晚喝多了。珂建也是刚睡醒,揉着惺忪的眼睛进了卫生间的门,居然忘了这里还趴着一个大活人呢！吓得她脸都白了,伴随着一声尖叫,全家人都醒了。

刘志觉得脸上火烧火燎的,怎么就出了这么大的糗？亏得自己还是个人民警察。夏兰贴心地给刘志找了干净的毛巾和牙刷,还帮两个年轻人准备了早餐。

刘志洗漱完了,坐在餐桌前享受早餐的时候,只觉得心里无比温暖。

"阿姨,对不住啊。昨晚……"

夏兰笑笑:"哪个年轻人不喝酒啊？这没什么。只是我没想到,你和你的老领导也能喝得这么欢,都说年轻人爱找年轻人,我看这话不完全对。"

"我喜欢和上岁数的人接触,也许是工作原因吧。总觉得现在的年轻人太浮躁了,我比较喜欢能让我静心的东西。"

"嗯,你能这么想,难能可贵。"

珂建也收拾完了,坐在刘志对面,开始吃早餐。他发现,自从她醒了之后,就一直绷着脸。他冲她做了个鬼脸,也没能把她逗笑了。

珂建吃了两口,看着不停在自己面前做鬼脸的刘志,终于不耐烦了。放下手里的早饭,非常严肃地提醒了他:"别闹了,一点儿也不好笑！"

"啊……"

"吃完了吧?"

"吃完了……"

"走吧!"

刘志跟夏兰和老领导说了声抱歉,然后乖乖跟着珂建出门了。此时,小杜已经等在离他们家不远的公路上。

刘志跟着她走:"我送你吧,反正我还有时间!"

"算了,我比较习惯坐公交车!挺方便的!"

他知道她性子倔,不能呛着来。反正追女孩儿就要脸皮厚,他觍着脸说:"那我送你去公交车站!"

珂建没回答,觉得也好,顺道将话跟他说明白。

两个人一前一后地走着。

"刘志。"

"嗯?"

"孩子的事儿,挺感激你的。但是有些感激,真的只是感激之情,没有别的成分在里面。我的话,你懂吗?"

"我懂,我不强求你。"

"嗯,那就好!"

"但是我也有追求一个人的权利,你没有权利剥夺我的权利哦!"

珂建脚步顿了一下,很是头疼。

"怎么跟你说呢? 告诉你吧,我和杜子腾在一起了。"

刘志怔了一下,内心翻江倒海了几秒,最终又变回理智。

"没关系,我会努力的!"

"我的话你还没听明白!"

"我听明白了,你和杜子腾在一起了,你想说,你不会和他分手,不要让我浪费时间了。但是珂建,你想过没有,我要追求你,完全是我的事儿啊,和其他的人都没有关系!"

珂建见自己说不进他的心里,索性闭嘴了。

两个人一前一后,快走到公交站牌了,小杜的小奥拓就停在站牌不远处。他坐在车里,远远就看见珂建身边站着一个男人,他定睛一看,确定那是刘志。

他半握着拳头朝珂建走去,他告诉自己要冷静,要绅士。

珂建看见他朝自己走过来,欢快地跑到他的身边,挽住了他的胳膊,"你来接我啦!"

"嗯……"

他看了刘志一眼说:"你怎么有时间?"

刘志话语中全是挑衅,"不是有时间,是昨晚喝多了住下了。"

"什么?"

珂建使劲儿抓了下他的胳膊:"我们走吧!刘志,再见啊!"

然后,拽着他的胳膊,钻进了他的小奥拓。

6

老杜看着儿子每天这么上进,很是欣慰。小杜一个人身兼好几个任务,每天晚上回来的时候,都要累瘫了,三餐都没有个准。老杜心疼儿子,炖了点儿鸡准备一会儿给他送到社区去,反正他就是骑着个电动车在胡同里转悠,找个隐蔽的地方吃点儿东西,应该没有什么吧?

老杜拎着保温瓶出门了,慢悠悠地骑着自行车去了鼓楼社区。小杜骑着电动车,看见前面有个老头儿骑着自行车满街找自己呢,在他身后按了下喇叭。

"嘿,老杜!"

老杜从车子上下来,一看见儿子哭得皱纹里都开出了花。

"你怎么来了?"

老杜一本正经地推了推眼镜,"还不是看你臭小子吃不好,怕你身体搞坏了!我给你炖了几块鸡,你找个地儿吃了吧!"

小杜脸色尴尬,"爸!我上班呢!吃什么鸡啊?!"

"你中午也不回家吃饭,还要去监工。下午下了班,又直接去送快递了,连口热乎饭都吃不上。身体是革命的本钱,你把身体搞垮了,还怎么挣钱呢?找个没人的地方去吃,走吧……"

老杜生拉硬拽,搞得像干了什么坏事儿一样,将他拽进了一个小胡同里,把保温瓶塞进了儿子的手里,铿锵有力地说了一个字:"吃!"

小杜揣着口袋,只能无奈地蹲在地上吃了起来。

没等吃两口,胡同的另一头,就有个人喊:"干吗呢,杜子腾,你现在可是上班呢啊!怎么还吃上了?"

小杜定睛一看:"坏了,李大妈……"

他的眼睛瞪得老大,嘴外面还探着半根鸡骨头……

李大妈是个爱较真儿的人,纵然这爷俩儿好话说尽,她还是非要去派出所"反映情况",老杜就没见过这么倔的老婆子,愣是把他这个老实人逼急了,"你这个老太婆,我们好话说尽了,你总也是当母亲的吧?你难道不疼你的孩子啊?"

没想到李大妈因为这句话,扯着嗓子喊得更厉害了:"你这个死老头子,你说什么呢?我李米米一辈子没结婚没孩子,你不知道啊……"

"啊?我,我怎么会知道……"

老杜知道自己说错话了,瞅了小杜一眼问:"你知道吗……"

"我……我也不知道啊……李大妈,您没结过婚啊?"

李大妈气得鼻子眼儿都翻到天上去了,转身大步流星地朝着派出所的方向奔去。老杜觉得这事儿闹大了,跟着李大妈也跑了过去……

小杜推着电动车也在后面追,"这哪儿跟哪儿啊……"

7

李大妈气得跟刘志哭哭啼啼,非要求换人,拍着桌子跟他倒苦水:"小刘啊,你说不带这么羞臊人的……他去的时候,你没跟他交代清楚吗?"

刘志还真没跟小杜交代过这李大妈的怪脾气,之前安排了好几个跟她对接工作的协警,她不是看人家不顺眼,就是人家没法跟她一起共事。没想到,这个杜子腾在第二天就也出了问题。但是这次,的确是杜子腾的错,怎么能在工作时间吃东西呢?

老杜坐在一边,委屈地皱着眉头,他自认为和小刘还是有点儿交情的。他不停地跟他求情:"小刘啊,我真不知道这个情况,你不要处分小杜啊!"

"叔叔,这次就算了,下次您可不能再给他送吃的了,他这是在上班呢!"

"我知道,我知道……"

"这可真够乱的,李大妈您别生气了啊,您的情况我没给他交代清楚。怨我啦!"

李大妈气得脸都绿了,扭着腚倔倔地走了,走的时候还朝老杜翻着白眼儿。老杜知道这事儿自己办错了,既然小刘都原谅儿子了,他也没脸在这儿坐着了,老杜觉得应该跟人家李大妈道个歉,毕竟儿子以后还得协助人家工作呢,把人得罪了总归不好。

老杜匆匆跟刘志道了声再见,就去追李大妈了。他在她后面一路小跑:"大妹子啊,大妹子!别走那么快成吗?"

李大妈突然停了下来,猛一转身,吓了他一跳:"我叫李米米!大妹子大妹子的,叫得那么难听!"

"哦……李米米……刚才对不起啊,我不知道……"

李大妈毕竟是干街道工作的,知道肯主动认错的同志不会坏到哪里去,这老头儿给儿子送饭虽然不对,但总是一个好父亲。

她摆摆手,"算啦!"

转身又扭着屁股走了,老杜欣喜若狂,跟着她又恭维了几句:"哎哟,大妹子,你可真大度……"

"你儿子是出来工作的,以为你们自己家的生意呢?想吃就吃啊……"

"是是是,大妹子说得对……以后小杜还得你帮忙照顾,他是个孩子,有个言语不周什么的,你多担待……"

"行啦,不用给我说好话。这孩子不错,就是有勇无谋,是个愣头青……"

……

一个老头儿一个老太太,慢悠悠地边走边聊了起来……

第十七章

1

黑嘟嘟家一直催两人早点结婚,毕竟小黑年纪也不小了。这事儿被大庞提上了日程,他已经认定了这个妹夫,那结婚也是顺理成章的事。

庞娜一副整个人都心死了的状态,看着小杜和珂建那么好,她也该放弃了。对于他们的安排,庞娜只是顺应,没有说一句好,也没有拒绝。

大庞看着妹妹这状态,心里怪难受的,想着等酒吧装修好了之后,就在这新地儿给这对新人把婚事儿办了。

小黑里里外外忙活着他们结婚的事情,带着小庞到处转,房子买的最好的,车子买的最好的,东西也是买的最好的。但庞娜面对这些,还是面无表情。小黑自然知道,她是为了谁这样。他心里别扭得很,他觉得庞娜跟着自己并不快乐,这让他多少有点难为情,也在怀疑自己这么坚持到底有没有意义。

既然是结婚,总要有个像样的求婚仪式,小黑跟大庞商量,看看大家能不能帮自己见证一下,也为了给庞娜一个惊喜。

大庞觉得小黑为了妹妹,真是上心了,决定帮他见证这伟大的爱情。

"你觉得弄成什么样儿合适?我们还去毛豆儿那里吗?"

小黑连忙投反对票:"不要!毕竟是求婚,那个地方有点太街边了,还是找个浪漫、高端一点的地儿吧!"

大庞拍手赞成:"对对对,你小子说得对!那你找地儿,我帮你安排?"

"成,哥!对了,我想多叫些朋友,这样才显得浪漫。你帮我通知一下上次我们聚会的那些人吧,有的我也不熟。"

"哟?还告诉他们?小杜去,不合适吧……"

"有什么不合适的?哥,他都和珂建姐在一起了,我们还有什么后顾之

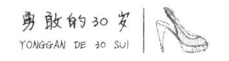

忧吗？"

"也对啊！你小子，心细！黑嘟嘟呀，你为我妹妹做的这些，哥都看着呢！哥就认准你这一个妹夫了！要是结婚后我妹妹对你不好，我就揍她！你放心！"

"哈哈！哥哥，我可舍不得让你揍她！她是我的公主！"

"好好好，公主，公主！"

"那我去找会场了！安排好了，我告诉你！"

"去吧，去吧！"

小黑兴奋地钻进了自己的小跑车里，车子嗖一下就窜出去了。大庞看着他的车屁股意味深长地自言自语："哎，好一个有钱公子痴心男啊……我这傻妹妹，还是真有福……"

2

范二妹最近迷恋上了"演戏"，立志一定要打造一部史上最牛的"夕阳红电影"，主演，就是她自己！

这风是兰花煽的！她说，只要二妹肯投资这电影，主角就一定是她，赚了钱，她们两个还可以平分！

范二妹有明星梦，觉得这兰花以前就是当演员的，还出演过那么多角色，肯定靠谱！再说，她和老常的婚姻都提上日程了，这个"闺女"还不至于骗她这个后妈。而且人家骗她什么呢？骗钱？人家穿的戴的可比自己高端多了，而且还是在国外生活了那么多年的，还不至于到骗钱的地步！

范二妹可是钻了牛角尖了，整天陷入一个个角色中，为的就是锻炼自己的演技！好到拍电影的时候，不会显得她没水平！

兰花和老常，最近经常来二妹家帮她"审核表演"。这不，今儿一大早晨，老常又和闺女来了，只是这老常有点小气，每次来，不是空手，就是拎着几根干巴巴的蔬菜。现在二妹被演戏和爱情冲昏了头，哪还有时间关注他是不是对自己大方？只是前天早晨去菜市场买菜的时候，跌了个大跟头，恰巧被在一边买鱼的老杜看见了。

老杜知道，二妹过得不易，人家要和老常结婚了，纵然他这个前夫心中记挂着,也不能直接登门探望。

今天是周日,小杜本来想睡个懒觉来着,却被老杜早早就从热被子里轰了起来,拍着他的屁股骂着:"你这个臭小子!有时间也去关心关心二妹!"

小杜不耐烦了,用枕头捂着脑袋说:"我那天刚去了,二妹挺好的,最近在学表演准备考电影学院呢!"

"胡说八道!你这个臭小子,典型的有了媳妇儿忘了娘!赶紧起来,给二妹送几个我自己做的馅饼过去!"

"哎哟哟,我怎么闻着那么酸呀?我说老杜,你要是真喜欢人家,就自己去送,把人家追回来!"

小杜越说越离谱,老杜有点儿急了,绷着脸说:"放屁!赶紧给我起来!再不起鸡毛掸子伺候了!"

小杜咻溜一下子,从床上坐了起来。噘着嘴,揉着惺忪的眼睛表示抗议:"都什么年代了,还用鸡毛掸子……"

收拾干净了,小杜拎着老杜做的馅饼出门,他挠挠头,对老杜的行为非常不理解,明明还惦记着人家,为什么就不能主动点儿,把人抢回来呢?

3

二妹最近只要在家,就是一身旗袍的装扮。

据说,兰花要拍的这个电影,就叫《旗袍》,讲述了一个老裁缝和女主角之间可歌可泣的爱情故事。

二妹慢慢抬手,优雅地将手搭在老常的肩膀上。情绪非常投入:"亲爱的,我身上的这件旗袍,你觉得怎么样?"

老常也跟着起范儿,像演绎话剧一样,抬着嗓子回应:"啊,非常好……"

坐在一边的兰花显然对爸爸的这段表演非常不满意,实在听不下去了,赶紧叫停:"停停停!爸,您这也太不自然了!你看我范姨多自然啊,您是要演电影,不是演话剧!你们这些大学老师啊,就是不接地气儿。"

二妹禁受不住两句褒奖,心里嘴上都乐开了花,捂着嘴拍着老常的肩膀笑话:"你呀,就是不如我这老戏骨。想当初,我也是混过剧组,做过群众演员的。

你还得跟我多学学啊!"

老常自愧不如:"是是是,真的是不如你演得生动。有点,僵硬!"

兰花站起来,拍着手说:"对,僵硬! 一点儿也不如我范姨自然! 你要是再跟不上我范姨的话,我可要换男主角了!"

老常有点儿着急:"别啊! 我一定要跟你范姨合作一把! 也算是为我们的爱情留个浪漫的见证!"

这话可说到二妹心里去了,听着简直比蜜还腻人呢! 弄得她整个人都酸了吧唧地不知该坐该站了。

兰花翘着兰花指,捂着小嘴儿夸自己的爹嘴甜,她突然想起了什么走到二妹面前,拽着她的手声情并茂地说:"范姨,咱们商量个事儿吧。"

"乖女儿,什么事儿?"

"你看,我觉得你这戏也不错了,要不,咱们正式启动项目吧!"

这把二妹兴奋得拍手叫好:"好好好! 你觉得,我行啦?"

兰花点点头,为难地说:"您没问题。只是,咱们项目启动起来,离正式拍摄,还需要一个过程。你看,我们光有了故事框架,却还没有剧本。我啊,找了一个特别靠谱的编剧,来写咱们的这个本子,但是人家编剧不能白给咱们干活儿呀,这编剧费得出,你看,我的钱都在国外的账户里呢,取的话比较麻烦……"

二妹没容人家把话说完,赶紧拍胸脯说:"多少钱? 我拿!"

她没想到二妹如此慷慨,想了半天,畏畏缩缩地伸出了五个手指头。

二妹释然:"五万啊? 好说,我这就给你去取!"

"范姨,您真会开玩笑! 我请的可是名编剧,五万怎么可能请得来。是五十万!"

这数字,可把二妹吓了一跳,张着大嘴巴伸着巴掌看了看:"五十万……我的天啊,写个破剧本要这么多钱? 宰人呢!"

"您这就不懂了吧? 您看过最近特别火的那部剧吧? 那个编剧写一集电视剧就要五十万! 咱们这个是电影,又是找的名编剧,五十万的编剧费还多吗? 这可是我老熟人的关系在这儿摆着呢,人家才肯接咱们的本子,要不然,人家忙着呢。别说五十万,八十万人家也不见得写! 他啊,就是看中了我们这个故事,我跟他描述您整个人的状态,他觉得您特别适合演这个角色,这才接了这个本子!"

要知道,一个编剧和一个故事能结缘,真的是需要莫大的缘分的!"

二妹犹豫了一下,什么也没说,钻进了卧室。她打开衣橱抽屉里的保险柜拿出了一把钥匙,皱着眉头犯愁:"我儿子开酒吧,我也就赞助了三十万。这如今写个破剧本就要五十万?!这不是坑人呢吗?"

二妹心里打着哆嗦,但是想想自己的演员梦,想想自己将来可能会红遍大江南北,她一闭眼一咬牙说:"算啦,给她五十万!我又不是没有!"

二妹走出卧室,兰花和老常正淡然地坐在那里喝茶,她冲他们笑了笑,举了举手里的钥匙:"我给你取张卡,要不然现金放在身上不安全!"

"可以的!"

兰花装作不在意的样子,继续喝茶。

二妹走到书房,打开了自己的保险柜,里面有两张存有五十万的银行卡,她取了其中一张,锁好保险柜,走出书房,将这卡送到了兰花的手里。

"写吧!让他把我的角色写得美一些!"

兰花将那张卡自然地塞进了自己的包里:"那是自然的!密码是多少呀?"

"六个八!"

"哎哟,阿姨,您这银行卡的密码太简单了,您以后设密码,可得注意点儿!"

"我整天想的事儿太多了,设个简单的忘不掉。再说这个钱和厂里的钱都是分着的,厂里有会计帮我管。"

"那倒是,大手笔,果然不一样。那咱们,接着练吧?"

兰花朝老常使了个眼色,老常激灵了一下立马响应:"对对对,接着练!"

两个人刚摆起了架势,整起了台词,二妹家的门铃响了起来……

4

小杜进门,看见这爷俩儿在二妹这儿进进出出,心里很不痛快。人家俨然一副一家人的样子,他觉得自己这个亲儿子,反倒是个外人。

他将馅饼放下,就扭捏着要走。只是这兰花一口一个弟弟地拽着他要跟他聊天儿,他觉得自己这辈子没怵过谁,但是这个兰花,真心让他觉得怵头了,他不明白,怎么世界上就有这么不要脸的女人呢?追着人家叫弟,跟自己这样套近

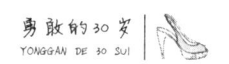

乎，不免让他怀疑她的动机不纯。

兰花拽着小杜，语气献媚，眼神儿一直朝那几个热乎的馅饼瞟着："弟，带的什么好吃的呀？"

"我给我妈带的馅饼！我爸做的！"

小杜故意加重了后面四个字的语气，弄得兰花有点儿尴尬。

二妹打开盒子，拿了双筷子，就把馅饼递给了兰花："吃吧！你在国外，轻易吃不到口味这么正宗的馅饼吧？"

兰花眼睛一亮："哎呀，不是轻易吃不到，是根本就吃不到！我这肚子，还真有点儿饿了！"

"吃！"

兰花故作优雅，夹了一只馅饼，慢慢放到嘴边，轻轻咬了一口，那如痴如醉的表情，知道的是吃了口馅饼，不知道的还以为吃了什么山珍海味呢。

她表情夸张地说："哇，这个好好吃啊！真的好地道呢！"

接着，两口、三口，没一分钟，一个馅饼就下了肚。

二妹看着这个闺女吃得这么香，笑开了花，小杜却越看这吃相不太好看的"姐姐"越觉得哪里不对劲儿。

小杜极不自然地走到了卫生间门口咳嗽了一下，低声喊着："二妹，你来，我有点事儿跟你说。"

"来啦！"

二妹屁颠屁颠地朝儿子走去，小杜一把将她拽进了卫生间，阴着脸开始上思想教育课："你傻啊，那是老杜给你做的馅饼！你让她吃？！"

"哎呀，她轻易吃不到，让她吃呗。我又不是没吃过？！"

"别怪我没提醒你啊，我觉得这个女的不是你想的那么简单。不是个诈骗犯，也是个神经病！"

二妹见他嘴上犯浑，抽了下他的屁股："话可不能乱说啊！你这叫诽谤，知道吗？"

"我是你亲生的，还是她是？我诽谤？我这顶多算怀疑，我这儿为你着想呢，你却说我诽谤她？你把老杜辛辛苦苦给你做的馅饼给她吃了，你对得起一早起来给你烙饼的老杜和顶着大太阳给你送饭的小杜吗？你真成你！走啦！"

小杜气冲冲地走出卫生间,直奔大门口。二妹知道,自己说错话,把儿子得罪了。追着儿子屁股,希望能多挽留一会儿:"别走,你还没看我演一段儿呢!"

小杜气冲冲地丢下一句:"给你闺女演吧……"甩门而去。

兰花和老常一脸惊诧地看着来回忽闪的门扇,老常冷笑道:"哼,没素质……"

自然是素质的问题,二妹也不愿意他这样说自己的儿子,口气自然也霸道:"我们儿子这叫有个性,碍不着素质的事儿。还演不演呀?不演散了吧,我得去工厂了!"

这话,可把老常和兰花惊到了。

5

小杜从二妹家带着一肚子火出来,本来是想回家睡个懒觉。大庞的电话,像追命一样响个不停。小杜嘟哝着:"得,难得的休息,看来酒吧里有事儿。"

小杜接起电话:"咋了?催命呢!"

"你今儿是不是休班?"

"嗯……酒吧那边用人?我马上过去!"

"不是不是,黑嘟嘟给我妹妹弄了个求婚仪式,带惊喜的那种。一会儿你带着你的原班人马准时到!"

"我?……我就别去了吧,你不怕我去了惹麻烦啊?"

"其实吧,我也是这么想的。但是人家黑嘟嘟不这么想,可能就是想证明一下自己不输你的魅力吧?你就理解一下一个即将结婚的男青年的虚荣心!配合一下,带着张珂建!帮我妹妹见证一下这伟大浪漫的时刻!我代表我们全家谢谢您!"

"得得得!我知道了,需要我们配合表演什么吗?"

"来了再说吧!在巴黎之夜三层会场呢!赶紧来帮我布置布置!"

"得嘞,我给珂建打电话!"

珂建今天难得清闲,公公说,让她今天在家专心带孩子,家里有他不必担心。难得的亲子时光,她带着孩子,在店里转了一圈儿,看着手机发呆,她在想,要不要给杜子腾打个电话,难得有和孩子接触的机会。

恰巧,这时候小杜的电话就进来了,每次接小杜的电话,珂建脸上总是带着幸福的小喜悦,不知道,这算不算是他俩的心有灵犀?

"喂,你在哪呢?"

"你是不是在店里? 我过去接你,带你去参加个求婚仪式!"

"啊,谁的仪式啊?"

"黑嘟嘟要向庞娜求婚了,想要个见证。"

"那我们去不太好吧? 我还带着孩子呢。"

"好啊,带着! 我正想看看小美女呢! 一家三口出席,也算是个惊喜吧! 你叫上别的人,让他们直接去巴黎之夜三楼会场!"

"那我给毛豆和兜兜打电话,难得周日,大家都在家呢。"

"对了,喊上晨儿!"

"不太好吧? 毕竟……"

"晨儿挺好的,我们想要在一起,就要一点点往你婆家人那边渗透。再说,晨儿也一直支持咱们不是?"

"那倒是! 好,我和孩子等你……"

珂建最后这句,带着一丝幸福的小甜蜜。

6

果真是有钱人家的孩子,出手就是大手笔,居然请了那么多朋友来配合他演绎一场求婚大礼。

各种颜色的玫瑰花,填满了会场,简直就是一片花海。大庞调遣这些亲朋好友,对每个人要干的事儿各种嘱咐,这场景,真是把人们都看愣了。

珂建一只手挽着小杜的胳膊,一只手牵着女儿,这一家三口,看上去和睦幸福。小杜一直在问晓春儿喜欢什么玩具,喜欢吃什么,一会儿叔叔带她去买……

这场景简直羡煞旁人。李晨知道今天有这么大的场面,决定来凑个热闹。关键是,他听说今儿陈好也会来。今天真是个好日子,可以把大家聚在一起。

李晨屁颠屁颠地跟在人家陈好后面,这让细心的珂建看出了端倪,她觉得李晨的行为,显然对陈好目的不纯。

陈好的态度,倒是一直坚决,离他远远的。他跟人家说话,人家也是爱答不理的。珂建抱着孩子坐在一边,显然对这段看不清的单恋担心了起来,不是就算了,要真是这么回事儿,那自己也太对不起毛豆了,自己的小叔子要撬人家的女朋友,毛豆该怎么想自己?

杜子腾帮着他们里里外外忙活着,大庞还给他安排了一个"小丑"的角色,就是穿上小丑的衣服,站在一对小丑里面蹦蹦跳跳。

该安排的都安排得差不多了,大庞得意地看着眼前的场景,站在兜兜身边,自然地抱住她的肩膀:"看我安排的不错吧?"

兜兜白了他一眼,把他的手从自己的肩膀上扒拉开:"不错!"

他又抱住:"回头我给你也弄个求爱仪式吧?"

兜兜又扒拉开:"不用,我看不上你!别白费劲!"

"别价啊,十年前我就待见你。如今你回来了,你未嫁我未娶的,这是缘分。你得给缘分一次机会!"

兜兜忍俊不禁,向前迈了一步,转身盯着他的眼睛一本正经地说:"那就看你有没有这个本事了!"

大庞笑嘻嘻地搓着手,哈喇子都要流出来了:"哎哟,我的小野马,我就喜欢你这劲儿!"

"去去去!滚远点儿!还有没有点儿正形儿了?"

……

远处传来了小黑的喊话:"大家都准备好了吗?我的公主在十五分钟后到达,希望大家都能配合好帮我完成这次不一样的求婚仪式!谢谢大家了!"

大家都拍手示意自己做好了准备。

小黑兴奋地跑到大庞这一堆人面前,笑容不断:"哥,辛苦了啊!"

"臭小子!为了我妹妹我辛苦点儿不算什么啊!"

小黑眼神里非常有内容地看了已经扮成小丑的杜子腾一眼:"杜哥,谢谢啊!"

小杜拍着他的肩膀,坚定地说:"加油!"

小黑点点头。

7

庞娜开着车，往巴黎之夜走。

眼神涣散，没有一点儿内容。她不知道，这个黑嘟嘟又在搞什么鬼，自己都答应要和他结婚了，还弄些乱七八糟的事儿，怪让人心烦的。

只要静下来的时候，她还是会想小杜，还是会想要和他在一起。小庞觉得自己中毒太深，唯有用婚姻来冲淡自己的单恋。但是，她就这么跟小黑结了婚，会不会太委屈自己了呢？这么一想，庞娜开着车哭了起来，掉头驱车开往了小杜家的方向……

巴黎之夜的三层大厅，上上下下掐着手指头数数来了百十号人，说好了十五分钟后到的庞娜，如今过了一个小时了还没有来。这不免给到场来帮忙见证的人泼了一大盆冷水。大家都在怀疑这对情侣的爱情，都快结婚了，女朋友居然给未婚夫晾了这么大一场子，看来这婚还不是真心想结。

大庞的手机都打烫了，可是这姑娘就是不开机，急得大庞一个劲儿地给小黑说好话。小黑嘴上没事儿，心里却很是失望。

大家都等烦了，开始交头接耳议论纷纷。尤其是小黑这方面的人，开始冲着庞娜家这边的人翻白眼儿，他们都在怀疑这个姑娘的真心，甚至人品。

小庞径直将车开到了小杜家楼下，像只狂奔的小野鹿一样冲上了楼，敲开了他们家的门。老杜看见这姑娘慌里慌张的样子，面色多少有点儿难看，大概猜出了这姑娘前来的目的。

"娜娜……"

"叔叔，我找小杜哥哥，他在家吗？"

"他不在家啊，他好像去参加那个什么活动了。你哥叫走的，你们没在一起？"

"哦，好！我知道啦！"

小庞风是风火是火地开车走了，她知道，他一定在小黑说的那个地方。

又过了半个小时，小庞才赶到会场。黑嘟嘟眼前一亮，看见小庞急匆匆地往会场跑，想必是路上堵车了，或者出了别的什么问题。但不管迟到多久，她总算来了。小庞一进场,音乐声配合地响起,大家也都各尽其职,忘记了她的不礼貌,还是想要配合着将这求婚仪式圆满进行。

该唱歌的唱歌,该跳舞的跳舞,小黑站在这会场的尽头,等着自己心爱的姑娘慢慢从这热闹的气氛中缓缓朝自己走过来。

小庞被这场景吓了一跳,大概猜出了其中的寓意,她在这一堆人中间寻找小杜的身影,她觉得恍恍惚惚的,她哭了,她找不到小杜,可是却看见坐在一边抱着孩子的张珂建,她知道,珂建是以一种什么样的身份来参加这个仪式的,想到这里,她才哭的。

从会场外走到会场内,大概有一分钟的时间,这一分钟,她把自己哭成了泪人。大家都以为,她是被小黑感动了,其实她只是为找不到杜子腾而着急!

小黑见自己的小公主"感动"哭了,心里反倒很开心,觉得总算是把这块坚硬的小石头焐热了,赶紧抱着一大束"蓝色妖姬"缓缓朝她走过去。她像只受了惊吓的小白兔,抹着眼泪在一队欢声笑语的人中间一点点儿往前蹭。

小杜穿着小丑衣服,站在一堆小丑中间蹦得最欢,他终于有种如释重负的感觉。过了今天,他就能心安理得地和珂建在一起了,那个时刻让他担心的小屁孩儿,终于找到自己的幸福了。

小黑笑着走到庞娜面前,抹了抹她脸上的眼泪:"傻姑娘,怎么哭了呢?不要哭了哦,我说过不会让你哭的。"

小黑抱了她一下,给点儿小安慰。然后站得笔直,单腿跪地,从怀里掏出了那枚巨贵无比的钻戒,这钻戒上面的钻石,够旁边站着的女孩儿羡慕一阵子了。

小黑抬头向心爱的女孩儿表白:"娜娜,我们在一起也两年了,虽然你平时脾气不太好,但是我不想用世俗的眼光去绑架你的天性,我就是爱你,想宠着你,想让你做我世界里那个唯一的公主!你,愿意嫁给我吗……"

小庞半天没有说话,看他跪在自己面前那副真诚的样子,万般心疼和内疚。她慢慢蹲下来,拽着他的胳膊,抽泣着说:"对不起……真的对不起……嘟嘟,我不能骗你呀,我真的还没想好要结婚,我求求你,不要给我那么大压力好不好……"

小庞这话一出口,现场陷入一片哗然之中。黑嘟嘟的脸,瞬间僵硬了。本来以为万无一失的求婚惊喜,没想到得来的是这样一个答案。

小黑再爱她,也是个男人。他一开始以为,庞娜再不懂事,也不至于当着这么多人的面,让自己下不来台,更何况,结婚已经是板上钉钉的事,他就是想让大家给他们的婚姻做个见证,好让小庞没有后悔的余地。

　　没想到,会是这结果。

　　大庞也是被吓得瞠目结舌,脑袋里像打了一百八十个死结一样,怎么转都转不开了。关键时刻,还是兜兜那个机灵鬼打破了这尴尬,站在角落里拍起手来,大声喊了一句:"哎呀,庞娜你的戏过了啊!哈哈哈哈……"

　　说着,兜兜开始往庞娜的方向走,拽起蹲在地上的人,用手使劲儿捏了捏她的手臂。

　　"醒醒,进入角色了啊?之前说吓吓他,谁让你演得这么逼真了?真是把大家都吓坏啦!嘿嘿,差不多行了啊!戏过了,戏过了!对不起啊大家,是我跟她泄密的,她说要吓吓小黑!好啦好啦,完全一场闹剧!"

　　大家都用将信将疑的眼神看着她们,兜兜在她耳边小声地说:"能不能懂点儿事?给人家个台阶下!想分手,暗地里分去!"

　　说了这句,兜兜又将声音抬高:"好啦!快说你愿意呀,你都把大家吓坏啦!"

　　庞娜看着眼前委屈得要哭的嘟嘟,心里也难受,只能勉为其难地点点头说:"我愿意……"

　　有相信这是闹剧的,也有觉得庞娜最后这句"我愿意"是违心的。有叫好声,也有唏嘘声。只有这一小堆人明白是怎么回事儿。

　　珂建抱着孩子,悄悄地离开了会场。小杜见她悄悄走了,穿着一身小丑衣服追到了大厅,拽着她的胳膊说:"你干吗去?"

　　"行了,你还没看出来啊?你赶紧把这身衣服脱了跟我走吧,我先撤,你紧跟!"

　　"啊?"

　　"啊什么啊,快点儿!我和孩子在外面等你!让他们几个在这儿收拾残局吧,我实在是待不下去了……"

　　"哦,好……"

8

　　小杜将车开到郊区的公园,珂建说这里清净,想带着孩子来看看风景。珂建带着春儿在草坪里跑着、笑着,小杜坐在车里趴在方向盘上,眉头紧锁,想想刚刚那事儿,实在不愿意跟自己联系在一起。

　　他思来想去,也不能逃避这个事实,幸亏自己逃出来了,要是让庞娜看见自己,指不定还会说出什么傻话来。

　　孩子蹲在地上自己摘小花,珂建轻喘着,朝小杜的小奥拓走过去。拍着车前盖指着他的鼻子骂:"杜子腾,你给我出来!"

　　"干吗呀?"

　　"你说干吗?你计划怎么着?"

　　"我计划?我闲着没事儿计划什么呀?"

　　"庞娜,可是为你。你是不是男人啊?是男人你就得有个爷们儿样!要不然我瞧不起你!"

　　"关键是,我该怎么当这个爷们儿啊?这事儿和我有半毛钱关系吗?"

　　"和你没有关系吗?你知道庞娜爱你到疯狂!你得把事儿跟人家姑娘说清楚了。"

　　"我都说了好多次了!她不听!我有什么办法?"

　　"那你就跟她好!"

　　小杜怔了,没想到她会想出这损招儿,口气焦急地骂开了:"你说你怎么回事啊?让你的老公去跟别的女孩儿好?不是,你到底什么意思啊?"

　　"我的意思是,你得让庞娜明白,你不适合她。你不如黑嘟嘟好!"

　　"那我就得委屈自己跟她好,还得扮演渣男?!"

　　"事情已经这样了,你得想解决的办法!你要是不想庞娜一辈子都在你这根绳上吊死,你就得出大招儿!要不然,你以后的麻烦会更大!"

　　"人家当着那么多人的面儿同意了啊,没准儿下个月就结婚了!我跟人家好个屁啊?"

　　珂建冷笑着断言:"放心,仪式散了,准分!"

一大堆人，又喝得七七八八东扭西歪的。大庞不知道散会后，该怎么收拾残局，索性拽着毛豆可劲儿喝，喝醉了睡过去，就什么都不知道了。

很快，毛豆和大庞就喝多了，趴在桌子上直接不省人事。

李晨觉得毛豆醉酒，绝对是自己接近陈好的绝佳机会，陈好也喝了点儿小酒，脸颊绯红坐在一边玩手机的样子，都要把李晨迷醉了。

他端着一杯鸡尾酒缓缓朝她走过去，伴随着美妙的音乐，向她伸出手说："美女，可否赏脸共舞一曲？"

陈好白了他一眼，拎着包包趔趔趄趄地往卫生间走去，李晨居然尾随了过去。

陈好上完了卫生间，堵在门口上的李晨，借着酒劲儿，趁她不备，一把将她拽到自己的怀中，没等她反应过来，嘴就亲了下去。陈好使劲儿挣扎着，像只倔强的小麋鹿，一个劲儿地刨蹶子，蹶子刨了小半分钟，才从他的怀中挣脱出来。然后狠狠地给了他一巴掌！这一巴掌打得真响，足以将他打醒了。李晨捂着半边火辣辣的脸赶紧道歉："对不起，陈好，我……"

"别说了，恶心！"

陈好踩着细高跟，大步流星地走掉了。剩下李晨站在那里懊悔地砸墙。

陈好委屈地抹着眼泪，恨恨地骂着："娘的，真是让猪拱了！这个毛豆，到底拿没拿我当回事儿？我身边一直有只苍蝇他不知道吗？"

她在醉酒的毛豆桌前站定，没好气地推搡着他："走不走？"

毛豆喝得太多了，嗯嗯啊啊着，根本不知道在说什么。陈好见李晨从卫生间出来了，气得脸都绿了，索性自己先撤了！

小黑一杯杯地喝起来没完，跟这个碰完了杯跟那个碰。很多人都觉得无趣，提前散场了，恐怕全场只有庞娜和兜兜是最清醒的，庞娜坐在一堆喝醉了的臭男人中间，眼神绝望。兜兜就坐在她边上，托着腮帮子盯着她，以防她想不开做傻事。

第十八章

1

小杜感叹,终于知道自己为什么最近总是噩梦连连了。敢情这里有这么大一坑呢?把珂建母女送回家,小杜这脚刚迈进门,老杜就给他"报喜"说:"刚刚庞家老二来找你了,看那阵势,跟要打仗似的。我说了,你去参加他哥组织的聚会了。她就急匆匆地跑了。现在的姑娘啊,风是风火是火的,真让人接受不了。我看啊,她就是对你没死心。她找到你了没?"

这一席话啊,听得小杜后背直冒冷汗。敢情她迟到了一个小时,是来找他了?怪不得会唱这么一出呢。不过幸亏庞娜没认出自己,要不然后果真的不敢想象。

会场剩下的几个人都喝多了,横七竖八地躺在会场里,会场的工作人员过来清场,问兜兜和小庞,这几个喝醉的人怎么办。

小庞用脚蹬了下哥哥的大腿:"让你瞎出主意!"

兜兜拍着毛豆的脸,费了好大力气,才把他扶了起来。兜兜扶着东摇西晃的毛豆说:"我把他弄走了啊,你哥还有你未婚夫,你自己想办法吧……"

说完了,兜兜迈着艰难的步子,趔趄着扶着毛豆离开了会场。

小庞请服务生帮忙,将两个醉汉抬到了自己的车上,小庞看着两个喝醉的男人,一边开着车一边哭,她觉得自己闯祸了,闯大祸了……

因为实在弄不动他们,大庞和黑嘟嘟就在车里窝着睡了一宿。他们醒过来的时候,大庞看见自己抱着一个黑黝黝的男人,吓得差点儿蹿到车顶上去。

小黑也醒了,揉着眼睛,觉得自己像做了一场惊天大梦一般。

"哥!"

大庞觉得面子上实在是挂不住,看他的眼神都有点儿难为情:"哎!黑啊……不管怎么说,也算圆满成功了吧?"

"我要和她分手。"

"啊?不行不行!好好的分什么手啊?"

黑嘟嘟决绝地下车,背影异常潇洒。大庞从后车窗看着这小子伤心的背影,狠狠地抽了自己一个巴掌:"这叫办的什么事儿啊……"

2

一句分手说得相当容易,就在电话里,黑嘟嘟对小庞提出了分手,他甚至都不愿意当面去说。

妹妹分手,可郁闷坏了大庞。大庞叫齐了一堆人,在毛豆的院子里喝酒。

大家都坐着,没有人愿意喝酒,更没人愿意说话。

大庞一只腿压在另一只腿上,皱着眉头,郁闷地抽烟。

"别不说话呀,大家倒是给想想办法,看看还能不能挽回。"

小杜红着脸,抄起啤酒咕咚了一口:"你妹妹离婚,我们能有什么办法啊?"

"会不会说话呀,我妹妹是被分手!不是离婚好不好?"

"那你说怎么办?要不,咱们搞一个场,把之前那些人聚集起来,再跟人家黑嘟嘟求一次婚,把面子给他找回来,行不行?"

毛豆眼前一亮:"哎?你别说,这个办法可行!"

大庞拍了下他的脑袋反驳:"可行个屁!娜娜一直都想和他离婚!不是,分手!现在好不容易实现了,她还能去求回来?你傻啊!"

大庞眼睛瞥了一眼小杜,看见他就气不打一处来。但是他知道,一直都是自己这个死心眼儿的妹子纠缠着人家,更何况,人家小杜现在已经和珂建在一起了,明明知道不可能的事儿,妹妹却还要犯傻,看来自己的妹子是真傻。

大庞就这么一个妹子,是真心疼。但是他又不能无理要求人家小杜什么,看着妹子整天这么折磨自己,他心疼得都不知道该如何是好了。

大庞拽着小杜的手,声情并茂地央求:"杜子腾,解铃还须系铃人!大家都知道我妹是为什么,你就干干好事儿,劝劝她让她死了这条心好不好?"

小杜心里委屈着呢,"是我不说吗?你这不是强人所难吗!"

兜兜用瞧不起的眼神瞥了大庞一眼，拧了一下他的大腿，"瞧你那点儿出息！让我看啊，这孩子是不摔不知道什么叫疼，别嫌我说话难听啊，这要是我妹妹，我非抽她俩大嘴巴让她清醒清醒不可！你就让她自生自灭去吧！"

"胡说八道！敢情不是你妹妹，我就这么一个妹妹！是我世界上唯一的亲人了！我照顾不好她，怎么跟我死去的爸妈交代啊？"

大家都不说话了，这个庞娜，可真是个让人头疼的人物。

珂建一直憋着没言语，她还是坚持小杜认为荒唐的那个做法，那就是让小杜假意接受小庞，得让她撞了这南墙，她才能回头。

她是因为小杜才和小黑分手的，不管怎样，他们这一对，不能回避自己良心上的不安，人家都分了手要在小杜这棵树上吊死了，他们怎么还能心安理得地相爱？而且保不齐庞娜以后还会出现各种问题，他们真的能做到无视吗？

"接受她吧，她是个好姑娘。"

坐在角落里的珂建，突然冒出的这一句，让大家都觉得她疯了。大庞最先不乐意了，扯着嗓子喊着："哎，你这什么意思？我可没有这个想法啊！我妹妹和小杜不合适，你别觉得你这是无私奉献，我们不需要……"

兜兜拽了拽她的胳膊训斥着："你疯啦？"

"我没疯，现在只有这一个办法。得让娜娜知道，小杜根本就不适合她，只有小黑才是最适合她的人才可以。"

"什、什么意思？"

"杜子腾，你是个男人。你自己看着办吧，我还是那句话，庞娜过不开心，咱们谁都别想过好了！"

珂建的话，让大家陷入一头雾水之中，看似好像是个什么挽救庞娜的点子，但这前提是得让小杜先接受庞娜。

毛豆最先恍然大悟，拍着脑门儿说："我大概明白了，你是想让小杜先假意接受庞娜，然后让她自己明白，小杜并不适合她。然后再回去找黑嘟嘟？"

珂建点点头："他不爱她，这就是最好的证明。你勉强接受她了，还是不会爱她，只要她明白这一点，她会想起小黑的好的。"

还是大庞第一个先不愿意："那可不行，万一假戏真做了，我找谁哭去？再说，我那傻妹妹那么傻，真和他在一起了，她还能撒手？"

"谁让他们真在一起了？这件事儿，是我们三个人的事儿。我、杜子腾、庞娜，我们三个坐下来聊聊。"

小杜看了珂建一眼，知道她肯定会坚持自己的想法和做法，这下他要接受炼狱一般的考验了。

小杜心里生气，觉得女朋友居然能想出这样的馊主意来，简直就是侮辱自己的一片真心。

3

这是一场由珂建发起的"谈判"，她想要和杜子腾心安理得地在一起，首先要攻破的难关就是庞娜。

小杜开始很抵触，拒绝珂建这种幼稚的行为，但是珂建却说，要是他不玩儿这个游戏的话，她就永远也不接受他的爱情。小杜赌气，觉得她明摆着跟自己找别扭，一气之下，就跟着她来到了和庞娜约好的地方。

珂建坐在他对面，冲他笑着问："别紧张，这就是个游戏。她玩儿咱们就陪着，不玩儿也怪不得我们。"

小杜抱着肩膀，白了她一眼，拒绝和她交流。

庞娜按时应约，很快就在这家咖啡馆找到了小杜。她看见小杜就会兴奋起来，脸上的阴郁一扫而光，蹦跶着就朝他跑去了。

"小杜哥哥！"

她坐在小杜的身边，笑嘻嘻地盯着他看，完全就是一副花痴的状态，小杜下意识地缩了缩自己的身子，珂建咳嗽了一下，庞娜才注意到对面还坐着人家的女朋友。

庞娜收敛了动作，脸色也很尴尬，"珂建姐姐。"

珂建笑靥如花，盯着他俩一直笑，笑得小杜觉得后背发毛。

庞娜也觉得气氛不对，赶紧换了座位，离小杜远一点儿。冲着珂建摆手解释："珂建姐姐，我不喜欢小杜哥哥了。你不要误会啊！"

珂建十指交叉，盯着她笑，那笑容简直有点儿"诡异"："你可以喜欢。"

"啊？我真不喜欢了！"

"你必须喜欢!"

"我求你了,我真的不会破坏你们的感情的。我看我还是走吧!"

珂建一把拽住了她的手,一本正经地跟她"谈条件":"我们心里都清楚,你为什么拒绝小黑的求婚。现在小黑要跟你分手,你让我们心里很难安。"

小庞咬着嘴唇,奋力解释着:"珂建姐姐,不是你想的那样……"

"求婚派对之前,你去了小杜家,对不对?你想奋力一搏,你想挽回你的爱情。"

小庞什么也不说了,趴在桌子上哭了起来,一直抽泣。

"你们听我解释……"

"好姑娘,爱一个人没有错。但是你这么折磨自己,就不对了。现在姐姐跟你做个游戏,你敢不敢?"

小庞抬起头,一脸茫然。

"姐姐把你的小杜哥哥让给你一个月。这一个月他是你的,如果一个月之后,你还觉得小杜适合你,并且小杜也愿意接受你了,那我就退出。"

"姐,这太荒唐了!"

"你对小黑做出那样的事情不荒唐吗?他对你那么好,你不也是把他伤了?年轻人,都在经历荒唐,你要是勇敢一些的话,也许你能得到你想要的爱情。"

庞娜犹豫着,十分心动这样的恋爱方式,有一丝希望,总比没有希望强。就算是杜子腾不喜欢自己,那么她还可以有这一个月的时间,让他爱上自己。假如自己不抓住的话,那么真的一点儿机会都没有了。人人在爱情面前都是自私的,既然她已经自私了一次,那索性自私到底。

庞娜看了一眼坐在身边的杜子腾,内心翻江倒海,小杜一直躲避着她的眼神,心里各种不爽也不能说,他在和珂建赌气,觉得她既然能做出这样的退让,分明就是不在乎他们这段失而复得的爱情。但他还是觉得这事儿挺荒唐的,心里一直在祈祷小庞不要答应这样荒唐的安排,毕竟这赔了夫人又折兵的买卖不好做,他也不能给人家姑娘一个交代。要是过了这一个月她更迷恋自己了可怎么办?

杜子腾只觉得后背冒汗,想要临阵脱逃,借机说要上个厕所。这身子还没抽出来,就听见庞娜异常坚定地说了仨字儿:"我同意!"

小杜的身子一下子就僵住了，整个人都僵住了。小庞兴奋地站起来，挽住他的胳膊，笑嘻嘻地盯着他说："我愿意，试用期一个月！一个月后要是觉得彼此真的不合适的话，我再把你还给珂建姐姐！"

珂建抱着肩膀，盯着她俩冷笑着。

到这危急时刻，小杜才想起奋起反抗，凭什么自己就成了一个被交换的商品？她们到底顾没顾及他的感受。

小杜甩开小庞挽着自己的胳膊："我不同意！"

小庞没想到他立刻就反悔，嘟着嘴眼里含着泪，非常难为情的样子。趴在桌子上又哭出声了，小杜手足无措，哄也不知道该怎么哄，暗暗在心中骂自己，就不该答应来见这个面，简直荒唐至极！

珂建拍了下桌子，白了杜子腾一眼："你是不是男人？大男人敢做敢当！你这样，我瞧不起你！"

"我做什么了我？"

"你答应了！"

"我……"

小杜无力反驳，只觉得自己的世界都乱套了。

珂建拍着小庞的手赶忙安慰着："别哭，别哭！"

说着朝他使了个眼色，小杜看着哭成了李三娘的小庞，只能先软和下来，起码不能再让她因为自己出什么意外了，要是那样大庞非杀了他不可。

小杜现在有种把自己逼到了悬崖上，跳不跳都是死的感觉。

4

哄了半天，小庞终于收住了自己的眼泪。珂建见她不哭，背上包潇洒地走掉了。她感觉自己的任务完成了，一个月后答卷上不管是不是大家满意的答案，起码可以做到问心无愧了。小杜就这么一直在大街上走，无辜的小庞就这么跟着他，一直走，一直走。

她不敢说话，怕自己说错了话，他会生气。虽然她也挺委屈的，但是她真的不想失去和他恋爱一个月的机会。

杜子腾现在只觉得无语,他越想珂建越觉得气,怎么能想出这样的馊主意?把自己的男友拱手让给别人? 要是真在乎的话,就算是一天,也不愿意啊! 一这么想,小杜就气得想砸墙。

　　他现在是进退两难了,华灯初上,庞娜已经跟着自己走了两条街了,脚丫好像不适,走路开始趔趄,一瘸一拐的。

　　他回头看了她一眼,觉得这姑娘怪可怜的,走过去问她:"饿了吧?"

　　她有点儿受到惊吓似的点点头,又赶紧摇摇头。小杜笑着,帮她抿了抿耳际的头发:"走,哥哥带你吃饭去!"

　　……

　　大庞在毛豆的院子里拍着桌子喊:"荒唐! 这太荒唐了! 张珂建怎么能干这么荒唐的事儿呢? 万一! 万一他俩真好上了,可怎么办?!"

　　陈好趴在毛豆的肩膀上撒娇,毛豆跷着二郎腿哄女朋友,往她的嘴巴里送花生豆,根本就没有在意他的歇斯底里。

　　"哎! 我说你们两口子倒是给我出出主意啊?!"

　　"大庞哥,事情已经这样了。你就顺其自然吧! 珂建这么做,还不是觉得亏欠庞娜的? 你以为她心里好过啊?"

　　"不是,我相不中杜子腾啊!"

　　"你相得中他他也成不了你妹夫啊! 现在不就是为了安慰庞娜吗? 珂建的意思是,等过完了这一个月,让庞娜明白了小杜根本不喜欢她,她就会知难而退了!"

　　"要是不退呢?"

　　毛豆和陈好对视了一眼,顿时无语了。

5

　　珂建回到家去看婆婆,两天没见,严素素的病情好像更厉害了,抽纸的速度明显快了,看见珂建也没有了以往的热情,而是冷着脸,对她爱答不理的。

　　老李也开始变得沉默不语,整天照顾她照顾得累死了。这不,现在正坐在一堆卫生纸抽中间,一张张将纸叠好再放回纸抽盒里。

珂建坐在她面前,抓住她的手关切地问:"妈,想我了没?"

"你这个狐狸精,想你有什么用?你还不是要走?"

珂建跟她打趣:"要走?您不想要我啦?"

严素素一听这个,又要哭了,使劲儿捏着媳妇儿的手,可怜巴巴地说:"妈妈要你,要你。你不要走,不要走啊……"

"我不走,哪儿也不去。你不要瞎想了啊!"

"那就好,那就好。"

严素素的病,让李家父子很头疼,李晨和爸爸商量,要不要把这个手术赶快给做了,但是医生的建议还是不要操之过急,毕竟开颅手术还是有一定风险的。而且现在她只是出现了神经错乱的这个症状,肿瘤并没有继续长大,只要悉心照顾,这样维持着比开颅要乐观。

只是老李辛苦,老李甚至还想过,傻就傻吧,总比死在手术台上要强。

珂建拿起沙发上的纸,也帮着一张张叠了起来。

最近严素素吃药花了不少钱,老李看着他们的存款一天天变少,很是发愁。就算是有再多的钱,也禁不住一个月近万元的医药费。

他还是很在意小杜每月那五千块钱的,毕竟,当初他要是不推倒她,她的病情也许不会这么严重吧?这事儿,他没和李晨说,但是这钱,他觉得必须得接受。第一是他们现在的经济不允许做耿直的事儿;第二,毕竟他也脱不了干系。

老李叹着气:"珂建啊,你和那个小杜……"

"爸,我和他没什么。"

"你不用跟我解释,我们不想干涉你什么。但是你要提醒他,记得给你妈拿钱过来。"

珂建有点惊讶,没想到老公公居然问自己开口要钱。她本来以为公公是个仁义的人,收了杜子腾两个月的钱遮遮眼就得了,没想到他会想继续收下去。

她用惊诧的语气问:"爸,家里没钱了吗?"

"有钱,但是你妈这病得用很多钱,我们都是靠退休金过日子的,就是有点儿存款,也禁不住这么花啊!"

"就是,也禁不住这么花啊!"

严素素拍着珂建的手,瞪着大眼睛说。

珂建用不可思议的眼神看着婆婆,对他们刚刚的话表示怀疑。老李神色暗淡,掰着自己的手指头说:"我知道,我们这样不合适。但是这事儿于情于理和他都脱不了干系。珂建啊,我知道你也为难,但是这钱……"

"珂建啊,我也知道你为难,但是这钱……"

严素素又重复了一句,珂建看着婆婆这副样子,心里也难受得很。捂着额头愁得说不出话来,又心疼又无奈。

"这样吧爸,我想办法把店盘出去。"

"啊?"

"我把店盘出去,把所有的钱都给你们,你不要问杜子腾要钱了好不好?"

"这个……"

"就这么定了。这点儿话语权我还是有的吧?毕竟,我还是这家的媳妇儿。"

老李点点头,抹抹眼角的眼泪:"我们李家对不住你。"

珂建牵了牵嘴角,拎着包走到门口,觉得这真是糟糕的一天,把男朋友送人了,自己的店也要送人了。

她打开门要走,老李又补了一句:"我真怕你妈哪天一觉醒来,谁都不认识了。不过那样也好,起码,你自由了。"

珂建含着泪笑了笑,出了婆家的门。

6

小杜去哪儿,她就跟着去哪儿,庞娜成了小杜身后名副其实的小尾巴。她就是想抓住和他在一起的每一分每一秒,好让他爱上自己。

小杜上班,骑着电动车在这几条胡同里转悠,她就也在这附近转悠,一上午的时间,小杜愣是碰见了她好几次。

每次她都龇牙咧嘴地冲他笑,什么也不说,就赶紧撤离现场。

虽然她知道自己这么做也是于事无补,但她就是想骗自己,期待爱情奇迹可以出现。

刘志也碰见小庞几次了,觉得这姑娘肯定是在追求小杜。他知道,这也许是自己借机向珂建示好的机会。

恰巧被他碰见小杜和小庞遇见说话的一幕，他录了一个小视频，发到了珂建的手机上。珂建收到这小视频随口骂了一句："卑鄙。"就没有理会了。

她现在烦得很，想短期内将店面盘出去，还想盘一个好价钱，这简直就是天方夜谭。她在同城网站张贴盘店信息，一天内咨询的人不少，就是一听她要的价格就没了下文。她看着自己辛苦经营起来的店面，心里凉了半截。当初乱七八糟的投入大概有四十多万，现在盘的话恐怕连三十万都要不到，真是让她心疼。

眼看着就赔钱的生意，让她心烦意乱。关键是，她把店面盘出去了的话，她以后能干什么呢？这个店就算不能挣大钱，但也足够她和女儿的生活了……

想想这些，她就头疼得要命。

刘志又拎着大包小包去看晓春了，张家伦是认准了这个"准女婿"，决定就算是强压，也要让女儿接受小刘。他不能眼看着一个品质这么好的孩子，从自己的眼皮底下溜走。关键是，难得他对晓春这么好，找一个对孩子负责的后爹，可不是那么容易的。

刘志抱着孩子，跟老领导下棋。

夏兰坐在一边，笑着给孩子剥橘子吃，孩子还会把橘子瓣送到刘志的嘴里，表示对他的喜欢。

最近刘志来家里勤了，夏兰也没有表现得多不快，总归是客，再说刘志这孩子，的确是挺懂事的。至于女儿接受不接受，那是她的事儿。

珂建进门，看见刘志抱着孩子，打心底有种抵触感。她觉得刘志现在的一切做法，都是荒唐的，明明不可能的事情，他非要去争取，反倒弄得自己很为难。再加上严素素的事，让她很糟心，根本没心思去接待这样的客人。

她走到他们面前，不耐烦地将孩子从刘志的怀里抱了过来，话都没说一句，就冷着脸钻进了自己的房间。

她莫名其妙的不快，让刘志慌神了，尴尬地用手搓着自己的牛仔裤："是不是看见我来不开心了？"

张家伦嗫着牙花，生气地拍了下棋盘喊了一声："连最起码的礼貌都不懂了，谁还整天哄着你啊？"

"叔叔，别着急。我看她不开心，我看我还是走吧。"

夏兰冷着脸，显然对老张的暴躁很不满："就是，孩子的事儿够多了，你就不能温柔点吗?"

张家伦心里就是气不顺,觉得自己这个女儿,都要被他们宠上天了,人家刘志怎么了?这么优秀的孩子,怎么就不配她了?

"她一进门就给人家下马威,谁招她惹她了吗?她这臭脾气,都是咱们给惯的!人家刘志招她了吗?人家好心来看孩子的,总之,她就是跟我过不去就对了,知道我喜欢刘志,还偏要对人家这样……"

刘志觉得一地鸡毛,只想尽快离开,这老张越说越多,一会儿这一家子要是因为自己打起来,那可就太尴尬了。

刘志急着劝解了两句:"叔叔,别闹了。她心情不好,您就别再骂了啊!我看我还是走吧。阿姨,我先走了,您好好劝劝叔叔……"

夏兰也知道对不住人家刘志,言语里也显得不好意思:"小刘,你看今天这事儿闹得,你们老领导就这脾气,你可别在意啊……"

"怎么会呢……"

刘志往门口的方向走,隐隐约约听见珂建屋子里传来的啜泣声,他心细地朝夏兰做了个嘘的手势,夏兰安静了下来,也仔细地听着。珂建在哭。

刘志和夏兰一前一后朝她的房间走去,打开门,看见她趴在床上哭得稀里哗啦的。夏兰心疼坏了,赶紧去安慰女儿:"你爸没别的意思,别委屈了,孩子。"

刘志站在房门口,也不知道该说什么,就觉得实在是尴尬。

"妈,我要把店盘出去。"

她突然说了这么一句,让严素素有点吃不消。

"你说什么?盘店?你把店盘出去你干什么去啊?你缺钱了吗?"

"不是。我就是想盘出去,现在店面根本给不上价格,我投了四十多万,现在连三十万都收不回来,我要烦死了。"

珂建抬起头,冲着门口站着的刘志道了个歉:"对不起啊,我不是冲你。"

"没、没事儿……你想盘店啊?别着急,总能找到好买家的。"

"我着急,我着急用钱好吗?好了好了,你们也帮不上我的忙,就都别烦我了。"

珂建推着夏兰出门,砰地将门关上了。夏兰皱着眉头,对刘志耸耸肩膀:"别在意。"

279

老张听说女儿哭了,朝这边巴头探脑儿,心疼得不行。刘志搓了搓夏兰的胳膊安慰着:"阿姨别着急了,那我先走了。"

"成,不好意思啊,刘志。"

夏兰和老张送刘志出了门,老两口你望我我望你,老张问她:"怎么又盘店呢,是不是缺钱了?"

夏兰白了他一眼,根本不想跟这个不可理喻的人说话。

7

事情搞明白了,夏兰坐在沙发上,唉声叹气:"你这孩子,为什么这么随我?这么耿直有用吗?妈妈把你的店盘下来好不好?"

"妈,您别开玩笑了。这是李家的钱开的店,我想和他们撇清了关系,这个店就得早点跟我脱离关系才行。这样也好,该还的,我都还了他们了。良心上,也过得去了。"

夏兰叹着气,点头:"也好,你说得对。这个店就是你和他们家唯一扯不清的地方了吧?盘出去好,盘出去清净。妈妈一直都希望你能干个稳妥的工作,到时候妈妈给你想办法找个工作吧。"

珂建叹着气:"我现在没心情想这些,到时候再说吧。"

夏兰看着女儿这副状态,也不知道该如何劝慰,觉得她这辈子,怕是都要和那个杜子腾耗了,现在都要为了他将店盘出去了,他们要是继续固执下去不接受他们的这段感情,也是无济于事。

夏兰觉得自己有必要,做好张家伦的思想工作,那个杜子腾虽然渣点儿,但总算是为了珂建开始努力了,再说,也不能总是用十年前的眼光去审视现在的他,总要给人一个机会,也给自己一个机会去了解。

珂建手机响了,又是一个咨询盘店的人,珂建和他交涉了几句,一听那边的报价,直接就把电话挂了。

"多少钱?"

"这个更过分,只给二十五万!唉,不管了,我先去店里,把货出出,能收回多少收回多少,这样也不至于赔得太多。"

"也好,去吧。"

珂建背上包匆匆出门。手机又响了,是杜子腾的电话。她犹豫了半天,最终还是没接。

小杜看着手机上"珂建"这两个字就心烦意乱,见她不接电话,内心如翻江倒海一般,真怕她就这么消沉下去,放弃他们这段来之不易的感情。

小庞这根尾巴怎么也甩不掉,小杜现在就盼着这一个月的时间赶紧过去,好让小庞死心。他想清楚了,就算是再伤害小庞一次,他也不能放弃珂建。

小庞蹲在离他十米远的地方,静静地看着他。小杜觉得她这样子也怪可怜的,朝她走过去,蹲在她面前,她立马解释:"我立刻消失。"

小杜拽住了她的手:"饿了吧?我下班了,咱们去吃东西吧。"

小庞有点儿受宠若惊,觉得自己的真诚终于打动了自己的男神:"好啊,我请你!"

"拉倒吧,我能让你请吗?你想吃什么?"

"我知道一家麻辣烫,以前黑嘟嘟经常带我去吃的。"

"哦,黑嘟嘟?"

小庞捂着嘴:"对不起啊,口误!咱们走吧!"

黑嘟嘟最近用疯狂代替消沉,反正他年轻又有钱,在女朋友这件事儿上是不用犯愁的。

黑嘟嘟的身边是不缺女孩儿的,自从和小庞分手之后,他就以一周一个的速度换女朋友,带着这些女孩儿去他和小庞经常去的地方。说白了,还不是为了能遇见小庞,证明给她看自己没有她也一样能活得潇洒。

庞娜带着小杜来到这家麻辣烫,找了一个比较凉快的位置坐下。小庞兴奋地说:"这个位置,正对着空调,我们研究了很多次了,这个地方最舒适!"

"你和黑嘟嘟啊?"

"对啊!你吃什么啊?"

小杜盯着门口,眼睛睁得像铜铃那么大:"说曹操曹操就到了!"

庞娜笑着回头:"谁呀?"

她居然看见一个长相甜美的女孩儿,紧紧地抱着黑嘟嘟的腰就进来了。两个人的样子，让人觉得特别不舒服。

庞娜嘟着嘴，看着这场景倒是冷静，扭过头继续跟小杜叽叽喳喳。

"小杜哥哥，你要吃什么？"

"麻辣烫啊！来这儿不就是吃麻辣烫的吗？"

"那你喜欢吃什么？我去给你配菜！"

"随便，随便……"

黑嘟嘟见庞娜和小杜也在，便不甘示弱，紧紧地抱着那姑娘，话都说得比平常酸了一百倍，什么小宝贝，小可爱，小心肝……这样的词汇都拿出来。眼睛却还总是往庞娜这桌瞟，毕竟他心里还是很在乎小庞的反应。

庞娜气得直翻白眼儿，觉得这饭没法吃了，简直让她想吐。她噘着嘴，也不想点餐了，凑到小杜的面前说："哥，你恶心吗？"

小杜反倒觉得怪有意思的，抿着嘴笑了笑，一副无所谓的样子。庞娜没意思地跑去挑菜，黑嘟嘟就拉着小女友的手去挑。两个人故意在她面前转了几圈儿，小庞白了他们一眼，将手里的菜往盘子里一丢，愤怒地转身，拉起小杜的手冲了出去。

庞娜生气了，小杜很开心。

第十九章

1

李晨每天都能看见杜子腾和庞娜混在一起,不免对他产生了不满。

最近的几次聚会,珂建都没有带他,他并不知道这其中的缘由,他只知道这小杜不是喜欢嫂子的吗?背地里跟另一个姑娘不清不楚的实在让人看不过眼去。

不管怎么说,张珂建也跟自己在一个屋檐下生活了两年,他知道珂建命苦,也支持她再嫁,好不容易珂建迈出了这步,他小子居然又变心了。他刚掏出手机要给张珂建打电话问个清楚,刘志拍了下他的肩膀跟他打招呼:"嗨!干吗呢?"

他又将手机放回了口袋里,生怕他会找自己的茬儿,刘志瞥了一眼远处的杜子腾说道:"最近这小姑娘追他追得够猛的,你嫂子不知道吧?"

"我怎么知道?"

"中午一起吃饭吧,我也怪郁闷的。"

李晨犹豫着,他总觉得这个刘志的人品有问题,可如今人家是领导,自己不赏脸似乎也过不去,去就去吧,反正人民警察不可以喝酒,大不了就是一起吃个午饭,应付应付得了。

他看着天,勉强点点头。刘志看了一下手机说:"还有五分钟下班,我去拿杯子,等我会儿。"

两个人找个小馆子,简单地点了几个菜,没有酒的饭局,对于男人来说,是非常尴尬的。刘志觉得有些话,还是得拿酒壮胆比较好,问服务员叫了一瓶啤酒。李晨看着他,"你疯啦?一会儿还得上班呢。"

"没事儿,喝两口没关系。又没人会闻。"

他冷笑道:"我以为你不喝酒呢。"

"我也是个男人,还是个年轻的男人,怎么就不喝酒呢?没人规定人民警察不能喝酒啊,只是上班的时候尽量不要喝。今天难得咱俩能坐在一起,一瓶啤酒没事儿。"

"也好,省得大眼瞪小眼的没话说。"

刘志喝了一口啤酒,开始试着推心置腹。

"你看见了?"

李晨明白他要说什么,故意打岔。毕竟,他对眼前男人的印象不是很好。

"你说什么?"

"别装蒜了。杜子腾和那姑娘整天在一起,这样对你嫂子公平吗?"

李晨犹豫了一下,喝了一口酒,夹了一口菜,口气怀疑:"你的意思是,他俩好上了?"

"你自己不是看见了吗?我跟你说,杜子腾真的不适合你嫂子。你小子怎么就是看不清呢?就他那吊儿郎当的样儿,他能给珂建什么?"

"他在搞酒吧啊。"

"那是他老子的钱!是他的吗?再说就他那样儿,保不齐就干黄了。你看看和他合股干生意的那人,一看就是个痞子样儿。"

李晨觉得自己的推断没错,这个刘志果真是个当面一套背后一套的小人,他想着,要是珂建找了一个这样的人,才是倒霉呢!对他的话,他没有发表观点,只是冷笑,觉得这餐饭吃得不咸不淡,一点儿滋味都没有。

刘志喝了一口酒,继续侃侃而谈:"杜子腾为什么接受阿姨的要求,月供五千块?你以为他真的是良心不安吗?他是为了接近你嫂子,这样有心计的人,你觉得珂建跟着他合适?"

"什么月供五千?"

刘志好像发现了什么新的突破口,又故作淡定地说:"就是给你妈月供五千药费的那事儿啊。你别装了啊,你又不是不知道。"

李晨推搡了一下他的肩膀:"你说什么呢?你说清楚了?!给我妈月供五千药费?他为什么要这么做啊?我怎么不知道这事儿呢?"

"哎哟,合着你不知道啊?看来我闯祸了!算了算了,咱们喝酒!"

可这明显勾起了李晨的好奇心,自家的事儿,他居然到现在还不知道,这明显就是刻意隐瞒吧？难道小杜和自己父母之间,有什么不可原谅的矛盾？

"你快告诉我,要不然我就回家问了。"

"别别别!阿姨不是病了吗,是小杜跟她发生了争执,把她推倒了,才诱发了后面的病情。虽然你们家阿姨病早就在身上了,但是小杜如果不推这一下碰到头的话,也许不会恶化得这么快吧……我就知道这么多了,你可千万别说是我告诉你的,要不然珂建会恨死我的!"

李晨完全蒙了,这三个人,居然还跟自己藏着这么大的秘密?!原来整日让他心疼犯愁的妈妈,病因居然和杜子腾有关系!看来珂建为了自己不反对她和小杜在一起也是下了功夫了,这么大的事儿,自己居然不知情!

李晨攥着拳头,恨得咬牙切齿的。没想到杜子腾也这么能瞒,当面一套背后一套的事儿也干得出来,原来妈妈的病和他有直接关系!

他似乎一下子接受不了这个打击,仰着头将一瓶啤酒全喝了。他现在很冲动,他就想找小杜打一架。

2

最近小杜挺累的,酒吧开业在即,很多事情大庞都要亲力亲为,小杜自然也不能站在一边干看着,自己的股份占了一半,好歹也算半个当家。中午的时间,基本都是泡在酒吧里干活的,送快递的活儿也辞了,决心好好经营酒吧。大庞说了,只要他在自己的酒吧里好好地唱,驻场的钱,他们可以单算。

下班了,小杜和庞娜回到酒吧,看着这酒吧装修后一番欣欣向荣的景象,小杜却怎么也开心不起来。大庞像个打了胜仗的将军一样站在演出台上"指点江山":"看,怎么样,酷不酷?这是我迄今为止见过的最酷的酒吧!杜子腾这小子眼光不错,这地儿的确很适合做酒吧!"

小杜坐在一边,跷着二郎腿看着房顶说:"适合,适合……赶紧找个合适的日子开业吧,钱投进去了,得赶紧进入赚钱模式。"

"你小子啊,猴急!我找大师算了,这个月初五,适合开业,是良辰吉日!"

"那成。就初五吧。"

小庞坐在小杜的面前,就这么笑着盯着他。看得大庞觉得毛骨悚然,心里将张珂建翻来覆去骂了一万遍,这是出的什么馊主意啊?大庞只想从中破坏,绞尽脑汁了也没想到什么好办法,只能找借口约了黑嘟嘟来坐坐,谈谈他们退婚的相关事宜。其实就是想给妹妹添个堵。

黑嘟嘟觉得这事儿没什么好谈的,大不了就是把礼金退回来就得了。但他的脚还是不听使唤,鬼使神差地去了。当然,带着自己的新女友。

小黑来了,手里牵着的女朋友又换了一个,走进酒吧的那一刻,那小姑娘诈尸一样惊呼:"哇噻!这地儿太酷了!"

庞娜的眼神朝门口探去,看见小黑又换了新姑娘,咬着牙说:"真欠揍!"

小杜可没心情关心他们这些人,还是抬头望着天花板。他在给自己出主意,该怎么做,才能把珂建拽回来,让她放弃这荒谬的做法。

大庞看见黑嘟嘟来了,身边还挎着个不靠谱的小丫头片子,这后背的汗都冒出来了。

"哎哟我说,你这么快就找到合适的了啊?你这不合适啊,你才和我妹妹分了几天啊?"

"确切地说是三周零三天。"

"这么几天你丫就变心了啊?真够混账的!"

小庞气得喘着粗气,压根儿不看他。黑嘟嘟看着小庞,用力揽了一下那姑娘的腰,语气嚣张地跟大庞说:"哥,你喊我来不是谈退婚的事儿吗?"

"是是是……就该跟你丫退!负心汉!你赶紧走吧,我回头把钱打到你账户上!"

小黑表示不服,昂着头继续叫嚣:"哥,利息我不要了。就当给你的开业大礼吧!"

大庞攥着拳头,万万没想到他会说出这么混蛋的话来,小庞气疯了,觉得他这样不懂得尊重简直就该死。也不知道哪来的胆子,平时一向骄纵却胆小的小庞,居然三两步冲到前男友面前,一把拽开了他身边的小姑娘,上去就给了他一大耳刮子。

旁边的小姑娘疯了,拽着庞娜的衣服就是一巴掌又还了回去:"你丫头敢打我男朋友?"

这两巴掌终于把待在一边走神的小杜惊醒了,他回过神来,看着眼前这乱哄哄的一幕又看出点道道来。

大庞看见自己的妹妹受了欺负,气疯了,刚想走过去教训丫的,却被杜子腾拽住了。小杜朝他使了个眼色,示意他不要过去。大庞憋红了脸问:"你什么意思啊?"

小杜朝他们那边抬了抬下巴:"自己看。"

两个人就按兵不动,看着小庞捂着半边被打得火辣辣的脸蛋,委屈倔强地看着黑嘟嘟,黑嘟嘟的眼神里全是心疼。他是不能忍受庞娜受这样的委屈的,转过身,上去又给了现任女朋友一巴掌,反正杜子腾是看明白了,这俩人心里根本就还互相惦念着,现在跟这斗气呢。尤其是这个庞娜,看来珂建的判断是正确的,她根本接受不了一个昔日爱她如命的男人,就这么狠心丢下她离去,更何况,身边还挎着个姑娘。

小丫头因为男友的前女友,被男友当着前女友和前女友的哥的面打了个耳光觉得自己颜面尽失。疯起来的样子整个就是一二五八万,扯着嗓子朝黑嘟嘟喊:"你什么意思啊?"

"什么什么意思?你以为你是什么东西,你敢欺负她!"

小黑朝她瞪着眼,气得这姑娘直跺脚,上去又给了他另一边脸一巴掌,叫嚣着一定不会就此罢休地就走了。

小黑赶紧去哄她,抓住她的手腕问:"没事儿吧?"

庞娜眼睛充了血,上去又是一大耳刮子,哭着跑出了酒吧。站在远处的大庞和小杜都不忍心看了,这一会儿就被打了三个耳光,也怪不容易的。

小黑没有去追,他现在更看重一个男人的面子。更何况,就算是追回来又怎样?她还不是一样喜欢杜子腾!只要杜子腾一天不从她的生活中消失,她的内心就是折腾的,他的爱情就是飘摇的。他觉得这样的爱情弄得自己筋疲力尽,与其爱得这样累,倒不如不要做无谓的挣扎。

黑嘟嘟的背影里全是绝望,慢慢走出了他们的酒吧。大庞急得直跺脚:"哎哟,你丫倒是去追啊!"

小杜摇头无奈地拍拍他的肩膀像演话剧似的模仿着:"疯狂的爱情啊,造就了一帮疯狂的年轻人!"

大庞转身看了一眼小杜,朝他呸了一下:"还不是因为你!"

李晨怀恨在心,觉得自己被整个世界欺骗了。他不理解,为什么老李也不告诉自己这件事?

最近他特别怕回家,怕看见严素素那半疯不傻的样子。他心疼又无能为力,他看着自己的妈妈一点点"昏睡"过去,他无能为力。他想过给她做手术,但他不敢拿妈妈的命做赌注。晚上回到家进门,严素素热情地朝儿子奔了过来,脸上居然化了浓妆,特别浓特别吓人的那种。她朝李晨使劲儿地眨着眼问:"儿子,老妈漂亮吗?"

李晨尴尬地笑着,违心地哄她说:"漂亮,漂亮!我爸呢?"

"哦,你说那个老不要脸的啊?他在卧室叠抽纸呢!我再去画个眼线!"

严素素转身,翘着兰花指跑到卫生间去折腾了。李晨朝卫生间的方向无奈地摇摇头。然后走到老李的房间,看见老李将一张张面巾纸放进纸抽盒里。

"爸,我有事儿问你。"

他的语气中带着愤怒的情绪,老李有点惊诧,怎么今天儿子的情绪,好像有点不正常?

"什么事啊?急扯白咧的!"

"你告诉我,我妈这脑袋是不是因为杜子腾推倒她磕了一下才变得这么严重的?"

"呀,谁告诉你的?你怎么知道的?"

"为什么你不告诉我呢?这么大的事儿!"

"哎……你妈脑袋里本来就长了东西,早晚会变成这样的。只是她摔了这一下,加快了恶化的速度。我不想告诉你,还不是因为……你嫂子……我不想你嫂子为难。"

李晨根本听不进去,现在就想打杜子腾一顿,不管怎么着,他辜负了自己对他的信任,这事儿他应该跟自己交代的。

李晨攥着拳头,风是风火是火地去找杜子腾了。走到小杜家楼下的时候,正碰见开车回家的小杜。

杜子腾将车停好,看见李晨来找自己,还挺高兴的。

他笑着跟他打招呼:"来找我喝酒的吗?走吧!上去,我让老杜整俩小菜!"

小杜热情地朝他走去,此时的李晨,已经像只充气的蟾蜍,只要他靠近,他就会蹦起来跟他拼命的。

小杜越走越近,李晨忍不住了,迎着他走了两步,站定,看着他的眼睛冷笑了一下。拳头砸了下去,将小杜搬出了老远。

小杜蒙了,捂着脸骂:"你疯啦!"

"我是疯了!杜!子!腾!你害我妈变成了这样,我是疯了!"

小杜愣了,不知道该如何解释是好。李晨的脸都变得扭曲了,攥着拳头大吼了一声之后愤怒转身离开。

小杜蹲在地上,急得拍了两下自己的脑袋:"真他妈怕什么来什么!"

李晨觉得自己和杜子腾的这梁子算是结下了。至于他和张珂建怎样他管不着,但是这事儿,他绝对不能就这么算了!不然也太便宜这个狼心狗肺的小子了!

4

刘志因为珂建盘店的事儿也上心了,给她联系了一个买家。没想到一来二去,两个人就谈拢了,三十五万成交。今天,就是签合同的日子。

清晨起来,珂建简单地收拾了一下自己,对着镜子笑了笑。她想,等把这钱还了,她心里就没有债了。夏兰站在女儿身后,抱着她说:"看来小刘还是不错的,对你的事儿,上心。"

"唉……没办法,目前为止,这是给价最高的一个了。我也只能欣然接受。"

刘志来接她陪着她一起去签合同,家里的门铃响了,珂建拎起包说:"我走了啊,刘志来接我了。"

夏兰看着女儿匆忙的背影,叫住她嘱咐了一句:"姑娘,男人这东西,对你好的,能给你保证才是最重要的。给别人一个机会,刘志这孩子不错。"

珂建勉强挤出一丝笑容,对于妈妈的这番言论不做回答。

小杜觉得自己有必要为自己的爱情做出努力,他一定要让珂建放弃这执拗的想法,重归自己的怀抱。

　　他揣着五千块的"月供"去店里找她,怎么说这也是见她的借口。他一早在她的店门口等着,等了一个小时,终于把她等来了,只是她的身边多了个刘志,还帮她拎着包,一副保驾护航的样子。

　　他早就想到了,这个刘志肯定会钻空子,这几天他一直觉得暗中有双眼睛在注视着自己。他想到了是他。但是没想到他会这么卑鄙,借机接近珂建。

　　他冲出车子,挡在了他们面前。两个人都怔了,珂建拨拉他的胳膊,"躲开!"

　　杜子腾拉着她的手,强拉硬拽地要和她谈谈。刘志挡在两个人中间,给杜子腾警告:"你小子别犯浑!"

　　"我犯浑?钻空子的都是狗!你知道吗?"

　　"你说谁呢?"

　　"谁钻别人感情的空子我说谁!"

　　刘志推搡了他一下,将他推出了老远,抢过珂建的手,"我们走!"

　　珂建绝情地跟他往店里走,白了小杜一眼。只能说小杜来得不是时候,居然挑了这样的日子来找她,今天她辛苦经营的店面,就要成为别人的了。而她,都是为了他才要这么做的。

　　杜子腾哪是什么善茬儿,更不会任凭别人牵着自己心爱姑娘的手。他站起来,像只狮子一样冲过去,又把珂建抢了过来,挡在身后,推了下刘志的肩膀:"你他妈离她远点儿!你算什么东西?!"

　　刘志一脸无奈,揣着口袋指着他的鼻子说:"杜子腾你才是混蛋!要不是今儿有正事儿,我肯定会跟你打的!你别以为我怕你!"

　　他转身抓紧珂建的肩膀质问着:"你怎么回事儿啊?他就是个势利小人!我要和你谈谈!"

　　珂建觉得这个杜子腾真不是一般的不懂事儿,这个节骨眼儿上也没心思跟他解释,对方已经在店里等着了,她还有好多事情要跟对方交代。她没工夫跟他纠缠。她绕开他,想要去店里。又被他猛地拽了回来:"你到底怎么回事?我要和你谈谈!你没听见吗?"

　　他死死地抓住她不放手,珂建气急了,狠狠地给他一巴掌。眼里含着泪说:"放开!"

"你要去找他?"

"对,放开!"

听到这个回答,小杜很伤心。慢慢放开了他的手,看着珂建朝刘志走去,两个人进了店里。

小杜觉得自己身边的空气都被抽空了,这个珂建怎么能当着一个卑鄙小人的面儿扇自己嘴巴?!这简直让自己颜面尽失,毫无自尊。

他将包着五千块钱的信封,递给了来店里上班的一个姑娘请她转交,默默离开了这个地方。

5

小杜失恋了,十年之后以一种惨烈的方式,再一次失恋了。

他不理解珂建明明知道这其中是怎么回事儿,却还要接受刘志的殷勤?!他觉得自己要疯了,他觉得珂建不懂自己,也许他一直的坚持根本就是错的。她需要的,真的只是一个依靠,而不是一场爱情。

终于办完了所有的过户手续,钱打到珂建卡上的那一刻,她的心完全放下了。不管有多少不开心,但是想想马上就能还清债了,心情还是很舒畅。

她笑着对刘志说:"我怎么谢谢你呢?请你吃饭吧!"

刘志坏笑着:"想谢谢我,不仅仅是吃饭这么简单。"

"别闹了,你知道我们之间不可能。"

"我不能太惯着你了!我都帮了你两次大忙了,从没要求过你什么吧?这次我要自私一次,对你提点儿要求了。"

珂建知道他想说什么,就是那个她一直逃避的问题。她想拒绝他的要求,既然吃饭不行,那就等以后有机会再说。她转身想逃,刘志一把将她拽进了自己的怀中:"答应我,给我一次机会!就一次机会,你试试,要是我不能打动你,你再做最后的选择,好不好?"

珂建从他的怀中挣脱出来,脸颊烧得通红。她有点儿为难地拒绝着:"不能!我不能给你这个机会!"

"那你就是知恩不报!"

珂建不知道如何回答他咄咄逼人的问题,转身绝情地走掉了。刘志站在那儿,对着她的背影非常深情地喊话,真的是用喊的,恨不能全世界都能听见的那种喊。

"张珂建,我就是喜欢你,爱你!为了你,我什么都愿意做!我就是想要征服你!你今天答应也得答应,不答应也得答应!我这辈子就认定你了……"

她踩着高跟鞋大步流星地在前面走,他就一边喊一边在后面跟,跟得很紧很紧,声音喊得很大很大,整条街的人都在看着他们。

"张珂建,我就不信,我打动不了你,我就不信我比不上杜子腾那个渣男,他就是个渣渣,你的爱应该属于我,我才能给你坚实的依靠……"

纵然珂建捂着耳朵,但她还是听不下去了,这路段打车太难了,人又多,大家都像看怪物一样看着她,甚至旁边还有人说她不解风情。

她转过身,气冲冲地走到刘志面前,捂住他的嘴说:"别吼了,吼什么吼!"

那一刻,珂建的手碰着他的嘴唇,眼睛死死地盯着他,他觉得自己的心跳加速,自己从没离她这么近过,这个生气时说话会很大声的姑娘,简直让他疯狂。

珂建很强势地拽住他的手大步流星地往前走,一边走一边抱怨:"我真不知道上辈子作了什么孽,什么样的奇葩男人都被我遇见了,一个死鬼,一个渣男,现在还有一个难缠鬼,就不能给我安排一个正常点儿的男人吗……"

刘志被她拽着,捂着嘴巴笑了笑,觉得这姑娘真是可爱极了,更坚定了要追到她的信心。

珂建就这么一路把他拽回了家,她也不知道,她怎么就拽了他一路,一直到了自己家楼下才停下来。

她见到家了,气急败坏地甩开了他的手说:"赶紧走,见了就堵心!"

他却非要上去坐坐,珂建不让,恰巧碰见了遛弯儿回来的老张,看见自己喜欢的刘志送闺女回家,自然不能让他走,一来二去地就把刘志让进了家门。

老张问珂建,手续办好啦?珂建敷衍着,嗯嗯啊啊地回答。一边翻白眼儿,一边收拾孩子晾在阳台上的衣服。夏兰也跟着添乱非要做上一桌子菜谢谢人家,珂建就也没有了驱赶人家的理由,刘志这次算是捡了个大便宜。这让他觉得自己和珂建之间,似乎又进了一步。

6

　　小杜觉得这事儿没缓了,除非让小庞快点儿退出这场荒唐的游戏,要不然珂建就被别人抢走了。

　　他就差给大庞跪下了,希望他能劝劝他妹妹,早点儿放了自己。

　　"哥们儿,是不是哥们儿?是哥们儿你就给我想想办法啊!"

　　"我当初就不赞成你们这个荒唐的安排,你丫还没问我愿意不愿意呢!就私自把事儿定了!我这妹妹现在就是那林黛玉,伤不起你知道不?不过,我最近看不清这个黑嘟嘟到底在搞什么呢。哎?我妹今天没跟着你,你没发现啊?"

　　这倒提醒了小杜,仔细回想,今儿还真没看见庞娜?!大庞确定妹妹位置的方法,就是看她的朋友圈儿,他打开手机"定位",发现庞娜今儿连朋友圈儿都没更新,显然这不是她的风格。大庞有点儿心慌,不是昨天闹那么一出,闹得她要想不开吧?

　　小杜前后分析着:"我觉得这个庞娜开始在乎黑嘟嘟的一些举动了。"

　　大庞还是觉得心慌,总觉得自己心里,好像有点事儿似的。他拽上杜子腾冲出酒吧,将他塞进车里,慌张地说:"你得跟我回去看看,这丫头,爱钻牛角尖!"

　　"哎哟,我说不至于吧?当初是她甩的人家。"

　　"正因为这个,她后悔了才是真后悔呢!你说她一个姑娘家,她怎么去跟他道歉啊!"

　　"那倒是。先回家看看。"

　　大庞将车开到了家,跑着上了楼,累得气喘吁吁。各屋转了一圈儿,喊了几声,没人。

　　"是不是去上班了啊?"

　　"上班?不会吧?她说她要放长假呢?要不去看看吧。"

　　大庞和小杜,又奔赴到医院。两个人一前一后地跑着,小杜跟在他后面一边喘气一边喊:"你别着急啊,等等我。"

　　大庞站在医院的长廊,远远地看见妹妹坐在护士台上认真地做着笔记。他终于舒了口气,小杜跑过来,拍着他肩膀朝庞娜看着:"我说上班了吧。"

两个人朝她走过去,大庞语气焦急地问:"你不是放长假吗?"

庞娜抬头,一脸茫然地说:"今天护士长说医院缺人,我就来了。"

"哦……"

"你们来干吗呀?没事儿的话就走吧,我没空跟你们说话。被护士长看见会扣工资的!"

"哦……"

小杜拉着大庞走了,一路心花怒放,"这丫头总算正常了。"

大庞回头看了一眼,"这才不正常呢!"

7

珂建拿着三十五万去婆婆那边,进门,李晨和老李正一边一个强按着严素素的身子,而严素素正在拼命挣扎,嘴里大喊着:"我要去找李斌,我要去找李斌……"

这一幕,可把珂建的小脸儿吓得惨白。慌张中说话都变得结巴了,"怎么了,这是?"

"嫂子!快点儿拿片药,就那个小药盒里的。"

珂建慌张着,倒药的手一直在打着哆嗦。

"赶紧塞到她的嘴里。"

严素素吃了药,过了大概有十分钟,终于安静下来。安静下来的严素素,眼神瞬间呆滞了,看见珂建她有点儿好奇地问:"你回来了?斌斌呢?还没下班啊?"

她不知道该如何作答,"妈妈……"

"斌斌呢?斌斌早晨起来忘记吃早餐就去上班了,我说给他送饭过去,你爸和晨晨偏不让!不是,斌斌呢?他俩不是一起回来吗?"

老李朝她使了个眼色,意思是让她顺着话说。珂建会意,拽着婆婆的手安慰着:"妈,今天斌斌加班,你忘了吗?"

"哦……对啊,他早晨走的时候,好像是告诉我了。看我这脑袋,整天在想什么呢?我怕他会饿,要不,我给他送点吃的去吧!"

"妈,我给他送了他爱吃的小笼包去,饿不着您儿子!"

"哦,这样啊！真是乖媳妇儿。那我去给他煲汤,等他加班回来喝!"

说着,严素素扭着腰进了厨房。珂建有点儿担心,想跟过去,李晨拽着她的胳膊说:"你别去了,她只有做饭的时候才是消停的。让她做吧!"

老李疲惫地坐在沙发上发呆,珂建坐在他身边,温柔地安慰着:"爸,难为你了……"

坐在一边的小叔子冷笑:"还不是拜杜子腾所赐？嫂子,为什么我这么对你,你却还在一些事情上刻意隐瞒我呢？咱妈这病,跟小杜有关系,你怎么不告诉我？"

珂建慌张地解释:"晨晨,不是你想的那样。咱妈这病本来早就在身上了,那只是诱发的原因……"

"对对对！诱发的原因！要是他不推倒妈妈磕到头的话,她可能会过几年才发作,可能是三年、五年、十年……甚至能更长！他追你我没意见,但是他为什么要推倒一个手无缚鸡之力的老人呢？他要是真爱你,他应该尊重妈妈才对啊！他是想从我们家抢人吗？"

珂建哭着,就差给李晨跪下:"我知道,这事儿跟小杜有关系,我是替他来赎罪的。晨晨,我把店盘出去了,这些钱足够妈妈支撑一阵子了。"

珂建从包里掏出了那张存着三十五万的银行卡,放在茶几上。李晨看着那卡,气得肺都要炸了,真没想到,张珂建会用这样的方式来跟他们家撇清关系。他拿起那张卡,扔进她的怀中:"拿着你的钱走人！我们不要！我们也不会拦你跟一个人渣在一起。我就希望,你们良心上能过得去就成!"

"别这样！现在家里需要这钱！"

"这是我们家！请你快走吧!"

李晨重申了,是他们家这件事儿的重要性。老李已经老泪纵横,看着珂建手里的银行卡干着急,他现在就想快点儿整点儿钱给老婆治病,什么谁的钱,谁要走,对于他来说都不重要！

珂建拿着卡,眼神绝望地走掉了。

老李说:"我送送你嫂子！小晨你刚才太过分了!"

他跟着珂建出了门,老李最近老了很多,远望过去,就是一个迟暮老人。头发也白了,说话都哆嗦,一副心力交瘁的样子,看着让人心疼。

"珂建啊,晨晨还小,不懂事……"

她猛地转过身,将那张银行卡拍到他的手中,"爸。钱拿着。你放心,该管的我一定会管!"

老李拿着那卡,颤抖着,羞愧着,哽咽着,不知道该说什么。他对她还有很多请求,他知道,自己拿了这卡之后,就不该再对张珂建要求什么了。

"爸。你有话要说是吗?"

"孩子,你妈妈最近总是问你们,她想晓春了,毕竟她也是孩子的奶奶,你要是放心的话,就让孩子来回住。不要一下子撤得这么干净,谁也受不了。"

珂建握了握老李的手,"嗯。我不会的。"

然后转身走出了他的视线,老李看着儿媳妇的背影直至消失,才转身回家。

第二十章

1

夏兰是绝对不赞同女儿再带着孩子回婆家去住的观点的。她坐在那里用沉默和珂建抗衡，冷眼看着她里外忙活着收拾东西，在这件事儿上，她觉得不是用善良和理解万岁来衡量的。很多事情，都有一个合适的标尺，她现在和孩子回去，就严素素那状态，不把她折磨死才怪。

忙活了一早晨，珂建终于收拾好了。笑着对妈妈说："妈，我今儿过去住了啊！"

夏兰再也忍不住了，这次是真的想跟她大发雷霆："你怎么回事儿？你现在已经和他们家没有关系了！何必呢孩子？"

"妈！这事儿和杜子腾有关系！再说，婆婆真的想孩子，我不让人家看孩子总不对啊。我把孩子自己丢在李家，我能放心吗？再说，我必须要过去照顾她，她也是我的妈妈！"

"妈妈不反对你善良，但你得保护好你自己啊。以前你为了李斌忍受，现在又要为另一个男人赎罪！这简直对你太残忍了！你还年轻，妈妈只想让你轻松地活着，做点儿年轻人该做的事情，你去酒吧唱歌，谈个恋爱，这样不好吗？"

珂建笑着，领着晓春走到门口，用清脆的明确的声音告诉妈妈："没有杜子腾，我跟谁谈恋爱啊！"

珂建笑着出了门，根本不顾妈妈的反对和生气，她知道，只有这次她坚持下去，她才能找回自己的爱情，她不想再错过什么了，她现在只想默默做自己想做的，无论她和小杜能不能走到一起，她也没有遗憾。

珂建顶着莫大的压力又住进了婆家，她想全力照顾好严素素，不盼望她能恢复得像个正常人一样，起码要给她培养好生活习惯，这样她才放心。

她拎着包袋刚进门,就看见严素素坐在地上看喜羊羊和灰太狼,一边笑一边流泪着自言自语:"我孙女儿最爱看这个了……"

"妈,您怎么坐在地上呢?"

晓春儿喊着奶奶跑过去,因为好久没看见奶奶了,孩子对她很是想念,居然一把抱住了严素素。这一抱,把严素素抱愣了,半晌她也没有动静,瞪着俩大眼睛,眼泪啪嗒啪嗒地往下掉着。

孩子很懂事,伸着小手帮她擦着眼泪:"奶奶,你想我都想哭了啊……"

珂建也被这一幕打动,鼻子一酸,差点儿哭了出来。

老李拎着两只湿淋淋的手从厨房出来,看见珂建居然带着孩子回来住了,心头涌上一阵暖意,嘴上也笑开了花。

"孩子,你回来啦?"

"我回来了,以后我帮你一起照顾我妈。"

老李感动得要哭出来了,嘴里一个劲儿地念叨着:"不容易啊,孩子你不容易啊……"

2

小杜发现最近老杜挺安生的,业余生活一下子似乎丰富了起来。对于小杜的折腾,根本就不理会,也没问自己酒吧的最新动态,小杜下午偶尔回来一下,发现他也不在家。小杜都在怀疑,这老杜是不是在谈恋爱啊?

不过想想,又觉得不可能,他这么老古板的一个人,自己一个人守了这么多年了,老了还能老来俏吗?

今天下班,小杜没有在外面吃,哼着小曲儿回家了,想把酒吧的事儿和老杜说一下,说完了再去范二妹那里通知一声。

小杜还没进门,就听见家里传出老女人的唠叨声。那口吻,活脱像是这个家里的女主人,"哎呀老杜,你整天吃这些可不行。小杜不回来,你好歹也给自己炒个菜吃……"

小杜伏在门口,耳朵贴在门上听了一会儿,觉得这声音怎么这么熟呢,好像是整天在自己身边叽叽喳喳的李大妈啊!

小杜浑身打了个激灵,破门而入,真的看见李大妈和老杜有说有笑地喝茶聊天儿! 小杜眨巴着眼,张大着嘴巴,不敢相信自己眼前的一幕。

"李大妈,你怎么来啦?"

李大妈脸腾地红了,捂着脸一脸娇羞,不知道该说什么了。老杜也磕磕巴巴,不知道该怎么跟儿子解释,咽了口唾沫,仰头喝了一杯茶,推了推自己脸上的眼镜,憋足了气问了声:"吃饭了吗?"

小杜觉得实在是尴尬,眨巴着眼支吾着:"哦哦……吃,吃了! 我就是回来告诉你,我酒吧初五开业,你看看还需要准备什么吗?"

"你酒吧开业,我准备什么啊? 我也不懂你们这些年轻人的事。你看着好就好了。"

"哦……那我去通知二妹一声。"

小杜扭过头看了一眼李大妈,居然发出了邀请,"李大妈到时候也去?"

李大妈有点儿受宠若惊的样子,用力地点了点头!

小杜几乎是从家里逃出来的,他觉得刚才那一幕,简直太匪夷所思了……

3

去范二妹家的路上,小杜将这事儿前后思量了一遍。他劝自己,老杜想找个伴儿就找吧,这么多年他过得不快乐,这次他回来,也是希望所有人都能快乐。二妹也要结婚了,这一对倔强的父母,看来真的是缘分已尽,难续前缘了。要是能找到各自的幸福,在今后的日子能过得顺畅一些,也没什么不好。

小杜叹了口气,将车停好。朝二妹家楼上看了一眼。他告诉自己,现在除了自己的爱情不圆满,一切都圆满了。

他按下二妹家的门铃,屋内没有反应。他又按了几下,还是没人。

他给二妹打电话,手机明明在屋子里响了起来,却没人接。他接着打,将耳朵贴在门上,确定手机就在屋里,他纳闷儿,"是不是家里没人啊,手机落在家里了?"

他又给她工厂的座机打电话,打通了,秘书接的,得到的回答却是,她已经好几天没来上班了,工厂里的大量工作都在等她批复,再不来的话,工厂的工人就不知道该干什么了,手里的活儿马上就干完了。

小杜开始慌神了,这个二妹不会是出了什么事儿吧?

小杜使劲儿敲她家的门,一边打电话,一边喊着:"范二妹你给我开门!快点儿!再不开门,我就撞门了啊!"

小杜铆足了劲,正准备撞门,门开了。

小杜一愣,看见二妹蓬头垢面,脸色蜡黄。整个人瘦了得有小两圈儿。

"你怎么了?"

二妹看见儿子,捂着脸号啕大哭,哭着哭着就哭晕在了儿子的怀中。

……

医生说她严重脱水,可能是吃坏了肚子,再加上不进食,导致的身体虚弱。小杜托着腮帮子看着二妹,一副手足无措的样子,他都不忍心喊醒她。

他拿着二妹的手机找到了老常的电话,他就想问问他,怎么惹着他们家二妹了?怎么拉脱了水他这个"正牌"丈夫还不出现呢?但是电话那边始终无法接通。他又找到了他女儿的电话,也是同样的情况。

小杜后背开始冒冷汗了,他看着二妹抓着她的手着急地问:"你不是失恋了吧?"

一听失恋这俩字儿,二妹的眼突然睁开了,睁得像铜铃那么大!吓得小杜以为她撞鬼了,瞪了一会儿,二妹又开始咧着嘴哭,哭得昏天黑地,一边哭一边骂娘。弄得小杜站也不是坐也不是。手忙脚乱地大吼着:"你到底怎么啦?哭什么哭,有事儿就说!"

"我……我被骗了……"

"骗你人了还是骗你钱啦?"小杜抓着她的肩膀摇着问。

"钱、感情……人倒没有……"

"别废话,被人家骗了多少钱?"

二妹畏畏缩缩地伸出俩手指头,小杜舒了口气:"哦,二十万啊,还不是很多。赶紧报案!"

没想到二妹哆嗦着,又跟了一句:"二百,万……"

这可把小杜吓坏了,差点儿瘫在她的病床边,二百万哪这个数字他听着都害怕。想到了二妹这些年缺爱,没想到,这个二妹还缺心眼儿。

"二百万,是你身家的多少啊?"

"最起码,一半吧。现在工厂的运营都困难了……"

二妹啜泣着:"我怎么这么二呢?投资拍什么电影啊?这下倒好,把我自己投进去了。二百万没了,工厂要是因为这个运营不下去了,我的事业也就完了。还有那个老常,他怎么能联合他闺女一起来骗我呢?骗钱也就算了,还骗我的感情,简直就是个畜生,什么海枯石烂的浪漫,都是狗屁,狗屁!"

"行了!别耍二了!他们是怎么骗你的钱的?"

"还不是骗我投资什么电影,让我当女主角,然后找什么编剧要钱,拿了个破剧本来给我读了读,说投资开拍又要钱,就这样二百万投资进去了,现在连剧组长什么样儿我都不知道,找他们也找不到了……"

小杜急得直搓手,拍着大腿,抓耳挠腮道:"早知道就该让你给我投资!投资一个二百万的酒吧!起码我不跑啊!你真是够了!你报警了吗?"

"光顾着哭了,把这茬儿忘了……"

"你真成!"

小杜报了警,做了笔录,还埋怨了二妹一通:"事情过去好几天了,您才报警呢?!"

"我不是被冲昏了头了?始终不敢相信,这一切是真的。那个兰花,她不应该啊!"

"还不应该呢?一个国外回来的,偏偏要叫兰花,叫茉莉也显得比这个洋气点儿啊!一开始我就看着这个兰花不对了,提醒过你没?你偏偏不信!这次行了,二百万没了……"

"行啦,你别埋怨我啦!我愿意啊?二百万哪!都是我辛辛苦苦赚来的!我比你不难受啊……"

小杜气得想撞头,想起老杜自己孤苦伶仃地过了这么多年,她都没舍得花钱给他换套好点儿的房子,也没舍得他买点好东西,晚年来了这么一糟老头子伪君子骗了她大半的财产走,简直就是气死人!

他像个大妈一样开启了唠叨模式,二妹只是坐在病床上愣神儿,不反驳也没表情。小杜唠叨了一会儿,累了,看着她安慰了两句说:"行了,你别着急了。我得去上班了,酒吧里还有一摊子事儿等我处理。晚上下了班我再来看你啊!"

二妹回过神来，勉强地挤出一丝笑："去吧去吧，工作要紧。妈没事儿！"

"那成，大夫说了，你就是拉脱了水，补充点儿葡萄糖就行。那没事儿我先走啊，晚点儿来看你！"

二妹满眼的失望，语气也敷衍，"走吧，走吧……"

小杜最近真的挺忙的，二妹理解。小杜走了，二妹自己愣神，这输液输得有点儿饿了，手下也没什么吃的，心想着这个臭小子，再忙也得给自己留口吃的吧。二妹叹着气，摇头笑了笑，难过了。

4

下一站，是去找珂建。

小杜去了珂建的店，霸气得不管不顾横冲直撞地进了人家的店门，没想到又被人家拿着扫帚像撵狗一样赶了出来。

他理直气壮地说："我找珂建，我是他男朋友！"

店长拿着扫帚一脸鄙视地说："我们这里没有珂建，她男朋友？她把店卖了，你不知道啊？"

"卖、卖了？"

新店长没搭理他，转身进店了。

小杜捂着脑门儿，看着这大街上的车水马龙愁眉不展。他问自己，这是怎么了？为什么一夜之间，整个世界都乱套了？

珂建一边看着正在看动画片的婆婆，一边收拾屋子。杜子腾的电话打进来，她犹豫了一下，还是接了。

"喂……"

"为什么要把店卖了？"

"哦，没事儿啊，给自己换点儿嫁妆。"

"你要结婚啊？"

"不结婚。"

"那就是有目标了？我没听说你要跟我结婚啊。怎么现在就开始置办嫁妆了呢?"

"结婚就要跟你吗?"

"哦,我懂了。你是要嫁给别人。"

珂建有点儿气,"你有事吗?没事儿我挂了。"

"我酒吧初五开业,过来吧。有你的场。"

"待定吧。"

"你这是要较劲吗?待定是几个意思?"

"待定就是我得看我有没有时间!有时间我肯定去!"

小杜也没好气,"忘了,你现在是有人追的人了。你得待定。成,你看着办吧。"

说完,小杜就把电话挂了,珂建气得将手机扔在了沙发上,严素素看见她的手机,好奇地拿了起来把玩着:"给我也弄个,我用着方便……"

她朝婆婆笑了笑,继续忙活起家务。李晨自打她住进来,就一直拉着脸,对她根本没有了以前的关心和热情。有的,只是冷漠。

他出门去上班了,珂建笑着替小杜邀请他:"小杜的酒吧初五开业,你过去吧?"

李晨白了她一眼:"这就是一副老板娘的姿态啦?人家都跟别的小姑娘好上了,你不知道吗?"

珂建尴尬地继续拖地。李晨走到门口,又不忘回头说:"我都看见了,他和那姑娘处得不错,挺亲热的。你还是提防着点儿好!"

最后这句,有点儿略带鄙视的感觉,听得珂建心里很不舒服。她没有睬他,反正他就是个小孩子脾气,过了这阵子就会好了。她不知道,这样的生活还要持续多久,她觉得,既来之则安之吧,就算是为了自己今后的生活。

5

本来也是想告诉李晨的,小杜想上班的时候和李晨碰见之后就跟他说的。顺便也缓解一下两个人之间的关系,李晨对自己和珂建的那些帮助,他都铭记在心呢。

两个人在派出所大院碰见,李晨看见小杜,白了一眼,转身走掉了。小杜追了他两步,拽着他的胳膊讨好着:"兄弟,别走!哥有事儿对你说!"

李晨咬着牙花,打了下他捏着自己胳膊的手:"别套近乎。谁跟你是兄弟?我不与小人为伍。"

"兄弟!阿姨的事儿我知道,我有愧!我已经在努力弥补了!但是咱们之间的兄弟情谊,不要因为这个就破裂了!我认定了你就是我的兄弟了,你就一定是我兄弟!我酒吧初五开业,你一定得来!"

"我去不了,我得回家照顾我妈!"

说罢,李晨皱着眉头决绝地走掉了。最后这句,简直戳透了杜子腾的心。

选择住到婆家,完全是为了替杜子腾赎罪。严素素的病情越来越严重,爱看动画片,喜欢一边吃东西一边冲着人傻笑,晚上睡觉的时候会突然惊醒找斌斌……弄得这一家人都觉得身心疲惫,老李觉得自己都要患上精神分裂症了。

其中最痛苦的莫过于李晨,白天上了一天班,晚上还要陪着妈妈折腾。偶尔要充当一下李斌的角色,这样妈妈才能安心睡去,睡觉的时候还要抓住儿子的手才行。

半夜大家都在熟睡中,严素素又发作了,兀地从床上坐起来,疯子一样找斌斌,每每这个时候,老李稍微安慰她一下,给她个纸抽糊弄糊弄就过去了。但是今天不行,严素素折腾起来没完。无奈老李只能喊醒李晨,李晨起床抱着妈妈说:"妈妈,斌斌来了!"

严素素却一边哭一边看着李晨说:"你不是斌斌!我的斌斌死了!我的孩子死了!死于车祸……"接着又是一阵昏天黑地的哭,哭得整栋楼的人都能听见,她一边哭一边做着痛苦的表情和动作,整个人完全不受控制了,珂建听见这痛苦的惨叫也从梦中惊醒,赶紧跑到婆婆的卧室去打探,她见两个男人都按不住她,吓得脸色都变了。李晨冲着嫂子大喊:"赶紧给妈妈吃药,拿镇定药!"

珂建手忙脚乱地刚拿起药瓶,只听严素素惨叫一声之后晕了过去……

会诊的结果是,严素素脑袋里的肿瘤正在长大,保守治疗显然已经不是办法了。医生建议开颅手术。

老李听到这消息,只觉得喜忧参半。喜的是开颅之后切除了肿瘤,起码不会压迫神经,这些疯疯癫癫的症状应该有所好转吧,但是听说这开颅之后很有可能再度扩散,老李心里就有害怕了。

李晨觉得这事儿刻不容缓,在同意书上签了字。

"我们愿意做这个手术,您尽快给安排吧。"

珂建抱着孩子坐在外面,孩子吓得浑身哆嗦着,一直问妈妈:"奶奶到底怎么了?"

珂建只是笑笑说:"奶奶生病了,很快就好了。"

夏兰和张家伦很快就赶到了,看见女儿这副状态,夏兰只觉得钻心的疼。一个好好的姑娘,硬是被这不幸的婚姻和不靠谱的爱情折磨成这副样子,她这个妈妈眼看着,却无能为力。

她觉得自己是时候要帮她做一个决断了,她要拿出一个做妈妈的样子出来,不能再让她继续痛苦下去。她以前想过,让她的爱情顺其自然,但是顺其自然的结果却是让她遍体鳞伤,那这样的尊重意义何在?

6

"刘志绝对不行,女儿不喜欢!杜子腾更不行,从这时候就开始让女儿受连累,这要是结了婚真是要命!"

夏兰拿着一堆从婚介所搜集来的所谓"优质男"的信息和照片,决定万里挑一,一定要给女儿把关,找个合适的对象。

张家伦看着她这副认真样在一旁干着急:"不是我说你,眼皮底下的金龟婿你不钓!我就挺喜欢刘志这孩子的!"

"你要是非得让女儿找刘志的话,我就支持她去找杜子腾!我的女儿找他不开心!再说,你说了算吗?刘志追了她这么长时间了,你见她动心了吗?"

张家伦端着一杯茶水叹气:"要说也是,人家孩子为她做了不少了,她怎么就一点儿也不动心呢?"

"所以啊,我们还是另择目标吧。"

张家伦咂巴着嘴,在心中劝自己,这样也好。

黑嘟嘟又找了个女友,好像是什么企业世家的千金,那外表和气场绝对比瘦瘦弱弱的小庞强大一百倍了。

他的新女友知道他有一个一直念念不忘的前任,他的所有自我放纵,都与那个姑娘有关。

新女友看见黑嘟嘟第一眼就疯狂喜欢上了,再加上彼此的家族企业还有商业上的利益关系,她觉得黑嘟嘟是逃不出自己的五指山的,但前提是,她得扫扫雷。

有钱就任性,尤其是这种特别有钱人家的姑娘,就喜欢没事儿找事儿干。这不,就赶了个礼拜一穿着一身名牌,拎着个路易威登的手袋就去找人家庞娜谈判了!

庞娜当时正在给病人做记录,突然就有这么一只花蝴蝶飞入了小庞的视线,她还以为来了个问询的家属,还热心地问她:"是不是病人家属?"

黑嘟嘟的新女友,就抱着个肩膀昂着自己高傲的头说:"是啊!我男朋友病了,需要你离他远点儿!"

小庞见这势头不对,也昂着头反问她:"你认错人了吧?"

女人扯了一下庞娜的胸牌,伏在她身前俯视着仔细看了看:"庞娜。没错,就是你!"

"你谁啊?怎么这么没礼貌?"

"我是谁?我告诉你,我是黑嘟嘟的正牌女友,能结婚的那种!我以为嘟嘟喜欢的是个什么女人呢,原来你这么普通啊!"

"你……"

"我知道,嘟嘟整天茶不思饭不想的都是为了你,但是你记住了,永远也不要再回头。假如你回头了,我就会把你的脖子给你拧断!"

庞娜气得浑身哆嗦,攥着拳头。两个女生的争吵,引来了无数病人和护士长还有医生的围观,好心的护士长看不过去了,走到庞娜身边挽住娜娜的胳膊问:"娜娜,咱们不跟疯狗一般见识。对了,昨天我还说给你介绍对象来着,我给你找的这个条件特别好,在国企上班的,有车有房无房贷……"

贱女抱着肩膀冷笑着,斜着眼儿说:"笑啦!好啦,不跟你们这帮一般人一般见识。对了,你赶紧给她找个男友,国企的?还不照样是打工族?档次不要差太多了好吧?记住我对你说的话,小心你的脖子!"

贱女说完了这些,扭头就走了,庞娜趴在桌子上,嘤嘤哭了起来。

最近一直忙碌着的小杜发现,小庞最近几天安生得不行,她居然有一周没来找自己了。他给她打电话,她也不接,发微信她也不回。小杜拿着手机感慨:"哎哟,我就奇了怪了,怎么谁都跟我对着干呢?我就这么招人烦吗?不过也好,她烦就烦吧。我正盼着她烦呢!"

要说这小杜不招人待见也未必,最近有一个人就特别待见他,那就是李大妈。指导小杜工作的时候特别有耐心,今天又从家里给小杜带了自己包的包子。

小杜拎着一袋的包子好奇地问李大妈:"李大妈,上班时间不是不能开小差吗?"

"傻孩子,又没人看见。你来大妈的办公室吃,吃完了你再走!"

小杜当然知道李大妈对自己这么好的用意,他觉得自己在接受人家的好之前,应该考虑一下范二妹的感受。毕竟,她失恋了。

下了班,小杜拎着李大妈的包子去医院看二妹,顺便想视察一下庞娜的工作状况。可到了医院,医院的工作人员却告诉他,二妹自己办了出院,已经走了。

小杜这才意识到,自己忽略了她的感受,在这个时候,应该多陪陪她才是的。拎着包子去找庞娜,将一袋包子放在正在做病人笔录的庞娜怀里。庞娜抬头看见小杜,开心地笑着说:"小杜哥哥,你怎么来了呢?"

"我来看看你啊。最近这么拼?天天加班啊?"

"对啊,医院缺人呢!"

"哦……那好,挺好!上班吧!我走了……这包子,好吃,茴香的!"

小庞露出天真无邪的笑容一本正经地说:"我们上班不能吃东西,下班再吃!"

"哦,那我走了!"

"你走啊?那你慢点儿啊!"

小庞继续埋头苦写,并没有缠着他。小杜一边走,一边回头张望,有点儿不敢相信这是真的。走到楼梯拐角处的时候,他被一双伸出来的脚丫子绊倒了,朝那角落里一看,庞辉正坐在地上倚在墙上流哈喇子呢。小杜踢了踢他的腿:"喂喂,醒醒!什么情况啊?"

庞辉打了个激灵醒了过来,抹了抹嘴角的口水:"谁啊?"

他睁开一只眼瞥了一眼小杜,从地上哧溜一下像只黄鼠狼一样爬了起来。他朝妹妹那边看了一眼,确定她没事儿,拽着他的胳膊小声说:"哎哟,谁让你来的?你来干吗呀?"

"我来看我妈,顺便看看小庞!不是我说,现在酒吧那边那么多事儿,我还得上班,你怎么还有闲心在这儿睡觉呢?"

"你也觉出她不对来了吧?"

小杜眨巴了两下眼:"啊……是有点儿不正常!"

"我跟你说,我这傻妹妹,嘿,绝对不正常!可能是受刺激了吧?每天下班之后也不回家,自己逛街吃饭逛到天黑才回家。"

"不是吧……"

"我怀疑她是不是后悔了。"

"你说小黑黑的事啊?"

大庞煞有介事地点点头。

"有可能!你去把小黑黑找回来呀,他那么爱庞娜应该不会这么绝情吧?"

"嘿,别提了!我找了!人家要结婚了,真正的结婚!"

"我靠,这么快就结婚?负心汉啊!这孙子!"

"人家这次找的这个,父母之命。他爸妈坚决不让他再在娜娜身上浪费时间了,人家把话都跟我说绝了,人家的结婚对象对他们家的企业有帮助。"

"哦……庞娜知道啦?"

"废话不是?小年轻的彼此都有共同的朋友,传也传到她耳朵里了。"

"怪不得呢……我心里怎么这么不得劲呢?"

"谁得劲啊?唉……我这傻妹妹,太傻了。"

"你不恨我啦?"

"神经病,我恨你有鸡毛用啊?这事儿也不怪你,只怪我妹妹情商太低。对了,酒吧那边儿啊,你下班就过去盯着点儿吧。我得盯着我们家小姑奶奶!"

"成,那我先走了!"

"去吧,去吧!"

7

大庞嘱咐自己去酒吧盯着,小杜只能先给二妹打个电话。

二妹正在煮一碗面,站在厨房里拿着筷子愣神儿,亏了小杜的电话打进来,要不然就要煮干锅了。

她回过神来,关了火,接起电话没精打采地说:"儿子啊……"

小杜的语气还是略带指责的:"你出院怎么不告诉我呢?害我白跑了一趟医院。"

"我见你忙啊,我没事儿了就自己出院了。"

"那你好好的啊,我这段时间太忙了。对了,酒吧初五开业,你记得过来!还有,该工作去工作,那么大一个工厂需要你撑着呢!钱会追回来的,放心吧!已经立案了,有了消息他们会告诉我的。不要想太多了,钱是身外物,你不是还有我呢吗?!"

二妹强颜欢笑,觉得儿子真是懂事儿了,立马换了口吻:"行了,臭小子,我是谁啊,我范二妹怕过什么?放心吧,妈妈明天就去上班了!"

"好,那就好。"

挂了电话,小杜就赶忙奔赴了酒吧。

酒吧里已经收拾得有模有样,酷酷的演唱台是小杜精心为珂建设计的,这个酒吧简直太酷了,是他梦寐以求的地方。

店员、舞台、灯光、酒水……全配备齐了。小杜心里的兴奋,简直不能用言语来形容。

他决定试试这套新音响,看看这配置够不够资格让珂建来用。

他唱着许巍的《蓝莲花》,那酷酷的样子,迷得酒吧里的女服务生都要流口水了。珂建领着孩子,站在酒吧的门口上,看着小杜在台上唱歌的样子,心中泛起一阵幸福:"想不到这小子还是这么帅。"

她一边笑,一边自言自语着。

婆婆的手术日子定了,她烦闷得慌,想出来走走,顺便看看酒吧的情况。晓春也一直叫着,要找上次给自己买好吃的那个叔叔玩儿,她的内心深处根本就没想过要放弃这段感情,所以一味的逃避,也不是办法。

小杜无意中瞟到了站在门口的珂建,顿时兴奋得不行。冲着话筒喊了声:"珂建,你来啦!"

珂建笑得无比灿烂,领着孩子进了酒吧。

杜子腾掩盖不住内心的兴奋,赶紧凑到心爱的姑娘面前,距离不足一尺,珂建却推了他一下:"离我远点儿,别让人误会。"

"谁还能误会啊,我正想去找你呢。"

"找我干吗?"

"找你有正事儿!庞娜失恋了,不过不是因为我。"

珂建听见这话有点小开心,赶紧问他:"什么意思呀?"

"黑嘟嘟要结婚了,她好像后悔放弃黑嘟嘟了。最近这孩子有点儿反常,他哥整天在她身边守着呢!"

"不应该啊,这么快就后悔啦?"

"世界上哪有那么多不应该,你也不应该做出这么荒唐的决定不是?你这招儿真损,不过也让她看清了自己到底想要的是什么。"

"那这姑娘这段很难熬啊……"

小杜抱起晓春,凑到珂建面前说:"我也很难熬啊!"

珂建转过头,碰到了他的身体,瞬间被他深情的眼神给羞到了,脸嗖地红了,白了他一眼,走上台子说:"我要唱歌!"

"唱唱唱!一切都是为你准备的!"

"那我唱许巍的《蓝莲花》,我要跟你比赛!"

"比什么赛啊?你唱的指定比我好啊!"

"让大家做裁判吧!"

音乐响了起来,珂建在台子上疯狂地蹦着、跳着、笑着、开心着。

小杜看着她这样地蹦着、跳着、笑着、开心着,他也就开心了,他做出的一切努力,都是为了能看见她这样快乐。

珂建的歌声一出,惹来台下那些服务生的尖叫,大家纷纷称赞这姑娘唱得真好。晓春看见妈妈在台上唱歌,也跟着音乐拍手,这还是她第一次看见妈妈站在舞台上唱歌,她抱着杜子腾的脖子小声说:"我妈妈真酷!"

小杜嘿嘿一笑,将怀中的孩子提了提:"叔叔答应你,以后一定让你妈妈天天这么开心好不好?"

"好呀。那你做我爸爸吧。"

晓春随口就说了这么一句,给杜子腾来了个措手不及,五脏六腑都海啸了一样。他结巴着,抱着晓春细声地问了一句:"你愿意让我给你做爸爸?"

晓春忽闪着俩大眼睛,冲他点点头。

杜子腾高兴坏了。

珂建正唱在兴头上,庞娜突然哭着跑了进来,身后跟着气喘吁吁的大庞。他在妹妹身后跑着叫着:"你别跑了!这丫头怎么跑得那么快呢?"

音乐骤然停止了,珂建也停了,怔在那儿觉得自己好下不来台。珂建走下台子,走到庞娜的面前拍着她的肩膀说:"别哭别哭,我就是来玩儿玩儿!我马上走!"

"你别走!你干吗去!"

小杜一把拽住了珂建的胳膊,阻止她走。

他们都还没搞清楚,庞娜根本不是因为珂建来了哭,而是她刚刚接到一个同学打来的电话,同学告诉她,她们接到了黑嘟嘟结婚的请柬,人家下个月就要结婚了。

"珂建姐姐,嘟嘟要结婚了。我没想到他是这种人,刚刚跟我分手就找了新的结婚对象……"

大庞反倒替黑嘟嘟说话了,急扯白咧地指着妹妹的鼻子骂:"你说这怨人家吗?还不是你自己瞎折腾?!我的妹妹哎!你哥我为了你能嫁给好人家,这张老脸都舍了好几次了。人家嘟嘟多好的小伙儿啊,人家是有钱人家的孩子,平时宠着你也行,但是你给人家那么大一个下马威,搁谁谁不生气啊!"

被哥哥数落了这么一顿,庞娜哭得更厉害了。从刚刚的啜泣转变成了哇哇大哭,一边哭一边骂着嘟嘟是负心汉。

珂建手足无措觉得自己怎么出了这么个损招儿呢?

"怪我怪我!这事儿怪我!娜娜,你别哭了。姐姐帮你去找他!"

"不要!我才不要找他!我只是不甘心!他居然是这样的人!简直就是个负心汉!混蛋!"

"这事儿好像不怪人家吧……"

珂建用无辜的语气说。

哭泣的庞娜吓坏了晓春,晓春紧紧抱着小杜的脖子,珂建挽着小杜的胳膊,这样子真像一家子,大庞歪着脑袋看着这"一家三口"语气讽刺地说道:"哎哟,我说,你们三口之家倒是圆满了啊!"

珂建回过神来,赶紧把手从小杜的胳膊上抽了回来。

"你们倒是想想办法啊!珂建,你鬼主意多!你想想!"

"想屁办法!他要结婚就让他去结好啦!我才不稀罕!"

小庞跺了一下脚,捂着嘴又哭着冲出了酒吧。大庞在后面一边追一边抱怨:"我都成了长跑运动员了我!"

小杜抱着孩子抱怨着:"你看看你出的这馊主意。"

珂建没好气地拍了他一下,从他的怀中接过孩子。

"你说该怎么办呢?"

"什么该怎么办?人家都要结婚了,这次咱们是彻底把庞娜害惨了!"

"不行,必须得想办法让他们和好如初!"

"怎么和好?"

"我回去想想!"

珂建领着孩子也走了,小杜看着她的背影喊:"初五开业啊!"

珂建头也没回,帅帅地摆了摆手示意。杜子腾笑了,又想哭。这真是一波未平一波又起的节奏啊!不过好在珂建终于肯来见自己了,他看了一眼自己被她挽过的那只胳膊,心里甜滋滋的。

第二十一章

1

人们都因为爱情和婚姻里外忙活着,夏兰在给女儿找爱,珂建却在想怎么给庞娜找回爱。大家都在找爱,都是想让自己在乎的人过上幸福的生活。

好在珂建和小杜算是回归主线,两个人经历了分分合合,珂建也耍够了小孩子脾气,她告诉自己,是个成年人就要有勇敢面对一切的勇气!好好经营现在和未来的生活才是最主要的,她才三十岁就苦了几年了,今后的生活,她就想甜。

夏兰开始在一群"金龟婿"中间给珂建挑选相亲对象。

她居然搞了个照片"面试",胖的瘦的高的矮的挑了六七个人的照片,她要先和张家伦过一遍,筛选一个最合适、最瞧得过眼的让女儿去见。

张家伦和夏兰挑选着争执着,夏兰觉得第二个最好,老张却觉得最后这个合适。两个人争得面红耳赤,夏兰气得头疼,捂着脑门儿赶紧叫停:"别争了,就按我说的!第二个是女儿喜欢的类型!对了,你看看几点了,刘志是不是快来了?"

老张看了一下手表,"可不是,马上就到了!"

夏兰埋怨着,始终觉得这事儿这么办不好,"你非约人家小刘多不好,人家孩子显得多尴尬啊!"

"你说的不对!刘志这孩子对珂建这么好,做了这么多。珂建瞧不上人家,咱们明摆着知道这事儿是不可能了,还不把话给人家孩子说清楚了?让人家不要再在咱们珂建身上浪费时间了,挺年轻有为的一个小伙子,该追姑娘追姑娘去!"

"那这话也不该咱们说啊,珂建会拒绝的!"

"据我所知,珂建没少拒绝人家吧?管用吗?现在咱们又在这儿给珂建张罗对象！你让小刘知道了，该怎么看我们？"

"反正我觉得特尴尬！你自己说吧！我一边儿躲躲去！"

夏兰拎着包要躲，老张拦住她耍赖说："你不能走！你得跟我一起面对！你走了我多尴尬啊！"

"你自己出的馊主意！我不管！"

……

两个人拉拉扯扯地闹得很不愉快，恰巧，这时候刘志来了。他看着这老两口挺有意思，好像是闹别扭呢。

"叔叔阿姨，你们干吗呢！"

两个人听见刘志说话都僵住了，夏兰立马调整了姿势，又坐了回去笑着说："来啦，孩子。"

"你们找我有事儿？"

"坐下说……"

老张看了一眼老婆，夏兰没搭理他这茬儿，只是一个劲儿地冲着刘志笑，她也不知道该如何开口，光等着老张先开口呢。

夏兰这笑中寓意深刻，笑得刘志汗毛都竖起来了，他尴尬着说："我给你们点点儿餐去……"

老张赶忙拦住："别去了，我们都吃过了！小刘啊！今天我们喊你出来，是有事跟你说！"

"啊？什、什么事啊？"

刘志一头雾水的样子。

老张一时间也不知道该如何开这个口了，只觉得自己实在是为难。夏兰知道老张那脾气，别看平时瞎能说，轮到真事儿上肯定就完。现在还得自己替他解围，这也是老张死活不肯她躲开的原因。这个老张，就是个场下能手。

夏兰脸突然沉下来，从包里掏出了一叠照片，刘志看着那叠照片，居然还找到了审查嫌犯的感觉。

他扒拉了两下有点儿不明白了。

"阿姨，您这是？"

夏兰转过头看了一眼老张，老张都不敢看她的眼神，缩头缩脑的那副样子，简直让夏兰瞧不上眼。

夏兰咳嗽了一下，挺直了腰。

"是这样的，我们是想和你谈谈你和珂建的事儿。"

刘志有点儿受宠若惊，心里咯噔咯噔的，难不成他们这是要提亲？

"我和珂建……"

夏兰瞥了一眼手边的照片："这些你也看见了，这些都是我们给珂建找的相亲对象。"

"什么意思？"

刘志有点蒙。

"孩子，我们知道，你喜欢我们女儿。我们也很喜欢你，也很希望你能和珂建有个结果。但是我们女儿的脾气，我们做父母的太了解了。她是那种不撞南墙不回头的姑娘。她说不喜欢一个人，你就是生拉硬拽她还是不会喜欢的。我们是真的心疼你，觉得你是个好孩子，我们不想你在珂建身上太过浪费自己的精力。现在，我和你叔叔也开始张罗给她找个男朋友，这些就是我们给珂建找的备选对象。"

"阿姨你们这是干吗呀？我们年轻人的感情问题，让我们自己去解决不好吗？"

"好！但是珂建不止一次拒绝你了吧？孩子，你不要误会我们的意思，我们是真心为了你好，真心把你当做我们自己的孩子，才这么跟你说的。我们当然知道，年轻人的感情要自己来做决定，但是我们更希望就算你和珂建不能走到一起，我们也能成为家人。"

这让刘志有点儿下不来台了，他点点头又摇摇头，捂着脑袋不知道该如何表达自己的心情。

"叔叔阿姨，你们这是……让我说什么呢……"

夏兰也觉得这事儿有点一发不可收拾，但是话已经说出来了，作为长辈就要有个长辈的样子，他们不能退缩不能解释也不能说假话。对着一个晚辈能摆明自己的立场，那是相当重要的。

老张半天没说话，终于憋出了一句："你要是不介意的话，就给我们做个干儿子！反正叔叔就是喜欢你！"

"叔叔阿姨,这是珂建让你们这么做的吧?"

刘志突如其来的质问,倒是给夏兰提了醒,夏兰觉得倒不如顺坡下,反正珂建也是真看不上他,到时候对珂建那边交代一声她就会配合的。她十指交叉,看着那些照片很为难地说:"是!是我们女儿让我们出面这么做的。刘志,你是个好孩子,你懂我们长辈的心情,对不对?"

刘志捂着嘴巴,有点儿难以接受这突然的"羞辱",是的,这对于他来说,简直可以用羞辱来形容了。

他点点头,什么也没说,站起来就走了。

老张喊了他一声:"小刘啊,有时间陪我去下棋!"

夏兰在桌子下面扯了一下他的衣服,瞪了他一眼,他立马又蔫了。

2

一群年轻人凑到一起,小杜发现这个兜兜和庞辉简直就是一对欢喜冤家。整天打打闹闹的,在一起就掐,看不见又想。庞辉可不止一次问他关于兜兜的情况了。

小杜嚼着兰花豆,看着庞辉,而庞辉正托着下巴痴迷地看着台上唱歌的兜兜。

"你说他俩是不是好上了?"

珂建呛了一口,倒吸了一口凉气细心观察着:"有可能吗?"

"怎么没有?庞辉一直喜欢她。我倒觉得他俩挺合适的。要不,咱们给拉个媒得了!反正拉一个也是拉,拉一群也是拉,到最后凑个大七对也不错!"

珂建敲了下他的脑壳,"想什么呢?这才四对好不好?我告诉你啊,你休想沾染上打麻将的瘾,要那样儿我就不跟你过了!"

小杜嘿嘿一笑,"我有贼心也没贼胆儿啊!都是有老婆孩子的人了!"

"谁答应你做你老婆了?"

"哎哟,现在庞娜为了黑嘟嘟都哭成了林黛玉了,你还不同意咱俩的事儿啊?"

"他俩和咱俩没关系!我还得考察你一下!"

小杜嘴巴凑上去,想索个吻被她转身躲过了,"想什么呢？丢不丢人……"

陈好和毛豆在酒吧的大院门口烤制肉串,陈好观察着珂建,想找她身边没人的时候,跟她聊聊李晨的事。

陈好慢慢凑近珂建,一脸为难。珂建一脸茫然地看着她问："怎么了？"

"珂建姐,我有事要跟你说。"

"你说,什么事啊？"

陈好有点儿为难,也羞于出口。因为这段时间,李晨一直在追求自己,从没放弃过要追到她的念头。每天坚持送她一枝花,偶尔还会出现在她们写字楼门口,弄得她每天都过得提心吊胆。

她知道毛豆心实,没敢跟毛豆说这些,她怕他生气,也怕他退缩。因为跟李晨比起来,瘦瘦小小的毛豆似乎有点逊色。要是被他知道李晨追自己,又因为珂建的面子,他会怀疑他们的感情。所以陈好不想有那样的事情发生。

她想让珂建阻止李晨继续做这种无聊的事情。

"李晨在追求我,你可能不知道吧？"

"什么？"珂建瞪着大眼睛,有点儿不敢相信自己的耳朵。

"珂建姐姐,我不想有不愉快的事情发生。我爱毛豆,我只想跟他。毛豆心比较实,要是被他知道了,可能不太好。你那小叔子太执着了,你能不能劝劝他,别再缠着我了！"

珂建顿时凌乱了,"我有点儿混乱……你说李晨追求你？"

"嗯,已经给我送了一个月的花了,我好说歹说都不听。姐姐,你一定得帮我,我不想让毛豆知道！"

珂建回想那天在撸串儿李晨看人家的眼神,似乎真的有点暧昧的成分。可是李晨现在和自己的关系并不顺畅,她真说他也未必真听,但是李晨这事儿做得不对,不管他听不听,她也要劝。

"你放心吧,你别理他,他慢慢就淡了。这事儿不能让毛豆知道,我会劝他的。"

"那成。"

陈好将一个烤翅递给她,珂建接过来,笑得很尴尬。

酒吧里一片欢声笑语,小杜站在桌子上说:"朋友们,咱们这计划,可不能让庞娜知道了啊!可千万别说走了嘴!"

毛豆磕巴着,仰着头说:"你快下来,下来吧啊!除了你这张大嘴巴,谁能说出去啊!只要你沉住气就行啦!"

"我恨不能赶紧把我这老妹妹嫁出去呢!省得整天缠着我了!"

庞辉拽了下他的大腿说:"你小子说什么呢?赶紧滚下来!"

大庞忧心忡忡,一脸的担心,"咱们这么做,真的成吗?合适吗?"

"有什么合适不合适的?不合适咱们也做了!你就这么一个妹妹!不想她幸福啦?"

"我当然想了,但总觉得这事儿闹大了就不好了……"

"能闹多大?人家是有钱人家的姑娘,给了咱妹妹这么大一个下马威,难道我们不该给她出这口气吗?"

大庞脑补了一下那女人欺负自家妹子的场景,咬着牙砸着桌子说:"这事儿就这么干了!就算是他俩成不了,我也得给娜娜出了这口气!"

"得嘞!"

"就是,我们支持!咱们就给那个黑嘟嘟,来个大闹婚礼!"

大家一拍即合,叮叮当当地碰着啤酒瓶子。

3

"什么?你们要去给人家闹婚礼?这简直太荒唐了!珂建啊,你婆婆马上就要手术了,你不要在这个节骨眼儿上折腾好吗?"

"我婆婆那手术还得等她各项指标达到标准才能做呢!黑嘟嘟马上就要结婚了!我们不能坐视不管!"

"你们都三十岁的人了,能不能成熟点?还有我是坚决不同意你再回头找那个杜子腾的!"

夏兰从桌子上的一堆照片中找出了二号的照片,拿到女儿面前争取她的意见:"你看看这个怎么样?这是你王姨给你介绍的。大学老师,教英语的!不错吧?!"

珂建一眼就看透了妈妈的心思,瞥着桌上的那一叠照片,挑着眉毛问:"那些呢?那些是不是分别是李姨、张姨、韩姨……介绍的呢?妈,您是不是去婚介所了?这个大学老师是离异还是丧偶啊?"

"丧偶……"

夏兰随口就回答出来了,说完了又觉得自己捅了娄子,捂着嘴开始耍赖:"总之,我就是不希望你再和那个杜子腾好了!那小子不靠谱!妈妈不想你再受罪了!"

珂建什么都没说,进屋睡觉去了。在感情这件事儿上,她根本就没想过要听别人的。她只想自己决定,听从自己的心。倘若杜子腾不好,她是不会和他在一起的。

老张哼着小曲儿,故意气夏兰道:"怎样怎样啊?人家还是不听你的!"

夏兰看了一眼二号,气得将照片丢在了茶几上。

要说范二妹以前过的叫孤独,那么现在她的状态就是悲惨加孤独。公安局那边一点儿关于老常父女下落的消息都没有,工厂也被迫停产了,因为她根本没钱去进布料,儿子也在忙自己的事业,忙忙忙,所有人都在忙。

最要命的是,她去找老杜了,但是她看见他和另外一个老女人坐在楼下的凳子上下棋,看上去还蛮恩爱的。

都说车到山前必有路,但是她觉得自己的车真的是悬在悬崖上,一点儿路都没有了。辛苦奋斗了这么多年,她第一次体会到了人财两空的惨烈。

她将自己关在屋子里,大口大口地喝酒,她问自己,她要强了一辈子,到底想要点儿什么。她反复将这个问题问了自己一百遍、一千遍、一万遍……最后她给了自己一个答案,她要的是——温暖、安稳。她追求了一辈子的东西,她一直也没得到过。

她觉得自己好惨啊,比街边的乞丐还惨。

公安局那边给小杜打电话了,说已经基本了解了老常和兰花的逃跑路线,他们大概往深圳方向流窜了,等有进一步的消息,警方会再跟他们联系。

无论怎样,都是一个好消息,有下落总比没下落强。总算看见点儿希望了,二妹也该松口气了。

小杜给二妹打电话，二妹喝得酩酊大醉地躺在地上睡着了。见没人接，小杜立马慌了神，知道这二妹总是犯二，手机不接肯定又出了状况，小杜脸都白了。坐在副驾驶上的珂建见他脸色不对，赶忙问："怎么了？"

"我妈又不接电话了，不行，我得去看看！"

他放下手机，赶紧打了车，往二妹家驱赶。

自从二妹出了这档子事儿之后，小杜就把她家的钥匙随时带在身上了。就怕她会出个什么事，到时候他进出也方便，以防万一。

赶到二妹家，小杜掏出钥匙打开了门。珂建紧随其后。两个人一进屋，就被那股刺鼻的酒味呛了一下，这么大的屋子，都能闻见这酒味了，可想而知她喝了有多少！

珂建皱着眉头，在屋子里转悠着，终于在厨房的地下找到了躺在那里的二妹，她尖叫了一声："杜子腾！"

小杜蹿到厨房，看着二妹，眼里顿时泛起了泪花。珂建蹲在她面前，抱起她的上半身，摸了摸她的头说："真烫！发烧了！"

小杜握着二妹的手轻轻呼唤她："妈，妈……醒醒。"

二妹翻了下白眼儿，根本没理会他，就又睡了过去。珂建再扫了一眼二妹的腿，吓得不轻，只见那两条腿已经肿得不成样子了。

"杜子腾，阿姨的腿！"

小杜看了一眼那双腿，按了按说："肯定又犯病了！"

两个人手忙脚乱地费了好大的力气，才把二妹折腾到小杜的肩膀上，小杜背着二妹下楼的时候，已经泣不成声了。

4

"很严重的痛风，怎么这么严重才带过来呢？"

医生满嘴的疑问，让杜子腾的脸一下子红了。

"我妈这痛风怎么又犯了呢？之前都好了。"

医生运笔如飞地在住院手续单上一边填写病人信息，一边解释："你是她儿子？你妈来的时候喝了那么多酒你不知道吗？这种病最怕长期酗酒，更何况喝那么多,还在地上睡着了。你也够可以的了,你这个当儿子的不拦着她吗？去交钱办住院吧,她的病情比较严重,你得有点耐心,在这里照顾着。"

"好……"

珂建一直守在范二妹的身边,心疼二妹活得真是可怜。小杜办好了住院手续,来到病房,看着昏睡不醒的妈妈,内心无比难受。

"一直也没听你说阿姨的事儿,出了这么大的事儿,你怎么不说呢？"

"我以为她没事儿,她一直很坚强的……"

"你啊,太大大咧咧了,她可是你妈妈,你以后不能再忽略她了。"

"嗯……我错了……"

大庞赶来送钱,看见阿姨这副样子,心里很不是滋味儿,他决定要将二妹拿钱这事儿告诉杜子腾,她默默为他做了这么多,他应该知道。

大庞拍了下他的肩膀:"你出来,我有事儿跟你说。"

小杜跟着大庞走出病房,捂着脸一副疲惫样,"又要你先垫钱了,对不起啊。"

"这钱本来就是你的。酒吧剩了点儿周转资金。"

"别逗了。"

"真的,杜子腾我告诉你丫的,你有个天底下最好的妈！她偷着帮你出了三十万,你都不知道！她不让我告诉你,但是我觉得事到如今我必须得跟你说！老爷子的那十几万块钱,根本就是九牛一毛,范二妹才是最大的股东！"

小杜怔了！攥着拳头差点儿打了他:"你丫的偷着问我妈要投资？"

大庞躲了一下,尿了:"她、她联系的我。不是我去拉的赞助……"

杜子腾蹲在地上抹起了眼泪,"你说怎么着？老杜搞对象了！我妈也太可怜了！那个老人渣骗了她二百多万销声匿迹了！还赶上我这么个浑小子,总是忽略她！"

大庞也蹲下来,若有所思地看着墙面安慰着:"劝劝老杜,必须让他及时悬崖勒马,夫妻,还是原配的好。"

小杜看了他一眼,觉得此事刻不容缓,这次他必须要做这个坏人,把老杜和李大妈的爱情掐死在摇篮里！

5

老杜听了这个消息之后,愣了半天的神儿。

"老杜,你必须得管管二妹!"

这时候门铃响了,小杜去开门,看见李大妈拎着一篮子菜站在门口上正笑嘻嘻地看着自己。

"小杜在家呢?对了,我还想问你,你怎么请了那么长时间的假啊?你这刚工作,可得积极点!"

小杜笑了笑:"李大妈,我妈病了。我得照顾我妈去。"

李大妈显得有点儿尴尬:"是吗……"

小杜拎着做的面汤出门了,临走的时候走到老杜面前,意味深长地看了他一眼。那句话,他最终没有说出口,他知道,老杜明白。

小杜走了,屋子里只剩下了李大妈和老杜。

李大妈看着老杜愣神,好像明白了什么。

"有心事啊?"

"啊……"

"小杜的妈妈什么病啊?"

"严重的痛风病。上次犯了一次了,这次又犯了。比较严重。"

"哦……我去给你做菜吧!你等会儿啊,马上就好!"

"去吧,去吧……"

最近李大妈几乎每天都来帮老杜干点儿家务,她边做饭边唠叨着:"自己过了一辈子了,没想到老了还喜欢上干这事儿了,想起来都觉得害羞。不过,我觉得为老杜你做这些值,我不怕被人笑话,也不怕被人戳脊梁骨。谁让你是老杜呢……"

老杜看着李大妈的背影有点心酸,有点难过,眼里还含着泪。

老杜沉默了一会儿,这一会儿,他觉得自己把这一辈子的事儿都过了一遍,李大妈继续说着暖心的话,他知道,她是不想自己再回头了。

老杜终于开口了:"二妹啊,这一辈子刚强。年轻的时候,喜欢数落我,嫌我没本事。跟她比起来,我的确是没本事。一个思想保守的小学老师,能有什么能耐? 她一个女人置家置业的不容易。其实我只是一直在逃避,不敢正视自己是的确没本事,的确给不了他们娘俩富裕的生活……二妹追了我一辈子,追着跟我复婚,一辈子没找人,为我耗了一辈子……我对不起她……"

李大妈笑着听他说这些,一边切菜,一边笑,一边掉眼泪。切着切着,一走神切到了手指,她扔了刀,哎哟了一声! 老杜赶紧跑过去看,抓着她的手说:"呀! 切下这么大一块肉去! 你说你怎么不小心点儿啊?"

李大妈按着手指上的出血点埋怨着:"你一个劲儿的唠唠叨叨让我分神了!"

老杜攥住她这根出了血的手指,有点儿心疼,又开始难过,居然哭了起来。他哭了,李大妈反倒看不惯了,用强硬的语气劝着:"别哭! 有什么大不了的呀……"

两个人包扎好了手指,老杜操刀继续切菜,纵然心中憋着一肚子难受,他还是坚持做完了这顿饭,老杜炒好了菜,和李大妈坐在被阳光照射的餐桌前,你给我夹一筷子,我给你夹一筷子,吃了最温暖彼此的一顿饭。

5

老杜知道小杜忙这忙那的,照顾范二妹的活儿自然落在他肩膀上。这次他告诉自己,绝对不会再让范二妹受伤了。

一大早晨他就起来做饭,小杜已经盯了一宿,身体实在是熬不住了。他拎着热乎乎的面汤去医院接应他,范二妹已经醒了,小杜正在伺候着刷牙洗脸呢。老杜脸上堆着笑容进门,今天说话特别铿锵有力:"哎哟,刷牙呢? 我给你们做了面汤,洗漱完了赶紧趁热吃!"

小杜看见老杜进来,就像在黑暗中看见了一道曙光一样,开心得差点儿蹦了起来。

范二妹又羞又尴尬,说话都有点儿结巴了,"你、你怎么来了?"

"这老婆子真是糊涂死了,你病了我不来谁来啊? 儿子这么忙。酒吧要开业了,他得忙自己的事情去,还能总是请假啊?"

老杜细心地将面汤分成了两份,一份递给了小杜,另一份递给了二妹。

"吃吧,吃完了你回家睡觉。我来盯着。"

"那我晚上再来。"

"别来了,我自己就行!你去忙你的事儿!"

"你行吗?回头再把你累病了?"

"晚上不是也能睡觉?你妈又不折腾人,你放心吧,我盯不住了,就给你打电话。"

这时候,珂建进门了,拎着一篮水果,婉约地站在门边自告奋勇:"我可以来替班的。"

小杜看着她幸福地笑了笑,老杜看着儿子那傻样儿,揉了揉他的脑袋说:"傻小子,还不让人家姑娘坐!"

"爸,她又不是外人,自己还不会坐啊?"

二妹也拍了下他的胳膊训斥:"什么东西,一点儿也不会哄女孩儿开心!"

二妹龇着牙朝珂建笑着说:"珂建,快坐下,这儿有凳子。坐阿姨身边来……"

珂建有点儿害羞地走到二妹床边的凳子上,跟二妹聊起了家常。二妹这次对珂建表现得十分喜欢,让小杜有点意外,她问了珂建孩子和家里的事儿,还问了她关于婆家的问题。

说起婆家,小杜问她:"你婆婆到底怎样了?"

"哦,这两天就要手术了,李晨和我公公盯着呢。手术之后,之前疯疯傻傻的症状应该就能恢复了。"

二妹拽着她的手关切地说:"哦……那你婆婆对你的事儿释怀了吧?"

珂建尴尬地笑了笑:"我也不知道,得等她醒了才知道。不过她也没有权利干涉我太多了。反正我也有计划要一直照顾他们,就当个亲妈一样处吧。"

"好孩子,你说得对。以后遇见事情,一定要告诉杜子腾,让他跟你一起面对。千万不要再学阿姨这么强势了,万事自己顶着,难!"

这段话,老杜听了心里难过,也自责。

7

小杜握着珂建的手出了医院的大门,阳光打在身上,真暖。

杜子腾看了一眼珂建:"杜夫人,你接下来的行程是什么?"

"贫! 我要去看我婆婆。"

"要不然我跟你一起去吧。顺便把钱给他们。"

珂建一直没跟他说自己将店卖了,就是为了替他顶事儿,她不计划将这个事情告诉杜子腾,婆家那边也不计划再要他的钱,她搪塞着说道:"我公公说了,以后不要你的钱了。"

"你公公这么大公无私?"

珂建拍着他的肩,用说服教导的口气说:"你要相信,老李还是很善良的! 不跟你扯了,我去医院了!"

"我送你!"

"算了,这家医院离那家医院就几百米远,我自己溜达过去,就当减肥了。你赶紧回家睡觉,酒吧还有一堆事儿呢!"

"好嘞,老板娘。遵命!"

小杜幸福满满地钻进了自己的小奥拓,他还是第一次觉得自己的人生是充满希望的。

李晨休班了,小杜也休班了。刘志的工作陷入了一片混乱,与其这么说,还不如说是他自己的混乱。

他因为珂建的事儿被打击得体无完肤,但是他还是不想放弃追求她,其实他现在的状态,完全是为了证明自己,证明自己的魅力、实力,重要的是,起码不会输给杜子腾这个他眼中所谓的"人渣"。他还是想争取一下,他知道珂建的婆婆住院了,就在肿瘤医院的门口等着,他知道珂建一定会来的。

果真,被他等到了,珂建缓缓从远处走来,刘志朝她跑去,笑着跟她打招呼:"珂建!"

"刘志,你怎么在这儿呢?"

珂建看见他,真的有点忾头,总之很尴尬。

"我在等你。"

"等我? 等我干吗? 刘志不跟你说了,我得上去了。"

刘志抓住她的胳膊,抓得很紧,珂建觉得有点儿疼,挣扎着:"你干吗呀?"

"珂建，给我一次机会有那么难吗，我真的不好吗？"

"刘志，你不明白，你好，你哪里都好，但是咱们之间不合适。不是说一件东西好，我就能随便接受的。这东西不是我的，我不能随便要。"

"那你也要比较一下两件东西之间的质量。难道你要舍弃好的要那个烂的吗？"

"你这话我就不爱听了，你怎么就知道人家是烂的？你为什么就那么自信觉得你很好？你太自信了刘志，我再明确地告诉你一次，咱们之间只可以做朋友，你要是一直这么纠缠下去，怕是连朋友也做不成！"

珂建算是把话说绝了，带着气愤朝医院走去，刘志在她身后喊着："那你是不是又和杜子腾在一起了？"

珂建转身，非常明确地说："是的，是你想的那样！不要再来找我了，我这次绝对不会再放弃杜子腾！"

她又转身，绝情地走掉了，这次连头都没回。

刘志被打击得体无完肤，在这段受挫的追爱过程中，他的心态已经慢慢扭曲了……

第二十二章

1

严素素要手术了,老李拿着珂建的那张卡犹豫再三。其实他并没有动那张卡上的钱,他的内心在挣扎。他知道,要是老婆"醒过来"之后,知道他拿了珂建的钱,她肯定会生气的。而且,这也不是他的初衷和本意,毕竟李家对不起她。

他觉得用了这钱的话,就真的对人家娘儿俩有点儿过分了,这钱,本来就是该给她和晓春的。

他犹豫再三,还是没用这卡上的钱。

珂建慢慢走进病房,看见婆婆睡得很安详,这些日子调养得不错,面色很红润,意识也不像之前那么混乱了,有的时候甚至很清醒。

她慢慢在老李身边坐了下来,轻轻喊了一声:"爸爸……"

老李慢慢回过头,温柔地笑了。

"珂建啊,你来了?"

"嗯,来了呀!我妈怎么样?"

"挺好的,后天就手术了。你来了正好,我正有事要跟你说。"

"什么事情啊,爸?"

老李双手将那张卡送到珂建面前,面带愧意地说:"孩子,我想清楚了。这钱我不能要。你拿回去吧。"

珂建有点儿惊讶,将公公的手推了回去:"店都盘出去了,我是不会再把钱拿回来的!现在家里用钱,这是我尽的一份力量,也是我应尽的义务,替李斌尽的义务。"

老李算是对这个闺女佩服得五体投地了,一个孩子,居然能这么仁义,也让他们这一家子无话可说。

严素素虽然在睡梦中，但这会儿的意识是清醒的，她听见了珂建的话，只是故意装作睡着始终不愿意醒来。她的眼角含着泪，心中打翻了五味瓶，弄得她很难受。

珂建端着小盆去打水："我给我妈擦擦身子和脚。爸，你回家休息吧。"

"你别盯了，一会儿李晨就来了。"

"李晨也盯了几天了，让他今天歇歇吧。你回去的时候告诉他一声，白天不用来了。我在这儿陪我妈就可以。"

"这样啊……"

珂建将老公公"撵"出了病房，像哄小孩儿一样，让他赶紧回家休息。老李笑了笑，只能听从她的安排，回家睡觉去了。

珂建打来了水，将毛巾拧得干湿合适，轻轻地给严素素擦手。严素素告诉自己，不能再装睡了，她慢慢睁开眼睛，抚摸了一下珂建的侧脸，温柔地说："孩子，你来了？"

珂建还吓了一跳呢，抬头看了看婆婆，惊讶又开心地说："妈妈，您醒啦？您认识我？"

"傻孩子，我怎么不认识你呢？我的好闺女……"

"哈哈，您可吓死我了，您知道吗？您啊，要听话，快快好，等你好起来，还得看您孙女呢……"

珂建一边慢慢说，一边给婆婆擦拭着身体。也许她不知道，此刻严素素脑袋里的情节像过大片儿一样，那些对她的苛刻和捆绑，让她觉得羞愧难当。

但严素素最终还是看着珂建笑了，她觉得有些事情，她已经释然了。只是她还不能说，她还要替她考验一下杜子腾那个小子，她告诉自己，她要像嫁自己的亲闺女一样，将她风风光光地嫁出去。

2

李晨本想着今天可以休息一天，顺便去追个妞儿，却没想到这一计划被刘志的一个电话打乱了，同样接到电话的还有杜子腾，说派出所要开个紧急会议，所有协警人员必须全部到场。

两个休班的人匆忙地赶到了派出所。在门口碰见的时候,小杜表现得很亲热,也不管他愿不愿意,抱住他的肩膀套着近乎:"来了兄弟?也给你打电话啦?"

李晨闷着声嗯了一下,紧走了两步甩开了他。

一排协警站在院子里听候刘志分配任务:"最近这片儿的治安很不好。晚上经常有骚扰女性的色狼和飞车党。那些人不单单骚扰年轻女孩儿,还抢她们的钱财。今天我们这儿就接到了两起报案。这些人很有意思,总是在这片儿作案。我想,应该是没有作案经验的小混混。不过据说这些人身上都带着凶器,女孩儿们之所以屡屡被抢也是因为这个。最近要加大治安力度了,放假的都回来上班吧,晚上也要加强巡逻!回头我会帮你们两两一组排班。到时候你们看通知就可以了!散会!"

不能歇班了,这对于家中都有病号的小杜和李晨来说,简直就是故意为难。小杜和刘志几乎是一同走进刘志的办公室提出歇班申请的,但却被他一口回绝了:"不是我故意为难你们,我也知道你们家中有事,但这是工作,现在正是用人的时候。你们总是歇班,那我们的社会治安谁来维护?当初你们选择做警察,就应该有这种心理准备的!好了,我不跟你们说了,我这里还有一堆工作要做。"

两个人终于不再做无望的挣扎,退出了刘志的办公室。再一看门口上贴的排班表计划,居然将李晨和小杜排在了一起值夜班。

小杜知道,他是故意的。知道刘志对自己有偏见,故意这么安排,好让李晨继续跟自己掐。李晨也揣着明白装糊涂,看完了这排班表就去巡逻了。

李晨勉为其难地给珂建挂了个电话,珂建接起手机,他支支吾吾地喊了声嫂子。当时珂建正在给严素素剪脚指甲,一边剪着一边用肩膀夹着手机问:"有事吗?"

"今天晚上我要巡逻。不让休班了,你多费心照顾妈妈。没有别的办法了!"

"这样啊,没问题,反正我这两天也没事儿。再说,不是还有爸呢吗?对了,明天上午妈妈手术,你也上班?"

"我一会儿去跟领导请个假吧。主要是晚上的巡逻要紧,白天应该问题不大!"

"那好,你去忙吧!"

挂了电话,李晨盯着自己的手机,有那么一瞬间,觉得自己挺不懂事儿的。

再怎么说,张珂建对他们家也算是仁至义尽了。

3

严素素的手术如期进行,被推进手术室之前,她的状态不错。坐在病床上跟老李有说有笑的,可老李觉得这心里,总有点儿不得劲。这么大的手术,那可是开颅啊,他剥开一个橘子喂她,心疼地说:"一会儿别害怕,我和孩子们都守着你呢!"

严素素倒显得无所谓,好像下一秒自己即将迎来新生了,"我怕什么,我这辈子怕过什么?"

珂建里外忙活着,为一会儿的手术做着准备。亲家也来了,守在严素素的身边,夏兰有点儿心疼眼前的女人,大家都是母亲,她却命运不济,没了儿子还遭了病,真是可怜的女人。

人,在面对重大事件的时候,总是要幡然悔悟一些事情。严素素要去做开颅手术了,什么样的名医也不敢保证手术没有任何风险。手术之前,都会将可能要发生的事情给病人家属交代得明明白白。

严素素知道,自己这么苦,一定能挺过去的,老天不会这么不公平。

夏兰心疼眼前这个女人,拽着她的手不知道如何安慰:"亲家,你坚强点儿啊!我们都陪着你呢!"

她拍拍夏兰的手安慰着:"亲家母,你等我出来,我把珂建的事儿跟你交代清楚了。你放心,我会给你个满意的答案。"

"又说胡话了吧?谁要你的答案,弄得跟生离死别似的。你就是做个小手术,做完了就啥事儿也没有了!"

"那可不是,哈哈……"

两个女人握着手笑了起来,李晨和珂建推着轮椅进来,珂建温婉地笑着:"妈妈,咱们该去手术室了。"

李晨也给了一个大大的微笑给她,恍惚中,严素素把李晨看成了李斌,他似乎在对自己说:妈妈,你别怕。有斌斌守护你呢!

严素素看着两个孩子这么懂事,眼眶红了。

珂建推着婆婆慢慢走向手术室,后面跟着一行人,老李跟在最后面,悄悄地擦拭了自己眼角上的泪,生怕被老婆看见。一路上,严素素都在拽着小儿子的手,要进去了,李晨蹲在妈妈的面前,看着她笑着调皮着:"加油!"

严素素摸了摸儿子的脸,觉得他长得和他哥哥越来越像。她抱着儿子的脸,凑到他耳边说:"妈妈有句话要跟你说。你嫂子,不容易。有些事情,妈妈想开了。希望你也想开点儿……"

李晨愣了一下,看着妈妈眼睛里含着泪,点点头。

六个小时漫长的手术过程,让所有人都觉得煎熬不堪。珂建盯着手术室上的门灯,眼睛都不敢眨一下。

大家都等得心急如焚,终于,手术室的灯灭了。主刀医生从手术室里走出来,摘下口罩对大家说:"手术很成功。家属可以放心了!一会儿缝合好,病人就出来了。恢复期间,最好给病人一个安静的环境。那样更利于她养病,建议留一个家属就好了,剩下的事情交给陪护去做。"

老李抹着眼角的泪,哭着点头致谢:"谢谢,谢谢您!"

珂建终于舒了一口气,一下子就瘫软了,李晨扶了一下嫂子,两个人对视着笑了……

老李把所有人都支走了,他就想自己陪着老伴儿。老李站在ICU病房外面,透过玻璃望进去,看着一脸憔悴还处在昏迷中的老婆,心里难过无比。他含着眼泪,用手抚摸着玻璃中的女人:"你以后光剩下享福啦,你的儿子会给你娶一个像珂建这么孝顺的媳妇的……"

4

珂建要回家休息一下,盯了一天一宿了,实在熬不住了。李晨和她一起走到医院门口,这一路上他欲言又止,想跟她道个歉。

"嫂子……"

"小晨,嫂子有事儿跟你说。"

珂建抢在他前面说了这一句。

"什么事啊?你说。"

"你是不是在追陈好？小晨,你不要再去找陈好了。她跟我说了你们之间的事情,她很苦恼。她怕毛豆知道了会介意。你和她不合适,她只爱毛豆。"

"这是她跟你说的?"

"嗯……小晨,你那么优秀的男孩儿,一定能找到合适心仪的姑娘。嫂子是过来人,也懂你的心情。但是,真的不要在一些明明知道没有结果的事情上浪费自己的时间,到最后受伤的只有你自己。嫂子想要替你的哥哥保护好你,也许你会觉得嫂子这话说得有点儿牵强,我也知道,我说的话你不一定听。我就想送你一句话:打扰别人作践自己的事儿不要做。"

最后这句,珂建说得异常有力度,她是那么极力地想要他明白,他现在做的是一件多么荒唐的事情。

李晨很不开心,没想到陈好会搬出嫂子来。以至于他忘记了刚刚自己想要道歉。现在心里只窝着一肚子火,觉得嫂子给了自己一个下马威,让他下不来台了。

珂建咯咯笑着,挽着小晨的胳膊又哄:"别这么小气,嫂子说得有不对的,你不要生气好吗?"

"我不生气!"

"过几天我们有个特别好玩儿的'活动',你愿意参加的话就跟嫂子一起去!"

"你不怕我看见陈好给你惹麻烦啊?"

"你都是大人了,这点儿自制能力都没有的话,嫂子还怎么信任你?我相信,你不会让所有人都下不来台的!"

李晨看了下表,到点了。

"不跟你说了,我得去值班了!"

"去吧去吧!"

走的时候,李晨突然回过头喊她,告诉她:"嫂子！晚上我和杜子腾一起值班!"

"啊? 是,是吗……"

他点点头,只说了三个字:"放心吧!"

然后转身走掉了。珂建仔细研究他说这三个字的用意,开心地笑着跳了起来!

秋天的夜晚带着一丝透心的凉意。

李晨和杜子腾开着车在大街上慢慢转悠着,李晨穿得有点儿少,缩在座位一边,仔细观察着大街上的情况。

小杜伸手将车后面自己的一件外套扔到他怀里,"穿上点儿,冷了。"

李晨看了他一眼,将外套套在身上。

两个人始终没有什么话,虽然李晨在心中是原谅他了,但是碍于面子,他还是不想跟他说那么多。

不知道从什么地方传来一个女孩儿呼救的声音,两个人警觉地将车停靠在路边,下车寻找声音发出来的位置。

李晨朝一处正在抖动的灌木丛指了指,示意应该是在那个位置。

小杜冲他使了个眼色,示意他们分头行事。小杜按下了呼叫器,轻声对着总台说:"有情况,在城建小区门口的绿化带,请求支援!"

李晨和杜子腾几乎是同时从两方窜入了这块绿化带的空地。看见有五六个手里都拿着刀子的小混混,正在威胁两个姑娘。

这局面似乎有点不好控制,他们五六个人,他们就两个人。对方手里还有刀,这让两个人顿时慌了神。

小杜用喊话的方式试图劝阻这些人:"嘿!这几个哥们儿!何必跟俩姑娘过不去呢?你们都还小,你也就有二十吧?你也就有二十一二?这个也就有十八九吧?何必呢?为了这么点钱断送了自己的大好前程……"

几个小混混愣了愣,你看看我我看看你。其中最大的那个,似乎是领头人。举着明晃晃的刀子冲着杜子腾叫嚣着:"你丫谁啊?哪窜出来的雷锋?不想死就滚!多管什么闲事儿!"

李晨冲俩小姑娘使了个眼色,两个小姑娘放弃了自己的包包,趁机跑了。另外几个小混混想去追,被李晨挡住了,他故意耍尿跟他们求饶:"嘿嘿嘿,哥几个!别追了。俩姑娘,放她们一马,包不是也给你们了吗?"

几个小混混疯了,朝李晨凑过去就打!

毕竟在部队上练过几年,李晨还能跟他们对抗几下,几个混混见李晨的身手也不是吃素的,转念冲向了杜子腾。几个人朝杜子腾凑了上去,将他按在了下面一顿暴打,李晨过去帮忙,很快就将几个人搬开了,虽然他们是五个人,但是因为李晨有点儿身手,并没有占了上风。

其中的头目狗急跳墙了,绝对不能咽下这口气,其他几个小子顶多就是扑腾几下,这个真敢捅!举着刀子就朝李晨去了!杜子腾见状,从地上爬起来,打了个趔趄从后边抱住了李晨,那头目的刀子刺下去了,真狠,一刀、两刀、三刀……足足刺了四五刀才肯罢手……

另外几个小混混看傻眼了,东窜西逃都跑了,只有这个杀红了眼的,刺完了也蒙了!这时候,终于有警车驶来……

5

熬了一天一宿,珂建还是抑制不住自己的兴奋。只睡了两个小时,就起来帮妈妈做饭了。

珂建哼着小曲帮夏兰择菜,夏兰细心观察着她,看着女儿开心,她也高兴。

"怎么啦,小姑娘?这么开心?心里的一块石头落下了是吗?"

她嘟着嘴,凑到妈妈面前说:"我跟你说,李晨好像不恨我和小杜了。小晨今天的表现很反常。"

一听这个,夏兰的脸一下子又拉下来了,扔了手里的韭菜说:"哦!你还是死盯着那杜子腾不放啊?我就不知道,那个小混混有什么好的!"

"我的英雄!当然不能放了!妈,你必须得支持我!你不是为了我的幸福,还做了一件特帅的事儿吗?"

"什么……"

"你帮我拒绝了刘志啊!这事儿到死我也记着您的好!"

"呸呸呸!这节骨眼儿上什么死不死的?听着晦气。我帮你跟小刘说清楚,是觉得人家孩子无辜!不想耽误人家!你以为我是支持你和小杜啊?"

珂建嘟着嘴撒娇:"你就是支持我!你要是不支持我,我就离家出走!"

夏兰气得脸都变白了,拍着她的屁股说:"不害臊,这么大的姑娘了,还要离家出走!"

夏兰走出厨房,让女儿自己择菜,觉得和她实在无法继续交流。放在茶几上的手机响了,夏兰拿起来,一看是李晨打来的。抻着脖子喊:"小建,小晨的电话,你来接一下!"

珂建小跑着从厨房出来,拿过手机接起电话,电话那边的李晨语气很慌张。支支吾吾哆哆嗦嗦地总算是把事情跟嫂子交代清楚了。

珂建拿着手机愣开了神,手机一下子从手中滑落,摔在了地上。夏兰觉得女儿这表情不对,拍着她的胳膊问:"怎么了,是不是你婆婆?"

豆大的眼泪啪嗒啪嗒地掉了下来,珂建没时间跟妈妈解释,穿着拖鞋就冲出了屋子。

夏兰吓坏了,捂着胸口的位置喊:"老张,快出来!出事了!"

老张从卧室里跑出来慌张地问:"怎么了又?"

夏兰指着门口,也不知道怎么说:"赶紧,跟着小建……"

老两口紧赶慢赶,总算是追上女儿了,珂建拦了一辆出租车,老两口也跟着钻了进去……

到了医院他们才算搞明白,原来是杜子腾出事儿了。老张捂着脑袋,犯了一阵头晕,说:"我现在一到这种地方来就害怕!怎么总是要和医院打交道呢?不是,这小杜到底怎么回事儿呀?谁来给解释解释?"

珂建蹲在抢救室门口上抱着肩膀愣神,什么也不说,也不想问。她像个受到惊吓的孩子,现在脑袋一片混乱……

李晨浑身是血,坐在那里喃喃自语:"他是为了救我,要不然那刀子就捅我身上了……四五刀,捅了四五刀……"

夏兰不知道说什么,只觉得心疼女儿。这一刻,夏兰才意识到,这个杜子腾对于珂建来说是多么的重要,她现在只祈求这个杜子腾不要出事儿,要是真有个什么三长两短的话,珂建这辈子就毁了。

老杜推着二妹着急忙慌地赶来了,老两口眼中含着泪,二妹哭着大喊:"我儿子呢?我儿子怎么了呀……"

刘志被一群人围着,跟这个解释完了,又跟那个解释。

"总之现在情况很危险,大家还是冷静一下,等医生的消息吧!"

刘志在一群人中间极力解释着,只觉得一个头两个大了。要说他想用这样的方式来"报复"小杜的话,那么小杜这代价付出得已经够大了!

大家七嘴八舌,你一言我一句着。珂建始终蹲在那儿抱着大腿不说一句话,她觉得这是目前离小杜最近的地方,她要陪着他,她相信他能听见自己内心对他的呼唤,她在心中一次次对杜子腾说:杜子腾你个混蛋!你一定要挺过来!我等了你十年,你好不容易回来了,好不容易要和我在一起了,你不能死。你要是死了,我就恨你一辈子……

珂建将这些话反复在自己的心中说了很多遍,她终于忍不住了,她尖叫了一声,所有人都安静了,她号啕大哭,她一遍遍说,杜子腾你混蛋,杜子腾你混蛋……

夏兰慢慢走到女儿身边,眼泪也忍不住流下来,缓缓将女儿抱进怀里,"好孩子,好孩子……"

很快,大家就都赶来了。大庞、小庞、毛豆、陈好、兜兜,还有那些和杜子腾一起搞乐队的哥们儿。

大家心里都很难过,大家都觉得杜子腾是个英雄,是个真爷们儿。

过了两个小时,医生终于出来了。他带给大家一个不好不坏的消息:杜子腾暂时没有生命危险,但是要度过危险期才能保住命……

老杜和二妹抱在一起哭成一团,所有人都在掉眼泪。刘志心里难受了,悄悄退出了这个场合。

他觉得自己彻底败给杜子腾了。

杜子腾昏迷了三天,珂建就在这里守了三天。三天了,她只喝了一点点牛奶,丝毫没有进食的欲望。

小杜还处在重度昏迷的状态,不好不坏地实在让人着急。

二妹也是带病坚持着,一天总要来看几次儿子。虽然珂建一再嘱咐老杜,不用再来了,这里有她就行。但毕竟母子连心,每天二妹输完了点滴,他都要推着二妹来守着儿子。

那个重症监护病房里,只可以留一个人。

每次珂建都坚持她自己进去,她就想守着杜子腾,她就想守着他。他是自己的英雄,他是那个披着五彩霞光来娶自己的勇士,她不能没有他,她不能感受不到他的呼吸,她不能丢下他,无论他变成什么样,她都不会离开他……

她一遍一遍地在杜子腾的耳边说话,说他们十年以前的爱情,说他喜欢的那首歌,说他最爱的歌手崔健。然后聊他们的现在,聊她的任性和无知,懊悔自己错过了太多和他的时光,她说:"我真的好爱你呀,我想和你结婚,我想给你一个家,让你的心和你的人,在今后都不会再流浪。杜子腾你醒醒,醒了我们结婚,我们结婚……"

就这样,她一遍一遍地重复着,说了三天。杜子腾的手指真的开始动了,他开始有了些许的意识。他握了一下心爱姑娘的手,珂建看着他,一边笑一边哭一边又很冷静地说:"你醒了,我就知道,你不会不要我的,你不会离开我的,对不对?"

杜子腾用尽了全身的力气,坚定地点了点头。

两周后……

经过了这么多事情,所有人都懂得了生活的真谛。懂得了爱情的真正意义,懂得了,我们该怎么活,才能对得起自己和身边的人。

二妹的痛风好了。

严素素也逐渐恢复了。

小杜也精神了,只是还不能活动自如,只能慢慢地翻个身。但是那一张贫嘴,一天到晚地不能消停。

严素素听说小杜救下自己儿子的事情,心里很难过。看来这个杜子腾和珂建真的是这辈子都分不开了。

老李坐在严素素的病床前喂她饭,小口小口地,生怕烫着她。

"我有个事儿,不知道能不能说。"

"说!"

"我是说咱们珂建,为了你这病把店都盘出去了,换了三十多万,全部给我了。那钱我没动,我越想心里越不是个滋味儿……"

严素素缓缓地说:"把钱还给她。昧良心的钱,我们不能收。本来就很对不起她了。"

老李眼里闪着光问:"你也是这么想的?"

"废话……那个杜子腾,是个好人。这钱还给珂建,然后我们再想办法给她筹个嫁妆。孩子跟着我们家没享福,儿子没了也没少遭我的为难。我们家欠她的太多了……"

老李眼中含着的泪终于掉了下来,他捂着嘴哭了,紧紧地抓着老伴儿的手说:"你可算是明白了。咱们不是还有晨晨吗?再说这次人家小杜救了咱们晨晨一命,咱们可怎么谢啊?"

"死老头子,哭什么!还什么?咱们把珂建还给他,就是送给他最好的礼物了!"

李晨笑眯眯地拎着一袋水果走进来:"我妈说得对,你们以后少干涉人家搞对象就行了!至于剩下的人情,那是我们兄弟之间的事儿!"

6

大庞坐在病房里跷着二郎腿一个劲儿地叹气。

杜子腾白了他一眼:"你丫有病啊?看着我恢复得慢,来给我添堵吗?"

"黑嘟嘟后天就结婚啦!"

"呀!把这茬儿忘了!计划照旧进行啊!"

"进行个屁啊!你这种情况,珂建也得照顾你!我看庞娜伤心欲绝的,别回头再让人家拒绝了,再住进一个来,那可就要了命了!"

珂建给小杜削了一个苹果,一片片送到他的嘴边,慢慢分析着:"我觉得黑嘟嘟不会那么绝情,我们计划照旧吧。我可以去!"

"我也去!"

小杜挺了挺脑袋说。

珂建拍了拍他的头:"你添什么乱?你怎么去?神经病,先管好你自己吧!"

"那我也要去,要是他俩成不了,我这辈子也别想消停了。"

"放心吧。这事儿交给我来办!"

珂建就这么把这事儿大包大揽了,但是她必须要和小庞谈谈。在去做这件事情之前,她一定要得到小庞的一个真实态度。

阳光慵懒的下午,珂建约了庞娜出来坐坐。庞娜如约而至,找到她在她对面坐了下来。

没等珂建开口,庞娜就开始滔滔不绝了:"珂建姐姐,我知道了。我懂,我以后不会再缠着小杜哥哥了,我知道你们是真心相爱,我也不是小孩子了,我为我以前做出的幼稚行为,跟你道歉……"

庞娜慌张地站起来,给珂建鞠了一个大大的躬。

珂建拽着她的手安慰着:"傻丫头,你想什么哪? 你以为我是来跟你谈判的吗?"

庞娜神情慌张有点儿胆怯地问:"不、不是啊……"

"神经病。我是来问你关于黑嘟嘟的一些事情。"

"他都快结婚了,我和他,已经没有什么关系了。"

说到黑嘟嘟,庞娜的脸色一下子阴沉了下来。

"你还爱他是吗?"

她继续低头不语,很抵触这个问题。

"为什么? 我不明白你为什么明明知道自己要什么,却不敢勇敢一点儿去争取?! 你完全可以把对杜子腾的勇敢,用在黑嘟嘟身上。你爱他,你最近在因为这件事儿折磨你自己。你要问问你自己的内心,你到底要不要挽回这段感情……"

珂建的话似乎击中了庞娜的内心,她趴在桌子上哭了起来。

"人家要结婚了呀,我怎么跟那个白富美比呢? 我现在后悔了又怎样? 这就是老天对我的惩罚……"

珂建抓着她的手安慰着:"别怕,你还有机会啊! 他后天才结婚呢! 只要你勇敢点,只要你有这个勇气,我们帮你!"

庞娜抽泣着:"怎么帮啊? 我还有机会吗?"

珂建站起来,拍着桌子说:"必须有啊! 那天那女的怎么羞辱你的,我们就怎么给你找回来!"

珂建跟她交代了自己的计划,庞娜犹豫了半天,"珂建姐姐,这太冒险了。要是他不同意怎么办? 那我岂不是太没面子了?"

"你珂建姐姐我都三十岁了,我都勇敢追爱! 你才二十多岁,胆子还不如我这个三十岁的女人吗? 别去想别的,我就问你,你爱不爱人家,想不想要人家? 咽不咽得下那天那女人羞辱你的这口气?"

珂建一席话过后,庞娜像打了鸡血一样,挺着胸脯说:"我想试试!就算他不回头,我也不会后悔!"

珂建酷酷地抱着肩膀,看着庞娜笑了。

7

经杜子腾再三要求,大庞珂建一群人,决定把他从医院里面"偷"出来,一起去帮庞娜完成这件事儿!用杜子腾的话说,这么热闹的场景,怎么能少了我杜子腾?

庞娜穿了酷酷的白色短款婚纱,美艳,又独一无二。这套婚纱,珂建选了好久才定下的。

珂建帮她戴好头纱:"这绝对让人眼前一亮,短款的,没有累赘!真要是撕起来的话,你绝对占据优势!"

庞娜看着镜子里酷酷的新娘给自己加油:"庞娜,追不追得回来都看你自己了。管他什么对什么错,你做了,以后就不会后悔!"

大庞也不知道在哪儿淘到了十多辆酷酷的四轮摩托车,他将其中最酷的一辆的钥匙扔到妹妹手中,吹着口哨说:"妹子!哥就是想宠着你!今儿成也是成,败也是成!他小子回头了,我们就相亲相爱一家人。他小子不回头,哥就是可着全中国也保准给你找一个比他黑嘟嘟好一万倍的男人!"

庞娜拿着那钥匙信心满满地骑上那摩托车,领着一队人冲向黑嘟嘟的婚礼现场!

那真是一个庞大又隆重的露天婚礼。司仪正在让一对新人交换誓言,话筒送到黑嘟嘟的嘴边,黑嘟嘟愣了半天的神儿,居然一句话都说不出来。

这时候,庞大的婚礼现场突然驶入了一支由庞娜带头的摩托队,把所有的宾客都看愣了。大家还以为这是什么特殊的婚礼节目?!庞娜从摩托车上下来,捧着捧花慢慢走向黑嘟嘟。

黑嘟嘟的家人知道这是怎么回事儿,跑过去几个大男人,对庞娜生拉硬拽,让她赶紧滚蛋!

大庞见自己妹妹受委屈了,骂了一句:"混蛋!丫的谁敢动我妹妹!"

杜子腾坐在摩托车上,忍着疼喊了一句:"上!"

大家都上去帮庞娜挡住那些大男人。有拽手的,有拽脚的,有的差点儿把人家裤子都扒了!

张珂建站在摩托车上,指着黑嘟嘟对庞娜说:"娜娜!你爱的那个男人就在那里!你往前走,走到他面前亲口问问他,到底还要不要回头,他要是点头,你就带他走!他要是摇头,你就跟我们回去!我们永远也不会再给他机会了!"

黑嘟嘟眼睛里含着泪,看着同样眼中含着泪的庞娜,她慢慢走向他。突然一个大汉冲出突围,一把将庞娜推下了礼仪台。庞娜"哎呀"一声倒在地上,膝盖磕破了,流了很多血。

黑嘟嘟的未婚妻冷笑着,挽着黑嘟嘟的胳膊喊了一声:"婚礼继续!"

司仪刚要开口,黑嘟嘟就冲下了台,蹲在庞娜的面前查看她腿上的伤情。他白了她一眼,吹着她的膝盖说:"你都多大了,还干这么荒唐的事情?"

庞娜推开他,站起来,像只倔强的小鹿一样,一瘸一拐地转身走掉:"你去结婚吧,我不要你了!"

"喂!你来不是搅局的吗?现在又退缩了?太差劲了!"

"我差劲!差劲到让你那尊贵的白富美未婚妻来羞辱我!但是我今天不这样了!因为有那么多爱我的人支持我!我就是想知道,你的心是不是石头做的?现在我很确定!你的心,就是石头做的!我不要你了!反正你都不计划要我了,你要丢下我结婚了……"

黑嘟嘟冲上去,一下将她揽入怀中,狠狠地吻了下去。现场一片哗然!女方家的人不干了,觉得这太荒唐,太让人下不来台了。

未婚妻坐在台上开始撒泼,因为这简直输得太惨、太惨了……

只有珂建带队的一众人笑得异常猖狂,大庞和兜兜幸福地搂在一起感慨着:"这简直太酷了!"

李晨看了看一边恩爱的毛豆和陈好,心里一阵难受,赶紧又把头转了回来。

珂建从后面环住杜子腾的脖子,轻轻地,吻了他一下。

8

　　一个月后……
　　今天是酒吧开业的日子,老的、少的,似乎都变得朝气蓬勃了。
　　大家都聚在酒吧里,唱着、叫着、喝着……老杜和范二妹复婚了,老两口又领了一次结婚证,将那个红本本拍到桌子上给那些年轻人看:"我和二妹结婚啦,杜子腾这次可以放心了!"
　　大庞嚼着兰花豆贫贫地问:"那入洞房了没?"
　　老杜拍了下他的脑袋说:"贫!跟你叔叔也这么贫是不是?臭小子……"
　　大家顿时笑做一团。
　　黑嘟嘟和大家描述着那天他们婚礼搅局之后的场景,大家听得可带劲!珂建像个老板娘一样,里里外外忙活着接待客人。李晨喊过嫂子,有几句话要单独跟她说。
　　他将珂建拽到一边,从口袋里掏出那三十多万的卡,还有一封严素素给她的信:"嫂子,这是咱妈让我转交给你的。她说了,你不能拒绝。"
　　李晨将卡和信一起拍到了珂建的手里,转身又去和大家说笑了。
　　珂建展开那封信,上面有严素素长长的一串笔迹:

我亲爱的女儿珂建:
　　请你允许我这么叫你。妈妈知道,自从李斌走了之后,你活得非常委屈,尤其是在我们这个家庭中,你还遇见了一个我这么不说理的婆婆。孩子,你憋屈地过了这么多年了,是妈妈太自私了,妈妈不该用李斌的死来捆绑自己,捆绑你。
　　这张卡是妈妈给你的嫁妆。小杜是个好孩子,以后和他好好过。妈妈这里,就是你的第二个娘家。
　　我和你爸祝福你们能幸福……
　　　　　　　　　　　　　　　　　　　　　　　　　妈妈

　　珂建看着那张纸忍不住捂着嘴哭了。夏兰站在她身后,也看见了这封信。

她轻轻地从她的身后抱住了她,像小的时候一样,在她耳边轻轻说:"我也支持你……"

珂建的脸贴着妈妈的脸,幸福地笑着。

暗处,杜子腾心脏直跳。几个老爷们儿鼓励他:"赶紧地呀!上台去!"

"行了行了,我再背下台词儿!"

"背什么背!"

几个男人将杜子腾推上了台,大家的目光,一下子都转向了他。他挠着脑袋尴尬地笑了笑:"我……我想求婚!"

台下一片叫好声,珂建脸红了。

"珂建,话不多说!你嫁给我吧!你只能嫁给我!你只需嫁给我!你必须嫁给我!"

音乐缓缓响起来,是马顿的那首《傲寒》,但是杜子腾把歌名给改成了"珂建",他拿着话筒伴着音乐唱起来:

你不知道我的名字

听我唱着一首永远望眼欲穿的生活

唱得不可得的诚实

唱失无所失的爱情

你听碎了所有人间喜剧

你只微笑一言不发

就像五十年后的那次四目相对啊

你蒙上物是人非的眼睛

那是没有离别的风景

忘掉名字吧

我给你一个家

珂建我们结婚

在稻城冰雪融化的早晨

珂建我们结婚

在布满星辰斑斓的黄昏

珂建我们结婚

让没发生过的梦都做完

忘掉那些过错和不被原谅的青春

直到有一天我不再歌唱

只担心你的未来与我无关

如果全世界都对你恶语相加

我就对你说上一世情话

还有我们的故事

自始无终

珂建我们结婚

在稻城冰雪融化的早晨

珂建我们结婚

在布满星辰斑斓的黄昏

珂建我们结婚

让没发生过的梦都做完

忘掉那些过错和不被原谅的青春

你来的那天春天也来到

风景刚好

……

台下一片欢呼声：嫁给他，嫁给他……
张珂建勇敢地冲上了台，和杜子腾紧紧相拥，拿着话筒喊：我愿意……

（全书完）